DROEMER

Über die Autorin:
Deniz Selek wurde 1967 in Hannover geboren und verbrachte ihre Kindheit in Istanbul. Schon früh begann sie Geschichten zu schreiben, die sie selbst illustrierte. Nach einigen Semestern Germanistik und Pädagogik studierte sie Innenarchitektur und beschloss dann, doch lieber ihren Kindheitstraum vom Bücherschreiben zu verwirklichen. Als waschechte Halbtürkin liebt sie Süßes und Saures, Abendrot und Aberglauben, Kitsch und Klunker, Hut und Häkelwerk und natürlich Sommer, Sonne und Südseestrand. Die Autorin lebt mit ihrer Familie in Berlin.

Mehr über Deniz Selek und ihre Bücher hier: www.denizselek.de

DENIZ SELEK

DIE FRAUEN VOM MEER

ROMAN

DROEMER

Besuchen Sie uns im Internet:
www.droemer.de

FSC
www.fsc.org
MIX
Papier aus verantwortungsvollen Quellen
FSC® C083411

Originalausgabe Mai 2016
Droemer Taschenbuch

Redaktion: Dr. Gisela Menza
Covergestaltung: ZERO Werbeagentur GmbH, München
Coverabbildung: FinePic®, München
Satz: Adobe InDesign im Verlag
Druck und Bindung: CPI books GmbH, Leck
ISBN 978-3-426-30455-6

2 4 5 3 1

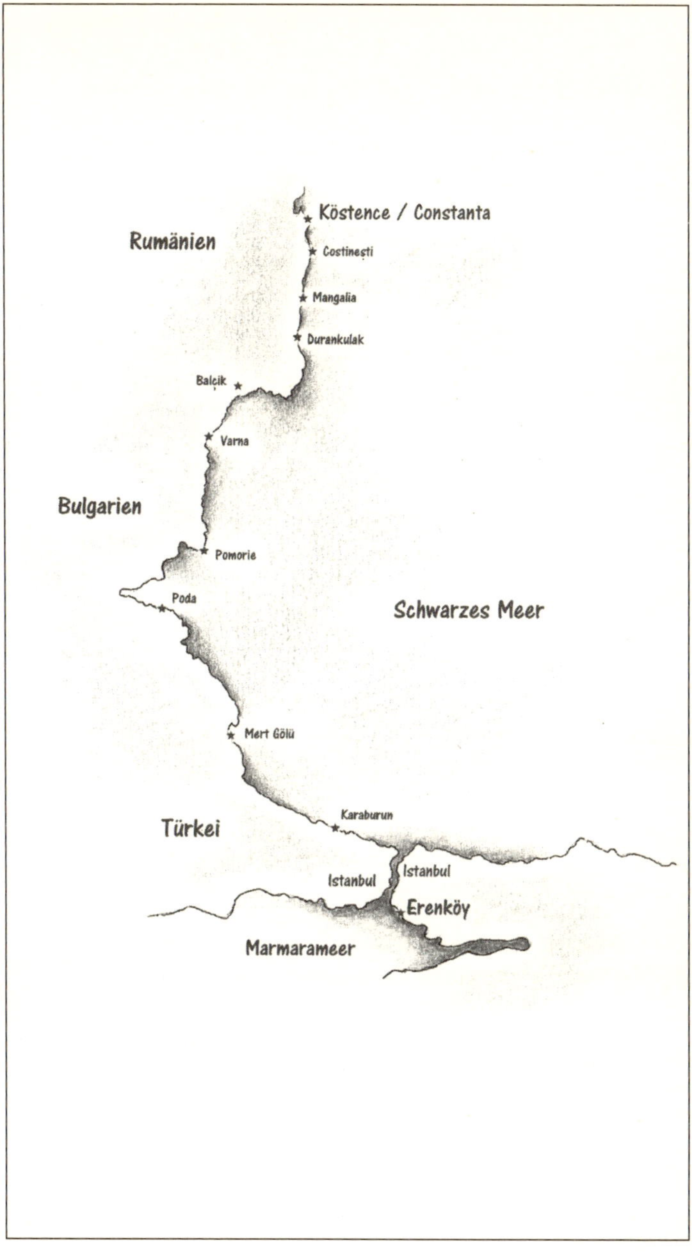
Köstence / Constanta
Rumänien
Costinești
Mangalia
Durankulak
Balçik
Varna
Bulgarien
Pomorie
Poda
Schwarzes Meer
Mert Gölü
Karaburun
Türkei
Istanbul
Istanbul
Erenköy
Marmarameer

Für Nazmiye und Anna Maria, meine Urgroßmütter
Für Josefa und Mücellâ, meine Großmütter
Für Anne und Özgür, meine Eltern
Für Içlal und Ursula, meine Tanten
In Liebe und Dankbarkeit

Prolog

Der Mond war über die Bucht gewandert und hatte seinen milchigen Schein auf eine Bergspitze gerichtet, als sich Ilayda im Sand ausstreckte. Er wärmte ihren Rücken und streichelte ihre Finger, die sich ins weiche Geriesel gruben. Allein. Fast ganz allein. Sie sah nach oben und hatte das Gefühl zu schweben in der Dunkelheit, die zwischen all den Sternen immer tiefer wurde. Lichtjahre entfernt blinkten Erinnerungen auf und stürzten nacheinander in die Ewigkeit.

Ilayda legte ihre Hand mit dem Rosenring auf ihren gewölbten Bauch und atmete langsam.

Spürst du das? Die Luft auf meiner Haut, in meinen Haaren? Kannst du das Rauschen der Wellen in meinem Herzen hören? Ihr Gluckern und Flüstern? Ihr Wiegen und Schwingen? Ihr Kommen und Gehen? Folgst du der Strömung? Riechst du den Seetang, der sich an der Meereslinie kräuselt? Schmeckst du das Salz auf meinen Lippen, in meinen Tränen? Oder in deinen?

Hörst du den Ezan, meine Nachtmusik? Hörst du die Wehmut in seiner Stimme über das, was wir verloren haben? Hörst du seine Freude über das, was gerade beginnt? Soll ich dir davon erzählen? Und wirst du es behalten? Wirst du es für dich behalten?

Ilayda richtete sich auf. Träge glitt Welle auf Welle an den Strand und zog sich zischelnd wieder zurück. Töne vom

Anbeginn der Zeit umspülten ihre Seele, unendlich, besänftigend.

Hier war sie richtig, an diesem Ort würde er sich erfüllen. Der Wunsch von Ferah, von Elisabeth, Ilayda und ihrer ungeborenen Tochter. Hier war die Heimat ihrer Sehnsucht und würde es für immer bleiben.

Istanbul-Erenköy, Türkei

22. Mai 1999, 10 Uhr 05

Es war warm an diesem Tag. Nicht so heiß wie die Tage zuvor, deren dichte Luft ihr den Atem genommen und sie schwindelig gemacht hatte, an denen sie nicht aus dem Haus gegangen war. Heute wehte eine Brise, und die Temperatur war leicht gesunken. Ferah hatte sich am Morgen eine Gemüsesuppe gekocht, für später. Nichts Besonderes, ein paar Kartoffeln nur, Möhren, Zwiebeln und Porree. Sie hatte auf dem Sofa gesessen, seitlich, mit einem angezogenen Bein und einem Arm auf der Lehne, um aus dem Fenster zu sehen. Ein wenig war ihr dabei das Nachthemd im Weg, das sie gewaschen und auf den Balkon gehängt hatte. Mit jeder stärkeren Böe rutschte es auf seinem Bügel mal nach rechts, mal nach links über die Wäscheleine.

Weil sie keine Lust hatte, aufzustehen, ließ sie es schaukeln und beobachtete die Menschen, die vor ihrem Haus entlanggingen, wie sie es immer tat.

Die Älteren kannte Ferah natürlich nach vierzig Jahren in diesem Viertel, in diesem Haus. In letzter Zeit kamen jedoch mehr und mehr Gesichter hinzu, die ihr unbekannt waren. Junge Gesichter und auch wieder mehr Kinder. Eine getigerte Katze lief am Stamm des Fliederbaums hinab, setzte sich auf eine Steinplatte und putzte sich. Die starken Wurzeln des Baums hatten mehrere der Platten zum Bersten gebracht. Da, wo sie an eine halbhohe Mauer stießen, war früher der Durchgang zum großen Nachbargrundstück gewesen, das einem reichen Kapitän gehörte. Er hatte darauf ein rundes Haus bauen lassen, kreisrund, mit einer offenen Terrasse auf dem Dach, die von einem schmiedeeisernen Geländer umgeben war. Viele Möbelstücke mussten dafür mit Rundungen versehen oder gleich auf Maß gefertigt werden. Ferah hatte die Nachbarn beneidet, nicht um das Haus oder die teuren Möbel, die ihr viel zu extravagant waren, eher um ihren Wohlstand und die natürliche Selbstsicherheit, die er und seine Frau ausstrahlten. Es war eine Art, die Ferah auch gern besessen hätte.

Nun stand an der Stelle des runden Hauses ein zehnstöckiger Block, und der Investor hatte versucht, auch das angrenzende Grundstück zu kaufen, indem er Ferah und den anderen Bewohnern bei Fertigstellung eine moderne Eigentumswohnung zum Tausch anbot. Ferah war die Einzige der sechs Parteien, die abgelehnt hatte.

Ein Murren ging durch die Fensterscheiben, als am Bahnhof auf der anderen Straßenseite der Zug mit kreischenden Bremsen einfuhr. Ferah wartete, bis die Lautsprecher verstummten und die Lokomotive nach einem kurzen Pfiff wieder zu schnaufen begann. Die Räder rumpelten über die alten Gleise, der Zug erhöhte sein Tempo und hinterließ nur noch ein schwaches Sirren in Ferahs Wohnzimmer. Sie wusste nicht mehr, wann sie zum letzten Mal damit gefahren war, wohin sie gefahren war. Sie konnte Lâl fragen; ihre Tochter würde es ihr sagen. Aber eigentlich war es nicht wichtig.

Ferah erhob sich mit einem leisen Ächzen, um das unruhige Nachthemd nun doch zu holen. Sie öffnete die Balkontür und schloss das Sicherheitsgitter auf. Die Blüten des Flieders verströmten ihren letzten Duft für dieses Jahr, in ein paar Tagen würde es damit vorbei sein. Es wuchsen nur noch wenige Dolden daran. Der Baum war alt, aber sein Geruch war noch immer da.

Ein blondes Mädchen sprang hinter seinem Luftballon her in den Vorgarten und winkte Ferah fröhlich zu.

Ferah winkte auch. Ihr Blick folgte der Kleinen, als diese mit dem Ballon zu ihrer Mutter zurücklief. Ilayda, dachte sie, sie sieht aus wie Ilayda, die mit ihrem hellen Schopf damals genauso durch den Garten gelaufen war, verfolgt von ihrer Mutter mit einem Teller Essen, nur einen Bissen, wenigstens einen einzigen. Ferah lächelte in der Erinnerung, weil Ilayda ihre Mutter schalt, sie solle richtig mit ihr sprechen, Türkisch und nicht Deutsch.

Die Katze sprang auf den Balkon und maunzte. Sie schien immer wieder zu vergessen, dass sie von Ferah kein Futter bekam. Nie, doch sie gab einfach nicht auf. Ferah dachte an das letzte Stück Weißbrot, das sie nicht wegwerfen mochte, das ihr aber auch nicht mehr schmeckte.

Mit einem Ksch verscheuchte sie das Tier, schloss Gitter und Balkontür zu und ging ins Badezimmer. Das Nachthemd hängte sie an den einzigen Plastikhaken hinter der Tür, der nicht abgebrochen war. Ferah tauschte Rock und Bluse gegen ihr hellblaues Kleid und betrachtete sich im Spiegel. Auch wenn um ihren Mund viele Fältchen in der Haut lagen, hatte er noch eine ansehnliche Form. War nicht so schmal geworden wie bei anderen Frauen ihres Alters. Routiniert fuhr sie mit dem Lippenstift zweimal über ihre Unterlippe und presste dann die Oberlippe darauf, so dass ein zarter Film auf beiden lag. Der Kohlkajalstummel hatte keine Kappe mehr. Sie zog ihn an den Augenwinkeln nach außen, tupfte den Strich mit einem Finger kürzer und klapperte auf ihren Holzpantinen den langen Flur entlang zur Haustür. Sie schlüpfte in ihre Halbschuhe, nahm eine dünne

Jacke von der Garderobe und ihre Kunstledertasche aus dem Regal. Dann sah sie noch einmal kurz in den Spiegel und verließ die Wohnung.

Schon im Treppenhaus roch es nach Abfällen, die in der Mülltonne vor dem Haus gärten. Ferah schimpfte leise. Als Emre noch hier gewesen war, hatte es das nicht gegeben. Der Hausmeister hatte die Tonne an die Straße geschoben, wo sie geleert worden war, und sie dann zurück aufs Grundstück gezogen.

Seitdem er mit seiner Familie jedoch in sein Heimatdorf zurückgekehrt war, stand es nicht gut um die Ordnung im Haus. Geputzt wurde nicht richtig, und es war niemand mehr zum Schicken da, wenn man schnell etwas aus dem Laden brauchte. Auch in den anderen Häusern zogen nach und nach die Familien aus den Kellern, in denen sie wie fast überall in Istanbul so lange gelebt und für das Wohl der Bewohner gesorgt hatten. Kaum noch eine Hausgemeinschaft, die auf ihre Dienste zurückgreifen konnte. Wohin sollte das führen? Was würde aus den vielen alten Leuten werden, wenn ihre Kinder in alle Welt verstreut waren und sich nicht kümmern konnten? Ferahs Mann Burak hätte vielleicht für eine neue Familie gesorgt, die diese Dinge übernommen hätte, doch er war tot, lange schon.

Ferah hatte ihn nicht vermisst. Jedenfalls nicht so, wie man einen geliebten Menschen vermisst. Seine entschiedene Art hatte ihr gefehlt, seine Dominanz und manchmal auch sein herrischer Ton, wenn es um die Durchsetzung seiner Interessen ging oder die seiner Familie. Bei den Behörden, bei der Bank oder der Versicherung. Wenn etwas mit anderen Männern geregelt werden musste, bei dem Ferah nicht ernst genommen wurde. Wenn etwas gemacht werden musste und Emre sofort sprang, weil Burak es sagte. Das hatte ihr gefehlt. Aber sonst nichts. Alles andere war ohne ihn viel leichter gewesen. Sie musste nicht mehr den ganzen Tag in der Küche stehen und möglichst viele verschiedene Speisen zubereiten, weil er das voraussetzte. Sie musste ihn nicht fragen, wenn sie etwas für die Wohnung kaufen oder etwas entsorgen wollte, was er unentbehrlich und sie nutzlos fand. Oder umgekehrt. Ferah war zum ersten Mal frei gewesen, sie hatte aufgeatmet, ohne dass es jemand merkte. Sie hatte ein Jahr lang ihre schwarzen Kleider getragen, gern sogar, weil sie ihre kleine runde Figur schlanker erscheinen ließen. Anfangs hatte sie sich dabei ertappt, dass sie mit einem Lächeln über den Markt schlenderte und nur noch kaufte, was sie mochte. Niemand erwartete irgendetwas von ihr, auch ihre Kinder und Enkelkinder nicht.

Aus der offenen Tür der Apotheke warf ihr der Mann der Apothekerin Gülay einen Gruß zu. Sie kannten sich seit vielen Jahren.

Die Sonne flimmerte grell vor Ferahs Augen, so dass sie ihn nur schemenhaft erkennen konnte. Sie grüßte zurück und überquerte die Ethem-Efendi-Straße, die steil zum Marmarameer abfiel und von hohen Bordsteinen begrenzt war. Das machte das Gehen anstrengend. Ein leichter Schwindel erfasste sie, und Ferah beschloss, eine Pause im Kânî-Bey-Park einzulegen, wo es Bänke gab und Schatten.

Langsam ging sie durch das Tor. Es waren wenige Menschen hier, und manche eilten nur hindurch, weil er ihnen als Abkürzung diente. Etwa fünfzig Meter vor ihr stand der weiße Holzpavillon, den Kânî Bey einst für seine Geliebte bauen ließ. Von dessen Veranda hatte man einen schönen Blick auf das Blütenmeer ringsum. Ferahs Kopf begann sich stärker zu drehen, und sie wusste, dass sie es heute nicht bis zur Veranda schaffen würde. Sie wollte einen Moment verschnaufen und dann nach Hause gehen. Einkaufen konnte sie auch am Nachmittag noch, sie brauchte ohnehin nicht viel.

Ein alter Mann saß mit geschlossenen Lidern auf der Bank, die ihr am nächsten stand. Obwohl Ferah lieber allein geblieben wäre, steuerte sie nun darauf zu und setzte sich, so weit wie möglich von ihm entfernt. Der Mann öffnete die Augen, nickte und schloss sie wieder. Auch Ferah nickte. Und auch sie schloss die Augen, weil ihre Sicht verwischte, immer mehr.

Ein Fließen füllte ihre Ohren, sie hörte leises Schwappen und Rieseln wie von Wellen, die über Sand rollen. Nur eine feine Linie trennte das Wasser vom Himmel, hell und leuchtend und klar. Die Benommenheit war weg.

»Da bist du ja, Ferah«, sagte der Mann, und sie sah überrascht auf. Er hatte sich ihr zugewandt und wirkte nicht mehr so alt, wie sie anfangs gedacht hatte, trotz der weißen Haare, der Falten und dunklen Flecken an Stirn und Wangen. Seine Augen zogen sie bis auf den Grund des Meeres.

»Wir haben uns lange nicht gesehen. Sehr lange.«

Ferah schwieg. Sie hatte zu wenig Speichel, um schlucken, und zu wenig Tränen, um ihren Schmerz darin auflösen zu können.

»Es hört gleich auf«, sagte er und streichelte behutsam ihre Hand. »Es hört gleich auf.«

»Wo bist du die ganze Zeit gewesen, Baba[1]?«, fragte sie. »Ich habe dich so vermisst.«

»Wollen wir ein Stück gehen? Dann erzähle ich es dir.«

»Ich kann nicht.«

Er lächelte, nahm ihren Arm und zog sie hoch. Ganz leicht. Es ging ganz leicht.

1 Papa, Vater

Köstence/Constanţa, Rumänien

Oktober 1922

Von stürmischen Winden angetrieben, durchschnitt der Kutter das graugrüne Wasser. Sie blähten die Segel, klingelten am Mast und ließen das Holz knarren. Sercan saß am Heck, mit dem Rücken zur Fahrtrichtung, so dass er den Horizont sah. So viele Jahre fuhr er schon zur See und konnte noch immer über die messerscharfe Linie staunen, die die zwei mächtigen Elemente voneinander trennte. Obwohl beide in ewiger Bewegung waren, schienen sie am Ende eine statische Festigkeit zu bilden, eingefroren in der Ferne.

Möwen folgten dem Kutter mit lautem Geschrei. Einer der Vögel stieß herab in der Hoffnung, einen Bissen zu ergattern, doch Sercan war zu nah. Seine jungen Begleiter bewachten die Segel, nutzten jedes Umschlagen, um schneller voranzukommen. Wenn auch ihre Hände rissig und voller Schwielen waren, ihre Lippen aufgesprungen und die Gesichter müde und von der Kälte gerötet, war ihnen die Freude über den guten Fang anzusehen. Sie hatten einen Schwarm Blauheringe und obendrein noch einen Stör erwischt. Das würde ihnen um einiges mehr einbringen als sonst.

Während Dimitrie und Manuc die Segel einholten, lenkte Sercan das Boot in die Bucht. Nur noch ein paar Ruderschläge, ankern, und die lange Nacht hatte ein Ende, sie waren zu Hause.

Sercan lächelte. Hand in Hand standen Seza und Ferah

am Strand im kalten Wind, der ihre langen dunklen Haare wie Algen um ihre Köpfe wickelte und an ihren bestickten Lammfellmänteln zerrte. Sercan hatte sie für seine Frau und seine Tochter vom Basar in Istanbul mitgebracht. Die kleine Ferah verschwand fast darin, weil er sich bei der Größe verschätzt hatte. Wie bei den dunkelroten Stiefeln, die sie trug. Es fiel Sercan wieder auf, wie schlank die beiden waren. Im Gegensatz zu den Menschen in seiner Heimat waren das hier fast alle.

Ferah riss sich von der Hand ihrer Mutter los und lief gegen den Luftstrom zu ihm. Obwohl sie dabei fast gestürzt wäre und sich ihr die Wellen drohend zu Füßen warfen, hatte sie keine Angst. Ferah war wie er. Mit ihren zwei Jahren schon ein Kind des Meeres. Er rief ihr zu, sie solle zurückgehen, sonst würde sie die nächste Welle fressen. Ferah verstand ihn nicht und versuchte ihre Mutter abzuschütteln, die sie daran hindern wollte, ins Wasser zu laufen.

»Baba!«, schrie Ferah. »Baba!«

Ihre dunklen Augen blitzten, sie juchzte begeistert, als er an Land sprang, sie packte und im Kreis drehte. Seza wollte Sercan bremsen, doch er drehte sich weiter und weiter, bis er taumelnd und lachend in die Knie ging. Er ließ Ferah los, sank rücklings in den Sand und folgte dem Karussell der Wolken über sich.

Die Zeit reichte nicht, wenn ihm der Wind die Tage schneller entriss, als er sie leben konnte. Sie reichte nie, wenn er bei Seza und Ferah war.

Sercan betrachtete die großen Fetzen, die aufhörten, sich zu drehen, und nach Osten davonjagten. Er dachte, dass sie schon im nächsten Moment das andere Ende des Schwarzen Meeres erreichen würden, dass sie einen Teil von ihm schon jetzt mit sich nahmen, obwohl es noch gar nicht so weit war.

Obwohl er noch bleiben durfte, an diesem Ort, am hellsten Fleck auf seiner Landkarte.

»Was ist jetzt, Sercan?« Ungeduldig trat Manuc von einem Bein aufs andere. »Lass uns fertig werden, ich habe Hunger.«

Seza sah Sercan an. Ferah sprang rittlings auf seinen Brustkorb und kicherte, weil er sie kitzelte.

»Macht ihr das«, sagte Sercan. »Ich komme später dazu.«

»Wie du willst.« Dimitrie stieß Manuc an und grinste. »Dann teilen wir heute eben nur durch zwei.«

»Ach ja?« Sercan richtete sich auf. »Ohne mich hättet ihr nur ein paar lausige Garnelen gefangen, ihr Bauerntölpel!«

»Und ohne mich hättet ihr gar nichts gefangen!«, stieß Manuc trotzig hervor.

»Ich fange in einer Nussschale an einem Tag mehr als du mit deinem Kutter im ganzen Jahr!«

»War doch nur ’n Scherz, Sercan.« Dimitrie stieß seinen Freund versöhnlich in die Seite. »Nicht wahr, Manuc? Nur ’n Scherz.«

»Ein Scherz, natürlich«, brummte Sercan, klopfte den Sand von seinen nassen Hosen und setzte Ferah auf seine Schultern. »Komm«, sagte er zu Seza und an Dimitrie und Manuc gewandt: »Bringt die Fische zur Verwaltung, wir rechnen später ab.«

Verärgert drehte sich Manuc um, lief zurück ins Wasser und zog den Stör unter den kleineren Fischen hervor, von denen manche noch im Todeskampf zuckten. Ohne den Kutter seines Vaters hätten sie nie so einen Fang gemacht, das wusste der Armenier genau. Doch er wusste auch, dass Sercan die Fischgründe kannte, obwohl er Kapitän eines Handelsschiffes war und kein Fischer. Es wurmte Manuc, dass er sich von dem Älteren noch immer einschüchtern ließ. Und es wurmte ihn noch mehr, dass er und Dimitrie alles allein zur Fischereiverwaltung bringen sollten, die einen Teil des Gewinns einbehielt. Je jünger die Fischer waren, die ihren Fang ablieferten, umso mehr behielt sie ein, auch wenn es nicht rechtmäßig war. Mit Sercan an ihrer Seite würden sie mehr bekommen, doch Manuc war der Letzte, der ihn darauf hinweisen würde. Natürlich wusste Sercan das, aber es schien ihm gleichgültig zu sein, er ging einfach davon.

Dimitrie folgte Manuc. Gemeinsam zogen sie das Netz aus dem Boot und schleiften es über den Strand.

»Wir machen die ganze Arbeit, und der kassiert«, murmelte Manuc so leise, dass ihn nur sein Freund hören konnte.

»Sei froh, dass wir die teuren Fische haben«, gab Dimitrie zurück und sah sich verstohlen nach Sercan um. »Wir hätten doch nur wieder Gründlinge rausgeholt.«

»Trotzdem kann ich ihn nicht leiden, diesen Wichtigtuer.« Manuc spuckte verächtlich aus. »Diesen Schönling!«

»Neidisch?« Dimitrie grinste, und Manuc wurde rot.

»Auf den alten Sack? Ganz sicher nicht!«

»Komm schon! Nicht mal wegen der hübschen Tatarin?«

»Ach, halt's Maul!« Manuc wies auf die hölzerne Schubkarre, die sie zum Transport der Fische mitgebracht hatten. »Fass lieber mit an, damit wir endlich fertig werden.« Dimitrie grinste immer noch, bis ihm Manuc einen Tritt versetzte. Dann vertäuten die beiden das Boot und warfen die Fische in den Karren, ohne dem morgendlichen Schauspiel über ihren Köpfen auch nur einen Blick zu schenken.

Der Himmel hatte sich entzündet. Gleißend hell strömte Sonnenglut vom Horizont, ließ die Wolken über blauen Schatten Feuer fangen und in roten, purpurnen und violetten

Flammen lodern. Sie zog eine gold schimmernde Decke übers Wasser und tauchte ihre Gesichter in warmes Licht.

Seza und Sercan stiegen langsam die felsige Anhöhe hinauf. Ferah wollte ihren Vater mit dem Druck ihrer Beine antreiben, doch er hielt sie still.

»Hast du keine Angst, dass sie dich betrügen?«, fragte ihn Seza.

»Nein, das wagen sie nicht.« Sercan schüttelte den Kopf. »Dimitrie ist ein aufrichtiger Rumäne, und Manucs Vater war ein Freund deines Großvaters.«

»Der mit den Bulgaren Geschäfte macht«, setzte Seza hinzu.

»Und den Russen und den Deutschen.«

»Und mit euch Tataren und uns Türken«, ergänzte Sercan. »Er macht mit allen Geschäfte, weil er schlau ist. Sein Haus wurde damals jedenfalls nicht ausgeraubt.«

Seza dachte schaudernd an die Bande marodierender Soldaten, die vor zwei Jahren die Gegend in Angst und Schrecken versetzt hatten. Sie trugen Uniformen des deutschen Reichsheers, gehörten jedoch nicht zu den ehemaligen Verbündeten, wie sich zeigen sollte. Der Überfall ging so schnell, dass die Menschen es erst begriffen, als schon alles zu spät war. Schwer bewaffnet drangen die Soldaten in die Häuser ein und zwangen die Bewohner zur Herausgabe von Wertgegenständen und Lebensmitteln. Wer sich weigerte, wurde sofort erschossen. Sie nahmen zwei Mädchen als Geiseln, die seitdem spurlos verschwunden waren. Niemand wusste, woher sie kamen und welcher Nation sie angehörten. Niemand kannte sie. Auch wenn zur Zeit des Überfalls das Kriegsende bereits anderthalb Jahre zurücklag, waren die Zustände noch immer von Willkür und Unsicherheit geprägt. Das hatten sie für ihr Verbrechen genutzt. Fest stand, dass es nicht nur Deutsche gewesen waren. Es sprach kaum jemand darüber, weder über die Mädchen noch über die Toten. Schweigen lag über dem Ereignis wie über so vielen anderen.

Seza war froh, dass sie in der Stadt wohnten, wo sich die Banditen nicht hingewagt hatten. Sie dachte oft daran, was hätte passieren können. Sercan war auf See und sie kurz vor der Entbindung mit Ferah, allein mit Tante Abide und deren Tochter Rahmanie. Es war Kismet[2], dass ihnen dieses Unheil erspart geblieben war.

Seza wusste, was Sercan mit Geschäften meinte. »Er hat sie geschmiert, damit sie ihn in Ruhe lassen.«

»Vielleicht.« Sercan nickte. »Er ist ja einer der wenigen, der die Mittel dazu hat.«

»Und wenn dich Manuc doch betrügt?«

»Dann wird sein Vater für die Ware, die er bei mir bestellt hat, leider das Dreifache zahlen müssen«, antwortete Sercan. »Außerdem, Frau, zerbrich dir nicht meinen Kopf. Die Geldangelegenheiten gehen dich nichts an!«

Wenn du wüsstest, wie sehr mich das angeht, dachte Seza.

Kaum hatten sie die Hochebene erreicht, fegte ihnen eine Orkanböe Staub, Sand und Pflanzenreste unter die Kapuzen. Seza hielt sich rasch die Hände vors Gesicht. Sercan nahm Ferah von seinen Schultern, zog ihre Kapuze tief über den kleinen Kopf und barg sie in seinen Armen. In der flachwelligen Ebene fehlten schon seit sehr langer Zeit die Bäume, die rasende Geschwindigkeit des Windes gebremst hätten.

»Warum seid ihr nicht zu Hause geblieben?«, fragte er. »Heute bläst es besonders stark.«

»Sie war so früh wach«, rechtfertigte sich Seza. »Und sie wollte unbedingt zu dir.«

2 Schicksal, Bestimmung

Natürlich will sie das, dachte Sercan, weil ich so selten da bin. Er sagte nichts mehr, und Ferah duckte sich in seinen Arm, ohne einen Laut von sich zu geben. So konnte sie auch nicht sehen, wie der aufwirbelnde Staub vor ihnen zu einer Gestalt mit fast menschlichen Bewegungen wurde. Drehend schwang sie mal in die eine, mal in die andere Richtung und schien mit den umherfliegenden Blättern zu tanzen, bis eine besonders starke Böe sie aus ihrem Sichtfeld vertrieb. Es war noch ein gutes Stück bis zu den ersten Häusern, doch je näher sie ihnen kamen, desto schwächer wurde der Wind.

Ferah hatte im Gestrüpp zwei sich balgende kleine Katzen entdeckt und strampelte nun ungeduldig mit den Beinen, um zu ihnen zu gelangen. Als Sercan sie absetzte und sie auf die Kätzchen zustürmte, fauchten diese erschrocken und sprangen davon. Enttäuscht schlich Ferah zurück zu ihren Eltern.

Sezas Blick wechselte von ihrer Tochter zu dem schäbigen Gebäude, das hinter ein paar anderen ähnlich verwahrlost wirkenden Häusern auftauchte. Jedes Mal aufs Neue gab es ihr einen Stich. Jedes Mal aufs Neue sah sie Balčık vor sich, den Ort, wo sie früher gelebt hatte, in einem großen schönen Haus in der Nähe der Rosenfabrik. Damals, in ihrem ersten Leben, ihrem richtigen Leben. Als das Glück die Jahre noch so randvoll füllte, dass Sorgen und Trauer keinen Platz darin fanden. Und das, obwohl Sezas Vater noch vor ihrer Geburt bei einem blutigen Bauernaufstand und ihre Mutter nur einige Jahre später an einer rätselhaften Nierenkrankheit gestorben war. Die Rosenfabrik gehörte ihren Großeltern. Seza hatte schon als Kind beschlossen, sie zu übernehmen, weil sie nicht nur zwischen Blütenkörben, Destilliergeräten und Ölflaschen aufwuchs und jeden Handgriff in der Herstellung kannte, sondern weil der Duft der

Rosen ein Teil ihres Selbst war. Sie hatte ihn mit ihrer Geburt aufgenommen und nicht mehr hergegeben. Er schien in winzigen Partikeln unter ihrer Haut ausgebreitet zu warten, bis sie schwitzte, sich aufregte oder freute und er an die Oberfläche treten konnte. Seza wusste um diesen Duft. Sie wusste, dass er ihr Selbstvertrauen gab und Sicherheit, dass er sie beruhigte und ermutigte. Und vielleicht wusste sie auch, dass er bei niemandem eine so starke Wirkung entfaltete wie an ihr. Seza Ghiulgean[3] besaß die Seele der Rosen.

Doch die Unabhängigkeit Bulgariens machte ihre Pläne zunichte. Zunächst waren es nur Gerüchte über religiöse Schikanen und vertriebene Moslems, die zwar diskutiert, aber kaum ernst genommen wurden. Wer sollte so etwas tun und vor allem, warum? In Balčık lebten fast nur Tataren, Türken und ein paar alteingesessene griechische Familien. Wer sollte Interesse daran haben, eine ganze Stadt zu vertreiben? Niemand konnte sich das vorstellen, sie alle glaubten an eine gute Wendung. Wenn sie nur einfach weitermachten wie bisher, würde schon alles wieder ins Lot kommen. Auch ihre Nachbarn und Freunde glaubten es. Aber so war es nicht. Denn dann kamen die Schweine, die immer wieder in ganzen Rotten durch den Ort getrieben wurden. Und die Kadaver der Schweine, die man später in den Brunnen fand. Spätestens da wussten alle, dass es ernst wurde.

Irgendwann stand ein Bezirkshauptmann in ihrer Rosenfabrik und erklärte den Betrieb und das Haus zu bulgarischem Staatseigentum. Heute noch sah Seza den fassungslosen Blick ihres Großvaters vor sich, als ihm bewusst wurde, dass damit sein Lebenswerk dahin war. Sein dunkles Gesicht schien unter dem bestickten Fes und dem weißen Bart nach innen zu schrumpfen, als würde es sich heimlich

3 tatarisch: Rosenseele

davonmachen, um nicht erleben zu müssen, was nun folgen würde. Sie sah ihre Großmutter mit unbewegter Miene und routinierten Handgriffen ein paar Flaschen des kostbaren Öls in einer Satteltasche verstauen, als würde es sie nichts angehen, als wäre es ihr gleichgültig. Sie sah ihren Onkel Nihat mit dem Hauptmann diskutieren und Rahmanie ängstlich weinend zwischen den beiden Männern stehen. Noch immer erschien es Seza wie ein böser Traum.

Innerhalb weniger Stunden mussten sie Abschied von ihrem bisherigen Leben nehmen. Ihr Zuhause, ihre Welt verlassen. Einfach so.

Weil sie nicht in der angeordneten Zeit fertig geworden waren, jagte sie ein Trupp junger uniformierter Bulgaren aus dem Haus, mit Hohn und Gelächter, mit Drohungen, Beschimpfungen und Stockschlägen, wie Diebe, die man beim Stehlen erwischt hatte. Seza, ihre Großeltern, Onkel Nihat, seine Frau Abide und ihre Tochter Rahmanie fanden sich mit zwei Pferden und ihrem Wagen in einem Treck der unzähligen anderen türkischen und tatarischen Flüchtlinge wieder, die nur das hatten, was sie bei sich trugen. Viele liefen barfuß, und ein paar wenige trieben Esel oder Pferde vor sich her. Ihre Familie besaß zwar noch Silber in Münzen und Schmuck, ungleich wertvoller als das, was den anderen geblieben war, doch das war kein Trost. Erbärmlich hatte sich Seza mit ihren elf Jahren gefühlt, ohnmächtig ausgeliefert und grenzenlos zornig. So zornig wie noch nie zuvor. In der rumänischen Hafenstadt Köstence hatte ihr Großvater einen Handelspartner gehabt, der ihnen in der ersten Zeit unter die Arme griff, so dass sich die Familie eine neue, jedoch sehr viel bescheidenere Existenz aufbauen konnte. Neun Jahre war das her, und die Bitterkeit lauerte in Seza noch immer, verkapselt in einer kleinen harten Schale, die in ihrem Magen drückte, wenn sie das Haus sah, in dem sie jetzt wohnten.

Es schmerzte Seza besonders, dass sie Ferah mit einer derart trüben Kindheit belastete, dass sie ihr Erinnerungen aufbürdete, die im Gegensatz zu ihren eigenen so schwach und freudlos schienen. Und so armselig.

Die mannshohe Mauer um das Grundstück bestand aus grob aufeinandergeschichteten Natursteinen, aus deren Zwischenräumen der Mörtel fiel.

Als Ferah vor ihren Eltern durch die Holztür in den Hof gelaufen kam, stoben die Hühner gackernd auseinander. Die Frau, die sie gerade fütterte, wollte schon mit der Kleinen schimpfen, da sah sie Sercan, und ihre Gesichtszüge wurden weicher. Sie stellte die Schale mit den Körnern auf einen Schemel und zog ihr Kopftuch zurecht.

»Ach, der Herr Kapitän persönlich«, sagte sie. »Mögen Sie Eier zum Frühstück? Die geben Kraft.« Sie lächelte und entblößte eine Zahnlücke in der oberen Reihe. Eigentlich wollte Seza nur freundlich grüßen, doch es gelang ihr nicht.

»Nein danke, Tante Abide«, antwortete sie. »Wir haben genug zu essen.«

»Ich habe deinen Mann gefragt!«, gab diese zurück, ohne Seza anzusehen.

Obwohl Sercan amüsiert schien, blieb er Seza zuliebe ernst. »Wir haben wirklich genug, vielen Dank.«

»Ich habe es nur gut gemeint«, sagte Abide in einem Ton, der ihre Verärgerung nicht verbergen konnte. Sie griff nach der Schale und streute erneut Futter aus. Pickend und gackernd verteilte sich das Federvieh auf dem Hof.

»Das ist sehr freundlich von dir«, erwiderte Sercan. Seza zog hinter Abides Rücken eine Grimasse und rief Ferah zu sich, die versuchte, eins von den Junghühnern auf den Arm zu nehmen. Abide funkelte das Mädchen aus den Augenwinkeln an, sagte jedoch nichts.

Das Haus selbst war einmal weiß gewesen. Seza erinnerte sich gut, wie Großvater die einstige Ruine gekauft und mit Onkel Nihat ausgebaut hatte. Nun bröckelte an manchen Stellen der Putz und legte rostrote Ziegel frei. Auch ein paar Einschusslöcher von Granaten waren geblieben, wie an anderen Häusern in der Stadt ebenfalls. Es hatte zwei Räume, durch eine dünne Wand voneinander getrennt. Im Durchgang, der zu Sezas und Sercans Zimmer führte, saß Rahmanie, Abides vierzehnjährige Tochter, auf einem Schemel und schaukelte mit dem Oberkörper vor und zurück. Ihre schmutzigen Füße schliffen über den Holzboden. Sie trug einen Männerschlafanzug, der an ihr hing wie ein Sack. Neben ihr stand der kleine abgeschabte Lederkoffer, den sie immer bei sich hatte.

»Rahmanie«, sagte Seza, »geh rein und zieh dir was an, es ist kalt.«

Das Mädchen mit dem runden Gesicht und den schmalen Augen schüttelte den Kopf und weinte. »Ich will meinen Baba wiederhaben.«

»Ich weiß.« Seza strich behutsam über Rahmanies Kopf. »Ich weiß.«

Ferah streichelte ihre Hand. Rahmanie schmiegte sich fest an die Kleine und weinte lauter. »Ich will meinen Baba wiederhaben!«

»Sch«, machte Ferah. »Sch.«

Der Tod von Onkel Nihat war nun schon lange her, und viele, die Rahmanie kannten, wunderten sich, dass sie ihn noch immer nicht vergessen hatte. In den letzten Kriegswochen war er russischen Infanteristen zum Opfer gefallen.

Von Zeit zu Zeit tauchte er in Rahmanies Gedanken auf, und sie litt wie kurz nach der Todesnachricht.

Sercan war unangenehm berührt, als Rahmanie immer lauter schrie und jammerte und sich mit einer ungeduldigen Bewegung den Rotz über die Wange wischte. Er nickte Seza zu und verschwand in ihrem Zimmer.

Seza hielt Rahmanie im Arm, bis ihre größte Trauer abgeebbt war, und führte sie danach in die Stube. Ferah folgte ihnen. Kelim-Teppiche lagen auf dem Boden, Sitzkissen und Beistelltische aus versilbertem Messing waren darauf verteilt. Mit der Wärme des Ofens entstand eine Behaglichkeit im Raum, die sich auch auf Rahmanie übertrug. Sie stellte ihren Koffer neben den niedrigen Divan, den sie mit ihrer Mutter teilte, und legte sich hin.

»Ich hab dich lieb, Seza«, schniefte sie mit rotgeweinten Augen. »Ich hab dich lieb, Ferah.«

»Wir haben dich auch lieb, Rahmanie«, sagte Seza und zog eine Steppdecke über ihre Füße, deren ehemals blaue Farbe ausgeblichen war. »Ruh dich ein bisschen aus, es ist noch früh. Nachher kannst du mir helfen Wäsche waschen.«

»Nein«, entgegnete Rahmanie lächelnd, »ich kann das nicht. Ich bin behindert.«

»Natürlich kannst du«, sagte Seza lachend. »So behindert bist du nicht.«

»Doch«, beharrte Rahmanie.

Sercan hatte die Glut im Ofen geschürt und neues Holz nachgelegt, als Seza und Ferah eintraten, doch es war nicht annähernd so warm wie in Abides Stube, obwohl der Raum kleiner war. Auch hier lagen Kelim-Teppiche, und in der Mitte stand ein blank poliertes und reich verziertes Kupfertablett auf einem Holzsockel, das ihnen als Tisch diente. In einer Ecke verdeckte ein Paravent Ferahs Kinderwiege, die Sercans Freund zur Geburt gezimmert hatte. In der anderen Ecke stand Sezas mit Perlmuttintarsien versehene Truhe, in der sie ihre Aussteuer und Erbstücke aufbewahrte. Auch sie und Sercan schliefen auf einem Divan, den sie tagsüber als Sitzmöbel nutzten. Ursprünglich hatten den Raum Onkel Nihat und Tante Abide mit Rahmanie bewohnt. Seza teilte sich mit Großvater und Großmutter die große Stube, bis Onkel Nihat fiel. Damit hatten die Großeltern nun ihr zweites Kind beerdigen müssen, denn auch ihr erster Sohn war durch Soldaten umgekommen. Nach den Schrecken des Krieges, dem Verlust der Fabrik, der Vertreibung und den Schwierigkeiten, in einem fremden Land Fuß zu fassen, war Onkel Nihat ihre wichtigste Stütze gewesen. Sein Tod war zu viel für die beiden alten Leute, und sie verloren nicht nur ihren Lebensmut, sondern auch ihre Gesundheit. Es ging mit ihnen so schnell zu Ende, dass Seza innerhalb von ein paar Monaten ohne leibliche Angehörige dastand. Tante Abide, die zu Sezas Vormund geworden war, hatte die schöne Stube für sich beansprucht und Seza in den kleinen Raum verwiesen. Und so war es geblieben.

»Wir hätten die Eier von ihr nehmen sollen«, sagte Sercan. »Es ist nur noch ein Brot und etwas Obst da.«

»Damit ich sie dafür bezahlen kann, wenn du weg bist?«, erwiderte Seza. »Sicher nicht!«

»Sie wollte sie uns schenken.« Sercan brach ein Stück vom Brot ab und legte es auf die eiserne Herdplatte.

»Das denkst auch nur du!«, schimpfte Seza. »Es ist jedes Mal dasselbe! Kaum kehrst du uns den Rücken, hält sie die Hand auf, die hässliche Alte.«

Sie schnitt einen Apfel, entfernte das Gehäuse und gab Ferah ein Stück, die mit ihren Zähnchen sogleich darauf herumkaute.

»So alt ist sie gar nicht«, sagte Sercan schmunzelnd und erntete einen Hieb von Seza. »Nur dünn wie ein Faden.«

»Nimm sie dir doch!«, fauchte Seza. »Dann kannst du jeden Tag Eier essen, ohne zu bezahlen! Und Hühnerfleisch auch!«

»Und das Haus bekomme ich noch dazu«, ergänzte Sercan, stahl seiner Tochter den Apfel, die erst protestierte, dann aber doch vor Freude gluckste, weil er ihr das Stück hinhielt und wegzog, wenn sie zugriff.

»Und Rahmanie«, setzte Seza hinzu.

»Richtig.« Sercan überließ Ferah den Apfel und nahm Sezas Hand. »Der Preis ist wirklich zu hoch.«

»Lass mich los.« Seza wand sich aus seinem Griff. »Kümmere dich um das Brot, es verkohlt.«

Fluchend riss Sercan das qualmende Brot vom Herd, zückte sein Taschenmesser und kratzte die verbrannten Stellen ab, bevor er es mit einer Tomate aß. Wie so oft fragte er sich, warum er ihr einen solch scharfen Ton durchgehen ließ. Wahrscheinlich, weil sie eben keine Türkin, sondern Tatarin war. Sercan nahm ein weiteres Stück Brot und reichte es Seza, doch sie schüttelte den Kopf.

»Ich fahre in drei Tagen«, sagte er zwischen zwei Bissen.

Seza betrachtete sein blondes Haar, das an manchen Stellen weiß schimmerte. Sercan hatte dazu noch hellblaue Augen, eisblau. Mit seiner Körpergröße, die über dem Durchschnitt der Männer lag, war er eine Ausnahmeerscheinung. Niemand sah hier so aus. Kein Wunder, dass ihm die Mädchen scharenweise hinterherliefen. »Wie lange wirst du diesmal fort sein?«, fragte sie.

»Drei, vielleicht vier Monate.«

»Es wird immer mehr«, sagte sie. »Die Abstände werden immer länger, und irgendwann kommst du gar nicht mehr.«

»Was redest du für einen Unsinn, Frau?«, brauste Sercan auf. »Das ist doch blanker Unsinn, natürlich komme ich wieder. Ich komme immer wieder.«

»Ja?« Seza rührte Wasser in eine Schale mit Getreideflocken und süßte den Brei mit dem restlichen Apfel, den sie gerieben hatte. »Und wann bleibst du für immer? Wenn deine Tochter erwachsen ist?« Sie nahm Ferah auf den Schoß.

»Jetzt ist es aber genug, Seza! Ich bin Kapitän. Du wusstest, wen du heiratest und was das bedeuten würde!«

»Und warum reicht das Geld dann nie für unser eigenes Haus?« Seza sah ihn nicht an, während sie Ferah fütterte. Sie merkte, dass sie ihre Grenzen überschritt, doch die bittere Kapsel in ihr hatte sich geöffnet und schoss Gift gegen ihren Mann, ohne dass sie es verhindern konnte. »Verdienst du so wenig, dass wir nicht einmal unser eigenes Zuhause haben können? Als Kapitän? Ist es so wenig, dass ich wie eine Magd bei dieser Person hausen muss, obwohl ich einen angesehenen Mann habe?« Mit jedem Wort wurden ihre Bewegungen ruppiger, mit denen sie Ferah den Löffel in den Mund stieß.

Fluchend sprang Sercan auf, und für den Bruchteil einer Sekunde befürchtete Seza, dass er sie schlagen würde. Doch er presste nur die Lippen aufeinander und fixierte sie mit seinem eisigen Blick. Ferah verzog ängstlich den Mund, jede Sekunde bereit, in Tränen auszubrechen, aber Seza sah es nicht. Sie war zu gereizt, und ihre sonst weiche Stimme stieg eine Oktave höher.

»Und wie kann es sein, dass ich mit der Kleinen nicht bei deiner Mutter und deinen Schwestern wohnen kann? Wie kann es sein, dass ich sie noch nie gesehen habe? Wissen sie überhaupt, dass du eine Tochter hast? Dass du mich hast?«

»Verdammt noch mal!«, schrie Sercan. Die Ader an seiner Stirn pochte. »Soll ich euch den Griechen vor die Füße werfen? Willst du massakriert werden? Willst du das?«

Ferah klammerte sich an ihre Mutter, verbarg das Gesicht an ihrer Brust und schluchzte. Mit hektischen Bewegungen strich Seza über ihren Kopf.

»Du dummes Weib, du weißt ganz genau, dass noch Krieg ist!«

»Nein, das weiß ich nicht! Du hast gesagt, er ist vorbei!«

Sercan ballte die Fäuste, wandte sich ab und ging zum Fenster. Es war keine Glasscheibe darin, so dass er nur die Haken der hölzernen Läden zu lösen brauchte, um das Fenster aufzustoßen. Sein Herz schlug schmerzhaft gegen seine Brust, mühsam holte er Luft, doch sie drang nicht bis in seine Lungen, sein Atem stockte. Der Wind trieb die Wolken rasch weiter gen Osten, als gäbe es keine Zeit und keine andere Richtung mehr, als würde jeder Widerstand, jede Verzögerung durch einen mächtigen Sog verschluckt.

Sercan wusste, dass sie recht hatte. Die Griechen waren besiegt, der Krieg beendet, zumindest offiziell. Die Lage würde sich bald beruhigen, und er hätte keine Ausrede mehr, Seza nicht mitzunehmen. Doch alles in ihm wehrte sich dagegen. Sein Zorn war nichts weiter als Angst vor den Konsequenzen, die folgen würden. Und die verzweifelte Angst, das Versprechen nicht halten zu können, das er ihr nun geben würde.

»Wenn ich das nächste Mal komme«, sagte er leise, »kaufe ich uns ein Haus.«

Der Himmel riss auf, und Sonnenstrahlen fielen in das kleine Zimmer hinter ihm, in dem seine Frau ihre gemeinsame Tochter fütterte und so tat, als hätte sie nichts gehört.

Sercan wusste, dass dies die richtige Entscheidung war. Die einzig richtige Entscheidung seines Lebens. Langsam trat er an Seza heran, legte seine Arme um sie und küsste ihren Scheitel. Seine Geste tat ihr gut, auch wenn sie nicht ganz versöhnt war.

»Wo fahrt ihr diesmal hin?«

»Indien«, sagte Sercan. »Kalkutta.«

»Bringst du mir von dieser Seide mit? Die mit den groben Fasern?«

»Welche Farbe möchtest du?«

»Blau«, antwortete sie. »Bring mir ein helles Blau.«

Sercan lächelte. Er hob Ferah auf seinen Arm, nahm Sezas Hand und zog sie zu sich hoch, so dass sie eng beieinanderstanden. Die Kleine legte ihren Kopf beruhigt an seine Schulter, während sich ihre Eltern ansahen. Sercan empfand mehr für diese schöne Tatarin, als er ihr hätte sagen können, mehr, als er ihr zeigen konnte, und viel mehr, als er bei ihrer ersten Begegnung gedacht hatte.

Es war 1918, kurz nach Ende des großen Krieges. Die Bücher von Sercans Reederei in Istanbul waren voller Aufträge, und alle merkten, dass es langsam wieder bergauf ging. Sein Schiff war vormittags im Hafen von Köstence eingelaufen. Nachdem die Mannschaft viele Stunden mit dem Ausladen der Fracht zugebracht hatte, war sie froh, am Abend das Schiff verlassen zu können. Obwohl Sercan sonst nicht viel darauf gab, hatte er sich von seinem ersten Offizier Carlos überreden lassen, ins Theater zu gehen. Es sollte eine Komödie gezeigt werden, und Sercan hoffte auf ein wenig Zerstreuung nach der langen Schiffspassage.

So hatten Carlos und er in der Hafenschenke einen Krug geleert und sich in die Altstadt zum Theater begeben.

Der lange schmale Nacken mit den hochgesteckten Haaren in der Reihe vor ihm war ihm sofort aufgefallen. Auch ihre Haltung hatte etwas Hochgestecktes; kerzengerade, den Knoten aus geflochtenen Zöpfchen auf dem Kopf, saß sie da und verströmte einen Duft, der mit keinem Parfum zu vergleichen war. Als das Licht ausging und der Vorhang zur Seite schwang, beugte sich Sercan vorsichtig nach vorn, um mehr davon aufzunehmen.

Die junge Frau hatte es gespürt. Sie drehte sich um und fuhr gleichzeitig zurück, weil Sercan ihr unerwartet nah war. Trotz der schwachen Beleuchtung sah er so viel, dass sein Herz unkontrollierte Sprünge machte. Ihr längliches Gesicht mit den dunklen Mandelaugen und den hohen Wangenknochen verrieten ihre tatarische Herkunft, ebenso wie der geschwungene Mund und das bunte Schönheitspflaster zwischen den Augenbrauen. Ihre Haut war weder besonders hell, noch hatte sie eins der Puppengesichter, die Sercan sonst gefielen, doch ihr stolzer und selbstsicherer Zug fesselte ihn sofort.

Er entschuldigte sich, und mit ernstem Blick wandte sie sich wieder zur Bühne. Carlos grinste seinen Kapitän an. Der grinste zurück. Es schien schon fast zu leicht, an sie heranzukommen, denn sie war in Begleitung eines älteren Ehepaares, also faktisch allein.

Von da an folgte Sercan nur noch ihren Bewegungen, beobachtete ihre schlanken Arme in dem schwarzen Kleid, ihre Hände, die des Öfteren an ihren Dutt wanderten, als wäre sie nicht sicher, ob er halten würde. Er versuchte, ihr Profil zu erhaschen, wenn sie den Kopf drehte, besah sich ihre kleinen Ohren, an denen goldene Ringe schaukelten, und horchte auf jeden Laut, wenn sie lachte. Und in hauchzarten Wellen erreichte ihn dieser faszinierende Duft, der sich auflöste, sobald er versuchte, mehr zu bekommen. Das Theaterstück spielte an Sercan vorbei, und am liebsten wäre er selbst auf die Bühne gesprungen.

Als es dann endlich zur Pause klingelte, entschwand die junge Frau im Schlepptau der älteren Leute. Sercan und Carlos folgten ihnen und stellten sich so unauffällig wie möglich in ihre Nähe. Aus dem Gespräch konnten sie entnehmen, dass es tatsächlich Tataren waren, und da alle Tataren Türkisch sprachen, war es ein müheloser Einstieg für ihn.

»Verzeihen Sie bitte«, Sercan zog sein Halstuch aus der Jackentasche, »vermissen Sie dieses vielleicht?«

»Was ist das?« Der ältere Herr sah auf das Tuch und schüttelte den Kopf. »Nein, mein Junge. Das gehört uns nicht, oder was meinst du, Beril?«

Auch seine Frau sagte: »Nein, sicher nicht.«

»Vielleicht ist es Ihrer Tochter von der Schulter gerutscht?«, erklärte Sercan lächelnd, bemüht, die Aufmerksamkeit der jungen Frau auf sich zu lenken. »Es lag hinter ihrem Sessel im Zuschauerraum.«

»Tatsächlich?« Sie sah weder ihn noch das Tuch an. »Solch geschmacklose Farben würde ich nie tragen. Und jetzt entschuldigen Sie uns.« Damit wandte sie sich wieder dem Ehepaar zu. »Können wir gehen, Großvater?«

»Ach bitte, warten Sie.« Eilig winkte Sercan einen Ober mit einem Tablett gefüllter Gläser heran. »Dürften wir die werten Herrschaften zu einem Getränk einladen?«

»Da sage ich nicht nein.« Der alte Mann griff freudig zu, argwöhnisch beäugt von seiner Frau, der die Fremden nicht geheuer schienen.

Sezas Augen flogen über ihn hinweg, die Mundwinkel in einer eleganten Abwärtsbewegung verzogen. Sie fühlte sich eindeutig belästigt und kein bisschen von seiner äußeren Erscheinung angezogen, was Sercan einen angenehmen Stich versetzte.

Zunächst verwickelte er den Herrn in ein Gespräch zur Lage des Osmanischen Reiches und der Kommunisten in Rumänien, leitete über zum griechisch-türkischen Krieg und richtete dann seinen ganzen Charme auf dessen Frau, als diese vor Langeweile glasige Augen bekam. Zwei Minuten später hing die alte Dame an seinen Lippen. Carlos versuchte derweil ein Gespräch mit der jungen Frau zu beginnen, was sich jedoch schwierig gestaltete, weil er nur wenig Türkisch und sie kein Wort Spanisch sprach, ganz zu schweigen von ihrer Ungeduld, den aufdringlichen Männern zu entkommen. Sobald die Klingel ertönte, hakte sie sich bei ihren Großeltern ein und zog sie mit sich fort.

Sercan kannte weder ihren Namen, noch hatte er einen Anhaltspunkt, wo er sie beim nächsten Aufenthalt finden würde. Während der zweite Teil des Stücks lief, grübelte er fieberhaft. Nachdem der letzte Vorhang gefallen war, strebte er nicht mit der Menge zum Ausgang, sondern folgte ihr und ihren Großeltern zur Garderobe der Schauspieler.

Da Sercan Carlos weggeschickt hatte und sich hinter einigen anderen Theatergästen im Hintergrund hielt, fiel er nicht sofort auf. Ohnehin schien es so, dass sie ihn vergessen hatte. Sie sprach angeregt mit einer Frau, die aus der Requisite gekommen war. Sercan stellte sich hinter einen großen Kleiderständer voller Kostüme und lauschte. Es ging um eine Tätigkeit als Näherin, für die sich die junge Frau bei der älteren vorstellte. Sercan erfuhr, dass sie Seza hieß und siebzehn Jahre alt war.

Seza, dachte er mit einer Gewissheit, die ihn selbst überraschte, Seza gehört zu Sercan.

Von da an wurde der Himmel über Köstence heller, wenn Sercan in den Hafen einlief. Stets führte ihn sein erster Gang ins Theater, und auch wenn Seza ihn anfangs sehr abweisend behandelte, fühlte sie sich insgeheim durch seine Beharrlichkeit doch geschmeichelt. Hinzu kam der Tod ihrer Großeltern, der Seza sehr zu schaffen machte, viel mehr als der ihrer Eltern, die sie kaum gekannt hatte.

Auch Tante Abide zeigte sich nun von einer anderen Seite. Kaum war die vorgeschriebene Trauerzeit vorbei, begann sie ihre Nichte zu drangsalieren, um das Haus für sich allein zu haben. Es verging kaum ein Monat, in dem nicht mindestens ein älterer Mann in ihrer Stube saß und Seza mit wohlwollenden Blicken folgte. Das machte sie noch empfänglicher für Sercans Werben. In der Hoffnung, Abide damit zu entkommen, gab sie nach, doch mit der Heirat wurde es nicht einfacher.

Sercan war nur selten in Köstence. Er bat Abide, ihnen so lange Unterkunft zu gewähren, bis er ein eigenes Haus kaufen konnte. Abide stimmte zu und bereute es bitter, denn obwohl Sercan für das Zimmer zahlte, lag die Verantwortung für Seza noch immer bei ihr. Und die Zeit lief ihr davon. Solange das Haus nicht frei war, würde Abide keinen neuen Mann für sich gewinnen. Es gab nach dem Krieg ohnehin nur noch wenige gesunde Tataren im richtigen Alter. Und ein Türke kam für Abide genauso wenig in Frage wie jede andere Nationalität. Auch dass Seza kurz darauf selbst eine Tochter bekam, die zu Abides größtem Schmerz gesund war, machte das Verhältnis zwischen den Frauen nicht besser.

Als Sercan zu Dimitrie und Manuc ging, schickte Seza einen türkischen Jungen mit zwei Blecheimern zum Wasserholen, die er an einem Stock über den Schultern trug, und gab ihm danach eine kleine Münze. Sie erwärmte einen Kessel Wasser auf dem Ofen, trug ihn in den Hof und goss ihn über der Zinkwanne aus, die sie zuvor mit Asche gefüllt hatte. Kernseife durfte Seza nur für die Ausgehkleidung verwenden.

Sie fügte zwei Kübel kaltes Wasser hinzu und begann Ferahs Hemdchen in der Lauge zu walken. Auch Ferah wollte waschen, griff nach einem Tuch und ahmte die Bewegungen ihrer Mutter auf dem Waschbrett nach. Seza füllte etwas Wasser für ihre Tochter in den Kübel und ließ sie dort waschen. Je später es wurde, umso wärmer wurde es im Hof.

»Rahmanie!«, rief Seza zum geöffneten Fenster der Stube hin. »Rahmanie, komm raus.«

Das Mädchen antwortete nicht, obwohl Seza noch dreimal rief und überzeugt war, dass Rahmanie sie sehr wohl hörte.

Stattdessen sah Abide aus dem Fenster. »Was schreist du?«

»Tante Abide, sag Rahmanie, sie soll mir helfen, Wäsche aufzuhängen.«

»Wozu?«, fragte Abide. »Hast doch deine eigene Tochter!«

»Aber es ist auch eure Wäsche.«

»Dann denk einmal daran, wie lächerlich wenig dein Mann für euer Zimmer zahlt und dafür, dass ihr es hier so angenehm getroffen habt. Ich könnte das Doppelte verlangen, wenn ich wollte, das Doppelte, verstehst du?«

Seza sagte nichts mehr. Stumm rieb sie die Wäsche über das Brett.

Ferah verschwand im Hühnerstall, aus dem leises Gegacker zu hören war. Und obwohl Seza wusste, dass die Kleine gut mit den Tieren umging, stand sie auf, um sie zu holen und keinen weiteren Ärger mit Abide heraufzubeschwören.

Da stürzte Rahmanie aus der Tür. Der Koffer rutschte ihr aus der Hand, und fast wäre Rahmanie noch darüber gestolpert.

»Sie hat sie gefressen!«, heulte sie. »Sie hat sie kaputtgemacht, und dann hat sie sie gefressen!«

Seza hielt Rahmanie im Arm. »Wer hat wen gefressen?«

»Karmen hat Minik[4] gefressen«, schluchzte Rahmanie. »Da kamen die ganzen Sachen raus, Zähne und Klumpen und Bänder und Blut!«

Karmen war eine Katze mit rostrotem Fell, die sich oft bei ihnen herumtrieb, weil Rahmanie sie heimlich fütterte. Wie auch die Mäuse, die sie mit Brotkrumen und endloser Geduld zu zähmen versuchte und von denen es eine nun offensichtlich erwischt hatte. Sehr zu Abides Genugtuung, denn sie hatte Angst vor ihnen.

»Weißt du was?«, sagte Seza. »Ich glaube, das war besser so, weil sie ihre Babys vermisst hat.«

Rahmanie sah Seza verständnislos an. Eine Träne lief über ihre Wange, doch sie weinte nicht.

»Erinnerst du dich?«

»Nein«, sagte Rahmanie.

»Letzte Woche hat Karmen doch ihre Babys gefressen, und jetzt wollte sie …«

»Nein!«, schrie Rahmanie und hielt sich die Ohren zu. »Nein! Nein! Nein!«

Seza bereute ihren kläglichen Trostversuch, weil durch Rahmanies Geschrei Abide erneut aus dem Fenster sah.

»Was ist denn los? Was hast du gemacht?«

Bevor Seza antworten konnte, erschien Ferah in der Tür des Hühnerstalls. Auch sie wollte wissen, was der Lärm zu bedeuten habe. Abide verzog das Gesicht.

4 karmen = karminrot, Minik = die Kleine

»Wenn dieses Kind meine Hühner jagt«, drohte sie, »oder auch nur ein einziges …«

»Wir stehlen keine Eier, Tante Abide!«, fiel ihr Seza ins Wort. »Ferah, komm da raus. Sofort!« Erschrocken über den rüden Ton ihrer Mutter, lief Ferah schnell zu ihr und klammerte sich an ihren Rock. Rahmanie ging in die Knie und versuchte, Ferah in den Arm zu nehmen, doch sie drehte sich weg und verbarg sich in den Falten des Stoffs.

»Rahmanie, komm herein«, grummelte Abide.

»Nein«, erwiderte Rahmanie. »Du bist nicht freundlich, ich komme nicht.«

»Allah Allah, wenn dein Vater wüsste, wie ungehorsam du bist!«, schimpfte Abide. »Er würde dich bestrafen! Allah Allah, womit habe ich das nur verdient? Undankbar, eine wie die andere.«

»Baba ist tot«, sagte Rahmanie. »Tot. Und Minik ist auch tot. Und ihre Babys sind auch tot. Alle tot.«

»Jaja, alle tot«, winkte Abide ungeduldig ab. »Das ist auch gut so, dass das Viehzeug tot ist, das widerliche mit seinen Krankheiten und seinem Dreck.«

»Du bist nicht freundlich«, wiederholte Rahmanie leise, richtete ihren Koffer auf, setzte sich auf Sezas Schemel neben der Zinkwanne und begann ein Wäscheteil zu schrubben. Ferah zog ihren Kübel neben Rahmanie und tat, als würde sie ebenfalls waschen. Schnaufend zog sich Abide in ihre Stube zurück.

Seza betrachtete die beiden Mädchen, die einträchtig beieinandersaßen. Rahmanie flüsterte Ferah etwas ins Ohr, und die Kleine kicherte.

In drei Tagen war Sercan wieder auf See, monatelang. Erneut wallte Ärger in Seza auf, Ärger über Sercans Freiheit. Er kam und ging, wie er wollte, während sie wie eine

Gefangene ausharren musste, ihn weder begleiten noch dieses Haus verlassen konnte und sich stattdessen jener Frau beugen musste, die sie um ihr Erbe gebracht hatte.

Ihre Arbeit als Näherin am Theater hatte sie wegen der Schwangerschaft aufgegeben. Sie war ohnehin schlecht bezahlt worden, aber jetzt stand Seza ganz ohne Einkommen, ohne Haus, ohne Verwandte und genau genommen auch ohne Mann da.

Abide hatte die Hochzeit mit Onkel Nihat Glück gebracht. Seza wusste, dass sie ihn nicht sonderlich gemocht, sondern nur eingewilligt hatte, weil seine Familie die Rosenfabrik besaß. Als dann auch noch Rahmanie mit einem sichtbaren Defekt geboren wurde, ließ sie an ihm gar kein gutes Haar mehr. Vielleicht hatte Großvater Mitleid mit Abide und überschrieb Onkel Nihat deshalb frühzeitig das Haus in Köstence. Ihr Onkel versprach zwar, für Seza zu sorgen, bis sie verheiratet wäre, aber dazu kam es nicht. Nachdem die drei verstorben waren und es keinen männlichen Erben mehr in der Familie gab, nahm es Abide in Besitz. Alles bis auf eine Flasche Rosenöl, etwas Wäsche und Großmutters Schmuck, den sie Seza in ihrer letzten Stunde anvertraute, als wüsste sie, dass diese ihn noch brauchen würde. Die Aussichtslosigkeit ihrer Lage setzte Sezas ohnehin gereizte Stimmung vollends in Brand. Sie ließ die Wäsche stehen, rief die Mädchen zu sich und verließ den Hof.

Rahmanie lief voraus und ließ ihren Koffer an der Hand hoch schwingen. Ferah folgte ihr so schnell sie auf ihren kurzen Beinen konnte. Das Storchennest auf dem Dach ihrer Nachbarn war verlassen. Vor Wochen schon hatten sich die großen Vögel in Richtung Süden verabschiedet und damit den Beginn des Winters angekündigt. Vier lange Monate.

Als der Pfad in Sand überging und das Meer vor ihnen lag, atmete Seza auf. Dunkle Wolkenberge türmten sich am Horizont. Der Wind hatte etwas nachgelassen, doch die Wellen waren immer noch höher als sonst. Ein einsamer Straßenhund, der an einem morschen Baumstamm geschlummert hatte, hob den Kopf. Während Rahmanie und Ferah unbekümmert weiterliefen, blieb Seza stehen. Sie hatte Angst und wollte, dass die Mädchen weder ihm noch dem Wasser zu nahe kamen. Doch wenn sie jetzt zu laut rief, würde sie ihn möglicherweise aufscheuchen. Der Hund sah den Mädchen aufmerksam nach, wie sie bis kurz vor die Meereslinie liefen und fröhlich kreischten, als ihnen eine Welle entgegenkam. Ohne ihn anzusehen, ging Seza sehr langsam weiter und hoffte, dass er ihr und den Kindern nicht nachlaufen würde. Großmutter hatte ihr erzählt, Hunde würden die Angst der Menschen riechen und die besonders Ängstlichen angreifen. Daran musste Seza stets denken, und das kam in letzter Zeit häufig vor, denn in Köstence gab es wegen des Fischfangs und der zu erwartenden Reste immer mehr Streuner. Weil nichts Essbares zu erschnüffeln war, vielleicht aber auch, weil sie ihm gleichgültig waren, steckte der Hund seine Schnauze wieder ins Fell und schlief weiter.

Seza trieb die Mädchen vor sich her den Strand entlang. Als sie außer Sichtweite waren, setzte sie sich auf ein großes Stück Schwemmholz und sah ihnen zu. Rahmanie buddelte ein Loch und freute sich, als Wasser darin stand, ohne dass sie es hineingefüllt hatte. Ferah sammelte Steine, die sie mit Schwung in die Pfütze warf, und lachte, weil Rahmanie bespritzt wurde. Auch Rahmanie warf welche hinein und tanzte mit Ferah zusammen um das Wasserloch.

Stimmen ertönten hinter Seza. Sie drehte sich um und sah Naime und Narin, die Zwillinge, in ihren sauber gestärkten Kleidern. Sie wohnten mit ihren Eltern in dem Storchennest-Haus.

»Komm, Ferah!«, riefen sie, nahmen je eine Hand von ihr und liefen los, um sie fliegen zu lassen. Ferah kniff die Augen zusammen und riss ihren kleinen Mund auf, weil sie keine Luft bekam. Quietschend landete sie im Sand.

»Was macht ihr?« Rahmanies starrer Blick richtete sich erst auf Naime, dann auf Narin, doch sie antworteten nicht, sondern spielten mit Ferah Pferdchen. Ferah saß auf Narins Rücken, und Naime gab der Kleinen einen Stock, mit dem sie ihr Pferd antreiben sollte. Doch nach den ersten Schlägen ließ Narin Ferah herunter.

»Komm, Rahmanie«, rief sie. »Jetzt bist du dran.«

Voller Freude, dass auch sie mitspielen sollte, nahm Rahmanie Ferah auf den Rücken und galoppierte mit ihr davon. Naime und Narin liefen hinter ihnen her.

»Schneller, Rahmanie, schneller!«

Ferah jauchzte vor Vergnügen, schwang ausgelassen den Stock und klopfte auf Rahmanies Beine. Die Zwillinge spornten die Kleine immer wilder an, bis sie Rahmanie mit einem harten Schlag im Gesicht traf. Aufheulend stürzte das Mädchen zu Boden und riss Ferah mit sich, die ebenfalls zu weinen begann. Narin hob die Kleine auf.

»Du Schwachsinnige!«, schalt sie. »Was hast du nur gemacht?«

Naime langte nach dem Stock und hieb wüst auf Rahmanie ein, während auch sie lauthals schimpfte und Rahmanie vergeblich versuchte, ihre Schläge abzuwehren.

»Ich werd's dir zeigen, du zurückgebliebene Irre!«

Seza sprang auf und eilte zu den Mädchen. Rahmanie

wollte vor Naime weglaufen, doch diese hielt sie fest und schlug erneut zu.

»Na warte!«, schrie Naime.

Rahmanies Weinen hatte sich in ein panisches Kreischen gesteigert, als Seza Naime den Stock aus der Hand schlug und sie grob am Arm packte. Erschrocken und verwirrt starrte Naime in Sezas pechschwarze zornfunkelnde Augen.

»Tu das nie wieder!«, zischte sie. »Hast du mich verstanden, nie wieder!«

»Aber Tante Seza«, wimmerte Naime ängstlich. »Sie hat sie fallen lassen! Sie hat doch Ferah fallen lassen! Ich …«

»Du hast gehört, was ich gesagt habe!«, erwiderte Seza bedrohlich leise. »Tust du ihr noch einmal weh, soll Allah dich strafen!«

Während die Zwillinge hastig durch den weichen Sand davonstolperten, versuchte Seza, Rahmanie zu beruhigen, doch sie war so außer sich, dass es ihr nicht gelang. Zitternd presste sie den Koffer an sich. In ihrer Stimme lag blanke Todesangst. Weil auch Ferah immer weiter weinte, wandte sich Seza ihr wieder zu. Als hätte sie nur auf das Signal gewartet, schnellte Rahmanie empor, lief ohne sich noch einmal umzusehen auf die Anhöhe zu und war kurz darauf verschwunden. Seza hoffte, dass das Mädchen in der Aufregung den richtigen Weg nahm. Seufzend setzte sie Ferah auf ihre Hüfte und machte sich ebenfalls auf den Heimweg. Das würde ein Nachspiel haben, das wusste sie, zuerst von Tante Abide und dann von den Eltern der Zwillinge, oder umgekehrt, je nachdem, wer ihr zuerst begegnete.

Was hätte Seza jetzt darum gegeben, mit Sercan gemeinsam auf die Reise zu gehen, diesen Ort hinter sich zu lassen, der ihr nie zur Heimat geworden war. Und Abide, der sie sich ausgeliefert fühlte. Um Rahmanie täte es ihr leid. Seza hatte sie ins Herz geschlossen, weil sie so rein und unverstellt war. Rahmanie kannte keine Heimtücke oder Hinterlist, keine Falschheit oder Berechnung wie so viele andere Menschen, die sie als Geisteskranke beschimpften. Rahmanie war zu jeder Zeit nur sie selbst.

Bei dem Gedanken an eine Schiffsreise, die sie und Ferah für immer von hier fortbringen würde, fing Sezas Herz an zu klopfen. Trotz des lang andauernden Krieges waren viele in den letzten Jahren ins Mutterland ausgewandert, sehr viele, und man hatte ihnen nicht nur ein Grundstück, sondern auch ausreichend Baumaterialien versprochen. Seza malte sich aus, wie es wäre, nicht in Köstence ein Haus zu haben, sondern in Trabzon, wo Sercan oft Zwischenstation machte, um seine Familie zu sehen und Nüsse, Tee und Tabak zu laden. Seza wusste nicht, wo Trabzon lag. Im Osten, hatte Sercan gesagt, am anderen Ende des Schwarzen Meeres.

Sie bekam ein schlechtes Gewissen, weil er so bald abreisen würde und sie ihm unrecht getan hatte. Er musste nicht nur für sie und Ferah, sondern auch für seine kranke Mutter und zwei Schwestern aufkommen, die nicht verheiratet waren. Essen, Kleidung, Medikamente, Arztbesuche, Krankenhaus, ständig kamen neue Ausgaben hinzu, die alle von ihm bezahlt werden wollten. Und die Verantwortung für sie trug er auch noch ganz allein. Sein Vater und sein Bruder waren im Krieg geblieben wie Onkel Nihat. Eigentlich hatte er sich eine Frau gar nicht leisten können, geschweige denn ein Kind. Doch Seza erinnerte sich gern an den Moment, als sie Sercan mitgeteilt hatte, dass sie sein Kind erwartete. Er war nicht erschrocken oder bedrückt, wie sie es von anderen Frauen wusste. Sercan hatte sich gefreut. Und als es dann noch ein Mädchen war, kannte seine Freude keine Grenzen mehr, was Seza sehr verwundert hatte. Niemand freute sich über ein Mädchen. Die Frauen, wenn überhaupt, nur heimlich, die Männer gar nicht. Nur Jungs zählten, weil sie den Besitz erbten und im Alter für ihre Eltern sorgten. Auch Seza hatte für einen Jungen gebetet, doch Sercan war sofort derart in seine Tochter vernarrt, dass ihn die Nachbarn als weibisch verhöhnten. Ihn ließ das kalt; er tauchte den Zeigefinger in sein Rakı-Glas und fuhr damit über die Lippen des Babys, um ihm den Beinamen Rakıye zu geben. Auch wenn Ferah daraufhin weinte, weil der scharfe Alkohol an ihrem Mund brannte, war Seza dankbar für seine Liebe, die so viel größer zu sein schien als ihre eigene. Es war nicht so, dass Seza ihr Kind nicht liebte, keinesfalls. Sie wünschte sich auch nicht, Ferah nicht zu haben, das war es nicht. Sie hatte nur das Gefühl, dass das Muttersein nicht ihrem Naturell entsprach, dass ihr diese Eigenschaft fehlte, und sie ertappte sich bisweilen bei dem unerhörten Gedanken, nie ein Kind bekommen zu haben, wenn sie die Wahl gehabt hätte. Es gab Momente, in denen Seza neidvoll beobachtete, wie innig Sercan mit seiner Tochter war, wie selbstverständlich er in seiner Rolle aufging. Und es gab Momente, in denen sie nur zu gern ihr unabhängiges, kinderloses Leben zurückgehabt hätte.

Als Ferah zu schwer auf ihrer Hüfte wurde, setzte Seza sie ab und ließ sie allein weitergehen. Sie hatte es nicht eilig, zu Hause erwarteten sie ohnehin nur Anschuldigungen und ein Berg Wäsche. Der Umweg war weniger steil als die Anhöhe. Trotzdem streckte Ferah kurz darauf wieder die Arme nach ihrer Mutter aus, weil sie nicht mehr laufen konnte.

Voll böser Vorahnungen trat Seza in den Hof und sah überrascht, dass die Wäsche nicht nur gewaschen, sondern auch zwischen den beiden Bäumen aufgehängt im Wind trocknete. Auch ihre und Ferahs.

Ein einsames Huhn stakste mit nickendem Kopf vor dem Stall umher und pickte die letzten Krümel auf. Weder von Rahmanie noch von Tante Abide war etwas zu sehen oder zu hören, und ihre Fensterläden waren geschlossen.

»Baba?«, rief Ferah. »Baba?« Sie lief ins Haus, riss die Zimmertür auf, und Sercans Stimme ertönte.

»Da ist ja meine Schöne! Wo wart ihr denn so lange?«

Ferah stieß einen Schwall Worte hervor, aus denen gerade noch »Rahmanie« und »Stock« identifizierbar waren, der Rest ging in ihrem hellen Lachen unter.

Vor ihrer Tür stand ein Korb mit fünf Eiern. Hatte Tante Abide diese dortgelassen, um Seza auf die Probe zu stellen oder sie des Diebstahls zu überführen? Erbost griff Seza nach dem Korb, klopfte an Tante Abides Tür und trat ein, auf einen handfesten Streit vorbereitet. Doch Abide saß am Ofen, ihre Häkelarbeit auf den Knien, und sah nicht feindselig aus, eher zufrieden.

»Ach, du bist es«, sagte sie. »Hast du die Eier gesehen? Ich habe sie vor eure Tür gestellt.«

»Warum?«, fragte Seza misstrauisch.

»Weil dein Mann sie gekauft hat.« Abide zog an dem dünnen Faden, so dass sich Garn von der Rolle löste, und wickelte es zigfach um ihren Zeigefinger. Dann fuhr sie mit der feinen Häkelnadel wieder in die Tischdecke. Das erklärte natürlich Abides Freundlichkeit. Wahrscheinlich hatte Sercan vom Verkauf der Fische nicht nur die Eier, sondern auch die Miete für die Zeit seiner Abwesenheit und etwas Unterhalt bezahlt.

Seza kam sich lächerlich vor mit dem Korb in der Hand und ihrer gereizten Laune. Tante Abide schien das zu merken.

»Ist noch was?«, fragte sie.

»Nein«, sagte Seza und wandte sich zum Gehen. Dann drehte sie sich doch noch einmal um. »Wo ist Rahmanie? Wie geht's ihr?«

Abide wies mit der Nadel hinter sich zur Wand. »Dahinten und schmollt mal wieder.«

»Naime und Narin haben sie geärgert und geschlagen.«

»Sie hat's verdient«, gab Abide ungerührt zurück. »Sie ist zu ungeschickt.«

»Woher willst du das wissen?«, fragte Seza ärgerlich.

»Ihre Mutter war hier und hat's erzählt. Und mächtig geschimpft über dich. Kannst froh sein, dass ich dich verteidigt habe.«

»Dann hat dir ihre Mutter sicher auch gesagt, dass Ferah Rahmanie versehentlich mit dem Stock im Gesicht getroffen hat, oder?«

»Ach, Geschwätz!«, winkte Abide ab. »Rahmanie ist einfach zu empfindlich und zu nichts zu gebrauchen.«

Seza verließ kopfschüttelnd den Raum. Rahmanie saß hinter dem Haus auf einem breiten Holzstumpf, noch immer mit verquollenen Augen und hellen Schlieren im Gesicht. An ihrer Wange leuchtete ein roter Striemen. Der Koffer stand zu ihren Füßen.

»Will meinen Baba wiederhaben«, sagte sie leise, ohne Seza anzusehen. »Meinen Baba wiederhaben.«

»Du hast recht.« Seza setzte sich neben sie. »Und ich will meinen Dede und meine Babaanne[5] wiederhaben.«

»Ja?« Erstaunt sah Rahmanie auf. »Willst du die auch wiederhaben?«

»Ja«, antwortete Seza. »Du glaubst nicht, wie sehr ich das will.«

5 Dede = Opa, Babaanne = Vaters Mutter, Oma

»Aber sie sind tot«, sagte Rahmanie mit einem wissenden Lächeln. »Minik ist auch tot, ihre Babys sind auch tot, Baba ist auch tot. Alle tot.«

Seza überlegte, was sie diesen erdrückenden Tatsachen entgegenstellen könnte.

»Erinnerst du dich an Sabantuj im vergangenen Frühling?«

Rahmanie schwieg. Ihr verständnisloser Blick rutschte von Seza ab und landete wieder auf ihrem Koffer. Sie wippte unruhig mit den Füßen. »Mit Baba?«

»Nein«, sagte Seza, »mit deiner Mutter, Ferah und mir. Weißt du noch, wie du auf dem Pferd geritten bist? Wie eine echte Tatarin!«

»Auf dem Pferd geritten.« Rahmanie lächelte. »Ich bin auf dem großen Pferd geritten. Im großen Wasser. Ja.«

Sabantuj war das traditionelle Volksfest der Tataren, das nach der ausgebrachten Saat gefeiert wurde. Die Menschen beteten gemeinsam, brachten den Geistern ihrer Ahnen Opfer, um sich zahlreiche Nachkommen, fruchtbare Tiere und eine gute Ernte zu sichern. Wo auch immer es begangen wurde, feierten alle anderen im Ort mit, ganz gleich, welcher Abstammung sie waren. Jeder freute sich auf das Fest, alle putzten sich mit ihren feinen Trachten heraus, und schon Tage vorher, wenn die Frauen mit den Vorbereitungen beschäftigt waren, herrschte eine fröhlich aufgeregte Stimmung.

»Das hatte weiche Haare«, sinnierte Rahmanie. »Lang und weich. Und ich habe es gestreichelt. Weich.«

Das Pferd gehörte Manuc, und er pflegte es mit größter Hingabe und Stolz. Das Pferderennen an Sabantuj war für ihn stets die beste Gelegenheit, zu zeigen, dass er nicht nur der Sohn des reichen Fischers war, sondern auch ein guter

Reiter, der es mit jedem Tataren aufnehmen konnte. Sein Talent blieb natürlich auch den jungen Mädchen nicht verborgen, und so scharten sie sich nach dem Rennen um ihn in der Hoffnung, dass er mit ihnen um den Festplatz reiten würde.

Warum er dann statt eines hübschen Mädchens Ferah in den Sattel hob und gleich danach noch Rahmanie, verstand niemand. Ob es wirklich daran lag, dass Manuc Seza insgeheim bewunderte, wie Dimitrie gescherzt hatte? Er bereitete damit jedenfalls nicht nur den Kindern, sondern tatsächlich auch Seza eine Freude.

»Geh nur zum Ringkampf, Seza Abla[6]«, hatte Manuc gesagt. »Ich bringe sie dir später zurück.«

Ein wenig hatte sich Seza schon gesorgt, ob Manuc wohl allein zurechtkommen würde, war dann aber doch Tante Abide gefolgt, die bereits in der Menge stand, um den Ringkampf zu sehen. Ihr Nachbar Cemil, der Vater der Zwillinge Naime und Narin, trat gegen einen Tataren an, den Seza nicht kannte. Es war für die Männer üblich, mit freiem Oberkörper, halblangen Hosen und einem an der Taille geknoteten Tuch zu kämpfen. Cemil und der Tatar umkreisten einander mit wachsamen Blicken und warfen sich zum Anheizen ein paar Drohungen zu, die das Publikum zwar als Spaß erkannte, die aber trotzdem ihre einschüchternde Wirkung nicht verfehlten. Dann gingen sie mit wütendem Gebrüll aufeinander los und versuchten sich, gegenseitig am Tuch zerrend, aus dem Gleichgewicht zu bringen. Zunächst sah es so aus, als wäre Cemil der Stärkere. Doch dann wurde offenbar, dass der Tatar nur mit den Erwartungen des Gegners gespielt hatte, um die Spannung zu steigern. Er hielt dagegen, bis Cemil die Kräfte ausgingen, und warf ihn zu Boden. Cemil fluchte zwar erst, musste dann aber doch

6 große Schwester

lachen und klopfte dem Tataren anerkennend auf die Schulter. Unter lautem Jubel hob der Sieger seinen Gewinn, einen lebendigen Hammel, auf die Schulter und trug ihn so lange im Kreis herum, bis ihn alle gebührend bewundert hatten. Vor Abide blieb er einen Moment länger stehen, woraufhin diese sofort die Augen niederschlug.

Schon bei den ersten Klängen der Akkordeonspieler war der Ringkampf vergessen. Alle strömten der Musik entgegen, und kurz darauf wiegten sich Burschen und Mädchen im Takt.

Es gab Seza einen schmerzhaften Stich, die jungen Leute in ihren farbenfrohen Trachten so ausgelassen tanzen zu sehen. Nicht einmal in all den Jahren hatte Seza das mit Sercan getan, obwohl sie es sich sehr wünschte.

»Selbst wenn ich zu der Zeit da wäre«, hatte er gesagt, als sie sich bei ihm darüber beklagte, »würde ich nicht auf diese Weise tanzen. Und du solltest es auch nicht tun. Es schickt sich nicht für die Frau eines türkischen Kapitäns.«

»Aber für eine Tatarin!«, hatte Seza erwidert und den Rest des Tages kein Wort mit ihm gesprochen.

So ging Seza zu den Frauen hinüber, die im Schatten einer ausladenden Eiche saßen, ließ sich ein Hefetörtchen mit Kartoffeln und Fleisch geben und beobachtete einen Jungen, der versuchte, einen hohen, glatten Baumstamm zu erklimmen. Der Wettbewerb bestand darin, ganz bis an die Spitze zu klettern und sich eines der Geschenke zu holen, die daran hingen. Doch unter dem schadenfrohen Gelächter der Umstehenden rutschte er immer wieder ab.

Manuc hatte sein Pferd vom Festplatz fort an den Strand geführt, um es nach dem anstrengenden Rennen im Meer abzukühlen. Die Mädchen kicherten aufgeregt und krallten sich an der Mähne fest, als das Tier immer tiefer ins Wasser ging und ihre Füße nass wurden. Manuc zog die Bürste aus der Satteltasche und begann sein Pferd zu reinigen. Es schien ihm zu gefallen, denn es blieb still stehen, während Manuc sein Fell bearbeitete und die Mädchen es ihm mit den Händen gleichtaten.

Als Manuc mit Rahmanie und Ferah wieder auf dem Festplatz erschien, waren auch ihre Trachten nass und klebten an den zierlichen Körpern, doch ihre Augen leuchteten wie seit langem nicht mehr. Seza wurde zum ersten Mal klar, dass für Ferahs Glück andere Dinge entscheidend waren als für sie selbst.

»Ohne Baba.« Rahmanies Stimme drang leise an Sezas Ohr und brachte sie zurück. »Baba ist tot. Ganz weit weg.«

Am Abend lag Seza neben Sercan. Ferah hatte sich in ihrer Wiege zusammengerollt und schlief tief und fest. Noch einmal hatte Seza ihren Mann gebeten, sie und Ferah mit sich zu nehmen. Und obwohl sie diesmal freundlich miteinander sprachen, spürte sie seine Weigerung.

»Du hast keine Ahnung, was in Trabzon los ist«, sagte er. »Der Krieg ist nur auf dem Papier gewonnen. Statt Frieden herrscht gegenseitiger Hass, die Griechen gehen auf die Türken los und die Türken auf die Griechen. Es gibt immer noch Überfälle und Straßenkämpfe. Es ist viel zu gefährlich in der Stadt, ich kann euch nicht mitnehmen.«

Seza schwieg. Sie hatte das Argument so gründlich satt, das Sercan seit Jahren anführte. Während sie ihm früher geglaubt hatte, beschlich sie nun das Gefühl, dass er die Zustände übertrieb, um ihre Hoffnungen zu zerstreuen.

Sercan nahm ihr Schweigen als Zeichen der Einsicht.

»Weißt du, was mir gerade ein Kapitän aus Izmir berichtet hat?«

Seza wusste nicht, ob Izmir in der Nähe von Trabzon lag, wollte Sercan aber nicht mit der Frage unterbrechen und schüttelte den Kopf.

»Vergangenen Monat ist im Armenierviertel ein Feuer ausgebrochen. Tagelang hat es dort gebrannt, und Zehntausende Menschen sind umgekommen. Die halbe Stadt liegt in Schutt und Asche. Das kann uns in Trabzon auch noch passieren. Keiner weiß, was den Leuten morgen einfällt.«

»Aber du bist doch auch da«, wandte Seza ein. »Dann muss ich mir auch um dich Sorgen machen.«

»Nein, ich bleibe nicht lange«, sagte er. »Höchstens drei Tage, dann fahren wir weiter nach Istanbul und von dort direkt nach Kalkutta.«

»Und wenn du uns einfach auf dem Schiff mit nach Indien nimmst?« Seza sah ihren Mann an. Die Vorstellung, inKöstence ausharren zu müssen, erschien ihr zunehmend unerträglich. »Ich bin mit Ferah auch die ganze Zeit in deiner Kabine, wir werden dir nicht zur Last fallen, das verspreche ich dir.«

Doch Sercan blieb hart. Die Überfahrt als Familie sei völlig ausgeschlossen, so etwas gebe es nicht. Und das Haus in Trabzon sei schon für vier Leute zu klein und die Lage in der Stadt zu ungewiss. Er wolle und dürfe kein Risiko eingehen. Sie solle sich noch eine Weile gedulden. Köstence sei auch viel schöner als Trabzon, viel moderner.

»Aber wenn es ruhiger wird, holst du uns vielleicht?« Ein kleines Lächeln stahl sich in Sezas Gesicht. Mit der Geduld hatte er sich verraten.

»Ich überlege es mir«, sagte er. Der Gedanke, mit Seza in der Türkei zu leben, war neu und strengte Sercan an. Bislang war es immer nur um ihr gemeinsames Leben in Köstence gegangen, aber im Haus seiner Mutter zu wohnen war aus Sezas Sicht natürlich viel besser und letztlich auch sicherer. Wie sollte es gehen, wenn er monatelang auf See war und niemand auf die beiden aufpassen konnte? Solange sie noch bei Abide und Rahmanie wohnten, war es zwar auch nicht ideal, aber allemal besser als Seza und Ferah allein. Es fehlte einfach ein Mann im Haus. Sercan lag lange wach und grübelte über die richtige Lösung nach. »Vielleicht soll es so sein«, hatte er schließlich gemurmelt in der Hoffnung, dass Seza eingeschlafen war. »Vielleicht nehme ich euch beim nächsten Mal wirklich mit, dich und Ferah.«

Am Morgen seiner Abreise war Ferah so anhänglich, dass Sercan kaum seinen Seesack packen konnte. Sie saß auf seinem Schoß, klammerte sich an seinen Hals und ließ sich von ihm herumtragen. Seza wollte sie ihm abnehmen, doch Ferah wehrte sich, und Sercan ließ sie gewähren, bis es für ihn Zeit wurde, zu gehen.

Er wollte nicht, dass ihn die beiden zum Hafen begleiteten. Er wollte eine rasche Verabschiedung – für sich selbst. Er redete sich ein, dass es diesmal weniger schmerzhaft sei, weil er eine wichtige Entscheidung getroffen hatte. Weil sich alles bei seinem nächsten Besuch ändern würde. Das sagte er Seza zwar nicht, doch sie wusste es nun ohnehin.

»Beim nächsten Mal nehme ich euch mit«, hatte er gesagt. Das hatte sie genau gehört, und es war viel mehr, als sie nach dem Gespräch erwartet hatte. Damit würde sie die vier Monate leicht überstehen. Und so gingen Sercan und Seza beinahe in einer Weise auseinander, als würde er nur zum Fischen rausfahren. Einzig das Wasser im Krug, das Seza ihrem Mann nach altem Brauch hinterherschüttete, damit seine Reise bequem und leicht verliefe, zeigte an, dass er länger fort sein würde. Doch Ferah ließ sich nichts vormachen, sie sah den Abschied als das, was er war. Und sie war nicht gewillt, es hinzunehmen. Seza hatte einige Schwierigkeiten mit ihr im Arm und dem Krug in der Hand, weil Ferah weinte und schrie und sich unter heftigem Gestrampel aus der Umklammerung zu winden versuchte. Dabei vergoss Seza einen Teil des Wassers, noch bevor sie es vollends ausgießen konnte. Sercan hörte es hinter sich auf die Straße platschen, und nur mit größter Selbstbeherrschung gelang es ihm, weiterzugehen, ohne sich umzudrehen. Ferahs verzweifelte Rufe brachen ihm das Herz, und er beschleunigte seine Schritte. Sein einziger Trost war, sich die Freude im Gesicht seiner Tochter vorzustellen, wenn er zurückkam. Er würde seinen Entschluss bald in die Tat umsetzen, sehr bald, auch wenn er noch nicht wusste, wie. Allah würde ihm schon beistehen.

Am Hafen von Köstence war der Teufel los. Menschen über Menschen tummelten sich an der Uferpromenade. Herren in schwarzen Anzügen mit Melone und Spazierstock standen in Grüppchen beisammen, daneben die Frauen, fast alle in weißen Kleidern und Hüten, auf denen Stoffblüten prangten, helle Sonnenschirme in den Händen und ein erwartungsvolles Lächeln im Gesicht. Jungs in Matrosenanzügen, Mädchen in Spitzenkleidchen und Bändern im Haar. Dazwischen hochdekorierte Offiziere mit Schärpen, glänzenden Orden und Pickelhauben; Pferdekutschen und glänzende Automobile mit ebenso herausgeputzten Herrschaften, eskortiert von reitenden Soldaten. Sercan erfuhr, dass man den Besuch von König Ferdinand und seiner Gemahlin Maria erwartete, die erst kürzlich als König und Königin des neuen Großrumäniens gekrönt worden waren. Dafür war das ganze Hafenviertel bis zur Marineschule mit Flaggen, Girlanden und Wimpeln geschmückt worden, die im Wind muntere Wellen schlugen. Vor der Schule standen die jungen Kadetten in lockerer Formation, jederzeit bereit, strammzustehen, wenn das Königspaar eintreffen sollte.

Ungeduldig schob sich Sercan durch die lachend und scherzend vor ihm herflanierende Menge. Die Sonne schien von einem wolkenlosen Himmel, und obwohl es nicht besonders kalt war, schlug Sercan seinen Mantelkragen hoch. Er hatte Manucs Vater gesehen, der sich in der Nähe mit einem Offizier unterhielt, und wollte ohne Verzögerung zu seinem Schiff. Manucs Vater gab gern Bestellungen in letzter Minute auf.

Die *Yıldız*[7] war ein stattliches Frachtschiff von einhundertvierunddreißig Metern Länge, das den Türken im Krieg gute Dienste geleistet hatte und nun für den Handel umgerüstet worden war.

Etwa vierzig Passagiere konnten neben der Besatzung mitfahren. Bis zum Auslaufen waren noch einige Formalitäten zu klären, und Sercan ärgerte sich, dass er diese nicht vorher erledigt hatte. Die nächsten Stunden verbrachte er mit drei Zollbeamten, der Kontrolle der Waren und mehreren Polizisten, die auf der *Yıldız* nach einem flüchtigen Dieb suchten. Carlos, sein erster Offizier, stritt mit türkischen Passagieren, die, unzufrieden mit ihren Kabinen, eine andere Unterbringung verlangten. Und seine Leute warteten murrend auf einen verspäteten Schlepper aus Rusçuk, von dem eine Ladung Leder übernommen werden sollte. Die meisten wollten nach monatelanger Reise und drei Wochen Köstence endlich zurück in die Heimat. Doch das Prozedere zog sich bis spät in den Nachmittag hin. Zu allem Überfluss hatte dichter Nebel die Küste eingenommen, so dass ein

7 Stern

Auslaufen erst am nächsten Tag möglich war. Sercan spendierte der Besatzung ein kleines Fass Mastix, den süßen Likör aus dem Harz der Pistazienbäume, ließ für die Kabinengäste einen Imbiss anrichten und beendete den Abend erschöpft in seiner Kajüte.

Er überlegte kurz, die Nacht an Sezas Seite zu verbringen, verwarf den Gedanken jedoch, weil es für Ferah nur noch belastender gewesen wäre. Stattdessen nahm er sich die Karte mit der Route vor, die er in- und auswendig kannte. Am nächsten Tag, wenn sich die Nebel aufgelöst hatten, würden sie in nördliche Richtung nach Sewastopol zur Krim aufbrechen. Nach einem kurzen Aufenthalt, bei dem nur wenige Kisten entladen werden mussten, würde es nach Südosten bis Trabzon weitergehen.

Eine Gesamtstrecke von knapp zwei Tagen trennte Sercan von seiner Geburtsstadt und ein Versprechen, das seine Vorstellungskraft sprengte. Er verstaute die Karte in seinem Schreibtisch, nahm eine Flasche Rakı heraus und füllte zwei Finger breit ins Glas. Dann goss er etwas Wasser aus der Karaffe hinzu, so dass die Flüssigkeit weiß wurde. Löwenmilch. Er schämte sich, noch bevor er beim dritten Glas angelangt war und der Gesang des Muezzins über den Hafen schallte. Sercan legte die Flasche zurück, schloss die Schublade, rollte seinen Teppich aus und bat Allah um Vergebung, obwohl ihm klar war, dass er in diesem Zustand nicht hätte beten dürfen. Doch sein Wunsch nach Beistand war zu groß, die Beklemmung in seiner Brust zu mächtig, und er wusste nicht einmal genau, warum. Er kannte einige Männer in ähnlichen Situationen, die auch Tatarinnen mit nach Hause gebracht hatten. Manche waren mit dem erklärten Ziel nach Rumänien gereist, sich von dort eine mitzubringen. Doch er kannte auch Seza, seine stolze, schöne Frau, die sich nicht einfach so mitbringen ließ, ohne eigene Ansprüche geltend zu machen, und die er sich so wenig in seinem Trabzon-Leben vorstellen konnte. Seufzend stand Sercan auf, rollte den Teppich zusammen, schob ihn unter seine Koje und legte sich schlafen.

Seine schöne, stolze Frau traf zur selben Zeit bereits Vorbereitungen für die Reise, auch wenn bis dahin noch Monate vergehen würden. Doch Sercans Worte und das neue Bewusstsein, dieses karge, ausgezehrte Land und vor allem Abides Haus bald verlassen zu können, hatten ihren Tatendrang geweckt. Während Ferah in der Kammer nebenan schlief, überprüfte Seza im Licht der Petroleumlampe ihren Besitz. Sie hatte eine Truhe, in der sie nicht nur ihre Trachten für festliche Anlässe aufbewahrte, sondern auch Wäsche, Laken, Tücher, Zierkissen und Tischdecken, die ihre Großmutter und Urgroßmutter gefertigt hatten. Dazu ein paar Erinnerungsstücke wie die Taschenuhr ihres Vaters und das Hochzeitskleid ihrer Mutter, das auch Seza bei ihrer Hochzeit getragen hatte. Vom Familienschmuck war ihr nicht viel geblieben, manches Goldarmband hatte Großvater in den Anfangsjahren nach der Vertreibung aus Balčık verkaufen müssen. Auch das Rosenöl war bis auf die kleine Flasche verkauft oder aufgebraucht. Und Geld besaß Seza nur das, was Sercan ihr dagelassen hatte. Als sie es zählte, stellte sie fest, dass es mehr war als üblich. Erstaunt zählte sie erneut und errechnete denselben Betrag. Seza vermutete, dass Sercan die zusätzlichen Ausgaben für die Reise berücksichtigt hatte, weil er nicht wollte, dass sie Abide um Hilfe bat.

»Allah möge dich segnen für deine Güte«, flüsterte sie lächelnd. »Allah möge dich segnen.«

Seza beschloss, für Sercans Mutter und seine Schwestern warme Schultertücher zu stricken. Wenn sie ihnen begegnete, würde es zwar Frühling sein, aber eine Wollstola war selbst bei milden Temperaturen angenehm. Außerdem hatte Sercan gesagt, Trabzon liege am Meer wie Köstence, und Seza ging davon aus, dass es dort ähnlich windig war.

In ihrem Handarbeitskorb fand sie verschiedene Wollreste und ausrangierte Kleidungsstücke, aus denen sich etwas machen ließ. Den ganzen Abend trennte und ribbelte Seza Gestricktes auf, um es neu aufzuwickeln und farblich zu sortieren. Dabei überlegte sie, was sie Sercans Mutter und seinen Schwestern beim Überreichen sagen und was diese darauf antworten würden.

Ob sie sich auch fragten, warum Sercan sie bisher nicht mitgebracht hatte? Schoben auch sie es auf den Krieg? Oder dachten sie vielleicht, dass Sercan sich für sie schämte, weil sie Tatarin war? Oder dachten sie gar, dass Seza sie nicht kennenlernen wollte? Und würden sie mit ihr und Ferah einverstanden sein, obwohl sie keine Türkin war?

Großmutter hatte einige Vorbehalte gegen ihre Heirat gehabt. Sie hatte oft gesagt, eine gemeinsame Sprache und ein paar ähnliche Gewohnheiten reichten nicht, um aus zwei grundverschiedenen Völkern eines zu machen. Seza solle lieber einen Tataren nehmen, einen, der ihre Traditionen kannte und respektierte und sich nicht monatelang auf See und in fremden Häfen herumtrieb wie Sercan, von dem man nie wusste, wo er genau war und was er dort tat. Obwohl Großmutter zugab, keinen hübscheren jungen Mann als Sercan gesehen zu haben, hätte sie niemals einen Türken geheiratet, das wusste Seza.

Großvater war offener gewesen, selbst wenn er sich insgeheim vielleicht auch einen tatarischen Schwiegersohn gewünscht haben mochte. Seza gegenüber hatte er es jedenfalls nie erwähnt. Ihm schien nur wichtig zu sein, dass Sercan einen guten Beruf hatte und seine Enkelin ernähren konnte. Möglicherweise hätte er die Art und Weise, wie die beiden bisher gelebt hatten, auch nicht gebilligt und darauf gedrängt, dass Sercan mehr Zeit mit Seza und Ferah verbrachte oder dass sie zumindest bei seiner Familie in der Türkei wohnten. Sehr wahrscheinlich sogar, doch das erlebten ihre Großeltern nicht mehr. Noch vor der Verlobung starb erst Großmutter, dann drei Monate später Großvater, und Seza blieb außer Sercan niemand mehr. Sie, die als kleines Mädchen von einer großen, bunten tatarischen Hochzeit geträumt hatte, gab ihr Jawort auf einer schmucklosen Kommandobrücke an Bord eines Handelsschiffes, dessen Kapitän Sercan kannte und der die einfache Zeremonie vollzog. Im Nachhinein erschien es Seza sogar folgerichtig, da ihr in ihrer Trauer ohnehin die Kraft für ein großes Fest gefehlt hatte.

Abide war Sercan gegenüber zwiespältig eingestellt. Einerseits merkte Seza genau, dass er sie mit seinem Äußeren und seinem Charme verunsicherte. Andererseits machte Abide auch nur wenig Hehl aus ihrem Wunsch, dass er mit Frau und Kind endlich das Feld räumte. Der Gedanke, dass Abide ihrem Ziel so mühelos und rasch näher gekommen war, ärgerte Seza trotz ihrer Vorfreude sehr. Sie hätte sich wahrscheinlich noch mehr in diesen Ärger hineingesteigert, wenn nicht Ferah im Schlaf geweint und sie aus ihren Grübeleien gerissen hätte. So hockte sich Seza auf den Flickenteppich vor die Wiege, strich ihrer Tochter über den dunklen Schopf und sang ein Kinderlied, bis sie wieder eingeschlafen war.

Danach war auch Seza besänftigt. Was spielte Abide für

eine Rolle, wenn sie ein neues Leben vor sich hatte? Ein Leben, das so viel mehr versprach als dieses armselige Haus in dieser armseligen, kriegsversehrten Stadt? Sie würde wieder ein angemessenes Leben führen, ein schönes Leben an der Seite ihres Mannes, im Haus ihrer Schwiegermutter und ihren Schwägerinnen. Es konnte in Trabzon nur besser werden. Überall war es besser als an diesem gottverlassenen Ort, konnte Sercan sagen, was er wollte. Seza verstand ohnehin nicht, was er an Köstence mochte, warum er so gern hier war. Das lag wahrscheinlich daran, dass er es ihr nie gesagt hatte, wie manches andere auch.

In der Tat wäre Sercan am liebsten gleich nach Köstence zurückgekehrt, hätte Trabzon ausgespart. Auf der Weiterfahrt überlegte er sogar, seinen Beruf aufzugeben, etwas anderes anzufangen, um sein altes Leben abzustreifen und für immer bei Seza und Ferah zu bleiben. Er hätte wie Manucs Vater ins Fischereigeschäft einsteigen können, schließlich kannte er genug Leute, die ihm geholfen hätten. Den Fischern in Köstence ging es viel besser als den Bauern. Die Fischer besaßen fast alle Häuser und ein Stück Land, das sie bewirtschaften konnten. Sie hatten Kühe und Schafe, und das Meer sorgte mit seinen reichen Beständen für ein gutes Auskommen. Aber würde Seza die Frau eines Fischers sein wollen, wo sie einen Kapitän geheiratet hatte? Sicher nicht. Seza kam aus einem wohlhabenden Haus, sie war einen gehobenen Lebensstil gewohnt, auch wenn ihr dieser in Köstence nicht vergönnt war. Trotzdem wusste Sercan, dass er ihr zukünftig mehr bieten musste, sie würde sich nie mit einem Fischer zufriedengeben. Er fragte sich, ob Seza ihn auch geheiratet hätte, wenn ihre Familie die Fabrik nicht verloren und der Krieg nicht so viele junge Männer in den

Tod gerissen hätte? Wenn ihre Großeltern am Leben geblieben wären und für sie einen anständigen Mann aus ihrem eigenen Volk gefunden hätten? Ganz sicher nicht. Mit jeder Meile, die Sercan seiner Heimat näher kam, wurde der Plan unwahrscheinlicher, undurchführbarer und lächerlicher. Als er in den Hafen von Trabzon einlief, nahm er den Rakı heraus und goss das Glas voll. Er war am anderen Ende des Schwarzen Meeres angelangt. Am anderen Ende seines Lebens. Er wusste, wer an der Mole stehen und ihn erwarten würde. Er brauchte Zeit, er musste klare Gedanken fassen, er musste sich beruhigen, er musste zu Atem kommen. Er war ein idiotischer Träumer, ein verantwortungsloser Egoist, sonst nichts.

Mehrmals schon hatte Carlos an seine Kajütentür geklopft. Sercan müsse jetzt wirklich kommen, die Beamten seien bereits da, sie brauchten seine Unterschrift auf den Papieren, er könne sie nicht mehr hinhalten. Sercan hatte nicht geantwortet, sondern am Rakı genippt und ins weiße Glas gestarrt. Er hatte dem Ticken der Uhr auf seinem Schreibtisch zugehört, als könnte er die Zeit am Vergehen hindern, wenn er sie mit seiner Konzentration festhielt.

Und dann fuhr er erschrocken zusammen, weil Carlos erneut gegen die Tür polterte und drohte, dass er ihnen alles erzähle, sollte er nicht auf der Stelle erscheinen. Erst da stand er schwankend auf.

Carlos sah seinen Freund an, der aus der Kajüte trat und an ihm vorbeiging, ohne ihn eines Blickes zu würdigen.

»Na, das kann ja was werden«, brummte er und folgte Sercan an Deck. Wie Carlos erwartet hatte, nahm sich Sercan jedes einzelne Formular vor und studierte es eingehend. Zumindest tat er so, denn die Sätze und Zahlen verschwammen vor seinen Augen, so dass er einen der Beamten bitten musste, ihm vorzulesen. Er entschuldigte sich, er sei auf der Überfahrt erkrankt und müsse sich auskurieren. Doch die Beamten rochen natürlich sofort, was für eine Krankheit den Kapitän befallen hatte. Kopfschüttelnd taten sie ihren Dienst und eilten von Bord, denn die *Yıldız* war schließlich nicht das einzige Schiff, das abgefertigt werden musste.

Sercan ging noch einmal zurück in seine Kajüte, um den Seesack zu holen, und dann war auch beim besten Willen kein Hinauszögern mehr möglich. Schon von der Gangway aus hatte er den Ochsenkarren seines Vaters gesehen, der an der Straße auf ihn wartete. Und er war nicht allein. Sercans Söhne Muhammad und Talas kletterten vom Bock und rannten auf ihn zu, als sie ihn sahen. Muhammad war schneller als der jüngere Talas, der mit hängender Schulter und verdrehten Schritten hastig hinter seinem großen Bruder herhumpelte.

Dieses Strahlen im Gesicht seines Sohnes, der trotz seiner Schmerzen so freudig auf ihn zugelaufen kam, brachte Sercans Mut zum Schmelzen. Er sah all seine Entschlüsse und Vorsätze, all seine eigenen Wünsche in diesem reinen Lächeln ertrinken. Noch bevor Sercan seine erste Frau Yeşim gesehen hatte, wusste er, dass sein Abenteuer hier zu Ende war. Er wusste, dass er niemals wieder nach Köstence zurückkehren würde.

Karaburun, Türkei

22. Mai 1999, 10 Uhr 10

Das Rauschen in Ferahs Ohren setzte sich fort. Sie hörte weder ihre Schritte noch die ihres Vaters, während sie gingen, immer weiter und weiter am Meer entlang. Sie hörte das Wasser, die Wellen, das Gluckern und Rauschen. Nur das. Ein angenehm warmes Kribbeln stieg von ihren Füßen empor, durchzog ihren Körper und verließ sie schließlich durch ihre Hände.

»Deine erste Frau«, sagte Ferah, »wie war sie?«

»Jung«, antwortete ihr Vater. »Yeşim war ein junges Mädchen aus dem Nachbardorf. Als wir heirateten, war sie fünfzehn und ich achtzehn. Unsere Väter sind sich früh darüber einig gewesen, und ich hatte nichts dagegen. Sie war eine gute Frau und eine gute Mutter, ordentlich und fleißig.«

»Meine Mutter hätte nie eine andere Frau neben sich geduldet«, sagte Ferah. »Nicht wahr?«

»Nein«, antwortete ihr Vater, »niemals. Seza war Tatarin durch und durch. Sie hätte nie als meine Zweitfrau bei uns gewohnt.«

»Sie hat geglaubt, du seist bei Unruhen in Trabzon umgekommen.«

»Ja, ich habe gehofft, dass sie das glaubt. Ich wollte nicht, dass ihr die Wahrheit erfahrt. Ich habe mich geschämt.«

Ferah nickte. »Und deine Söhne?«

»Meine Söhne«, wiederholte ihr Vater langsam. »Dein Bruder Muhammad war ein unruhiger Geist, ein wilder, neugieriger und draufgängerischer Junge, der keine Minute stillsitzen konnte. Er hatte viele Freunde, war überall beliebt. Talas hatte durch seine Krankheit nur wenig Kraft. Er war ruhig und nachdenklich und trotz seines Leidens immer freundlich. Und tapfer war er, mein Talas, sehr tapfer. Ich fühlte mich ihm näher als Muhammad. So wie dir.«

»Was war das für eine Krankheit?«

»Das weiß ich nicht. Er hatte ein paar Tage hohes Fieber gehabt. Ein Arzt kam und sagte, das gehe vorüber, und so war es auch, doch nach einer Woche stieg das Fieber wieder an, und eines Morgens konnte er sein rechtes Bein nicht mehr bewegen, es war gelähmt. Mit der Zeit wurde es dünner und drehte sich nach außen, so dass er nur mühsam gehen konnte. Auch seine Schulter wurde schief, sein Arm hing herab, und er hatte Schmerzen, starke Schmerzen, sein Leben lang.«

»Wie alt ist er geworden?«

»Einundzwanzig.«

Ihr Vater schwieg, und Ferah sah das Gesicht eines jungen Mannes vor sich, dessen eisblaue Augen unter seinem dunklen Haar hervorstachen. Ihr kleiner großer Bruder Talas. Sein Blick hatte etwas Trauriges, etwas Einsames, das ihr zutiefst vertraut erschien. Sie hatte eine Ahnung gehabt, immer schon. Es war nur ein flüchtiges, unbestimmtes und unerklärliches Gefühl gewesen, verborgen im hintersten Winkel ihrer Gedanken, an den es kein Herankommen gegeben hatte. Bis jetzt.

Ferah wunderte sich über das milde Licht ringsum. Es war angenehm hell, nicht so grell, wie sie es von der Sonne am Meer gewohnt war. Auch vom Wind, der sonst stetig an der Küste entlangbrauste, war nichts zu spüren.

»Bist du weiter zur See gefahren?«, fragte Ferah.

»O ja«, sagte ihr Vater lächelnd. »Sehr lange sogar. Ich war viel unterwegs, auch im Krieg noch, der später folgte. Einmal wurden wir so heftig beschossen, dass der Frachter sank und wir uns über Rettungsboote in Sicherheit bringen mussten. Eines kenterte jedoch, und die Besatzung starb. Carlos, mein erster Offizier, war darunter. Das war schwer.«

»Und dir ist nie etwas geschehen?«

»Nein, mir ist nie etwas geschehen, Allah hat mich beschützt.«

»Das ist gut«, erwiderte Ferah. »Ich habe immer gespürt, dass du wohlauf bist.«

»Und ich hatte große Angst um euch, obwohl ich wusste, dass deine Mutter stark genug war und mich nicht brauchte.«

»Du hast ihr unendlich gefehlt.«

»Wirklich?« Ihr Vater drehte sich zu Ferah. »Hat sie das gesagt? Was hat sie gesagt?«

Ich weiß es nicht mehr, wollte Ferah erwidern, doch es war alles da. Selbstverständlich war es da. Sie erinnerte sich an Orte, Straßen und Wege, an Häuser und Gärten, an die Menschen, die dort lebten. Geräusche klangen in ihren Ohren, von denen sie wusste, wohin sie gehörten, eins wie das andere. Längst vergessen geglaubte Düfte berührten ihre Sinne, sie schmeckte Dinge, als würde sie sie zum ersten Mal kosten, wie damals. Sie erinnerte sich an Gesichter, gesprochene Sätze und gedachte Worte. Sie wusste um jeden Blick, jede Geste und jede Regung – selbstverständlich. Alles wurde vor ihren Augen lebendig.

Köstence/Constanța, Rumänien

März 1923

Die Störche waren zurück. Sie hatten ihr Nest auf dem Dach des Nachbarhauses wieder in Besitz genommen und besserten es seitdem unermüdlich aus. Alles wurde für die Ankunft der Jungvögel vorbereitet. Seza betrachtete ihre Aktivitäten mit zunehmendem Groll. Sie folgten ihrem inneren Kreislauf, ohne darüber nachzudenken, dass sie in diesem Jahr ziemlich früh dran waren. Im Gegensatz zu Sercan. Er war zu spät, aus dem Kreislauf ausgeschieden. Die vier Monate waren vorbei, und er war nicht da.

Seza wartete nicht sehnsüchtig, sie wartete auch nicht ungeduldig, sie wartete in dem Bewusstsein, es nicht länger aushalten zu können. Sie lebte seit Wochen von Stunde zu Stunde, mittlerweile sogar nur noch von Minute zu Minute. Es war kein freudiges Erwarten mehr, es war der Zwang, die unabdingbare Notwendigkeit, dass sofort, im nächsten Augenblick etwas geschehen müsse, weil sie sonst zugrunde gehen würde. Doch es geschah nichts. Überhaupt nichts. Seza konnte nicht fassen, dass ihr Gefühl so unmittelbar vor dem Ereignis stand, es aber nicht stattfand.

Sie bat Allah inständig, ihr zu helfen, ihr Geduld zu schenken, sie zu beruhigen, doch ihr Zustand blieb unverändert.

Nachdem die kälteste Zeit des Winters vergangen war und die Temperaturen wieder anstiegen, hatte Seza ihre alte Gewohnheit aufgenommen, jeden Tag an den Strand zu gehen und in die blaue Weite zu blicken, aus der er kommen und sie holen würde. Jeden Moment konnte am Horizont das Schiff auftauchen, das ihren Mann und ihre Zukunft brachte. Die große Veränderung, die sie in letzter Sekunde retten würde, in allerletzter Sekunde. Doch sie verstrichen einfach nur, die Sekunden, eine nach der anderen. Wurden zu Minuten, streckten sich zu Stunden und zogen ewige Bahnen in den Nächten, die auf endlose Tage folgten.

Nächte, in denen sie nur an die Decke des kleinen Zimmers starren konnte, reglos, still und bereit, im nächsten Augenblick aufzuspringen, wenn sie seine Schritte hören sollte. Nächte, in denen das einzige Geräusch Ferahs regelmäßiger Atem war und es einfach nicht aufhören wollte, dieses allgegenwärtige Warten, dieses Harren und aufs äußerste Bereitsein. Wo blieb Sercan? Wenn ihm etwas zugestoßen wäre, hätte Seza von der Reederei doch eine Nachricht bekommen, oder nicht?

Inzwischen kannte sie sämtliche Schiffe im Hafen, ihre Ankunfts- und Abfahrtszeiten und ihre Zugehörigkeiten, zumindest von denen, die im Schwarzen Meer verkehrten und feste Routen hatten. Von der *Yıldız* war noch nichts bekannt, obwohl Seza jeden Morgen in der Hafenmeisterei nachfragte, obwohl sie sogar nach Istanbul telegrafieren ließ, um sich nach dem Verbleib zu erkundigen, und einiges Geld dafür ausgab. Das Schiff sei unterwegs, hieß es, genaue Angaben seien nicht möglich.

Seza machte sich Vorwürfe, Sercan zu sehr unter Druck gesetzt zu haben, ihm alles noch schwerer gemacht zu haben, als es ohnehin schon war, mit seiner Mutter und den Schwestern, mit all der Verantwortung und den vielen Verpflichtungen.

Und wenn ihm in den wenigen Tagen, die er in Trabzon

verbracht hatte, nun doch etwas zugestoßen war? Wenn die Nachricht sie einfach nur noch nicht erreicht hatte? Was dann? Was würde sie ohne ihn tun? Was sollte aus ihr und Ferah werden? Ohne ihn? Seza presste die Angst und die Verzweiflung mit ihren geballten Fäusten in den Sand. Was dann? Was dann?

Ferah, die vor ihr Steine und Stöckchen zu einem Haus schichtete, fing die Fragen in ihrem unbeschwerten Singsang auf und schickte sie weiter übers glitzernde Wasser. Doch es kam keine Antwort zurück.

Am Nachmittag erwartete Seza zu Hause eine Überraschung. Cemil und seine Frau Fadime, die Eltern der Zwillinge, hatten alle Nachbarn zu einem Festessen eingeladen. Es gab Lamm und Belesch, eine große Pastete, gefüllt mit Kartoffeln, Fleisch, Zwiebeln und Gewürzen. Als alle beisammensaßen, verkündete Cemil dann den Anlass der Einladung. Sie würden Köstence bald verlassen, um in der Türkei ein neues Leben anzufangen. Man habe ihnen eine sichere Arbeit in der Ortsverwaltung und eigenen Grund und Boden versprochen. Während Cemil die vielen Vorteile aufzählte, die ihnen der Umzug bringe, hatte Seza Mühe, die aufkommenden Tränen zu verdrängen. Je mehr sie schluckte, umso dichter wurde es in ihrem Hals, bis sie kaum noch Luft bekam. Mit einer hastigen Entschuldigung sprang sie auf und lief hinaus auf die Straße. Fast wäre sie dabei mit einem Korbträger zusammengestoßen, der, gebückt durch die Last der zehn großen ineinandergestapelten Körbe auf seinem Rücken, über das Kopfsteinpflaster schlurfte. Seza fuhr erschrocken zurück und sank an die Hausmauer. Ihr war schwindelig, der Atem kam nur stoßweise. Am liebsten wäre sie an den Strand gelaufen und hätte die Luft zum Atmen aus dem kalten Wind genommen, doch Ferah war noch im Haus und spielte mit Naime und Narin. Sie konnte nicht weg. Jeden Augenblick war Seza an diesen Ort gefesselt, zum Verharren verurteilt.

Die Familie würde fortgehen, und sie würde bleiben. Seza wusste, dass diese Vorstellung einen gravierenden Fehler enthielt. Es war unmöglich. Sie selbst war diejenige, die gehen musste. Sie und Ferah.

»Was ist los?« Tante Abide erschien neben ihr und wartete die Antwort gar nicht erst ab, als sie Seza unversehrt vorfand. »Komm rein, Belesch wird geschnitten.«

Schweigend betrachtete Seza ihre Tante – ihr breites helles Gesicht, das durch die flach anliegenden Haare und das straffe Kopftuch noch breiter wirkte, ihre Augen, die von den kräftigen Wangenknochen in ihre schmale Sichelform gedrückt wurden, ihren Mund, der aus Gewohnheit zu einer strengen Miene verwachsen war, das dunkle, hochgeschlossene Kleid, an Hals und Ärmeln mit weißen Zickzackbordüren verziert, und ihren Blick, der neben Verdruss auch ihre Erschöpfung und Leere spiegelte.

»Komm schon rein«, wiederholte Abide. »Sie wollen essen.«

Als Seza, Abide und Ferah gegen Abend nach Hause kamen, saß Rahmanie im dunklen Flur und schliff mit den Füßen über den Boden. Im Licht der Petroleumlampe, die Abide auf sie richtete, lächelte sie zufrieden.

»Ich fahre zu Baba«, erklärte sie. »Ich fahre zu meinem Baba.«

Seza sah Abide an, doch diese wandte sich ab und drehte die Flamme der Lampe höher.

»Steh auf«, sagte sie unwirsch. »Du musst ins Bett.«

»Ja.« Rahmanie erhob sich bereitwillig und griff nach ihrem Koffer. »Wir fahren zu Baba. Ganz weit weg.«

Sie winkte Seza und Ferah fröhlich zu, bevor Abide sie in die Stube schob und die Tür schloss.

Seza vermutete, dass sich Rahmanie in den Stunden des Alleinseins wieder in ihre Wunschträume hineinphantasiert hatte. Hätte sie an Abides Stelle auch so gehandelt und ihre Tochter zu Hause gelassen? Nein, sie hätte auf die Einladung verzichtet, die ihre Tochter ausschloss. Rahmanie sollte nicht dabei sein, weil sich Naime und Narin in ihrer Gegenwart nicht wohl fühlten, hatte Fadime gesagt.

»Wann kommt Baba?«, fragte Ferah, nachdem Seza sie zu Bett gebracht hatte. Da hatte Rahmanie sie auf einen Gedanken gebracht.

»Ich weiß es nicht.« Seza schüttelte den Kopf. »Ich hoffe, bald.«

In der Nacht wurde Seza durch Geflüster und scharrende Geräusche in der Stube geweckt, doch sie war zu müde, um aufzustehen und nachzusehen. Sicher hatte Rahmanie nur einen Alptraum gehabt. Kurz darauf war wieder alles ruhig, und Seza schlief noch einmal tief und fest ein. Sie träumte, die *Yıldız* läge vor Anker und Sercan käme auf einem schwarzen Pferd über den Kai auf sie zugeritten. Es war ein prachtvolles Tier, mit glänzendem Fell, großen Augen und weichen Nüstern; ganz so, wie Sezas Großeltern in Balčık selbst eines besessen hatten.

Sercan saß darauf wie ein feiner Herr. Seine weiße Kleidung bildete im Zusammenspiel mit den hellen Haaren einen schönen Kontrast zu dem stolzen dunklen Ross. Er streckte seine Hand nach ihr aus, und Seza dachte, er würde sie zu sich in den Sattel ziehen, doch er griff ins Leere und blieb nicht etwa stehen, sondern ritt weiter, ohne sich nach ihr umzudrehen. Schweißgebadet fuhr Seza hoch. Es dauerte einen Moment, bis sie vollends wach war. Dann stand sie leise auf, ging in den Flur, um ein Glas Wasser aus der Karaffe zu holen, und hielt verwundert inne. Vor der Stubentür standen weder Abides noch Rahmanies Schuhe. Sie klopfte an, und als keine Antwort kam, öffnete sie die Tür. Es war niemand da. Rahmanies Koffer fehlte. Der Koffer, der das Foto ihres Vaters enthielt, sonst nichts.

Seza begann sich Sorgen zu machen. Sie waren weggegangen, ohne ihr etwas zu sagen. Wenn Abide einfach so ging, musste es etwas zu bedeuten haben. Abide ging nie weg, schon gar nicht im Morgengrauen und erst recht nicht mit Rahmanie.

Ferahs Husten riss Seza aus ihren Gedanken. Sie verließ die Stube, goss ein Glas Wasser ein und lief zurück in ihr Zimmer. Die Kleine hatte sich in ihrem Bett aufgerichtet, der Husten klang gerade ab. Trotzdem nahm sie einen Schluck aus dem Glas, das Seza ihr hinhielt.

»Wann kommt Baba?«

»Ich weiß es nicht«, sagte Seza. »Wahrscheinlich bald.«

»Wo ist der Baba von Rahmanie?«

Seza merkte den Kloß in ihrem Hals. Was sollte sie darauf sagen? Oft genug war Ferah dabei gewesen, wenn sie mit Rahmanie über den Tod von Onkel Nihat gesprochen hatte, doch konnte eine knapp Dreijährige verstehen, was es bedeutete? Und was dahinterstehen konnte, nachdem Rahmanie am Abend gesagt hatte, sie fahre zu ihrem Vater? Bedrückt sah Seza ihre Tochter an, die ebenfalls ihre großen dunklen Augen auf sie gerichtet hielt, und war sich sicher, dass Ferah sie durchschaut hatte.

»Ich weiß es nicht«, wiederholte Seza hilflos. »Ich weiß

es wirklich nicht.« Es klang, als wollte sie nicht Ferah, sondern sich selbst belügen.

Seza trat ans Fenster, öffnete die Läden und blinzelte in die rosaroten Morgenwolken. Wenn sie doch nur bis zum Meer sehen könnte. Wenn nicht die Häuser der Nachbarn im Weg stünden. Wenn das Haus direkt am Meer und das Fenster auf den Horizont gerichtet wären, hätte sie ihn kommen sehen mit seinem Schiff. Sie hätte die Petroleumlampe Tag und Nacht brennen lassen wie einen winzigen Leuchtturm auf dem Fensterbrett, um ihm den Weg zu weisen. Sie hätte Tag und Nacht dort gestanden, gebetet und ihn erwartet. Seza wusste, dass der Gedanke absurd war, aber sie hatte Sercan so oft über das Meer kommen sehen, dass es für sie die einzige Möglichkeit schien. Sie musste das Meer sehen mit Sand, Wind und Wellen, mit all seinen Geräuschen und Gerüchen. Sie musste es jetzt sehen. Und damit hatte sie es nun sehr eilig. Sie zog Ferah an, brachte sie in den kleinen Verschlag an der Außenseite des Hauses zur Toilette, wusch danach beiden Hände und Gesicht, kämmte ihre und Ferahs Haare und lief mit ihr die Straßen hinab zum Hafen.

Seza war in Gedanken so bei Sercan, dass sie den Jungen, der auf sie zugerannt kam, nicht beachtete.

»Tante Seza«, keuchte er und zupfte an ihrem Ärmel. »Tante Seza, die *Yıldız* ist da!« Es war der türkische Junge, den sie manchmal zum Wasserholen schickte. Er zeigte zum Hafen. »Sie ist da!«

Seza starrte ihn an. »Was sagst du?«

»Die *Yıldız* ist da!«, wiederholte der Junge aufgeregt. »Du hast gesagt, du gibst mir was, wenn ich dir Bescheid sage!«

»Ja.« Seza nickte, als verstünde sie nicht, als könnte ihr

Verstand seinen Worten nicht folgen. »Ja, natürlich.« Sie griff in ihren Geldbeutel und reichte dem Jungen eine Münze. Er ließ sie in seiner Hosentasche verschwinden und schlenderte pfeifend davon.

»Ist Baba da?«, fragte Ferah. Seza begann trotz ihres Fellmantels zu zittern. Ohne zu antworten, nahm sie Ferah auf den Arm und ging in der Richtung weiter, aus der der Junge gekommen war. So eilig sie es eben noch gehabt hatte, so schwer wurden jetzt ihre Schritte. Irgendetwas schien sie zu lähmen. Eine bleierne Müdigkeit senkte sich über Seza, sie hatte plötzlich Mühe, ihre Augen offen zu halten, und Ferah wurde schwerer und schwerer.

Entgegen ihrer ersten Absicht steuerte sie nicht auf das Schiff zu, sondern auf die ihr vertraute Hafenmeisterei.

»Ach, Seza Hanım[8]«, sagte der Beamte lächelnd, als die beiden eintraten. »Nach der langen Wartezeit ist sie endlich angekommen! Gözünüz aydın[9]!«

»Danke, Metin Bey[10].« Seza nickte und wagte ebenfalls ein schwaches Lächeln. Sie setzte Ferah ab, die sich an ihrem Rock festhielt. »Haben Sie meinen Mann bereits gesehen?«

»Nein, noch nicht, Seza Hanım. Nehmen Sie bitte Platz.« Er gab seinem Gehilfen einen Wink. »Hol Tee und Gebäck.« Dann öffnete er ein Glas mit Minzbonbons und hielt es Ferah hin, doch sie schüttelte den Kopf. »Magst du nichts Süßes?«

Die Kleine schüttelte erneut den Kopf. Verwundert stellte der Beamte die Bonbons zurück, und Seza fragte sich, warum sie nicht direkt zum Schiff gelaufen war? Was tat sie in

8 Frau Seza

9 Licht in ihren Augen! Ausspruch der Freude und der Erleichterung

10 Herr Metin

diesem kleinen holzvertäfelten Büro mit dem wuchtigen Schreibtisch, hinter dem der freundliche Herr Metin saß und mit ihr Konversation machen wollte? Warum war sie hier? Was sollte sie mit Tee und Gebäck, jetzt, wo Sercan tatsächlich zurück war?

»Vielen Dank«, sagte Seza. »Aber bitte machen Sie sich unseretwegen keine Mühe. Wir werden meinem Mann entgegengehen.«

»Die *Yıldız* ist gerade erst eingelaufen, Seza Hanım«, gab Metin Bey zu bedenken und verschränkte seine kurzen Finger ineinander. »Es wird sicher noch eine Weile dauern, bis Sie zu ihm können. Vielleicht möchten Sie lieber einen Kaffee?« Er wandte sich wieder an den jungen Mann, der unsicher auf eine Anweisung wartete. »Osman, bring uns zwei mittel gezuckerte[11] Kaffee.«

»Nein, nein, bitte lassen Sie nur«, entgegnete Seza lächelnd, obwohl ihr gar nicht nach Lächeln zumute war. »Ich habe ohnehin noch eine Besorgung zu machen. Das wird etwas Zeit in Anspruch nehmen, vielen Dank.«

»Wie Sie meinen, Seza Hanım.« Der Beamte schien etwas enttäuscht, dass sie seine Einladung ausschlug, merkte jedoch, dass sie sich nicht umstimmen lassen würde. »Ja, dann wünsche ich Ihnen einen schönen Tag. Und Ihrem Mann einen angenehmen Aufenthalt.« Er zwinkerte Ferah zu. »Und nächstes Mal nehmt ihr beide Bonbons, nicht wahr? Sie sind wirklich gut, ich habe sie extra aus Istanbul kommen lassen.«

Ferah nickte scheu.

»Sehr gern, vielen Dank«, sagte Seza und griff nach Ferahs Hand. »Auf Wiedersehen, Metin Bey.«

11 Bei türkischer Kaffee-Zubereitung wird Zucker zugesetzt. Man bestellt also Kaffee mit wenig, mittel oder viel Zucker.

»Auf Wiedersehen, Seza Hanım.«

Mutter und Tochter traten ins gleißende Sonnenlicht. Viel Zeit schien seit dem Aufstehen vergangen zu sein. Oder gar keine? War es nur ein Alptraum aus immer wiederkehrenden Handlungen und Abläufen, die sie glauben machen sollten, dass die Zeit verstrich? Wie spät war es? Zu spät, zu früh?

Seza wusste, dass die Formalitäten an Bord Stunden dauern konnten, dennoch führten sie ihre Schritte bis an die Mole, wo die *Yıldız* stolz und mächtig vor ihnen aufragte und Sezas Herz in Aufruhr versetzte. Das Schiff hatte einen neuen Anstrich erhalten, es war bis auf die graubraunen Schlieren an den Bullaugen ungewohnt weiß. Ob sie deshalb zu spät gekommen waren? War das Schiff überholt worden? Die Flaggen am Bug und Heck formten über ihren Köpfen rote Wellen mit Halbmond-Sternen. Aus den zwei Schornsteinen quollen dünne Rauchwölkchen in den Himmel. Weiße Rettungsringe hingen an der Reling, und das metallische Klimpern an den Masten klang für Seza wie Musik. Endlich, endlich Licht in ihren Augen.

Die Gangway war ausgefahren, und Seeleute wie Hafenarbeiter trugen bereits Waren heraus. Möglicherweise dauerte es dann doch nicht mehr so lange, bis sie Sercan aus seiner Pflicht entlassen würden. Angestrengt hielt Seza nach ihm und anderen bekannten Gesichtern Ausschau. Vielleicht war Carlos oder einer der Schiffsjungen, die sie vom Sehen kannte, unter ihnen und konnte ihnen etwas sagen.

»Ist Baba da?«, fragte Ferah.

»Ja«, gab Seza zurück, während sie näher herangingen und ihre Blicke auf jeden der Männer hefteten, die vom Schiff kamen.

»Wo?«

»Ferah, sei still jetzt!«

Die Kleine spürte die Anspannung ihrer Mutter und schwieg. Voller Unruhe folgte Seza dem regen Treiben, um Sercan nur nicht zu verpassen, falls er unerwartet an anderer Stelle von Bord gehen sollte. Außer der Gangway für die Fracht gab es noch eine kleinere für die Passagiere, doch kaum jemand nutzte sie. Und die wenigen, die es taten, kannte Seza nicht. Wahrscheinlich waren die meisten Gäste schon von Bord gegangen. Alles fremde Gesichter. Alles Fremde.

Kurz entschlossen hob Seza Ferah auf ihre Hüfte und betrat vorsichtig die schwankenden Bretter. Sie wusste, wo sich die Kapitänskajüte befand. Selbst wenn Sercan nicht dort, sondern auf der Kommandobrücke oder im Frachtraum war, würde er zu seiner Kajüte zurückkehren, um seine Sachen zu holen. Seza würde einfach davor auf ihn warten und jedes Besatzungsmitglied nach ihm fragen.

Die Flügeltüren zum Speiseraum waren geöffnet, und Seza machte einen großen Schritt über die hochgezogene Schwelle. Kellner in weißen Jacken räumten die Tische ab, fegten Essensreste zusammen, stapelten Tischdecken und warfen Geschirr in dafür vorgesehene Holzkisten, dass es schmerzhaft in ihren Ohren klirrte. Niemand achtete auf die Frau mit dem Kind im Arm. Seza durchquerte den Raum und stieg über die nächste Schwelle. Dann erreichte sie ein paar Stufen, die nach oben führten. Eine Hand am Geländer, mit der anderen Ferah haltend, stieg sie in die nächste Etage und betrat einen schmalen Gang, an dessen Ende sich die Kapitänskajüte befand. Durch die niedrige Decke und die wenigen Lampen an den Wänden glich er einem finsteren, überlangen Tunnel. Jede Sekunde erwartete Seza, dass Sercan aus einem Nebengang auftauchen und ihr lächelnd, freudig und etwas zerknirscht entgegenkommen würde.

Doch der Einzige, den Seza sah, war ein Junge, der einen der Aborte gereinigt hatte und nur gleichgültig die Schultern zuckte, als sie ihn nach dem Kapitän fragte. Woher sollte er es auch wissen? Vielleicht kannte er Sercan nicht einmal?

Die Tür der Kajüte stand einen Spalt offen. Seza setzte Ferah ab und klopfte an. Als keine Antwort kam, drückte sie leicht dagegen. Die Tür knarrte, und ein kleiner stämmiger Mann drehte sich zu ihr um. Er hatte schwarzes Haar mit niedrigem Ansatz, einen breiten Schnurrbart und buschige Augenbrauen, die in der Mitte zusammenwuchsen. In der Hand hielt er eng beschriebene Papiere.

»Ja, bitte?«, fragte er. »Was kann ich für dich tun?«

Verwirrt wich Seza zurück. Sie versuchte zu schlucken, doch der Speichel blieb in ihrem Hals stecken.

»Wenn du Gemüse verkaufen willst, bist du zu früh«, sagte der Mann. »Wir nehmen erst nächste Woche Verpflegung auf.«

»Wer sind Sie?«, fragte Seza. »Wo ist Kapitän Sercan?«

»Wer soll das sein?« Er legte die Papiere auf den Schreibtisch und musterte sie und Ferah von Kopf bis Fuß. Unter ihrem Mantel trug Seza ein schlichtes Kleid, und ihre Stiefel waren aus teurem Leder. Sie sah nicht aus wie eine Bäuerin.

»Der Kapitän dieses Schiffes«, sagte Seza und senkte den Kopf. »Er ist Kapitän der *Yıldız* und mein Mann.«

»Tja, Mädchen«, am Gesichtsausdruck des Mannes war schwer auszumachen, ob er Genugtuung, Ablehnung oder Mitgefühl empfand, »das kann nicht stimmen, denn der Kapitän des Schiffes bin ich. Von einem Sercan weiß ich nichts.«

»Aber … aber Sie tragen keine Uniform«, stammelte Seza hilflos. »Und ich kenne Sie nicht.« Ferah schob ihre kleine schwitzige Hand in die ihrer Mutter und sah von einem zum anderen.

»Ich kenne dich auch nicht, Mädchen«, entgegnete der Mann. »Und du solltest nicht so offen mit fremden Männern sprechen. Das gehört sich nicht, auch wenn du Tatarin bist.«

»Aber mein Mann muss an Bord sein!« Sezas Stimme wurde zunehmend schriller. »Er ist der Kapitän. Bitte, so sagen Sie mir doch, wo er ist! Oder Carlos, sein erster Offizier! Sie müssen doch Carlos kennen, wenn Sie mit der *Yıldız* reisen!«

»Jetzt hör mir mal zu, Mädchen.« Ungeduldig auf den Füßen wippend, betrachtete der Mann abwechselnd Seza und Ferah. »Von einem Carlos habe ich noch nie etwas gehört. Unter meinen Leuten gibt es niemanden, der so heißt. Und was dir dieser vermeintliche Kapitän versprochen oder nicht versprochen hat, weiß ich nicht. Ich rate dir, dein Herz nicht an so jemanden zu hängen, wenn dir dein guter Ruf wichtig ist.«

»Aber er ist mein Mann!«, rief Seza nun laut und streckte ihm ihre Hand entgegen. »Hier sehen Sie, meinen Ehering! Ich bin eine ehrbare Frau, und ich möchte wissen, warum Kapitän Sercan nicht auf seinem Schiff ist!«

»Dein Ring interessiert niemanden«, schnaubte der Mann. »Ringe tragen viele. Und nun raub mir nicht meine Zeit, ich habe zu tun!«

»Ich kann mir das nicht erklären, Seza Hanım!«, sagte Metin Bey, als Seza völlig aufgelöst mit der weinenden Ferah an der Hand in sein Büro gelaufen kam. »Beim besten Willen nicht, hier steht nichts von einem Wechsel.« Er blätterte in den Papieren, die vor ihm lagen. »Merkwürdig ist auch, dass diesmal gar kein Kapitän genannt ist. Normalerweise steht der Name immer dabei. Aber ich werde sofort nach Istanbul telegrafieren, und sobald ich nähere Informationen habe, schicke ich Osman zu Ihnen.« Er legte die Papiere zusammen und versuchte beruhigend zu klingen. »Machen Sie sich bitte nicht allzu große Sorgen, Seza Hanım. Es wird sich alles sehr bald aufklären. Ihr Mann kommt sicher mit dem nächsten Schiff. Die Reedereien machen so etwas manchmal.«

Seza nickte, obwohl sie alles andere als überzeugt war. Sie hatte eher das Gefühl, dass Dinge vor sich gingen, von denen sie nichts erfahren sollte. Sie verließ das Büro, Ferah fest an sich gedrückt. Es blieb ihr ohnehin nichts anderes übrig, als abzuwarten. Möglicherweise hatte Metin Bey recht, und Sercan war tatsächlich auf ein anderes Schiff versetzt worden. Aber konnte es denn sein, dass der Kapitän der *Yıldız* das nicht wusste? War das nicht sehr unwahrscheinlich? Hätte er Seza dann nicht einfach Auskunft gegeben, anstatt sie wegzuschicken?

Ein grässliches Bild schob sich in Sezas Kopf. Und wenn ihm doch etwas zugestoßen war? Wenn er gar nicht mehr lebte? Wenn man ihn und Carlos beseitigt hatte? War es nicht durchaus möglich, dass die Reederei nichts davon wusste? Schließlich hatte Sercan gesagt, Trabzon sei sehr weit von Istanbul entfernt. Da konnten Informationen schnell verloren gehen. Viele Menschen verschwanden, um nicht als Zeugen gefährlich zu werden oder wenn sie etwas besaßen, was Begehrlichkeiten weckte. Sie verschwanden, weil sie sich auf Streitereien einließen oder weil sie einfach nur zur falschen Zeit am falschen Ort waren. Selbst Sercan, der durch seine Körpergröße und sein Selbstbewusstsein andere einschüchterte, konnte Opfer eines Hinterhalts geworden sein, zumal er Konfrontationen nicht aus dem Weg ging. Mühsam versuchte Seza ihre düsteren Gedanken abzuschütteln, doch es gelang ihr nicht.

Als sie zu Hause ankamen, wirbelte Staub aus der Holzpforte, weil Abide den Hof mit dem Reisigbesen fegte.

»Wo ist Rahmanie?«, fragte Seza.

Abide beachtete weder Seza noch Ferah, wartete nur, bis die beiden aus dem Weg waren, und fegte dann wortlos weiter. Ihr Tuch hatte sie straff am Hinterkopf gebunden, damit ihre Haare sie nicht störten.

»Tante Abide?« Misstrauisch sah Seza sie an. »Wo wart ihr heute Morgen? Wo ist Rahmanie?«

»Das geht dich nichts an«, murmelte Abide und wich Sezas Blick aus.

»Ferah«, sagte Seza, »geh schnell rein und sieh nach, ob dein Baba da ist.«

Die Augen der Kleinen leuchteten auf. »Ja!«

Kaum war Ferah im Haus, wandte sich Seza wieder an Abide. »Wo ist sie?«, fragte sie.

»Da, wohin sie gehört!«, antwortete Abide trotzig und fuhr mit dem Besen an der Mauerkante entlang, um Mörtelreste und kleine Steine wegzufegen. »Sie ist unter ihresgleichen!«

Sezas Puls beschleunigte sich. Sie sah Rahmanie zwischen fremden Menschen weinen. »Was hast du gemacht?«

»Nichts, was du an meiner Stelle nicht auch getan hättest!«, gab Abide zurück. »Sie ist in einem Heim, wo auch andere Kinder so sind wie sie. Die verstehen sie wenigstens.«

Fassungslos starrte Seza ihre Tante an. »Du hast Rahmanie in ein Heim gegeben?«, schrie sie im nächsten Moment und stieß Abide beide Hände vor die Brust. »Du hast sie belogen und in ein Heim gebracht?«

Abide trat einen Schritt zurück. Sie bekam Angst vor Seza, deren schwarze Augen vor Zorn und Verachtung glühten und die ausholte, um sie zu schlagen, und dann zitternd den Arm sinken ließ, weil Ferah aus der Tür gelaufen kam.

»Baba ist nicht da«, sagte sie mit unsicherem Blick auf ihre Mutter und Abide.

»Dann geh und sieh im Hühnerstall nach.« Seza schob Ferah von sich und starrte weiterhin Abide an. Nur widerstrebend ging die Kleine zum Stall, während sie sich mehrfach zu den Frauen umdrehte.

»Ich habe sie dahin gebracht, wo sie unter ihresgleichen ist!«, wiederholte Abide. »Dahin, wohin sie gehört.«

»Rahmanie gehört hierher, zu dir, nirgendwohin sonst. Das weißt du genauso gut wie ich.«

»Jetzt nicht mehr«, erwiderte Abide. Erneut fuhr sie mit dem Besen an der Wandkante entlang. »Ich werde heiraten.« In ihren Worten schwang eine Mischung aus Scham und Stolz, die Seza Übelkeit verursachte.

»Ach, so plötzlich?«, sagte sie spöttisch. »Wen?«

»Niemand, den du kennst«, gab Abide zurück. »Ich war ihm als Kind versprochen, bevor meine Familie nach Balčık vertrieben wurde. Vor einer Weile ist er hier aufgetaucht und hat um mich geworben.«

»Der Ringkämpfer von Sabantuj?«

Abide nickte. Trotz der Abscheu, die Seza empfand, wunderte sie sich über die Offenheit ihrer Tante. Als wäre es ihr wichtig, von Seza Verständnis für ihr Handeln zu bekommen, vielleicht gar Vergebung? Doch davon war Seza weit entfernt.

»Ich verstehe«, sagte sie boshaft lächelnd. »Da stört so ein behindertes Kind natürlich.«

»Was sollte ich denn machen?«, schrie Abide heraus, ohne auf Ferahs erschrockenes Gesicht zu achten, die mit einem Küken in der Hand aus dem Stall kommen wollte, doch sofort den Rückzug antrat. »Hast du eine Ahnung, wie schwer es mit ihr war? Hast du je so mitleidige und hasserfüllte Blicke für deine Tochter geerntet wie ich? Bist du je so verachtet worden? Hast du jemals alles allein tun müssen, ohne Hilfe, ohne deine Großeltern oder deinen Kapitän? Na, sag mir das!«

»Und hast du je daran gedacht, dass Rahmanie die Tochter ist, die Allah dir geschenkt hat? Die nie jemandem etwas zuleide tut und die du verstößt, nur weil sie anders ist? Nur weil sie dir und deinem Eigennutz im Weg steht?«

»Ja!«, schrie Abide wieder. »Ja, sie war mir im Weg, Allah möge mir vergeben! Ich wollte nie ein Kind, wie sie es ist! Ich wollte ein gesundes, schönes Kind haben, nicht so ein … Wesen!«

Seza schlug jeden Anflug von Mitgefühl nieder und schwieg.

»Habe ich nicht auch ein Anrecht auf ein wenig Zufriedenheit?« Abide standen Schweißperlen auf der Stirn, und unter den Ärmeln ihrer Bluse bildeten sich dunkle Flecken. »Oder darfst nur du zufrieden sein? Habe ich etwa kein Anrecht auf einen guten Mann und ein gesundes Kind?«

»Hat er das Haus schon gesehen?«

»Das Haus gehört rechtmäßig mir!«, fuhr Abide sie an.

»Es gehört Nihat«, widersprach Seza, »und meiner Familie, vergiss das nicht.«

»Deine Familie lebt nicht mehr! Und es gibt keinen Sohn, der es erben könnte, also gehört es mir.«

»Deshalb erbt es Sercan«, erklärte Seza ruhig und ärgerte sich sofort über sich selbst. Abgesehen von der Tatsache, dass Abide das Haus niemals freiwillig verlassen würde, wollte Seza es ohnehin nicht haben. Trotzdem konnte sie nicht nachgeben. »Er ist der nächste männliche Nachkomme und der einzige. Ihm gehört das Haus.«

Abide schnappte nach Luft. »Dein Mann hat mit unserer Familie und dem Haus überhaupt nichts zu tun. Er ist ja nicht einmal Tatar!«

»Er ist der einzige Mann in unserer Familie.«

»Und wo ist er, dein Mann?« Abide warf ihr einen triumphierenden Blick zu. »Ich sehe niemanden, obwohl er längst da sein müsste, nicht wahr? Vielleicht hat er in jedem Hafen eine andere Frau? Könnte doch sein, dass er dich längst vergessen hat?« Jeder Satz peitschte Seza ins Gesicht. Nur weil sie genau wusste, dass es Abide lediglich darum ging, sie zu verletzen und die Oberhand zu gewinnen, konnte sie es ignorieren.

»Du weißt ganz genau, dass du kein Haus erben kannst. Sie werden es dir wegnehmen.«

»Deshalb heirate ich ja!«, rief Abide schrill. »Was meinst du, warum ich das tun muss? Du hast schließlich deinen Kapitän, der für dich sorgt. Du gehst bald fort, und was wird dann aus mir? Ich muss sehen, wo ich bleibe!«

Das konnte Seza sogar verstehen, im Gegensatz zu ihrer Entscheidung über Rahmanie. »Und deshalb muss deine Tochter in dieses Heim? Weißt du nicht, wie es dort zugeht? Hast du nicht gehört, was über Nalan geredet wurde, als sie das Baby nach der Sache mit den Russen weggeben wollte und nicht konnte, weil sie die Zustände gesehen hat, weil sie die Kinder in Käfigen halten, schlimmer als Tiere?«

»Es geht ihr gut dort«, rechtfertigte sich Abide. »Ich war

da, ich habe es gesehen. Sie werden nur in den Käfig gesperrt, wenn sie sich nicht benehmen. Das wird ihr helfen, das Richtige zu tun. Außerdem wird sie den Unterschied gar nicht merken. Ob sie hier ist oder im Heim, sie versteht es ohnehin nicht.«

»Genug!«, schrie Seza. »Schweig endlich!«

»Dann nimm sie mit in die Türkei.« Abide verschränkte die Arme vor der Brust. »Sag deinem Mann, dass du die Behinderte nicht hierlassen kannst. Da möchte ich aber mal sein Gesicht sehen!«

»Was bist du nur für eine Mutter?« Seza schüttelte den Kopf. »Was bist du für ein Mensch, Tante Abide?«

An den nächsten zwei Tagen glaubte Seza zu ersticken. Nach der Aufregung trat derselbe Zustand ein, der zuvor geherrscht und sie fast um den Verstand gebracht hatte. Nichts geschah, obwohl so vieles geschehen musste, obwohl sich die Dinge doch klären mussten. Seza erwartete zwar keine schnelle Antwort aus Istanbul, hoffte aber dringend auf eine Depesche von Sercan, die alles aufklären und die grausigen Bilder aus ihrem Kopf vertreiben würde. Insgeheim hoffte sie damit auch den winzigen Zweifel zu beseitigen, den Abides Worte in ihr gesät hatten. Anstatt wie sonst an den Strand zu gehen, lief sie nun mehrmals am Tag zur Hafenmeisterei, und jedes Mal schüttelte Metin Bey bedauernd den Kopf. Die *Yıldız,* deren Ankunft Seza so sehnlich erwartet hatte, war zu einem Schreckgespenst geworden, von dem sich Seza nur noch wünschte, es möge für immer verschwinden. Doch das Schiff lag mit seiner tonnenschweren Gelassenheit im Hafen, als würde es nie wieder in See stechen.

Im Haus herrschte bedrückende Ruhe. Abide verließ ihre Stube nur noch, wenn es unbedingt nötig war und sie davon ausgehen konnte, niemandem zu begegnen. Ferah schien ohne Rahmanie die Lust am Spielen verloren zu haben. Sie saß still im Hof und lächelte nur, wenn die Küken wie piepsende Wollknäuel um sie herumtrippelten. Die Frühjahrssonne hatte ihr Gesicht, ihre Arme und Beine goldbraun gefärbt. Es tat Seza weh, ihre Tochter frei und wohlbehalten zu wissen, während Rahmanie dieses Recht abgesprochen wurde. Bevor ihre Beklemmung überhandnahm, rief sie Ferah und ging zu Fadime, die mit ihren Töchtern für die Übersiedlung packte.

»Vay allahım vay[12]«, stöhnte Fadime. »Dich schickt der Himmel, meine Schwester!« Sie zog ein Taschentuch aus ihrem Ausschnitt, wischte sich den Schweiß vom Gesicht und schob es zurück an seinen Platz. Dann rief sie laut: »Naime! Komm und mach uns Kaffee!«

Naime erschien zusammen mit Narin in der Küche. Beide trugen helle, am Kinn festgesteckte Kopftücher, die ihre Stirn bis zu den Augenbrauen bedeckten und über die Schultern reichten. Als Fadime Sezas verwunderten Blick bemerkte, erklärte sie eilig: »Sie üben fürs Mutterland. In vielen Gegenden ist es üblich, die Tücher so zu tragen, hat Cemil gesagt.«

»Wann geht es denn los?«, fragte Seza.

»Nächste Woche schon!« Fadime strahlte. »Und du weißt auch sicher, mit wem, oder?«

»Nein.«

»Die *Yıldız* bringt uns nach Samsun! Ist das nicht wunderbar?« Bevor Seza überhaupt richtig verstand, hatte Fadime sie schon in ihre Arme gerissen und an sich gedrückt. »Wir reisen mit deinem Mann, und ich kann dir gar nicht sagen, wie froh ich darüber bin! Ich habe doch immer sol-

12 Du lieber Gott!

che Angst auf Schiffen, aber wenn er unser Kapitän ist, brauche ich mir keine Sorgen zu machen, nicht wahr?«

Seza versteifte sich. Sie klopfte Fadime zaghaft auf den Rücken und löste sich von ihr. Fadime merkte ihrer Nachbarin sofort an, dass etwas nicht stimmte, und schickte die Kinder hinaus. »Kümmert euch um Ferah. Geht nach draußen spielen.« Dann wandte sie sich wieder an Seza. »Uns mache ich jetzt erst einmal einen Kaffee. Und du erzählst mir, was du auf dem Herzen hast.«

Seza nickte zwar, wusste aber nicht, ob sie Fadime wirklich einweihen sollte. Noch nie hatte sie mit einer Nachbarin über so private Dinge gesprochen. Andererseits würden sie es auf der Überfahrt ohnehin erfahren.

Fadime bog den Riegel des Holzschranks zur Seite und öffnete die Tür. »So schweigsam, wie du bist, muss es ja ernst sein.«

Seza sah sie nicht an, fuhr nur mit dem Fingernagel eine Rille in der Tischplatte nach.

Fadime nahm das Kupferkännchen mit dem langen Stiel heraus, wischte es mit einem Tuch sauber und füllte den fein gemahlenen Kaffee ein. Bevor sie es auf den Ofen stellte, schüttete sie Wasser und Zucker dazu, rührte um und ließ es heiß werden. Nachdem der Sud aufgekocht war, gab sie etwas vom Schaum in kleine Mokkatassen und füllte einen weiteren Löffel Kaffee ins Kännchen, um es erneut aufkochen zu lassen. Mit einem Seitenblick auf Seza nahm sie das Gefäß vom Feuer und ließ es ziehen. Während der ganzen Zeit sprachen sie kein Wort. Dann goss Fadime den Kaffee zum Schaum in die Tasse, so dass er wie ein Häubchen obenauf liegen blieb.

»Was ist passiert?«

Vorsichtig nippte sie am Kaffee, und Seza erzählte, jedoch nur von Sercan und dem unbekannten Kapitän der *Yıldız,* Rahmanie erwähnte sie nicht.

»Es gibt sicher eine ganz einfache Erklärung dafür«, sagte Fadime, als sie geendet hatte. »Du solltest abwarten.«

»Und wenn ihm etwas passiert ist?«

»Das glaube ich nicht.« Fadime schüttelte den Kopf. »Aber wenn, wirst du es bald erfahren, was Allah verhüten möge. Und bis dahin lass uns sehen, was das Schicksal mit dir vorhat.« Sie hob Sezas Mokkatasse an, die sie kopfüber auf die Untertasse gestellt hatte, und wartete, bis die letzten Tropfen herabgefallen waren. Dann betrachtete sie aufmerksam die Schlieren im Inneren der Tasse. »Merkwürdig, hier steht eine Reise für dich. Aber nicht allein. Jemand wird dich begleiten.«

»Ach, man muss nicht alles glauben, was im Fal[13] steht«, winkte Seza ab. »Oft missverstehen wir die Zeichen auch.«

»Nein, nein«, widersprach Fadime, »es ist sehr klar. Sieh nur die Linie hier mit der feinen Parallele. Es ist ohne Zweifel eine Reise, da bin ich ganz sicher!« Sie lächelte zuversichtlich. »Wahrscheinlich kommt dein Mann morgen nach Hause, sagt dir, dass du packen sollst, und wir fahren gemeinsam!«

»Inşallah[14]«, seufzte Seza und flüsterte beschwörend vor sich hin. »Bismillahirrahmanirrahim[15].«

Fadime bot Seza an, Ferah bei Naime und Narin spielen zu lassen, falls sie noch einmal am Hafen fragen wollte. Dankbar lief Seza los, änderte jedoch auf halber Strecke die

13 Horoskop

14 hoffentlich, wörtl. übers.: im Namen Gottes, des Barmherzigen

15 Bismillah hat in etwa die gleiche Bedeutung, soll den Segen und den Schutz Allahs erbitten; mit dem Gebetswort soll alles Gute beginnen.

Richtung. Es war lächerlich! Metin Bey musste sie für verrückt halten, so oft, wie sie zu ihm kam.

Stattdessen schlug sie den Weg zum Marktplatz ein. Obwohl es noch früh im Jahr war, schien die Sonne seit Tagen vom wolkenlosen Himmel und bündelte ihre Wärme auf der dreieckigen Piazza. Männer und Frauen bevölkerten die Kaffeehäuser und Restaurants ringsherum, beschallt von den Klängen forscher Militärmusik. Eine größere Garnison schien in der Stadt zu sein, deren Offizierskorps für heitere Geselligkeit an den Tischen sorgte. Bei ihrem Anblick musste Seza jedoch sofort an den Krieg in der Türkei denken, von dem Sercan gesprochen hatte, und an die Grausamkeiten, die beide Seiten aneinander verübt haben sollten. Auch Metin Bey erzählte Seza einiges davon, immer wieder und mit Details ausgeschmückt, von denen sie nichts wissen wollte, weil ihre Angst um Sercan sie ohnehin um den Schlaf brachte. Seza brauchte keine schaurigen Einzelheiten, die ihre Phantasie zusätzlich beflügelten. Vielleicht wollte er vor ihr auch nur prahlen, wie gut er über die Zustände informiert war?

Seza kehrte den Soldaten den Rücken und fand sich nach ein paar Schritten vor dem Denkmal des Ovidius wieder. In dunklem Erz gegossen, mit einem Buch im verschränkten Arm, sah er nachdenklich auf Seza herab und sie zu ihm auf. Der römische Kaiser hatte Ovid wegen seiner freizügigen Schriften aus Rom verbannt. Eine grausame Strafe, an einem Ort ausharren zu müssen, den man so gründlich verabscheute, wo doch das wahre und schöne Leben ganz woanders stattfand.

Dir ging es wie mir, dachte Seza. Auch du wolltest nie hier sein, auch du wolltest nur in deine Heimat zurück und musstest doch für immer bleiben.

In der Dämmerung erschien Osman mit der Nachricht bei Seza, dass die Reederei keine Informationen über den Aufenthaltsort von Kapitän Sercan habe. Er sei nicht auffindbar. Obwohl Seza damit gerechnet hatte, erschienen ihr Osmans eilig hervorgebrachte Worte wie ein endgültiges Urteil. Das Bild ihres Mannes, reglos und blutüberströmt, war so deutlich wie nie. Er konnte nicht zurückkommen. Sercan war tot, und sie war ab sofort allein mit Ferah. Eine Witwe in Köstence. Es war niemand mehr da, der mit ihr ein neues Leben anfangen würde, niemand, der bei ihr und Ferah wäre. Seza sagte nichts, sie schimpfte nicht, sie weinte nicht, sie merkte nur, wie sich ihre Augenbrauen zusammenzogen und der Oberkiefer auf dem Unterkiefer knirschte.

Ferah spürte die Not ihrer Mutter, kletterte auf ihren Schoß und schmiegte sich in ihre Arme. Erst blieb sie ganz still, dann bat sie um eine Geschichte. Nichts lag Seza ferner, als reden zu müssen, geschweige denn eine Geschichte zu erfinden. Aber Ferah gab keine Ruhe, und so erzählte Seza aufs Geratewohl, was ihr in den Sinn kam. Von dunklen Wolken, die sich in einem fernen Land zusammengebraut hatten, um über dem Ozean ein mächtiges Unwetter zu entfesseln, mit grellen Blitzen und ohrenbetäubendem Donner, mit turmhohen Wellen und kalt aufspritzendem Wasser. Alle Schiffe hatten bereits in ihren Häfen angelegt bis auf ein einziges. Nur das Schiff von Kapitän Sercan trotzte noch den heftigen Winden. Es hatte Seide an Bord, hellblaue, kostbare Seide aus Indien, und Kapitän Sercan wollte rasch zu seiner Frau und seiner Tochter, denn der Stoff war für sie bestimmt. Seine Leute warnten ihn, rieten ihm, nahe bei der Küste zu bleiben, den Sturm abzuwarten und nicht aufs offene Meer zu fahren. Immer dichter und finsterer wurden die Wolken, bis ein knurrender Dämon den Horizont beherrschte. Doch der Kapitän dachte nur an die Seide, die er seiner Frau und seiner Tochter zum Geschenk machen wollte, und fuhr weiter. Mitten in der Nacht erreichte der Orkan seinen Höhepunkt. Das Schiff war außer Kontrolle. Wie ein Stück Treibholz wurde es von Welle zu Welle geworfen, in die Tiefe gerissen und in rasender Geschwindigkeit wieder emporgeschleudert. Niemand hätte sich zu diesem Zeitpunkt an Deck gewagt. Angstvoll festgeklammert kauerte die Mannschaft im Bauch des Schiffes, bangte und betete um ihr Leben. Niemand außer Kapitän Sercan. Nachdem er das Krachen des Großmastes hörte, öffnete er die Luke, um das Ausmaß der Zerstörung zu sehen. Eisiges Salzwasser flutete ihm entgegen, und noch bevor er auf den Planken zum Stehen kam, erfasste ihn eine gigantische Welle und riss ihn von Bord. Die restliche Besatzung überstand das Unwetter und landete unversehrt im türkischen Heimathafen.

»Ist Baba tot?«, fragte Ferah.

»Ja«, antwortete Seza.

»Ist Rahmanies Vater auch tot?«

»Ja.«

»Wo sind sie?«

Sezas Lider flatterten unruhig, als sie ihrer Tochter in die Augen sah. »Ich weiß es nicht.«

»Aber Rahmanie weiß es?«

»Vielleicht.«

»Wir gehen zu Rahmanie und fragen sie«, sagte Ferah lächelnd. »Und dann gehen wir zu meinem Baba und zu Rahmanies Baba. Alle zusammen, ja?«

Sezas Herz zog sich zusammen, doch Ferah wirkte so ruhig und zuversichtlich, dass sie ihr kein weiteres Leid zumuten mochte. Sie hielt ihre Tochter im Arm, bis sie eingeschlafen war, und fasste dann einen schweren Entschluss. In Köstence gab es für sie und Ferah keine Zukunft mehr. Abide hatte sich bereits ihrer Tochter entledigt, es war nur noch eine Frage von Tagen, bis sie von Sercans Verschwinden erfahren und sie und Ferah fortschicken würde, um diesen Mann zu heiraten. Schon allein wegen des Hauses. Still betete Seza zu Allah. Sie bat ihn um Beistand bei ihrem Vorhaben. Und sie bat um Vergebung, dass sie Rahmanie nicht mitnehmen und für sie sorgen konnte. Früh am nächsten Morgen lief sie mit Ferah erneut in die Hafenmeisterei.

»Metin Bey«, sagte Seza noch in der Tür, »ich brauche Ihre Hilfe.«

Mert Gölü, Türkei

22. Mai 1999, 10 Uhr 15

Je näher das tiefe Kobaltblau der Küste kam, umso grüner wurde sein Licht, heller und transparenter, so dass die Algen wie Schatten am Grund spielten. Weißer Sand glitt in schimmerndes Türkis, um dort, nah am Saum, bogenförmige Wellen zu bilden. Links davon hatte ein See breite Furchen in die Felsen gerissen und kurz vor seinem Eintritt ins Meer innegehalten.

»Warst du glücklich in Trabzon?« Ferah sah ein kleines Segelboot im Wasser schaukeln. Sie wusste, wie sich das Schaukeln anfühlte, wenn man in einem Boot saß, wenn es durch die Bewegung der Wellen auf und ab schwang, wenn man den Blick auf den schnurgeraden Horizont richtete, während das Boot in Bewegung war.

»Glück ist ein großes Wort«, entgegnete ihr Vater. »Zu groß für einen kleinen Mann wie mich. Ich habe die Bröckchen Zufriedenheit gesammelt, die ich in Köstence fand, wenn ich bei euch war. Zu mehr war ich wohl nicht fähig.«

Wind kam auf, und Ferah hatte das Gefühl, dass er sie beide sanft vor sich hertrug und ihre Sohlen kaum noch die moosigen Polster unter ihnen berührten.

»Du hattest deine Söhne«, sagte Ferah. »Und deine Frau. Du warst nicht allein.«

»Nein, und trotzdem fühlte ich mich wie der einsamste Mensch, nachdem ich euch verlassen hatte.« Er fuhr sich mit beiden Händen übers Gesicht, als könnte er damit den

Schmerz fortwischen, den Ferah so deutlich an ihm wahrnahm. »Die Gedanken an euch waren allgegenwärtig, doch ich war zu jung, um es mir einzugestehen. Ich tat so, als wäre nichts geschehen. Ich versuchte euch zu vergessen, indem ich zu einer anderen Reederei wechselte und neue Schiffsrouten wählte, weit ab von Rumänien. Ich wollte unauffindbar sein, unsichtbar, bis zu dem Tag, als mein Frachter einen außerplanmäßigen Halt in Köstence vorsah, den ich nicht mehr verhindern konnte.«

»Wann war das?«

»Etwa drei Jahre nachdem ich euch meine Rückkehr versprochen hatte.«

Ferah sah ihren Vater vor Tante Abides Haus stehen, sah ihn in den Hof gehen und mit einem Mann sprechen, den er nicht kannte. Sie sah einen kleinen Jungen mit schwarzen Locken an dessen Hand. Sie sah ihren Vater das Tor hinter sich schließen mit der Erkenntnis, zu spät zu sein, verloren zu haben. Endgültig. Er wirkte, als wäre ihm bei vollem Bewusstsein ein Körperteil amputiert worden. Ferah sah, wie er die Straße hinab zum Hafen schlich, ohne einen Blick nach rechts oder links, wie er die Gangway betrat und an Bord zurückging. Sie sah ihn in seiner Kajüte, mit der Rakı-Flasche in der einen und dem leeren Glas in der anderen Hand. Sie sah seine Trauer und seine Einsamkeit.

»Und du?«, fragte er. »Warst du glücklich?«

»Ja«, antwortete Ferah lächelnd und hob ein Bein in die Höhe, so dass ihr Vater den kleinen dunkelroten Stiefel an ihrem Fuß sehen konnte. »Als ich diese hier trug.«

Ankara, Türkei

Juni 1923

Dass die Stiefel nicht mehr passten, bemerkte Seza erst am Ende ihrer Reise, als die Blasen an Ferahs Füßen nicht mehr zu übersehen waren – große blutige Stellen an ihren Zehen und an der Ferse vom vielen Laufen. Seza hatte immer wieder mit ihr geschimpft, weil sie nicht aufhörte zu weinen.

Mehr als zwanzig Tage lagen hinter ihnen, seit Seza mit Ferah und den Nachbarn die *Yıldız* bestiegen und Köstence den Rücken gekehrt hatte. Lange Tage, in denen sie über Istanbul nach Samsun, von Samsun nach Sivas und von dort endlich nach Ankara gelangt waren. Metin Bey wollte Seza bis zum Schluss umstimmen, zumal sie und Ferah nicht einmal Ausweispapiere besaßen. Er warnte sie vor der Vorstellung, dass im Mutterland nur freundliche Hilfe auf sie warte. Sie solle sich die Leute ansehen, die man in der Fremde mit ihren Problemen alleingelassen habe und die enttäuscht zurückgekehrt seien, nur mit dem Unterschied, dass sie all ihren Besitz, Haus und Hof verloren hätten und nun mittellos seien. Allen Argumenten zum Trotz war Seza fest entschlossen, aufs Schiff und in die Türkei zu gelangen. Cemil und Fadime hatten sich ihrer angenommen und dafür gesorgt, dass die beiden mit ihnen reisen konnten.

Obwohl die ganze Sache auf ein wackliges Lügenkonstrukt baute, fragte niemand genauer nach. Jeder muslimische Ausreisewillige, der die türkische Sprache beherrschte, schien willkommen zu sein. Am Ende war es Metin Bey, der ihnen die erforderlichen Papiere verschaffte, und Seza hatte den Eindruck, dass er dann selbst gern mitgefahren wäre. Er betonte mehrfach, dass der Neubeginn an der Seite eines Mannes sehr viel leichter sei. Doch Seza ging mit keinem Wort darauf ein. Sie galt nun offiziell als Witwe und reiste mit ihrer Tochter und ihren türkischen Verwandten.

Um das Geld für eine teure Kabine zu sparen, verbrachten sie und Ferah die vierzehnstündige Überfahrt nach Istanbul im Passagierraum. Cemil und Fadime fürchteten sich vor Dieben und blieben die ganze Zeit bei ihrem Pferdewagen. Seza war froh, dass sie nur das Nötigste mitgenommen hatte, etwas Kleidung und Proviant, zwei Decken, ihren Familienschmuck, die letzte Flasche Rosenöl, die sie seit Jahren nicht anrührte, das Geld von Sercan und ihr Schuldgefühl gegenüber Rahmanie. Alles andere hatte sie in Köstence zurückgelassen.

Tagsüber spielte Ferah mit Naime und Narin. Die Zwillinge nahmen sie mit auf Entdeckungsreise über das Schiff, so dass Seza ihre Tochter kaum zu Gesicht bekam. Am Abend legte sie sich auf die Holzbank, den Kopf im Schoß ihrer Mutter, eingewickelt in Lammfellmantel und Decke, und schlief einen unruhigen, aber tiefen Schlaf, während Seza hellwach war.

In diesen langen Stunden überlegte sie, was sie tun würde. Das nächste Schiff nach Trabzon nehmen, um Sercans Mutter ausfindig zu machen und zu erfahren, was wirklich geschehen war? In Istanbul bleiben? Mit Cemil und Fadime weiterreisen?

Allerdings sollte sich herausstellen, dass weder Seza noch die anderen Einwanderer eine freie Wahl hatten. In Sirkeci, dem Zielhafen von Istanbul, wurden sie zunächst einer Gesundheitskontrolle unterzogen, bei der sich Seza vorkam wie auf einem Viehmarkt. Auch andere Reisende empörten sich über die Art und Weise der Behandlung. Sie dachte an die Warnung von Metin Bey, denn kaum hatten sie das unwürdige Prozedere überstanden, wurde jedes Gepäckstück, jeder Ochsenkarren auf Wertgegenstände geprüft, geschätzt und in Listen eingetragen. Bei den vielen Menschen und Tieren gab es nicht nur ein heilloses Durcheinander, die Kontrollen zogen sich auch über endlose Stunden hin. Es kam zu handfesten Streitigkeiten zwischen Reisenden und Beamten über Güter, die verzollt oder einbehalten werden sollten, obwohl in Köstence andere Richtlinien gegolten hatten.

Auch Seza kam wegen ihres Schmucks in Bedrängnis. Sie sollte eine Einfuhrsteuer zahlen, die einen Großteil ihres Bargelds verschlungen hätte. Sie bat inständig um Nachsicht als mittellose Witwe mit Kind, doch der Beamte zuckte nur gleichgültig mit der Schulter und bot Seza an, sie kostenlos zurück nach Köstence zu schicken. Seza wusste sich nicht anders zu helfen und kniff Ferah, ohne dass es jemand sehen konnte, in den Oberarm. Als das Kind heftig zu weinen begann, fragte Seza den Beamten, ob er es wirklich verantworten könne, einer so kleinen Waise, deren Vater als Held für sein Heimatland gestorben sei, nun auch noch das letzte Brot zu nehmen. Bei der Erwähnung ihres Vaters schrie Ferah erst recht und machte einen diensthöheren Beamten auf sich aufmerksam, was Seza sehr gelegen kam. Er griff in seine Uniformjacke, zog einen Beutel heraus und hielt ihn Ferah hin. Aber Ferah ließ sich auch mit Bonbons nicht bestechen. Die lange Überfahrt, die ungewohnte Umgebung, die vielen fremden Menschen, die sich hemmungslos zankten, das lange Warten und die ängstliche

Gereiztheit ihrer Mutter, das war zu viel für das kleine Mädchen. Und glücklicherweise auch für die Beamten. Mit einer unwirschen Geste verwiesen sie die beiden von Bord.

Ferah hörte nicht auf zu weinen, sie schluchzte und wimmerte an der Hand ihrer Mutter, während sie voll beladen über die schwankende Holzrampe balancierten. Cemil und seine Familie waren nicht zu sehen. Sie brachten ihren Wagen inmitten der anderen Fuhrwerke über die breite Transportrampe zur Hafenmole.

Lautes Stimmengewirr erfüllte die Luft. Es roch nach Schweiß, Rauch, Dieselöl und Fisch. Drückende Hitze lag über dem Nachmittag. Männer in Uniform und Fes auf dem Kopf schrien ihnen ebenso widersprüchliche Anweisungen zu wie Männer in fleckigen Pumphosen, zerschlissenen Westen und schiefgetretenen Schuhen. Niemand wusste, wer wofür zuständig war oder auf wen er hören sollte. Sie dirigierten die verunsicherten Menschen mal in die eine, mal in die andere Richtung. Es wurde geschoben und gedrängelt, dass Seza Mühe hatte, ihr Gepäck und Ferah gleichzeitig bei sich zu behalten. Sie versuchte, sich dem Strom zu überlassen, dabei nicht zu stürzen und nichts zu verlieren. Dann wurde eine der Absperrungen geöffnet, und die Enge löste sich etwas. Es ging voran. Zäh, aber es ging voran.

Kaum hatten sie den Durchgang passiert, rief jemand nach Seza. Suchend sah sie sich um und entdeckte Fadime auf ihrem Wagen stehen, die sie aufgeregt heranwinkte. Nie war Seza so froh gewesen, ihre Nachbarin zu sehen, wie in diesem Moment. Auch Naime und Narin schwenkten die Arme in ihre Richtung, und als Ferah die Zwillinge bemerkte, hörte sie auf zu weinen.

Seza fragte einen Beamten, der die Reisenden in Gruppen

teilte, ob sie zu ihren Verwandten gehen dürfe, doch er ließ sie mit erhobener Hand und wichtiger Miene warten. Er schickte eine Familie mit drei Kindern auf die rechte Seite und ein altes Ehepaar auf die linke. Seza befürchtete schon, in der falschen Gruppe zu landen und von Cemil und Fadime getrennt zu werden, denn er fragte nach ihrem Namen und dem Namen ihrer Verwandten, verglich ihre Angaben mit seiner Liste, fragte, in welchem Verwandtschaftsverhältnis sie zueinander stünden und warum sie als Frau allein mit ihrem Kind einreise. Während Seza antwortete, betrachtete er sie mit zweifelndem Blick. Er fragte, wer ihr Ehemann gewesen, wo seine Familie beheimatet und unter welchen Umständen er umgekommen sei. Seza brach der kalte Schweiß aus. Sie betete, dass ihr die Lüge leicht über die Lippen fließen und dass der Duft des Rosenöls auf ihrer Haut seine Sinne erreichen und ihn besänftigen möge. Dafür nahm sie all ihren Mut zusammen und ging einen weiteren Schritt auf ihn zu, indem sie so tat, als wollte sie den Leuten hinter sich Platz machen. Ihre List gelang, die Andeutung eines Lächelns zuckte in seinen Mundwinkeln, und er ließ sie zu ihren Nachbarn gehen. Neben Fadime sank Seza in sich zusammen. Sie war am Anfang der Reise und am Ende ihrer Kräfte.

Ein Verkäufer mit Schnauzbart, weißem Hemd und Schürze trat an den Wagen heran. Neben sich hatte er eine glänzende Messingkanne und ein Tablett mit Tassen, Löffeln und Gewürzstreuer. Ein verführerischer Duft nach Vanille und Zimt ließ ihnen das Wasser im Mund zusammenlaufen. Cemil wollte schon abwinken, doch der Mann versicherte, dass jeder Reisende ein Getränk kostenlos bekomme. Vermutlich weil Cemils Blick misstrauisch blieb, erklärte der Verkäufer, dass der Trank ein gesunder Muntermacher aus Milch, Zucker und Salepwurzel sei. Auch an den anderen Wagen standen Verkäufer, und Tassen wurden gefüllt und verteilt, so dass Cemil seine anfängliche Skepsis fahrenließ und als Erster kostete. Es war eine weiße, etwas zähe Flüssigkeit mit gemahlenem Zimt obenauf. Nach dem ersten Schluck weiteten sich Cemils Augen vor Überraschung, er nickte anerkennend und ließ sich noch einmal einschenken. Lächelnd teilte der Verkäufer auch an Fadime, Seza und die Kinder Getränke aus, die schworen, noch nie etwas so Schmackhaftes getrunken zu haben. Danach schienen ihre Lebensgeister tatsächlich langsam wiederzukehren.

Ein Mitarbeiter der türkischen Hilfsorganisation Roter Halbmond lief von Wagen zu Wagen und wies sie an, ihrem Vordermann zu folgen. Ziel war eine Moschee, in der sie die nächsten Tage bis zur vollständigen Abwicklung der Formalitäten verbringen sollten. Und dann setzte sich die Kolonne aus rund zwanzig Wagen rumpelnd, schwankend und hufklappernd über das Kopfsteinpflaster in Bewegung. Sie ließen den Hafen hinter sich. Die Sonne stand bereits niedrig, und der Himmel begann sich rötlich zu färben, nur ein paar dünne Wolkenschlieren zogen darüber hinweg. Der Gesang des Ezans ertönte, und obwohl Seza es aus Köstence vertraut war, hielt sie inne und lauschte. Es klang anders, besonders, beruhigend und wohltuend, als würde Allah selbst sie willkommen heißen, als würde er ihr sagen, dass sie die richtige Entscheidung getroffen hatte und dass ihre Reise nun weniger beschwerlich verlaufen werde. Es klang wie die Ankündigung eines neuen Lebens. Seza hielt die Augen geschlossen und betete stumm. Begleitet vom Kanon der Pferdehufe ließ sie sich in diese Stadt tragen, die ihr zwar fremd, aber doch freundlich gesinnt schien.

Das Erste, was ihr an Istanbul auffiel, waren die vielen

schicken Frauen, die neben ebenfalls gut gekleideten Herren nicht nur sehr modern und selbstbewusst wirkten, sondern auch sehr wohlhabend. Sie trugen elegante Hüte oder eng anliegende Mützen mit Verzierungen, raffiniert geschnittene Kleider und feine Absatzschuhe. Auch ihre Haare waren ungewöhnlich kurz. Manche rauchten sogar in der Öffentlichkeit.

Seza beschloss, ihre Haare bei nächster Gelegenheit ebenso kurz schneiden und in weiche Wellen legen zu lassen. Mit ihren langen Zöpfen kam sie sich nun bäurisch und altbacken vor. Genauso wie mit ihrem Kleid, auf das sie anfangs so stolz gewesen war, weil sie es nach einem eigenen Entwurf genäht hatte. Natürlich sah sie auch verschleierte Frauen, manche ganz, manche nur mit einem Kopftuch bedeckt, doch mit denen verglich sie sich nicht. Sie sah sich selbst in einem locker fallenden, an den Hüften schmal geschnittenen Kleid aus glänzendem Stoff, der bis zu den Waden reichte, mit einer überlangen Perlenkette und schwarzem Hut, dessen Krempe vorn nach oben geklappt und von einer Stoffblüte geziert war. An den Füßen trug sie keine braunen Schnürstiefel mehr, sondern spitze Riemchenschuhe mit Absatz. Genau so würde sich Seza zukünftig kleiden.

Der Wagen schwankte, sie bogen ab, und Cemil folgte den anderen Fuhrwerken auf eine breite Brücke, an deren steinerner Brüstung Angler standen. Einer neben dem anderen versuchte, sich sein Abendessen aus dem Meer zu ziehen.

An manch einer Schnur zappelte ein silbrig schimmernder Fisch um sein Leben.

Sie überholten eine Gruppe Matrosen in weißen Anzügen und dunklen Halstüchern, die über die Brücke flanierten und neugierige Blicke auf die Wagen warfen, insbesondere natürlich auf die jungen weiblichen Reisenden. Ein Mann mit einem riesigen und offensichtlich sehr schweren Fisch auf dem Rücken, der weit über seine Schulter herausragte, lief gebeugt an den Matrosen vorbei.

Um die Aufmerksamkeit der fremden Mädchen zu gewinnen, bedachten sie ihn sofort mit allerhand Spötteleien, doch den Fischer kümmerte es nicht. Im Bewusstsein seines wertvollen Besitzes ignorierte er sie und wich einem Automobil aus, das mit offenem Verdeck auf ihn zugefahren kam. Der Mann am Lenkrad drückte auf die Gummihupe und rief, er solle von der Straße verschwinden, doch auch das nahm der Fischer ungerührt hin. Er ließ das Automobil vorbei und setzte seinen Weg fort. Dann hupte es hinter den Pferdewagen. Die ganze Kolonne schwenkte nach rechts und kam zum Stehen, damit das Automobil überholen konnte.

Sezas Blick fiel auf ein paar Jungs, die mit dem Rücken an der Brüstung saßen, zwischen ihren nackten Füßen eine Holzkiste mit Schuhcreme, Bürsten und Lappen. Der kleinste von ihnen, sicher nicht älter als fünf, starrte Naime und Narin mit offenem Mund an, als hätte er noch nie Zwillinge gesehen.

Ferah war verstummt. Zu groß war die Stadt, zu groß der Kontrast zu dem, was sie gewohnt war, zu groß die Veränderung, das Neue, alles zu groß, zu viel. Sie hockte zwischen ihnen und nahm die Eindrücke ebenso aufmerksam wahr wie der kleine Schuhputzer die fremden Menschen.

Auf der anderen Seite der Brücke bogen sie nach links ab. Ein dunkelhäutiger Maure saß barfuß an der Uferpromenade, in ein weißes Gewand gehüllt, eine breite Schärpe um die Hüfte geschlungen und umgeben von einer Hundemeute, die ihn erwartungsvoll ansah. Seza konnte nicht erkennen, womit er sie fütterte, vermutete aber, dass es Fischreste waren. Laut schimpfend ging ein Bauer an ihm vorbei. Wo kaum Essen für die Menschen da sei, verschwende er es an lausige Viecher. Kein Wunder, dass es mit dem Land bergab gehe, wenn dreckige Straßenköter mehr wert seien als Menschen. Während er weiter lamentierte, stemmte er sich mühsam gegen den Widerstand seines Ochsen, den er an einem Seil hinter sich herzog. Als der Maure merkte, dass der Bauer ihn nicht vertreiben würde, blieb er sitzen, wo er war, und die Hunde legten sich zu seinen Füßen. So etwas hatte Seza noch nie gesehen. Große friedliche Hunde, die offensichtlich einem Menschen folgten.

Die Moschee lag in der Straße der Schneider, Tersane Caddesi. Auch das schien für Seza ein gutes Omen zu sein. Vielleicht könnte sie hier wieder als Schneiderin arbeiten? Die Wagen wurden im Hof abgestellt, die Pferde zur Tränke geführt und gefüttert. Die Ankömmlinge wuschen sich Gesicht, Hände und Füße am Brunnen im Innenhof der Moschee. Erleichterung wurde spürbar. Die erste Etappe war geschafft, und die aufkommende Dämmerung läutete das Ende des Tages ein. Neben der Spitze des Minaretts hatte der Abendstern zu leuchten begonnen.

Seza folgte Fadime mit den Kindern und einer Gruppe anderer Frauen in den für sie vorgesehenen Trakt der Moschee. Die Männer setzten sich unter einen Feigenbaum, tranken Tee, der ihnen von jugendlichen Helfern der Organisation serviert wurde, und rauchten Wasserpfeife. Cemil sagte, er habe gehört, dass das Leben in Istanbul angenehm sei, dass es reichlich Arbeit gebe für gute Kaufleute und Handwerker. Ein älterer Herr entgegnete, dass das wohl richtig sei, doch niemand könne selbst entscheiden, wo er bleibe, zumindest nicht ohne Einbußen. Er trug einen verschlissenen Anzug und einen Stapel Zeitungen unter dem Arm, die er während der Überfahrt gelesen hatte. Als sich daraufhin Unmut unter den anderen breitmachte, erklärte er, die türkische Regierung müsse schließlich ganz Anatolien füllen, weil dort niemand mehr sei. Alle Griechen seien nach dem Krieg ausgesiedelt und vertrieben worden, ihre Häuser stünden leer. Ebenso wie die der Armenier, die man nicht nur um ihre Habe, sondern auch zu Hunderttausenden ums Leben gebracht habe. Einige der Männer schüttelten ungläubig die Köpfe, doch der alte Mann nickte und sagte, es gebe Berichte darüber.

Verdrossen zog Cemil an der Wasserpfeife. Das war nicht das, was er hören, und nichts, worüber er nachdenken wollte. Den anderen schien es ähnlich zu gehen, denn ein beleibter Türke in den Vierzigern fragte den Mann mit den Zeitungen, welche Chancen er denn überhaupt auf ein eigenes Grundstück mit Haus, Vieh, Handwerksgeräten und Lebensunterhaltshilfe sehe, so, wie man es ihnen in Köstence zugesagt habe.

Der Ältere antwortete, dass das wegen der politischen Lage schwer zu sagen sei. Um eine doppelte Regierung zu verhindern, habe Mustafa Kemal im vergangenen November das Sultanat abgeschafft mit dem Ziel, eine Republik zu gründen. Kurz darauf sei die Istanbuler Regierung unter Ahmed Tevfik Pascha zurückgetreten und habe damit offiziell das Osmanische Reich beendet. Das ganze Land sei im Umbruch, und man könne froh und dankbar sein, wenn auch nur ein paar der vollmundigen Versprechen eingelöst würden. Die größten Chancen bestünden wahrscheinlich für diejenigen, die den Ort nähmen, den ihnen die Regierung zuteile. Er selbst rechne mit nichts. Er sei nur zurückgekehrt, weil er Verwandte in Sivas habe und weil er in heimatlicher Erde begraben werden wolle, wenn es so weit sei.

Die verunsicherten Männer strichen sich über ihre Bärte. Mit so ernüchternden Aussichten hatte niemand gerechnet, und doch zweifelte kaum jemand am Wahrheitsgehalt seiner Worte.

Zum ersten Mal fragte sich Cemil, ob er nicht doch zu blauäugig gewesen war, zu überstürzt gehandelt hatte. In Köstence war er ein wohlhabender Kaufmann gewesen. Was würde ihn und seine Familie nun hier erwarten? Wo würden sie landen? Was sollte mit Seza und Ferah passieren, für die er ebenfalls die Verantwortung übernommen hatte? Wer sollte auf Dauer die Kosten für die beiden tragen, wenn sie keine Unterstützung bekämen oder zu wenig?

»Da kann ich ja froh sein, dass ich keine Frau habe!«, sagte der Dicke und grinste in Richtung Cemil. »Und vor allem kein tatarisches Püppchen, das mir mit hochtrabenden Ansprüchen kommt!«

»Sie ist nicht meine Zweitfrau!«, fuhr ihn Cemil wütend an. »Sie ist die Witwe meines Bruders.«

»Die Witwe deines Bruders?«, wiederholte der Dicke und zog bedächtig an der Pfeife. »Dann sollte sie wieder heiraten, die Witwe deines Bruders. Meinst du nicht?«

Poda, Bulgarien

22. Mai 1999, 10 Uhr 20

Als Ferah und Sercan die sandige Landzunge erreichten, erhob sich vor ihnen ein Schwarm Pelikane in die Luft. Mit weit ausgebreiteten Schwingen flogen sie still über ihre Köpfe hinweg. Wie damals in Ada Kaleh. Ferah dachte an die Insel der Pelikane, der einzige Ausflug, den sie mit ihren Eltern gemacht hatte.

Sie waren zur Zeit der Mandelblüte gekommen. Zwischen den unzähligen Bäumen grasten Schafe, und die verschwenderisch üppigen weiß-rosa Tupfen schienen mit ihrem Duft die ganze Insel einzuhüllen. Es war der Wunsch ihrer Mutter gewesen, und die Dinge fügten sich, so dass er in Erfüllung ging.

Ein Insulaner holte sie und die anderen Gäste mit einem Kahn vom Festland ab. Die Überfahrt dauerte nicht lange, und schon fanden sich die drei in schmalen, krummen Gassen wieder, entdeckten in malerischen Gärten versteckte, bunt bemalte Hütten und schlenderten über den quirligen Straßenbazar, wo es so viel zu sehen und zu kaufen gab.

Die Landschaft der Insel war hügelig, das Klima sehr mild. Neben den Mandeln wuchsen dort Maulbeeren, Feigen, Maronen und viele andere Arten von Südfrüchten, aus denen die Bewohner Konfitüre und allerlei Süßigkeiten herstellten. Ferah dachte an die Hagebuttenmarmelade, die sie mit einem Löffel aus dem Glas gegessen hatte, und an das viele Konfekt, das ihnen in den Läden zum Kosten angeboten wurde.

Sie waren in eins der Kaffeehäuser gegangen und hatten den für die Insel berühmten türkischen Kaffee getrunken, den man dort ungefiltert in Kupferkannen und in Sand kochte. Diese besondere Art der Zubereitung schmeckte sogar Ferahs Vater, der behauptete, ein verwöhnter Kaffeetrinker zu sein.

Während sich Ferah danach bei einem Schuhmacher ein paar hübsche dunkelrote Stiefel aussuchte, war ihre Mutter zu einem Rosengeschäft hinübergegangen, wo sie lange verweilte. Die Inhaber hatten eine eigene Rosenzucht und verkauften nicht nur die schönsten Exemplare, die sie je gesehen hatte, sondern auch nahezu alles, was man aus ihnen herstellen konnte – Rosenöl, Rosenparfum, Rosenwasser, Rosenblütennektar, Rosenkonfekt, Rosenkonfitüre, Rosenzucker und Rosensalz. Daneben Duftsäckchen für die Schrankwäsche, mit Rosen bedruckte Stoffe, Schmuck und Porzellan mit Rosenmotiven. Ihre Mutter war so verzaubert, dass sie am liebsten für immer dort gestanden, gestaunt, geschnuppert und gekostet hätte. Vielleicht sah sie in diesem Laden, was aus ihren eigenen Rosen in Balčık hätte werden können? Haben wollte ihre Mutter nichts davon. Und so kaufte ihr Vater heimlich einen goldenen Ring mit einer kleinen Rose, den er ihr auf der Rückfahrt an den Finger steckte. Ferah sah noch immer die Tränen in den Augen ihrer Mutter, die den Blick nicht von ihrer Hand abwenden konnte.

»Allah hat dieses Paradies erschaffen«, sagte ihr Vater, »um den Gedanken Freude und der Seele Frieden zu schenken.«

»Ja«, entgegnete Ferah, »so war es in Ada Kaleh.«

»Bist du später noch einmal dort gewesen?«

»Nein, sie ist in der Donau versunken.«

Ihr Vater nickte. »Alles hat seine Zeit, nicht wahr?«

Er griff nach ihrer Hand und zeigte zur Mündung des

Flusses vor ihnen. Dort stand ein Graureiher halb im Schilf, halb im Wasser, ohne jede Regung. Nur sein Schatten flimmerte in kleinen parallelen Streifen über die Oberfläche. So verharrte er eine Weile und stieß dann unvermittelt mit dem spitzen Schnabel nach seiner Beute.

»Habt ihr mich gesucht, als ihr in der Türkei wart?« Er ließ ihre Hand los und fuhr sich in einer vertrauten Geste durch die Haare.

»Nein«, antwortete Ferah. »Anfangs hat sie oft davon gesprochen, aber es kam immer wieder etwas dazwischen. Und dann war es zu spät.«

»Hat sie wieder geheiratet?« Ihr Vater sah dem Reiher zu, wie er den Fisch in kurzen Abständen schüttelte und ins Wasser tauchte, bevor er ihn mit ruckartigen Kopfbewegungen verschluckte.

»Ja.«

»War er ein guter Mann?«

Das Wasser floss von links nach rechts, als hätte der Fluss seinen langen Arm nach dem Meer ausgestreckt, um die Verbindung zu halten, um sie nicht abreißen zu lassen, um Teil des Großen zu bleiben. Und das Wasser floss von rechts nach links, als wollte sich das Meer mit jedem seiner Ausläufer noch tiefer ins Land graben, als wollte es zeigen, dass beides zusammengehörte.

»Er hat versucht, einer zu sein«, sagte Ferah schließlich. »Ja, ich bin sicher, dass er es wollte.«

»Willst du von ihm erzählen?«

»Nein.« Ferah schüttelte den Kopf. »Ich erzähle dir von meiner Schwiegertochter.«

»Gut.« Die Augen ihres Vaters funkelten wie glasklare Aquamarine im Sonnenlicht. »Gut, Güzelim[16], erzähle.«

16 meine Schöne

Berlin-Friedenau, Deutschland

August 1942

»Tja ja«, murmelte Schwester Berta, während sich die Frau vor ihr krümmte und wimmerte. »Kinder mach'n is schöner als wie Kinder krieg'n, wa?«

Zitternd schloss Julie den Mund und versuchte, die nächste Wehe stumm hinter sich zu bringen, doch mit der Explosion in ihrem Inneren zerbarst auch jede Beherrschung. Sie krallte sich ins Laken und schrie, dass ihre Stimme von den blauen Kacheln widerhallte.

»Herrjott noch mal«, schimpfte die Hebamme. »Wie kann sich 'n altes Mädchen wie du bloß so anstell'n?«

Julie wollte sich aufrichten, wollte sich wehren, doch selbst der Blick, den sie der Schwester zuwarf, geriet eher hilflos als hasserfüllt. Sie fiel zurück auf die Liege, schloss die Augen und wollte sterben. Sie würde die nächste Wehe nicht überleben. Der Gedanke war angenehm. Sie würde gehen, sie würde diese Höllenqualen einfach hinter sich lassen. Sterben war besser als das hier. Viel besser. Und leichter. Es kam einfach nicht raus, sie würde es lassen, wo es war, und sich verabschieden. Dabei hätte sie es nach der Fehlgeburt vor zwei Jahren wissen müssen. Mit vierunddreißig Jahren war sie einfach zu alt, um Kinder zu kriegen. Das hatte sie jetzt davon. Musste sich verhöhnen und beschimpfen lassen von dieser Person. Konnte ihr keinen Einhalt gebieten. Konnte nicht mal gehen. Konnte sich ja nicht mal bewegen, ohne in der Mitte durchgerissen zu werden.

»So, Frau …« Schwester Berta warf einen Blick auf die Karteikarte. »Frau Lorenz.«

»Ich …«, presste Julie mühsam hervor.

»Jajaja«, fuhr ihr die Hebamme ungeduldig dazwischen. »Also, Frau von und zu Lorenz, nu jibste nochma allet, watde druffhast, wa?« Sie schaltete die Wärmelampe über dem Untersuchungstisch ein und krempelte die Ärmel ihres Kittels hoch. »Det wa hier ma ferdich wern, is schließlich mitten inna Nacht!«

Ich bringe sie um, dachte Julie. Wenn ich nicht sterbe, dann bringe ich sie um!

Als sie merkte, dass die nächste Wehe anschwoll, greller, brutaler und unbarmherziger als sämtliche anderen zuvor, die Wehe, die ihre bisherigen Qualen lächerlich erscheinen ließ, da wusste sie, dass es keinen Sinn hatte, sich zu wehren. Nichts machte mehr irgendeinen Sinn. Gar nichts. Sie schrie nicht mehr, sie schloss nur die Augen und bat den lieben Gott um ihren sofortigen Tod. Während sich Schwester Berta mit ihrem ganzen Gewicht auf Julies Bauch warf, fragte sich diese verwundert, was eigentlich noch nötig war, um das Bewusstsein zu verlieren? Warum war sie immer noch bei sich, obwohl sie doch schon im hohen Bogen über die Klippe flog, obwohl sie gerade bei lebendigem Leib gevierteilt wurde? Wie viel konnte ein Mensch ertragen?

»Na bitte, jeht doch«, sagte die Hebamme grinsend und zog den kleinen Körper vollends heraus.

Mit dieser Geste war auch der Schmerz wie abgeschnitten, und obwohl Julie die Frau zutiefst verabscheute, stahl sich ein winziges Gefühl der Dankbarkeit herein.

»Und wegen so'm lütten Ding machste so 'n Riesentheater?« Kopfschüttelnd nabelte Schwester Berta das schreiende glitschige Bündel von seiner Mutter ab und legte es auf den Untersuchungstisch. »Och noch ’n Mädchen«, grunzte sie. »Will doch keena ham, so wat.«

Sie wischte es sauber und wickelte es fest in ein Tuch, so dass Arme und Beine an seinem kleinen Körper lagen. Das Baby schrie, und Julie richtete sich auf, konnte aber nur ein winziges Stück seines roten Gesichts sehen. Es schnarrte beim Weinen wie eine kleine Katze. Die Hebamme legte es in ein mit Watte gepolstertes Bettchen, deckte es zu und versah noch die letzten Handgriffe.

»Sie soll Elisabeth heißen«, sagte Julie. »Schreiben Sie’s auf das Armband. Elisabeth mit th.«

»Meinste, dit lohnt sich für den halben Hahn? Wiegt doch nüscht. Jede Wette, dass dit morgen nich mehr …«

»Sie heißt Elisabeth!«, schrie Julie. »Schreiben Sie’s da gefälligst hin, verdammt noch mal!«

»Aber jern doch«, sagte Schwester Berta. »Soll ick vielleicht noch ’ne Schleife drum…?«

Das Aufheulen der Sirene übertönte ihre letzten Worte. Mit einer blitzartigen Bewegung riss Schwester Berta das Kind an sich und stieß Julie an. »Steh auf, schnell!«

Weitere Sirenen schalteten sich ein, schwollen an und schwollen ab, so dass innerhalb von Sekunden der Luftalarm über die ganze Stadt schallte. Betäubt starrte Julie abwechselnd auf die Hebamme und auf das Bündel in ihrem Arm, unfähig, sich zu rühren. Das Einzige, was sie dachte, war: Warum sind wir nicht bei der Geburt gestorben? Beide zusammen, du und ich? Warum?

Jeden Moment erwartete sie das Krachen, das Einschlagen der Sprengbombe, die Erschütterung, das Beben, das Zerbersten der Wände, das Einstürzen des Dachs über ihr, das Umherfliegen der Geräte, das Zusammenbrechen des ganzen Raums, das Verschlungenwerden von diesem kreischenden und brüllenden Monster. Gott hatte ihr mit der Geburt nur den Vorhof der Hölle gezeigt. Der Eintritt kam erst jetzt.

»Nu komm inne Pötte, Mädchen!«, schrie Schwester Berta, krallte sich an Julies Arm fest und zerrte sie aus dem Bett.

Julies Beine waren weich, sie knickte ein und sank auf den Boden. Das blutige Laken zog sie mit sich. Der Ton der Sirene schien immer lauter und schriller zu werden. Er bohrte sich in Julies Ohren, trieb lange spitze Nadeln durch ihr Trommelfell bis tief in ihr Gehirn hinein. Sie wollte sich die Ohren zuhalten, doch ihre Arme waren zu schwer.

»Himmelarsch, beweg dich!« Schwester Berta riss an Julies Arm wie an einer schweren Puppe. »Wir krepier'n hier gleich!«

Und da kamen sie auch schon. Das finstere Grollen der Jagdgeschwader füllte die nächtliche Luft. Die Gerätschaften begannen zu klappern, Metall klingelte an Metall, das dünne Fensterglas brummte unwillig in seinem Rahmen, als hätte man es in seiner Nachtruhe gestört. Ein dumpfes Krachen ertönte. Schweres Kaliber. Ein Fauchen und Zischen fuhr durch die Ritzen des Kreißsaals und ließ ihn sich aufbäumen wie ein angeschossenes Raubtier. Putz rieselte von der Decke, doch die Scheiben blieben heil. Ein entfernteres Gebäude musste getroffen worden sein. Der Boden vibrierte vom Getrappel der vielen Füße auf dem Flur, Geschrei drang unter der Tür hindurch. Die Sirene jaulte immer noch.

»Los!«, brüllte Schwester Berta und schleifte Julie mit sich fort, nackt unter ihrem Krankenhauskittel. Kälte schlang sich um ihren Körper, wand sich von unten herauf, überzog ihre Arme und Beine mit Gänsehaut. Wie sie auf die Füße gekommen, aus dem Raum hinaus, die Treppe hinab und in den Keller des Hospitals gelangt war, wusste Julie nachher nicht mehr. Wie sie an den vielen anderen Menschen vorbeigelaufen war, von denen manche direkt vom Operationstisch gesprungen zu sein schienen, mit offenen Wunden, flatternden Mullbinden um den Leib, Verbänden am Kopf, Schläuchen in der Nase, torkelnd, humpelnd, blutend, schreiend, weinend, manche am Boden kriechend, während die panische Menschenmenge über sie hinwegtrampelte. Eine alte Frau, die vor ihren Augen zusammenbrach und nicht mehr aufstand. Um die sich niemand kümmern konnte und niemand wusste, ob sie noch lebte. Ein kleines Mädchen, das mit weit aufgerissenen Augen allein in einer Ecke stand, blonde geflochtene Zöpfe, ein blau-weiß kariertes Kleid, weiße Kniestrümpfe und Riemchenschuhe am unversehrten Körper.

Julie flog durch den Flur wie durch einen Traum. Sie lief nicht, sie bewegte sich nicht, all das rauschte nur an ihr vorbei. Es war nicht echt, das passierte nicht, es war ein Traum, ein böser, schneller, atemberaubender Traum, aus dem sie gleich erwachen würde. Gleich, nur noch um die nächste Ecke, dann wäre sie in ihrem Schlafzimmer, und die Schwester würde den schmerzhaften Klammergriff von ihrem Arm lösen. Sie würde sie loslassen und aufwecken, und Julie würde sich zum Frühstück eine Tasse Kaffee-Ersatz kochen. Wie spät war es? Es war doch schon Morgen, oder nicht? Oder war es noch Nacht? Wo war die nächste Ecke? Wo war die Hebamme, und was trug sie da auf dem Arm? Ein Kind? Wie war es dahin geraten? Sie musste aufpassen, sie durfte es nicht fallen lassen. Das Kind war ihr Kind. Sie durfte nicht stürzen, sie musste es festhalten. Sie musste es beschützen in diesem furchtbaren Alptraum. Sie musste es bis ins Schlafzimmer schaffen. Nur bis zum Schlafzimmer, wo sie sich hinlegen konnte. Ausruhen, einen Moment ausruhen.

Julie schreckte auf, als sie etwas am Fuß berührte. Die alte Frau zupfte daran herum. Die Frau, die gestürzt war und nicht aufstehen konnte in der Menge der Flüchtenden. Sie hatte eine Platzwunde am Kopf, an der das Blut trocknete. Sonst schien ihr nichts zu fehlen.

Julie zog abrupt den Fuß weg. Sie wollte nicht, dass die alte Frau sie anfasste, weil sie sich wegen ihrer nackten Beine schämte und weil es weh tat. Sie lag auf einer Holzbank, noch immer mit dem Krankenhauskittel bekleidet, doch darunter hatte sie etwas an. Wer hatte ihr das angezogen? Und warum hatte sie es nicht gemerkt? Scham breitete sich in hitzigen Wellen auf ihrem Gesicht aus. Gleichzeitig fror sie, und ihr Unterleib schmerzte. Neben sich fand sie einen aufgeklappten Koffer, ausgepolstert mit einem fremden Mantel, in dem die kleine Elisabeth schlief.

»So halten Sie doch still«, schimpfte die alte Frau und hielt ihren Fuß fest. »Das muss raus.« Sie setzte die Pinzette an und hielt Julie gleich darauf eine Glasscherbe hin, die in ihrer Sohle gesteckt hatte. In der Aufregung des Alarms hatte sie nicht bemerkt, dass sie hineingetreten war. Blut tropfte auf den Boden, doch Julie sah nichts, womit sie es stillen konnte, kein Tuch, keinen Tupfer. Sie befanden sich in einem Notbehandlungszimmer im Kellergewölbe des Krankenhauses. Die Wände waren bis zur Hälfte weiß gefliest, an den Seiten standen Glasschränke mit verschiedenen Medikamenten, darunter Rollwagen mit medizinischen Gerätschaften, Reagenzgläsern, Werkzeugen, Flüssigkeiten in braunen Fläschchen und einige wenige Spritzen. In den Regalen lagen eingerissene Kartons, in denen zuvor Verbandszeug gewesen war, und ein einsames Buch, das Julie bekannt vorkam. *Die deutsche Mutter und ihr erstes Kind* stand auch bei ihrer Schwiegermutter im Regal. Die Mitte war leer. Auf dem Linoleum zeichneten sich die Stellen bräunlich ab, wo der Behandlungstisch gestanden hatte. Julie gegenüber saß noch eine andere Frau mit ihrem Baby. Auch sie hatte eine Verletzung am Bein. Eine flackernde Neonleuchte färbte ihre Gesichter gelblich blass. Sie waren die Einzigen im Raum.

»Danke«, sagte Julie beschämt.

»Keine Ursache.« Die alte Frau reichte ihr ein Stück Zeitung zum Abwischen des Fußes. »Was anderes gibt es nicht.«

Julie nickte, mochte aber den Fetzen Papier nicht für die Wunde benutzen. Wenn sie doch nur an ihre Handtasche käme, darin hatte sie zumindest ein sauberes Taschentuch. Sie setzte sich gerade hin, zog den Kittel über ihre Knie und schlug die Beine übereinander, so dass der verletzte Fuß nicht den Boden berührte.

»Wo sind denn all die anderen?«

»Zurück in ihren Zimmern«, sagte die alte Frau. »Das Krankenhaus hat nichts abbekommen. Glück gehabt.«

»Und die Verletzten?«

»Einer der frisch Operierten hat es nicht geschafft«, antwortete die Frau mit dem Baby. »Aber der war auch nicht hier unten bei uns, sondern noch oben im Saal, hat eine Schwester gesagt.«

Julie nickte wieder und sah auf den Koffer hinab. Zum ersten Mal konnte sie ihr Kind eingehend betrachten.

Viel war ohnehin nicht zu sehen, denn der kleine Kopf war fast vollständig von einer weißen Strickmütze bedeckt, der Körper in Tücher und Watte gewickelt und mit einer Decke verhüllt. Nur Augen, Nase und Mund lagen frei. Winzig. Es kam Julie so winzig vor, kaum größer als eine Puppe und genauso makellos und unbewegt. Zarte blonde Augenbrauen erhoben sich über der dunklen Linie der Wimpern. Darunter die Andeutung einer Nase, ein Stubser nur, ein runder Knopf mitten im Gesicht, an den sich fein geformte Lippen anschlossen. Sie lagen vorgeschoben wie ein kleiner dunkler getönter Hügel in der glatten Haut. Ihr erstes Kind. Julie fragte sich, ob alle Neugeborenen so aussahen. So fertig. So vernünftig und nachdenklich. Ja, Elisabeth sah aus, als wüsste sie nicht recht, was die unruhigen Umstände bedeuteten, als müsste sie erst darüber nachdenken.

Zwischen dem Mantel und dem Koffer steckte eine Wiegekarte ohne Angabe des Gewichts und der Größe. Dafür war keine Zeit mehr gewesen.

Vorsichtig schob Julie die Decke beiseite und wickelte die Kleine aus den Tüchern. Sie war so zart und dünn, dass sie Angst hatte, etwas kaputt zu machen. Sie wog sicher keine vier Pfund. An ihrem Fußgelenk fand Julie das gesuchte Stoffbändchen mit ihrem Namen. Elisabeth Lorenz. Das musste Schwester Berta hier im Keller festgemacht haben. Als die kühle Luft ihren Körper berührte, fröstelte die Kleine. In einer zittrigen Bewegung spreizte sie ihre winzigen Finger mit den noch winzigeren Nägeln, um sie sogleich wieder zu Fäustchen zu schließen. Dann gähnte sie und öffnete langsam ihre Augen. Große, dunkelblau glänzende Glasmurmeln richteten sich auf Julie, klar und wach und sehr aufmerksam. Julie hatte das Gefühl, von diesem Blick entlarvt zu werden, ihrem Kind nichts vormachen zu können, weil es die Wahrheit zu wissen schien. Wahrheit, die über seine erlebten Erfahrungen hinausging. Kaum hatte Julie die Tragweite ihres Gedankens erfasst, schalt sie sich auch schon für ihre Dummheit. Was konnte dieses Würmchen schon wissen? Es war ein unbeschriebenes Blatt, ein fast noch lebloses Bündelchen Mensch, das erst im Lauf der Jahre zu denken und zu fühlen beginnen würde.

Beruhigt wickelte sie ihre Tochter in die Tücher und deckte sie wieder zu. Doch das schien ihr nicht zu gefallen. Elisabeth begann zu weinen, und Julie streckte, ihrem ersten Impuls folgend, die Hände erneut nach ihr aus.

»Auf gar keinen Fall jetzt hochnehmen!«, fuhr die alte Frau sie an, und Julie zuckte zurück.

»Aber wenn sie Hunger hat?«, sagte sie.

»Das spielt keine Rolle.« Die alte Frau schüttelte den Kopf. »Wenn Sie dem Geschrei jetzt nachgeben, ziehen Sie sich einen Tyrannen heran. Das Kind muss von Anfang an lernen, dass die Mutter die Regeln bestimmt, nicht umgekehrt.«

Einerseits leuchteten Julie die Worte ein, doch wohl war ihr dabei nicht. Elisabeth schrie, bis ihre zarte Babystimme atemlos flatterte und sich ihr Gesicht rot färbte. Die andere Frau erhob sich.

»Kommen Sie«, sagte sie zu Julie. »Wir gehen auch in unsere Zimmer zurück. Vielleicht finden wir auf der Station noch irgendwo Verbandsmaterial.«

Julie nickte erleichtert, nahm ihr Kind aus dem Koffer, und noch während sie es an sich drückte, hörte es auf zu schreien. Auch den Mantel zog sie an, obwohl er muffig roch und sie nicht wusste, wem er gehörte. Doch erst einmal würde er Julie gute Dienste leisten, da er ihren Rücken und ihre Beine bedeckte, so dass sie sich neben der vollständig bekleideten Frau nicht ganz so schämen musste. Mit dem verletzten Bein konnte sich diese nur unter Schmerzen bewegen, das war offensichtlich. Auch Julie versuchte, nur mit der Hacke aufzutreten, um die Wunde nicht noch mehr zu verschmutzen. Sie drehte sich zu der alten Frau um, die auf der Bank sitzen geblieben war.

»Danke noch einmal für Ihre Hilfe«, sagte sie. »Wollen Sie nicht mitgehen? Auf welcher Station sind Sie?«

»Nein, ich bleibe noch einen Moment hier.« Die alte Frau winkte ab. »Im Zimmer ist man ja nie für sich.«

So gingen die beiden Frauen mit ihren Kindern allein zurück, Julie und die andere, die sich als Edith vorstellte.

Überrascht sah Julie, dass es unter dem Krankenhaus ein weitverzweigtes Tunnelsystem mit verschiedenen Zu- und Ausgängen gab, aus dem im Notfall die Flucht gelingen konnte, selbst wenn darüber alles zerstört war.

Seltsam nur, dass sie sich nicht zu erinnern vermochte, wie sie in den Schutzraum gelangt war. An der Treppe zum Erdgeschoss musste sich Julie genauso wie Edith am Geländer festhalten und sich gleichzeitig mit dem Kind auf dem Arm Stufe für Stufe hochziehen.

Im Erdgeschoss herrschte wieder reges Treiben. Es war früher Vormittag, und die Schwestern eilten wie gewohnt durch die Flure, als hätte es keinen Bombenalarm gegeben. Die Türen standen offen, Sommerwärme und der Duft von Lindenblüten strömten herein. Wie kleine Propeller trudelten die gelbgrünen Blüten zu Boden. Die Äste der Bäume schaukelten im Wind, und die Sonne warf Lichtflecken an die Wände. Nur die vielen Spatzen, die den Park sonst mit ihrem fröhlichen Gezwitscher bevölkerten, fehlten. Trauten wohl der Ruhe am Himmel nicht.

Während Julie und Edith langsam zur Wöchnerinnenstation gingen, stellten sie fest, dass sie einige Gemeinsamkeiten hatten. Beide wohnten in der Nähe des Wagnerplatzes, Julie in der Elsastraße, Edith in der Brünnhildestraße. Ediths Sohn Arthur war nur einen Tag älter als Elisabeth und ihr Mann ebenso an der Ostfront wie ihr eigener. Julies Mann hieß Bernhard, Ediths hieß Burkhard. Und beide hatten im Kreißsaal Schwester Bertas ruppigen Ton ertragen müssen.

»Jaja«, brummte Julie, indem sie deren Stimme nachahmte. »Kinder machen is leichter als wie Kinder kriegen!«

»Nu stell dir ma nich so an!«, flüsterte Edith in gleicher Manier zurück. »Als dit jemacht hast, hasde och nich jekwiekt!«

Die beiden Frauen prusteten los, lachten und lachten über den eigentlichen Witz hinaus, über die Anspannung, die Verwirrung, die Ängste und Schmerzen der vergangenen Stunden hinweg. Sie lachten, bis ein Arzt mit strenger Miene und blütenreinem Kittel fragte, was sie auf dem Gang zu suchen hätten und warum sie nicht längst wieder auf ihrer Station seien, es sei schließlich ein Lazarett und kein Vergnügungspark. Missbilligend betrachtete er Julies Füße. Auch als sie erklärte, in welchem Zustand sie den Keller erreicht hatte, wurde er kaum freundlicher. Zumindest sorgte er dafür, dass die beiden im Rollstuhl auf ihre Zimmer gefahren und ihre Wunden gereinigt und verbunden wurden.

Julie war mit fünf anderen frischgebackenen Müttern in einem Raum untergebracht, die sofort neugierige Fragen stellten, als sie hereinkam. Die kleine Elisabeth begann zu weinen, und alle wollten sie ansehen. Erst jetzt merkte Julie, wie der dumpfe Schmerz noch in ihrem Unterleib arbeitete. Und sie merkte, wie erschöpft sie war und wie schmutzig und unwohl sie sich fühlte. Obwohl eine der Frauen

Elisabeth auf den Arm nahm, sie herumtrug und beruhigend auf sie einredete, schrie sie aus Leibeskräften. Julie konnte sich denken, dass sie fast umkam vor Hunger, aber dennoch zog sie den Vorhang vor dem Waschbecken zu, um sich erst einmal notdürftig zu waschen, besonders ihre vor Dreck starrenden Füße. Vorsichtig wischte sie um den Verband herum und fühlte sich danach angenehm sauber. Das tat gut. Dankbar zog sie ihr eigenes Nachthemd an, schlüpfte unter die Decke und übernahm ihr hochrotes, brüllendes Kind. Das hatte derweil noch zwei andere Säuglinge zum Weinen gebracht, deren Mütter trotz Schnuller nichts ausrichten konnten, so dass der Geräuschpegel im Raum unerträglich wurde.

Umständlich versuchte Julie, eine Brust frei zu machen und das Kind anzulegen, ohne dass die anderen davon etwas zu sehen bekamen. Und wie sollte sie nun das Kind zum Trinken bewegen? Der kleine Mund war zwar offen, und Julie versuchte ihr die Brustwarze so hinzuhalten, dass Elisabeth nur die Lippen zu schließen brauchte, doch das tat sie nicht. Der Mund blieb geöffnet, sie schrie und schrie, und Julie perlte Schweiß von der Nase.

»Meine Jüte!«, stöhnte eine der Mütter ungeduldig, stand auf und drückte Elisabeths Kopf so fest an Julies Brust, bis diese endlich ansaugte und verstummte.

Julie zuckte zusammen, weil es weh tat und sich seltsam anfühlte, dieses starke Ziehen im Inneren. Immerhin schien Elisabeth nun zufrieden zu sein. Mit ihren großen Augen sah sie zu ihrer Mutter auf, trank, schnaufte noch ein wenig durch die Nase und beruhigte sich dann zusehends. Julie ließ den Kopf aufs Kissen sinken und schloss die Augen in dem bedrückenden Bewusstsein, dass dies erst der Anfang war. Die ersten Stunden mit einem winzigen Wesen, für das sie verantwortlich war, für das sie zu sorgen hatte, von morgens bis abends und von abends bis morgens. Warum hatte ihr bloß niemand gesagt, wie gefangen man sich plötzlich fühlte, von der ersten Sekunde an, wie hilflos und schwach? Und wie wenig zufrieden und glücklich? Es war keine Freude in ihr, nicht die Spur. Nur Schmerz, Anstrengung und Leere, sonst nichts. Wie machten das die anderen Mütter? Wie kam das Leuchten in ihre Augen?

Begeistert und voller Freude folgten sie dem Befehl des Führers, viele Kinder zu gebären fürs deutsche Vaterland. Julie merkte, wie sich beim bloßen Gedanken daran alles in ihr sträubte. Sie war dazu nicht fähig, wollte nie wieder ein Kind bekommen. Jedenfalls nicht freiwillig. Dabei musste sie an ihre Freundin Luise denken, der es wohl ähnlich ging, die es vielleicht einfach nur früher erkannt hatte und dementsprechend schlauer gewesen war.

Als sie im Mai schwanger wurde, traf sie ihre Entscheidung sofort und ohne ihren Mann. »Ich bin doch nicht blöde«, hatte sie zu Julie gesagt. »Dann stehe ich bei der Entbindung im Bombenhagel schön alleine da! Und jetzt, wo sie Lebensmittelrationen so gekürzt haben, gibt's vielleicht bald gar nichts mehr zu beißen? Nein, das tue ich mir nicht an!« Dafür tat sie sich andere, nicht weniger entsetzliche Dinge an, um das ungewollte Lebewesen loszuwerden. Wahrscheinlich hätte ihr Mann sie zusätzlich verhauen, wenn er davon gewusst hätte. Sie sprang unzählige Male vom Tisch, ließ sich die Treppe herunterfallen, bis sie grün und blau war, hantierte mit Stricknadeln und Bügeln, bat sogar Julie um Hilfe, die sich natürlich weigerte, die im Gegenteil ihre Freundin bekniete, doch um Himmels willen aufzuhören oder wenigstens zu einer Engelmacherin zu gehen. Doch Luise zeigte ihr einen Vogel. Die sei viel zu teuer, schrecklich sei es bei der genauso und der Erfolg auch nicht garantiert. Julie war ebenso erleichtert wie Luise, dass diese noch am Leben war, als endlich die ersehnte Blutung einsetzte. Und als Luises Mann in jeder Hinsicht ausgehungert auf Heimaturlaub nach Hause kam, gab sie ihm, was er brauchte, ohne jedoch eine weitere Schwangerschaft zu riskieren.

Auch wenn Julie sich selbst nie solche Grausamkeiten hätte zufügen können, so bewunderte sie die Freundin insgeheim für ihre knallharte Selbstdisziplin. Und beneidete sie gerade jetzt um ihre Kinderlosigkeit. Julie bangte schon, was wäre, wenn sie und Elisabeth zu ihren Schwiegereltern zurückkehrten und die geregelten Krankenhausmahlzeiten wegfielen. Was wäre, wenn die Lebensmittel noch weiter rationiert werden würden und der immer wieder angekündigte Endsieg doch länger auf sich warten ließe? Sollte sie der Aufforderung ihrer Mutter folgen und nach Stolpmünde aufbrechen, dorthin, wo ihre Mutter nach dem Tod ihres ersten Mannes hingeheiratet hatte? Ins ferne Pommern? Doch so eine lange Reise mit dem Baby ganz allein? Ob Bernhard Fronturlaub bekäme, um sie zu begleiten, stand in den Sternen, jetzt, da die deutschen Truppen im Kaukasus so erfolgreich waren und jeden Mann für die ausgedehnte Front brauchten.

»Also, ich würde zu meiner Mutter fahren«, sagte Edith am nächsten Tag. »Wenn meine auf einem Bauernhof am Meer wohnen würde, sofort! So schnell könntest du gar nicht gucken, wie ich hier weg wäre, das glaub man!«

Entgegen ihrer Erwartung waren auch Julies Schwiegereltern gleich dafür, dass sie mit Elisabeth Berlin verließ. Es sei doch viel sicherer dort oben in den kleinen Dörfern an der Ostsee, sagte ihre Schwiegermutter, als sie mit Julie in der kleinen Küche saß und das Für und Wider besprach.

Außerdem solle Julie an die gute Verpflegung auf dem Land denken. Die müsse sie schon allein wegen Elisabeth in Anspruch nehmen. Und dann sei es ja auch die Familie ihrer Mutter und niemand Fremdes. Sie selbst würde die Gelegenheit jedenfalls beim Schopfe greifen, wenn sie könnte.

Konnte sie aber nicht, weil Julies Schwiegervater eine schwere Verletzung aus dem letzten Krieg mitgebracht hatte und seitdem auf ständige Hilfe angewiesen war. Er verließ nicht mehr das Haus und bewegte sich kaum noch aus seinem Sessel. Julie war ihrer Schwiegermutter von Anfang an zur Hand gegangen und befürchtete nun, dass die beiden alten Leute ohne sie in Schwierigkeiten und vor allem in Gefahr geraten könnten. Beim vorigen Bombenalarm waren sie schon in der Wohnung geblieben, weil Julie im Krankenhaus gewesen war und die Schwiegermutter ihren Mann nicht allein in den Luftschutzbunker bringen konnte. Wie sollte Julie da an sich denken? Und was war mit Bernhard, wenn er überraschend Heimaturlaub bekam und sie und Elisabeth nicht vorfand? Sein Kind, das er dann zum ersten Mal sehen würde? Stattdessen würde sie ihn damit zwingen, eine weitere lange Reise zu machen, um zu ihnen zu gelangen. Möglicherweise war er verletzt und konnte nur unter großen Schwierigkeiten nach Hause kommen?

Tief sog Julie den Geruch des Zigarettenrauchs ein, der aus dem Wohnzimmer in die Küche drang. Zu gern hätte sie jetzt auch geraucht, doch die paar Zigaretten, die sie noch hatten, waren dem Schwiegervater vorbehalten. Ihre eigene Monatsration von zwanzig Stück hatte sie längst verdampft.

»Es ist ja nicht für lange«, sagte ihre Schwiegermutter, nahm einen kleinen Löffel aus der Besteckklade unter dem

Tisch und rührte damit in ihrem dünnen Getreidekaffee. »Der Krieg kann nicht mehr lange dauern, und bis dahin werden sie Bernhard bestimmt keinen Fronturlaub gewähren.«

»Vielleicht hast du recht«, seufzte Julie und wiegte Elisabeth in den Armen, die im Halbschlaf zu wimmern begonnen hatte.

»Natürlich habe ich recht, mein Kind! Außerdem wird die Fahrt sogar noch von der Volkswohlfahrt bezahlt. Sie kostet dich keinen Pfennig! Also, wenn das kein Angebot ist, dann weiß ich auch nicht!«

Zweifelnd sah Julie ihre Schwiegermutter an. In ihr faltiges, ausgezehrtes Gesicht mit den blauen Augen und dem krausen grauen Haar, das sie ihr Leben lang vergeblich zu bändigen versuchte. Sah ihre abgearbeiteten, rauhen Hände mit dunklen Flecken darauf und die schmalen, knochigen Schultern unter der Bluse. Zum zweiten Mal ging diese Frau nun durch den Krieg, nahm all die Mühen klaglos auf sich. Ihr älterer Sohn war bereits bei den ersten Kämpfen in Polen gefallen. Wenn Bernhard dasselbe Schicksal ereilen würde, hätte Julie nicht nur keinen Mann und Elisabeth keinen Vater mehr, dann hätten ihre Schwiegereltern auch keine Kinder mehr. Ihr kamen die Tränen.

»Na, na, Mädchen, wer wird denn da weinen?« Beschwichtigend tätschelte die Schwiegermutter ihre Hand. »Wir beiden alten Leutchen schaffen das schon, ging ja vorher auch ohne dich!«

Knapp zwei Wochen nach der Taufe saß Julie in einem Sonderzug nach Stettin, neben sich ein zusammengebundenes Kissen, in dem Elisabeth schlief, umgeben von anderen Müttern mit ihrem Nachwuchs und einer Schar aufgeregt schwatzender Kinder, die von jugendlichen Betreuern der

HJ und des BDM auf ihrer Landverschickung begleitet wurden. Die Mädchen trugen geflochtene Zöpfe, zu Affenschaukeln gebunden, und Schürzen über ihren Kleidern. Die Jungs hatten karierte Hemden an und kurze Lederhosen mit Trägern und Latz. Im ganzen Zug summte es vor Fülle und Betriebsamkeit.

Julie lächelte. In ihrer Jackentasche fühlte sie das Päckchen Zigaretten, das ihr die Schwiegermutter noch schnell am Bahnhof zugesteckt hatte, kurz bevor sie in den Zug stieg. Sie solle aber nicht zu viel rauchen, wurde sie ermahnt, lieber zusehen, dass sie wieder rosige Wangen und ein bisschen Fett auf die Hüften kriegte. Julie hatte es versprochen, ihre Schwiegermutter ein letztes Mal umarmt und sich mit feuchten Augen in ihr Abteil gesetzt. Sie sah aus dem Fenster, konnte sie jedoch unter den vielen winkenden Eltern am Bahnsteig nicht mehr entdecken.

Der Zug setzte sich in Bewegung, und Julie nahm den Kompass aus ihrer Handtasche, den ihr der Schwiegervater mitgegeben hatte.

Es ging zunächst in Richtung Nordwesten und schwenkte dann Richtung Nordost. Entlang der Ringbahn fuhr der Zug zum Bahnhof Gesundbrunnen, wo weitere Mütter mit ihren Kindern zustiegen, so dass Julie Elisabeth auf den Arm nehmen musste. An der Bahnstation Bornholmer Straße hielten sie ebenso wie in Karow, um Passagiere aufzunehmen, und Julie fragte sich, wo sie alle noch unterkommen sollten. Der Zug war bereits so überfüllt, dass die Kinder nicht nur auf den Gängen, sondern auch in den Abteilen auf dem Boden saßen. Für den Schaffner würde es kein Durchkommen geben.

Eine Mutter mit fest gebundenem Zopf im Nacken, die Julie gegenübersaß, schimpfte, wie man denn so viele Menschen auf so engem Raum zusammenpferchen könne, sie seien doch kein Schlachtvieh. Und das auch noch bei der Hitze. Man solle gefälligst mehr Züge einsetzen. Sie stand auf und öffnete das Fenster, so dass ein wenig Luft ins Abteil wehte.

Ihre Sitznachbarin fiel gleich mit ein. Unmögliche Zustände seien das, man könne ja froh sein, wenn man überhaupt lebend ankomme. Sie würden ja kaum besser reisen als das Kroppzeuch da! Verächtlich schleuderte sie ihre Hand in Richtung eines Güterzugs auf einem Nebengleis. Die Frau neben Julie nickte heftig, und alle sahen hinaus. Auch einige der Kinder beobachteten neugierig das Geschehen, das sich etwa zwanzig Meter von ihnen entfernt abspielte. Der Zug mit ausschließlich hölzernen Waggons stand auf den bloßen Schienen im Grünen. Die Schiebetüren waren geschlossen bis auf eine. Aus den schmalen Sichtschlitzen guckten Menschen auf die Trauben der anderen Menschen, die noch einsteigen mussten. Es waren vorwiegend Frauen, Kinder und alte Leute, die durch die geöffnete Schiebetür hineinkletterten. Keinen Bahnsteig, nicht einmal eine Trittleiter gab es für sie. Alle trugen den gelben Judenstern auf ihren Jacken und Mänteln. Manche waren viel zu warm angezogen. Julie sah eine Frau in Pelzmantel und Hut. Doch niemand hatte richtige Schuhe an. Ihre Füße steckten in einfachen Holzpantinen, mit denen das Hinaufklettern noch schwieriger war. Ein alter Mann fiel rücklings auf die Kieselsteine, als er abrutschte. Jemand zog ihn wieder hoch, und mehrere Frauen mit Kopftüchern stützten ihn, so dass er dann doch in den Waggon kam. Daneben brummte der Motor eines Lastwagens, die Ladefläche voll säuberlich gestapelter Koffer. In heller Farbe standen Namen darauf und hier und da eine Adresse. Als die letzte Lücke gefüllt war, wurden die Klappen geschlossen.

»Mama, was machen die da?«, fragte ein kleiner Junge.

»Die ziehen um«, sagte seine Mutter knapp und erntete rundherum zustimmendes Lächeln.

»Aber wo sind denn ihre Möbel?«

»Die brauchen keine.«

»Nein?«, sagte der Junge nachdenklich. »Aber dann können sie ja gar nicht kochen oder ins Bett gehen und schlafen.«

Ein älterer Junge lachte. »Und wie gut die bald schlafen können!«

»Ja?«, fragte der Kleine. »Fahren sie auch zu ihrer Oma?«

Der Junge und ein paar andere im Abteil lachten laut heraus.

»Halt endlich deinen dummen Mund!«, rief die Mutter, und erschrocken schwieg das Kind.

Die Frau mit dem Zopf wandte sich an die Mutter. »So geht das aber nicht, gute Frau! Sie müssen Ihrem Sohn schon erklären, was das für Subjekte sind!« Sie beugte sich vertraulich vor und sagte: »Das sind Juden, mein Junge, die gefährlichsten Verbrecher, die es gibt auf der Welt. Die sehen nur so arm aus, lass dich davon niemals täuschen, hörst du?! Die betrügen schon, wenn sie geboren werden.«

Mit großen Augen sah der Kleine wieder aus dem Fenster. Die letzten Passagiere wurden von den Soldaten mit Gewehrkolben in die Waggons gestoßen. Einen Mann, der sich außen an die Tür klammerte, weil niemand mehr hineinpasste, zerrten sie herunter. Ein Soldat zog die Schiebetür zu, ein anderer zückte seine Waffe und schoss dem Mann in den Kopf.

Julie fuhr zusammen, als wäre sie selbst getroffen worden. Das Bild des fallenden Mannes verschwamm vor ihren Augen, sie sah die dunkle Kleidung, einen Haufen Wäsche, zusammengeschoben zu einem unordentlichen Stapel. Dunkle Wäsche, dunkle Wäsche, mehr nicht. Der noch nicht ganz verheilte Schnitt unter ihrem Fuß, in dem die Scherbe gesteckt hatte, begann heftig zu stechen. Der Soldat trat einen Schritt zurück und gab dem Fahrer das Zeichen zur Abfahrt. Eine Ewigkeit verging, bis der Lastwagen nicht mehr zu sehen und zu hören war.

Dann herrschte Stille. Eine dichte, stickige, luftleere Stille, draußen wie drinnen. Julie hatte das Gefühl, sich übergeben zu müssen. Sie schluckte und schluckte, doch der säuerliche Speichel wurde immer mehr in ihrem Mund. Gleich war es zu spät, sie merkte schon die eindeutige Bewegung ihres Magens. Es stoppte auf halbem Weg, weil der kleine Junge mit einem Mal so laut aufschrie, dass alle erschraken. Und als hätte er sie damit geweckt, fingen auch andere Kinder zu weinen an. Als sich das Schreien des Jungen zu einem ohrenbetäubenden Gekreisch steigerte, immer lauter und gellender wurde, hielt ihm seine Mutter den Mund zu, doch es half nichts. Auch aus den anderen Abteilen waren nun Rufe, Schreie und lautes Weinen zu hören.

»Verdammt noch mal, wat macht ihr 'n da für 'n Scheiß?!«, tönte eine Männerstimme zu den Soldaten hinüber. Abrupt schloss der kleine Junge den Mund und summte eine schräge Melodie. »Bekloppt oda wat? Ick hab hier Mütta mit kleene Kinda drinne, Himmel Herrjott noch mal!«

Das muss der Schaffner sein, dachte Julie entsetzt, oder der Lokführer.

»Sei vorsichtig, was du sagst!«, rief der Offizier. »Sonst mache ich die Luke für dich noch mal auf!«

»Ach, Schnauze, Feldwebel Oberst Arschloch! Ick lass mir nich einschüchtern von euch! Ick hab keene Angst!«

Bei jedem Wort dachte Julie, dass die Reise jetzt zu Ende

war. Ab hier ging es nicht mehr weiter, der Schaffner war so gut wie tot. Tiefer und tiefer sank sie in ihren Sitz und betete inständig, dass sie keinen weiteren Schuss hören musste. Und entweder hatte der Schaffner jetzt leiser gesprochen, oder der Lärm der Kinder hatte es übertönt, oder der Offizier war nicht mehr bei sich – wie durch ein Wunder gab der Schaffner den Befehl zur Weiterfahrt, und beide Züge setzten sich in Bewegung. Der nach Nordosten ließ einen durchdringenden Signalton erschallen, der andere fuhr ohne einen Laut nach Nordwesten davon.

Die Kinder waren nur schwer zu beruhigen, besonders der kleine Junge. Mit unbewegtem Gesicht starrte er nach draußen, sein Summen steigerte sich wieder zu einem Schreien. Kurz entschlossen griff Julie in ihren Proviantrucksack und zog eine Papiertüte mit Karamellen heraus, die ihre Schwiegermutter mit Zucker und Sahne in der Pfanne gekocht hatte, damit sie was Süßes für unterwegs hätte. Zum Schnabulieren, hatte die Schwiegermutter mit einem Augenzwinkern gesagt. Wie sie an die Sahne gelangt war, wusste Julie nicht. Die Bonbons waren zu einem festen Klumpen zusammengeklebt, und sie hatte Mühe, einen davon zu lösen und dem Jungen in den Mund zu stecken. Der Kleine war so überrascht, dass er sich fast daran verschluckte und aufhörte zu schreien. Er lutschte, schmeckte und versuchte dann, sich leise wimmernd an seine Mutter zu schmiegen.

»Nun hör endlich auf mit dem elenden Gewinsel!« Sie schob ihn zurück auf seinen Platz. »Es reicht!« Da streifte er seine Schuhe ab, zog die Beine hoch und verbarg den Kopf stumm zwischen seinen Knien und Armen. Julie verteilte auch Bonbons an die anderen Kinder, die vor Genuss das Weinen vergaßen, so dass es im Abteil ruhig wurde.

»Danke«, sagte die Mutter und lächelte Julie zu. »Eigentlich ist er gar nicht so wehleidig.«

Julie nickte und versuchte, ihre Finger an einem Tuch abzuwischen, doch sie blieben klebrig.

»Na ja, manche sind aber auch nur Austauschjuden«, erklärte die Frau neben ihr unvermittelt. »Die werden nur verkauft, gegen Waffen oder anderes Zeug. Denen geht's dann gut. Ich hab gehört, manche werden von den Schweizern gekauft, da haben die's zehnmal besser als wir armen Schlucker hier!«

Niemand sagte etwas. Der Zug fuhr an ausgedehnten Rübenfeldern entlang. Blaue Kornblumen säumten die Ränder, und die Blüten der Königskerze leuchteten gelb dazwischen. Julie erinnerte sich, wie sie im Blumenladen ihres Onkels Sträuße gebunden hatte. Es kam ihr vor, als hätte das in einem anderen Leben stattgefunden, als wäre nicht sie das gewesen, die Kornblumensträuße band, sondern eine andere Julie. In Wahrheit waren aber seitdem nur vier Jahre vergangen. Vier seltsame Jahre, in denen alles anders verlief, als sie sich das ausgemalt hatte nach der langen Zeit bei ihrem Onkel Gustav. Julie war das älteste von zwölf Kindern, die ihre Mutter Käthe gebar. Drei von ihnen starben noch im Säuglingsalter; blieben noch neun, die versorgt werden mussten. Julie war zehn, als ihr Vater bei einer Schlacht in Frankreich fiel. Eine Zeitlang konnte ihre Mutter die Familie noch beisammenhalten, doch dann musste sie sich eingestehen, dass es beim besten Willen nicht allein zu schaffen war. Käthe entschied, die drei jüngsten Kinder bei sich zu behalten und die sechs älteren bei ihren Verwandten unterzubringen. Julie landete beim Blumenladenbesitzer Onkel Gustav und seiner Frau, die keine eigenen Kinder bekommen konnten. Sie hatte es nicht schlecht dort, musste zwar gleich im Geschäft mithelfen, wurde jedoch gut gekleidet und versorgt, und das sogar unter den Plagen des Krieges. Auch wurde sie im Gegensatz zu anderen Kindern von Onkel und Tante nicht oft geschlagen. Dennoch hatte Julie mit dem Weggang von der Mutter ihre Familie und ihren Halt verloren. Von Jahr zu Jahr wurde der Kontakt spärlicher, insbesondere als ihre Mutter wieder heiratete und nach Pommern an die Ostsee zog. Auch ihre Geschwister sah sie nur noch bei großen Familienfesten, weil nicht mehr alle in Berlin wohnten. Die Entfernung zwischen ihnen war einfach zu groß und der Alltag zu sehr mit Aufgaben und Pflichten angefüllt.

Das hinterließ Spuren in Julies Gesicht. Onkel Gustav nannte sie nicht umsonst sein ernstes Julchen. Nach Abschluss der Handelsschule hatte sie jeden Tag von morgens bis abends im Geschäft gearbeitet, die Blumen sortiert und gepflegt, Sträuße, Gestecke und Kränze gebunden, neue Topfpflanzen gezogen, Auftragsarbeiten erledigt und ausgeliefert, das Schaufenster dekoriert und den Boden von den Abfällen gereinigt. Das Geschäft brummte, weil ihnen die unzähligen Beerdigungen lange Zeit sichere Einnahmen bescherten.

Auch Julie bekam ab und zu etwas extra zugesteckt. Davon ging sie gern ins Kino und träumte sich in eine Welt jenseits der Arbeit, die ihr jeden Tag schrundige und schmutzige Hände brachte, denn das Grün der Pflanzen hatte sich so gründlich in Haut und Fingernägel gegraben, dass es selbst mit einer Bürste nicht mehr zu entfernen war. Im dunklen Kino sah man das nicht. Hier konnte Julie eine andere sein. Vielleicht eine Magda Schneider, mit der sie eine gewisse Ähnlichkeit verband. Das hatte Julie auf einem Filmplakat ganz genau gesehen. Sie sprach niemals darüber, doch nach dieser Entdeckung trug sie den Kopf ein klein wenig stolzer erhoben als zuvor. Und während sie die abgeschnittenen Blumenstiele zusammenkehrte, stellte sie sich vor, wie Paul Klinger hereinkäme, der schneidigste Schauspieler unter der deutschen Sonne. Wie überrascht er wäre, an einem so gewöhnlichen Ort ein so ungewöhnlich hübsches Fräulein vorzufinden, und wie er sie fragen würde, ob sie vielleicht einmal Zeit für ein Tässchen Kaffee mit ihm hätte.

Doch es war nicht der Schauspieler Paul Klinger, der im Laden erschien und mit Julie ausgehen wollte, sondern der Bankangestellte Bernhard Lorenz.

Bernhard hatte häufig Blumen bei ihr gekauft, und Julie dachte eine ganze Weile, dass sie für seine Angebetete seien, bis er endlich den Mut fasste und sich ihr offenbarte. Julie, für die sich in ihrer Jugend kaum ein Mann interessiert hatte, gefiel das. Es schmeichelte ihr, aber ob es zwischen ihnen wirklich die große Liebe war, die kurz vor Kriegsbeginn für die Verlobung sorgte, oder Julies Angst, als alte Jungfer zu enden, hätte sie nicht eindeutig sagen können. Bernhard sicher auch nicht, denn auch er hatte mit einundvierzig Jahren seinen Zenit überschritten. Vielleicht spielte es auch keine Rolle? Vielleicht war diese allumfassende und einzigartige Liebe, die einem im Kino vorgegaukelt wurde, nur ein Jungmädchentraum, nur eine bunte Seifenblase, die bei allen unweigerlich nach kurzer Zeit zerplatzte?

Nach der Verlobung hatten sie jedenfalls sehr schnell geheiratet, weil Bernhard an die Front musste. Julies Schwiegermutter freute sich, dass nun endlich die Tochter bei ihnen einzog, die sie sich zeitlebens gewünscht, aber nicht bekommen hatte. Das passte zu Julies tiefer Sehnsucht nach der Mutter, bei der sie nicht hatte bleiben dürfen. Auch hatte es Julie sehr geholfen, sich der Älteren anzuvertrauen, nachdem ihr erstes Kind viel zu früh und tot zur Welt kam und Bernhard sagte, das sei ein Jammer, wo es doch sogar ein Junge gewesen sei.

Sie waren gut miteinander ausgekommen, die beiden Frauen, vermutlich sogar noch besser als echte Mutter und Tochter, so dass Julie nun der Abschied erst recht schwerfiel. Und selbst wenn sie zum Schwiegervater ein eher distanziertes Verhältnis hatte, weil er ein sturer alter Grummelkopp war, wie seine Frau liebevoll sagte, mochte Julie auch ihn von Herzen gern. Das schlechte Gewissen, die beiden in solch schwierigen Zeiten allein zu lassen, lastete auf ihrem Gemüt. Am liebsten hätte Julie auch sie nach Pommern mitgenommen, doch der Gesundheitszustand ihres Schwiegervaters ließ das nicht zu. Dabei war sie sicher, dass gerade ihm die frische Seeluft gutgetan hätte.

Elisabeths Weinen holte Julie aus ihren Gedanken zurück. Die Kleine hatte eine nasse Windel und Hunger. Umständlich zog Julie zwei trockene Tücher aus dem Leinwandbeutel unter ihren Füßen hervor und verstaute die restlichen unbenutzten Tücher im Proviantrucksack. Dann legte sie Elisabeth auf ihre Knie, öffnete das Kissen und löste den durchweichten Stoff von ihrem zarten Körper. Der Geruch breitete sich im Abteil aus, und auch wenn niemand etwas sagte, sah Julie, dass die anderen Fahrgäste den Blick abwandten und nur noch durch den Mund atmeten. Hastig wischte sie das winzige knochige und stark gerötete Hinterteil sauber. Die Kleine schrie wie am Spieß. Sie hatte Durchfall bekommen, und das brannte. Mit einem Stoßseufzer dankte Julie ihrer Schwiegermutter, die ihr in weiser Voraussicht eine Dose Penaten-Creme eingepackt hatte. Als Julie fertig war, rann ihr der Schweiß den Rücken hinab. Sie stopfte die schmutzigen Tücher in den Leinwandbeutel, schnürte ihn fest zu und reichte das immer noch schreiende Kind an ihre Sitznachbarin weiter. Dann bat sie die Frau mit dem strengen Zopf, das Fenster ein wenig zu öffnen, und stieg über die vielen Kinder hinweg, um sich auf der Zugtoilette die Hände zu waschen. Zum Glück war diese noch nicht verstopft, und aus dem Hahn tröpfelte sogar etwas Wasser.

Fahrtwind schlug Julie beim Zurückkommen entgegen, weil jemand zusätzlich die Fenster im Gang aufgemacht hatte. Bei der Geschwindigkeit drang wunderbar frische Luft herein. Julie war froh, ihren Platz am Rand des Abteils zu haben. So konnte sie abgeschirmt von den Blicken der anderen Frauen hinter dem Vorhang und mit einem zusätzlichen Tuch bedeckt Elisabeth stillen. Sie biss die Zähne zusammen, als die Kleine zu saugen begann. Nicht nur deren kleiner Po war entzündet, ihre Brust war es auch. Bis der Schmerz nachließ, dauerte es eine Weile, und Julie hoffte, dass sie dabei kein allzu gequältes Gesicht machte. Bestimmt hatten es jüngere Mütter viel leichter, und nur sie stellte sich so unbeholfen an. Einmal mehr wünschte Julie, nicht stillen zu müssen, sondern ihrer Tochter die Flasche zu geben, wie es jede Frau tat, die Ersatzmilch auftreiben konnte. Sie hob das Tuch an und sah der Kleinen beim Trinken zu. Zäh war sie, das musste man ihr lassen. Obwohl die Hebamme ihr kaum Überlebenschancen eingeräumt hatte, obwohl sie noch immer keine sechs Pfund wog und eher kränklich wirkte, nahm Julie an ihr gerade beim Stillen eine Kraft und Ausdauer wahr, die sie überraschte. Denn selbst sie hatte in den ersten Tagen nach der Geburt nicht recht daran glauben können, dass es die Kleine schaffen würde.

Zu bleich, ja schon fast grau sah ihre Haut aus. Und dann dieser zerbrechliche Körper.

Als Julie der Geruch von Zigaretten in die Nase stieg, hielt es sie kaum noch auf ihrem Sitz. Sie dachte an die Worte des jungen Arztes, der sie am letzten Tag im Krankenhaus barsch zurechtgewiesen hatte, nachdem er sie im Park rauchen sah. Es sei eine Schande, deutschen Frauen den Gebrauch von Zigaretten zu gestatten, vielmehr sei das Nichtrauchen ihre nationalsozialistische Pflicht. Sie hätten schließlich die Verantwortung, die deutsche Rasse und ihre Nachkommen rein zu halten und nicht mit dieser unsäglichen Pestilenz zu vergiften. Jawohl, geiferte er, sie vergifte nicht nur sich, sondern auch ihr Kind damit. Der Arzt schien sein Lieblingsthema und ein willkommenes Opfer für seine Tirade gefunden zu haben, denn Julie, obschon die Ältere, traute sich weder, ihm den Rücken zu kehren, noch, sich zu verteidigen. So stand sie wie ein sündiges Schulmädchen vor ihm und ließ sich demütigen, die brennende Zigarette in der Hand, bis er sie ihr wegnahm und unter seinem Schuh zertrat.

Seit der Geburt des Kindes hatte Julie nur wenig geraucht, weil keine Zigaretten mehr da waren. Doch jetzt hatte sie welche in der Tasche, Elisabeth war eingeschlafen, und sie konnte sich für ein paar Minuten zu den anderen Frauen an eins der Fenster im Gang stellen. Schon das verheißungsvolle Knistern der Schachtel in ihrer Jacke ließ ihr Herz ein wenig schneller schlagen. Feiner Eckstein-Nummer-fünf-Tabak, ohne Filter. Die Packung war nicht ganz voll, doch ein Sammelbildchen steckte darin. Leider nur von Soldaten beim Brückenbau, keins mit Tieren. Die mochte Julie am liebsten, auch wenn sie damit kein Sammelalbum beklebte wie ihr Schwiegervater.

Zwei rapsblonde Mädchen, die an die Wand des Gangs

gelehnt saßen, rutschten beiseite, so dass auch Julie noch Platz fand. Eine der Raucherinnen hielt ihr die eigene Zigarette hin, damit Julie ihre daran anzünden konnte. Schon der erste Atemzug stieg ihr wohltuend zu Kopf – leichter Schwindel und der vertraute bittere Geschmack des Tabaks, das Brennen in der Lunge und die Ruhe, die sich augenblicklich in ihr ausbreitete. Was brauchte ein Mensch mehr? Julie lächelte, und die Frau lächelte zurück.

»Gut, was?«

Julie nickte und nahm den nächsten tiefen Zug. Die andere zog ein letztes Mal, pustete den Rauch durchs offene Fenster hinaus und warf den noch glimmenden Stummel hinterher.

»Wohin fahren Sie?«

»Stolpmünde, und Sie?« Neugierig sah Julie die Frau an. Mit ihren kurzen blonden Haaren und dem ebenmäßigen Gesicht ähnelte sie Edith aus dem Krankenhaus.

»Danzig.«

»Oh«, sagte Julie, »das ist aber noch ein ganzes Stück weiter oben. Haben Sie Verwandte dort?«

»Ja, eine Tante und einen Onkel, aber nicht direkt in Danzig, sondern in einem kleinen Ort in der Nähe.«

Eines der kleinen Mädchen zu Julies Füßen begann nach seiner Mutter zu weinen. Das andere legte ihm den Arm um die Schultern und tröstete es. »Wir sind doch gar nicht lange fort, Henriette. Wir fahren nur ein bisschen ans Meer. Wir gehen schwimmen, du und ich, essen dicke Erbsensuppe mit Speck, schlafen ein paarmal, und dann sitzen wir schon wieder im Zug nach Hause, wirst sehen!«

»Das stimmt überhaupt nicht!«, fuhr Henriette ihre Freundin an. »Das ist alles gelogen, hat Franz gesagt! Die lassen uns so lange da, bis der Krieg vorbei ist!«

»Na, siehst du! Sag ich doch!« Die Freundin strahlte. »Der Krieg ist doch schon fast vorbei, das hat meine Mutti gesagt. Und die hat immer recht!«

Julie und die Frau lächelten sich über die Köpfe der Mädchen hinweg an. Für die Kinder war es besonders schwer, ihre Eltern auf unbestimmte Zeit verlassen zu müssen und nicht zu wissen, wann sie zurückkommen konnten. Die kleine Henriette hatte sicher nicht ganz unrecht.

»Hast du eine Ahnung!«, gab Henriette zurück. »Der Krieg dauert noch ewig, hat Franz gesagt, weil jetzt alle böse auf uns sind und Bomben werfen, immer mehr, damit wir alle sterben sollen.« Bei ihren letzten Worten fing sie wieder an zu weinen. »Und wenn wir dann nach Hause fahren, ist Mutti tot und Vati sowieso.«

Da traten auch ihrer Freundin Tränen in die Augen.

»Aber nein!«, mischte sich Julie in das Gespräch ein. »An so etwas dürft ihr gar nicht denken, ihr zwei!«

Plötzlich stand eine Lagermädelführerin des BDM vor ihnen, zerrte die Mädchen ins ohnehin überfüllte Abteil und schloss die Glastür, dass es schepperte. Die anderen Kinder senkten eingeschüchtert die Köpfe. Julie sah, dass es manch einem genauso ging, doch alle schwiegen.

»Na dann«, sagte die Edith-Ähnliche schließlich und wandte sich zum Gehen. »Kommen Sie gut an.«

»Danke«, seufzte Julie. »Sie auch.«

Etwas enttäuscht war Julie schon, als nur der Kutscher Ferdinand am Bahnhof von Stolp stand, um sie abzuholen. Ein klein wenig Hoffnung musste sie wohl doch gehegt haben, dass vielleicht ihre Mutter mitkäme und eine ihrer Schwestern.

Ferdinand trug wie immer, wenn er in die Stadt fuhr, seinen Nadelstreifenanzug, ein weißes Hemd mit Krawatte, Weste und seinen Hut, der ihm eine Nummer zu klein war. Er hatte eine Brille mit runden Gläsern, dunklen Bügeln am oberen Rand und einen gerade gestutzten Oberlippenbart im schmalen Gesicht. Als er sie mit einem knappen »Willkommen, Frau Lorenz!« begrüßte und ihren Koffer und Beutel ergriff, fragte sie sich, wie alt er wohl sein mochte. Ganz offensichtlich zu alt für den Krieg, weil er sonst nicht im Dienst ihrer Mutter gestanden hätte. Ferdinand wohnte nicht bei ihnen auf dem Hof, sondern im Nachbarort Wintershagen, und Julie wurde plötzlich klar, dass sie von ihm sonst nichts wusste. Doch Ferdinand war nie der Redseligste gewesen, und es wäre Julie unhöflich vorgekommen, ihn auf einmal nach persönlichen Dingen zu fragen. So ließ sie es bleiben. Nach der Fahrt von Berlin nach Stettin und der nächsten Fahrt von Stettin nach Stolp, die mit drei Stunden Verspätung stattfand, war sie ohnehin zu erschöpft, um mehr als das Nötigste zu reden. Der Tag neigte sich dem Ende, und Elisabeth weinte schon eine ganze Weile. Kurz vor der Ankunft in Stolp war sie aufgewacht, aber Julie konnte sie nicht mehr stillen und säubern. Ihr Vorrat an sauberen Tüchern war aufgebraucht.

Das Pferd schnaubte und scharrte mit den Hufen, als sie zur Kutsche kamen. Julie hatte immer ein wenig Angst vor dem Rappen, weil er biss und ausschlug und außer Ferdinand niemanden an sich heranließ. Mit Elisabeth im Arm kletterte sie auf die hintere Bank, auf der zwei Decken lagen, eine für den Sitz und eine für die Rückenlehne.

Auch auf dem Kutschbock lag eine Decke. Ferdinand griff nach den Zügeln und ließ sie mit einem leichten Schnalzen auf den Pferderücken fallen. Ruckartig setzte sich der Rappe in Bewegung. Etwa zwanzig Kilometer lagen vor ihnen. Ferdinand bog in den Sommerweg ab, eine rauhe Schotterpiste, die parallel zur Hauptstraße verlief, um das holprige Kopfsteinpflaster zu umfahren.

Julie atmete auf, als Elisabeth einschlief, und auch sie genoss das sanfte gleichmäßige Schaukeln der Kutsche und die milde Septemberluft. Morgen würde es wieder warm werden, das konnte sie deutlich spüren und riechen. Je näher sie Stolpmünde kamen, umso würziger duftete es nach dem Harz der Kiefern, die überall an der Küste in kleinen Wäldern zusammenstanden oder als frisch geschlagenes Holz am Wegesrand auf den Abtransport ins Sägewerk warteten. Doch je näher sie Stolpmünde kamen, desto weiter entfernte sich Julie auch von Berlin und umso mehr Sorgen machte sie sich um ihre Schwiegereltern, um Bernhard, ihren Onkel Gustav und seine Frau. Auch wenn Bernhard in Russland war, hatte Julie das Gefühl, den Abstand zwischen ihnen noch mehr zu vergrößern, als wenn sie in Berlin geblieben wäre. In Berlin war es gefährlich, ja viel gefährlicher als in diesem gottverlassenen Nest, natürlich, aber wenn sie in Berlin war, wusste sie zumindest, was wo geschah, bekam die wichtigsten Neuigkeiten sofort mit und konnte im Notfall zur Stelle sein. Mit der Entscheidung, zu ihrer Mutter zu ziehen, kam eine Ohnmacht über sie, die ihr sehr bekannt vorkam. Es war das Gefühl, das sie gehabt hatte, als sie von ihrer Mutter weggemusst hatte von dort, wo das Leben und die Familie stattfand. Der Onkel war ihr zunächst sehr fremd, und das Heimweh plagte sie so lange, bis es unmerklich in eine tiefe Sehnsucht übergegangen war. Julie wurde das erst klar, als sie ihre Mutter nach Jahren wiedersah und feststellte, dass sie sich fremd geworden waren, dass sie sich bei ihrem Onkel mittlerweile wohler fühlte und ihrer Tante mehr zu sagen hatte als ihrer Mutter.

Dieselbe Empfindung hatte Julie jetzt. Ihr Zuhause war die Wohnung der Schwiegereltern in der Elsastraße am Wagnerplatz. Dorthin gehörte sie. Deshalb hatte sie ihre Mutter auch nur wenige Male besucht, seitdem sie hier wohnte. Vielleicht lag es auch ein bisschen an ihrem zweiten Mann, den Julie vom ersten Moment an abgelehnt hatte. Auch er war verwitwet, zwar nicht mit neun Kindern wie Julies Mutter Käthe, aber doch immerhin mit fünf. Das wäre alles wohl noch einigermaßen erträglich gewesen, wenn er und Käthe dann nicht noch vier weitere Kinder bekommen hätten. Einerseits war Julie maßlos eifersüchtig auf die kleinen Stiefgeschwister gewesen, die bei der Mutter bleiben durften, ja die sogar einige Jahre mehr mit beiden Elternteilen und allen anderen Geschwistern leben durften, und andererseits hatte sie ihre Mutter und den Stiefvater als völlig verantwortungslos empfunden. Obwohl nur zwei der Babys überlebten, waren doch auch so schon genug Mäuler zu stopfen. Und dann hatte der Kerl ihre Mutter auch noch sitzen lassen, indem er einfach gestorben war.

Julie wusste, dass es boshaft und dumm war, ihm seinen eigenen Tod vorzuwerfen, doch sie tat es. Mit sechzehn Kindern hatte man nicht einfach so abzutreten. Von Julies vier leiblichen Brüdern waren drei im Krieg und einer bereits gefallen. Zum Glück nicht Willy, ihr liebster Bruder, der in Trondheim in Norwegen stationiert war. Willy war eigentlich Seemann von Beruf, und Julie hatte sich in Berlin angewöhnt, so oft wie möglich den Seewetterbericht im Radio anzuhören, weil sie sich um ihn sorgte. In seinem letzten Brief hatte er eine fesche Norwegerin erwähnt, die im Begriff sei, sein Herz zu erobern. Julie hatte ihm erbost zurückgeschrieben, er solle gefälligst keinen Blödsinn machen. Danach hatte sie keine weitere Nachricht von Willy bekommen. Nein, es war Otto, der Jüngste, den es in Russland erwischt hatte. Das hatte ihre Mutter vor drei Monaten geschrieben, als sie Julie einlud, nach Stolpmünde zu kommen. Vermutlich brauchte sie jetzt Hilfe bei der Arbeit. Julie fragte sich, wer von den Geschwistern da sein würde? Also, welche Frauen? So viele konnten es nicht sein, denn sonst hätte ihre Mutter sie wahrscheinlich nicht gebeten zu kommen.

Als eine kleine Propellermaschine in niedriger Höhe über sie hinwegflog, zog Julie sofort den Kopf ein und beugte sich schützend über Elisabeth. Ihr Herz raste, und in ihren Ohren klang das Heulen des Fliegeralarms, obwohl nur das Brummen des Flugzeugs zu hören war. Von einer Sekunde zur anderen war Julie schweißgebadet. Das Pferd zockelte unbeirrt weiter, und auch Ferdinand blieb gelassen. Nur langsam beruhigte sich Julies Herzschlag. Sie verfluchte den Krieg, sie verfluchte die Schrecken, die sich unter ihre Haut gegraben hatten wie winzige Parasiten, die nur auf einen Auslöser warteten, um die Todesangst in pulsierenden Schüben durch sie hindurchzujagen. Sie verfluchte diesen Alptraum, aus dem es kein Erwachen gab.

Zur Schwalbenstunde bog die Kutsche ins Dorf ein. Die Vögel zogen hoch oben ihre rasanten Bögen und warfen jene freudigen Spätsommertöne in den rosaroten Himmel, deren Echo in Julies Kindheit widerhallte. In einer Zeit, als ihre Mutter noch eine Mutter für sie gewesen war und Julie in dem festen Glauben lebte, dass es immer so bleiben würde. War dieser Irrtum vielleicht der Grund, warum sie nun Mutter statt Mama sagte?

Schon aus der Entfernung konnte Julie sie am Tor stehen sehen, ihre Mutter Käthe mit ihrer Schwester, Julies Tante

Bärbel. Beide waren fülliger geworden und älter. Je näher sie kamen, umso erschrockener war Julie, wie alt ihre Mutter aussah. Wie eine richtig alte Frau, mit gebeugten Schultern und tiefen Falten im Gesicht. Ihre langen weißen Haare waren zu einem Dutt zusammengefasst, ein paar feine Kringel standen vom Stirnansatz ab. Das blau-weiß gestreifte Kleid hatte weiße Ärmelaufschläge, und darüber trug sie eine angegilbte Kittelschürze, die das Kleid fast vollständig verdeckte. Tante Bärbel hatte keine Schürze über ihrem geblümten Kleid, und ihr Haar war zwar von grauen Strähnen durchzogen, aber immer noch vorwiegend braun. Sie winkte Julie entgegen.

»Na endlich!«, rief sie, als Ferdinand in den Hof fuhr. »Wir haben uns ja schon solche Sorgen gemacht!«

Julie lächelte und wartete, bis das Pferd stillstand und sie aussteigen konnte. Tante Bärbel schloss sie gleich als Erste in die Arme. Und dann flog die Küchentür auf, und ihre Schwestern Anita und Irma stürmten auf sie zu.

»Julie! Endlich bist du da! Wir dachten schon, der Zug hätte was abgekriegt! Lass dich mal anschauen! Was siehst du gut aus, Schwesterherz! Das macht die Berliner Luft, was?« Wild redeten und gestikulierten ihre Schwestern durcheinander, zupften an Julies Kleid und ihrem neuen Halstuch, zeigten auf ihre durchstochenen Ohrläppchen, an denen in Silber gefasste Aquamarine hingen, und bewunderten ihre schicken hellen Schuhe. Sie schoben das Kissen auseinander und juchzten gleichzeitig vor Begeisterung.

»Zeig, Julie, zeig her! Ist das wirklich dein Kind? Mein Gott, ist die niedlich! Sieht ja aus wie ’n kleiner Engel!«

Bei dem unerwarteten Lärm erwachte Elisabeth und fing jämmerlich an zu weinen.

»Herrje, du hast bestimmt Hunger, du kleiner Schatz,

oder?« Anita nahm Julie das Kind aus dem Arm und wiegte es sachte hin und her. »Armes Würmchen, kein Wunder nach der langen Reise. Na komm, Tante Anita macht dir gleich mal ein schönes Fläschchen, ja? Wie findest du das?« Sie wandte sich zu ihren Schwestern um. »Kommt ihr mit?«

»Geh schon vor«, antwortete Irma und nahm Julies Koffer, den Ferdinand aus der Kutsche gehoben hatte. »Ich bringe das Gepäck ins Fremdenzimmer.«

»Sie muss aber gewickelt werden«, rief Julie ihrer älteren Schwester nach. »Soll ich das vielleicht lieber machen?«

»Ich werd ja wohl grad noch meine eigene Nichte wickeln können, oder, Lieschen, was meinst du?« Anita verschwand, zärtlich ins Kissen murmelnd, hinter der Küchentür. Irma ging mit Julies Sachen zum Haupteingang des Hauses, weil von dort die Treppe ins Obergeschoss führte. Ferdinand stieg wieder auf den Bock, tippte sich zum Abschied an den Hut und ließ die Zügel auf den Rücken des Pferdes fallen, so dass es anzog. Julie rief ihm einen Dank nach, während er bereits davonfuhr und ohne sich umzudrehen die Hand zum Zeichen hob, dass es in Ordnung war. Und dann standen sich Mutter und Tochter ein wenig verlegen gegenüber.

»Da bist du also«, sagte Käthe und tätschelte Julie die Schulter.

»Ja«, sagte Julie, »da bin ich.«

»Wurde auch Zeit. Ferdinand musste zweimal zum Bahnhof fahren.«

»Tut mir sehr leid«, erwiderte Julie. »Wir hatten Verspätung in …«

»Jetzt bist du ja da«, unterbrach Käthe sie. »Dann komm mal rein.«

»Deine Mutter hat übrigens Himmel und Hölle in Bewegung gesetzt, um dir ein vernünftiges Essen auf den Tisch zu bringen«, sagte Tante Bärbel und sprach trotz eines Seitenhiebs ihrer Schwester weiter. »Vergiss also nicht, dich anständig zu freuen!«

Sie traten in die Küche, und allein der köstliche Duft machte Julie schwach. Das Wasser lief ihr im Mund zusammen, bevor sie das Esszimmer erreicht hatten. Julie konnte sich nicht erinnern, wann sie das letzte Mal einen echten Schweinebraten vor sich gehabt hatte. Und Klöße und Rotkraut und Soße. Nicht einmal Weihnachten hatte es das bei ihren Schwiegereltern gegeben. Beim Anblick des gedeckten Tisches mit den vollen Schüsseln, Schalen und Töpfen kamen ihr die Tränen. Es war so viel auf einmal. Zu viel. Eine Fülle, die ihr die Einschränkungen der letzten Jahre erst richtig bewusst machte, den Mangel und ihr starkes Bedürfnis nach dieser Fülle. Besonders schmerzte es sie, dass sie das Essen nicht mit ihren Schwiegereltern teilen konnte. Was hätte sie darum gegeben! Wie sehr hätte sie es den beiden alten Leuten gegönnt!

»Brauchst nicht heulen«, sagte Irma grinsend. »Darfst ja mitessen!«

Nach einem Blick von Käthe schwieg sie, und alle falteten die Hände zum Tischgebet, das sie sprach.

»Komm, Herr Jesus, sei unser Gast und segne, was du uns bescheret hast. Amen.«

Während sie aßen, sagte niemand ein Wort. Julie war mit dem Schmecken, Kauen und Genießen so beschäftigt, dass sie ohnehin nicht reden konnte. Langsam nahm sie Bissen um Bissen, schloss zwischendurch die Augen und hatte das Gefühl, das Essen sei tatsächlich gesegnet worden. Irma beobachtete ihre Schwester und musste immer wieder lachen.

Später tauschten sie Neuigkeiten aus. Der Mann ihrer Schwester Emmi war gefallen und sie gerade schwanger. Von den Brüdern Willy und Paul gab es keine Nachricht, nur von Hermann, der von einer Granate am Bein verletzt im Lazarett lag. Doch es ging ihm den Umständen entsprechend gut. Er hatte Käthe geschrieben, dass er vielleicht bald Urlaub bekäme. Die schöne Anita hatte immer noch keinen Mann gefunden. Weil sie zu aufmüpfig sei, sagte Käthe, und zu anspruchsvoll. Damit verschrecke sie jeden, und das sei einfach nur dämlich, weil die Auswahl an Männern mit jedem Tag geringer würde. Anita sagte, darauf pfeife sie, entweder ein richtig Schicker oder gar keiner. Sie verschenke sich nicht an den Erstbesten, und Kinder wolle sie sowieso keine, man sehe ja, wie schwer es solche Familien hätten. Doch Käthe ließ sich nicht provozieren. Jedes Kind sei ein Geschenk Gottes, gab sie ungerührt zurück, und Anita versündige sich, aber das sei nicht ihr Problem. Sie habe jedes ihrer Kinder in Liebe angenommen. Sie habe sich rein gar nichts vorzuwerfen. Anita hingegen solle sehen, wie es am Jüngsten Tag um ihren Hochmut bestellt sei. Sie werde es schon erleben. Anita zuckte nur die Schulter, und Julie dachte, dass ihre Schwester recht daran tat, wählerisch zu sein.

Vor einer Weile war auch Irma zu ihrer Mutter Käthe gezogen und half ihr auf dem Hof. Sie hatte einen Verlobten gehabt, der jedoch gefallen war, bevor sie heiraten konnten. Eine Weile blieb sie noch im westfälischen Kamen bei ihren Fast-Schwiegereltern, doch irgendwann war das Heimweh nach der Familie zu stark geworden, und sie kam zurück. Tante Bärbel hatte keine eigene Familie mehr. Ihre drei Kinder verstarben kurz nach der Geburt, und ihr Mann war ihnen im vorherigen Krieg gefolgt.

Auch Julie sollte erzählen – von Bernhard, den Schwiegereltern und dem Leben in Berlin, von den Tanzlokalen, den Theater- und Kinovorstellungen, vom Kurfürstendamm mit dem Café Kranzler und den vielen schönen Läden, vom Brandenburger Tor, der Goldelse und vom Tiergarten.

Es war sehr spät, als Julie endlich im Fremdenzimmer lag und die schrägen Balken an der Decke anstarrte. Neben ihr in einem großen, mit Stroh und warmen Decken gepolsterten Weidenkorb schlief Elisabeth. Anita hatte ihre wunden Stellen dick mit Wollfett eingecremt und Julie das Gleiche für ihre Brust empfohlen. Anschließend hatte sie eine Flasche mit Grießmilch zubereitet. Diese hatte Elisabeth bis zur Hälfte getrunken, und dann war sie zufrieden weggedämmert, ohne dass Julie auch nur einen Handschlag zu tun brauchte. Es war eine einzige Wohltat gewesen, die Kleine einmal abgeben zu können und gleichzeitig rundherum versorgt zu werden. Das Fremdenzimmer lag unter dem Dach des Hauses und war früher eine Bedienstetenkammer gewesen. Ein kleiner, aber gemütlicher Raum mit Bett, Kommode, Tisch und Stuhl, dessen größter Vorzug war, dass er Julie allein gehörte. Sie hatte erwartet, sich ein Zimmer mit ihren Schwestern teilen zu müssen, doch mit dem Baby war es so für alle Beteiligten natürlich angenehmer. Seit Bernhard an der Front war, hatte sich Julie schon sehr ans Alleinschlafen gewöhnt. Elisabeth störte sie nicht, im Gegenteil, Julie hatte es gern, wenn die Kleine mit in ihrem Bett schlief, ganz nah bei ihr. Das war innig und schön, und sie fühlte sich dabei seltsam geborgen. Auch Elisabeth schlief ruhiger, wenn sie neben ihr lag.

Julie streckte sich unter der Bettdecke aus. Die Wunde an ihrem Fuß tat weh, und der Schmerz zog jetzt sogar im Bein hoch. Wahrscheinlich hatte sie einfach zu lange im beengten Zug sitzen müssen. Hoffentlich ging das bald vorbei. An Tagen wie diesen konnte sie gar nicht richtig auftreten. Das Ausruhen würde ihr jetzt guttun.

Im Zimmer roch es nach Seife, Essig und Rosenblüte. Ihre Schwestern hatten ganze Arbeit geleistet, alles war geputzt und frisch bezogen. Selbst an eine Blume hatten sie gedacht. Auf dem Nachttisch standen eine Heckenrose in einer alten Vase, die Julie noch aus ihrer Kindheit kannte, und eine Kerze mit Streichhölzern für die Nacht.

Sie beugte sich nach vorn, zog ihren Koffer unter dem Bett hervor, und mit einem metallischen Schnappen öffnete sich die Verriegelung. Das Hochzeitsfoto von ihr und Bernhard lag oben auf ihren Sachen, die sie noch nicht ausgeräumt hatte. Bernhard in seiner Uniform, eine weiße Nelke im Knopfloch. Er stand, sie saß. Ernst blickte er durch seine runden Brillengläser in die Kamera, das blonde wellige Haar nach hinten gekämmt. Julie trug ein wunderschönes cremefarbenes Kleid, das sie seidig weich umfloss. Ihr braunes Haar schmückte ein Kranz aus winzigen Stoffblumen, in die Perlen eingearbeitet waren und an dem ihr langer Schleier befestigt war. Ihre Schwiegermutter hatte das Kleid, den Schmuck und den Brautstrauß besorgt. Bis auf den Strauß war alles nur geliehen, aber Julie wusste bis heute nicht, wie ihre Schwiegermutter das angestellt hatte. Dem jüdischen Schneider im Viertel, der die herrlichsten Hochzeitskleider nähte, hatte man den Laden eines Nachts kurz und klein geschlagen; danach wurden er und seine Frau nicht mehr gesehen. Nicht dass Julie sich eins seiner Kunstwerke hätte leisten können, so aufwendig, wie die gemacht waren, aber er hatte eine pfiffige Geschäftsidee entwickelt, indem er seine Kleider zu geringerem Preis zurückkaufte und sie dann gegen Gebühr an andere Bräute verlieh. Diese

Idee hatte sich dann wohl auch jemand anders zunutze gemacht.

Zu Julies Hochzeit waren nur ihre Schwestern erschienen – Anita aus Stolpmünde, Irma aus Kamen, Emmi aus Lindau am Harz, und Minna kam mit ihrem Mann und den Kindern sogar aus München angereist. Er war es dann auch, der Julie zum Altar geführt hatte, mit nur einem Arm, aber immerhin. Und ihre Töchter hatten Blumen gestreut. Von ihren Brüdern konnte natürlich keiner kommen, und auch Julies Mutter war es nicht möglich. Sie schrieb eine Glückwunschkarte. Für die Abwesenheit ihres Schwiegervaters hatte Julie Verständnis, denn er konnte sich kaum bewegen. Doch als die darauffolgende Feier bei ihnen zu Hause stattfand, strahlte er über das ganze Gesicht, nahm immer noch ein Glas Portwein und steckte Julie ein paar Scheine zu, die er heimlich gespart hatte. Ihre Schwiegermutter hatte für die Gäste gekocht und gebacken, gedeckt und geschmückt, sich selbst herausgeputzt und Julie geholfen, so dass diese sich bisweilen fragte, ob sie Bernhard auch ohne seine Eltern geheiratet hätte.

Bernhard war Zahlmeister. Er wachte über den Sold, berechnete, zahlte aus, führte Listen über die Zuteilung von Zigaretten und anderen Dingen und schrieb Berichte. So genau verstand Julie seine Aufgabe nicht. Wozu musste er als Zahlmeister an der Front sein? Zumal Bernhard sich mit Waffen ohnehin schwertat. Er mochte sie nicht einmal gern in der Hand halten, geschweige denn benutzen. Und Julie glaubte ihm das. Bernhard war selbst in ihrer laienhaften Vorstellung alles andere als kriegstauglich. Er hatte eine Banklehre gemacht, und das, was er wollte, war ein ruhiges Leben als Beamter, sicheres Geld und geregelte Arbeitszeiten, geordnete Verhältnisse und möglichst wenig Aufregung. Gegen die Alltagsroutine spielte er am liebsten Klavier und Tennis. Im Sommer ging er in Tirol wandern, im Winter fuhr er Ski; er malte Landschaftsbilder und Stillleben in Öl und schrieb seine Memoiren. Bernhard war ein belesener Feingeist, der mit dem Krieg nichts anzufangen wusste, den das ganze Brimborium abstieß. Er hatte es nie laut gesagt, aber Julie ahnte, dass er insgeheim nicht allzu viel Begeisterung für den Führer und dessen Ideale empfand. Und auch für Juden nicht. Er hatte einen abfälligen Zug im Gesicht, wenn er von ihnen sprach oder sich über einen beklagte. Sein erster Vorgesetzter war ein jüdischer Bankier gewesen, der es aus Bernhards Sicht mit der Geschäftstüchtigkeit maßlos übertrieben hatte. Jeder Mitarbeiter wurde auf höchste Effizienz getrimmt, manchmal auch auf Kosten der Kunden und kleiner Angestellter, wie er sagte. Seitdem war er nicht gut auf Juden zu sprechen. Es sei denn, es ging um seinen heiß geliebten Tabak, da lobte er ihre Raffinesse. Bernhard war sehr ärgerlich, als die Regierung eine Tabakfabrik nach der anderen schloss, von denen viele in jüdischer Hand gewesen waren. Die Zigaretten auf dem Schwarzmarkt waren extrem teuer und taugten nicht immer etwas, weil manche mit dubiosem Zeug gestreckt wurden. Das zumindest vermutete Bernhard, wenn sie ihm mal wieder nicht schmeckten. Bei ihm hatte Julie das Rauchen angefangen.

Sie griff nach den Streichhölzern, stand auf und humpelte zum Stuhl, auf dem ihre Jacke hing. Dann trug sie den Stuhl zum kleinen Fenster. Freundlich schien der Mond zu ihr herein. Sie löste den Haken des Fensterscharniers, um es zu öffnen. Das Zirpen der letzten Heuschrecken und die Ankündigung des Herbstes erfüllten die Luft. Sie zündete die Zigarette an und blies den Rauch in den von Sternen übersäten Himmel. Es sah hübsch aus, wie die hellen Schwaden in das tiefe Dunkelblau gezogen wurden. Hier auf dem Land waren viel mehr Sterne zu sehen als in Berlin. Unendlich viele. Unendlich fern. Ewig leuchtend. Egal, was unten auf der Erde geschah, sie waren da und blieben da. Unberührt von allem. Das hatte etwas Tröstliches.

In der Nähe ertönte der Ruf eines Käuzchens, und Julie lächelte. Käuzchen gab es in ganz Berlin nicht mehr. Wenn schon die Spatzen ausgewandert waren, was sollten die Käuzchen noch dort? Nachts, wenn die Bomber kamen?

Julie blies einen Rauchkringel in die Luft und fuhr mit dem Finger hinein. Die Zigarette beruhigte ihre Nerven, ihre Anspannung. Sie hatte Bernhard geschrieben, wo sie sich befanden, doch eine Antwort war frühestens in ein paar Wochen zu erwarten. Wenn er konnte, würde er zu ihnen kommen. Und wenn die Züge fuhren, würde er von Berlin aus nicht länger als einen Tag brauchen. Julie hoffte, dass Bernhard nicht böse auf sie sein würde, weil sie seine Eltern im Stich gelassen hatte.

Elisabeth begann leise zu krähen. Julie stand auf und schloss das Fenster. Dann nahm sie die Kleine aus dem Weidenkorb, legte sie neben sich ins Bett und schlief augenblicklich ein.

Elisabeth spürte die Veränderung sofort, denn alles war anders geworden, ganz anders. Das Licht war heller, die Luft reiner, die Atmosphäre gelöster. Das Gefühl der Bedrohung war weg. Die Stille an diesem Ort war friedlich. Die Geräusche waren angenehm, die Gerüche vielversprechend, die Stimmen freundlich, die Berührungen geduldig und liebevoll.

Elisabeth lag warm umhüllt in einem schaukelnden Gefährt, hörte das stetige Knirschen der Räder auf dem Kiesweg, sah über sich das Blau des Himmels und das Grün der Kiefern vorüberziehen. Sie hörte ihre Kronen im Wind wispern. Sie hörte Gesang in einer harmonischen Melodie, Klänge, die in ihr Herz flossen und es mit Wonne füllten. Ein Rauschen strömte in ihre Ohren, der Geruch veränderte sich, das Atmen fiel ihr plötzlich leicht, so leicht, alles war frei und offen. Der Untergrund wurde weicher, der Wagen langsamer, bis er ganz zum Stehen kam. Das Rauschen war zu einem Brausen geworden, mal fern und mal ganz nah. Es war eine Bewegung, die sie spüren konnte. Auf und ab, vor und zurück, gleichmäßig schwingend, salzig duftend, leuchtend, tönend, besänftigend, befriedigend. Alles in einem. Alles gleichzeitig. Alles Glück.

Elisabeth konnte loslassen, Vertrauen fassen. Sie konnte da sein.

Kloster Pomorie, Bulgarien

22. Mai 1999, 10 Uhr 30

Es war dieses anhaltende Summen, das Ferah und ihren Vater durch ein großes steinernes Tor in den Innenhof lockte. Tausende und Abertausende Bienen tummelten sich in sattgrünen Weinranken, die an den alten Mauern emporkletterten. Die ersten Trauben hingen als winzige Kügelchen kaum sichtbar dazwischen. Neben ihnen öffnete sich ein Obstgarten mit Bäumen voller Feigen, Kirschen, Mirabellen und Nektarinen, die in diesem Sommer heranwachsen würden. Und ringsherum standen Kübel mit Blumen und Sträuchern. Üppig blühende Bougainvilleen lehnten sich mit ihren dicken holzigen Stämmen an die Wände und leuchteten violett und grün in den Himmel.

Ferahs Vater sagte, das Kloster habe zu Zeiten des Osmanischen Reiches einem türkischen Gutsherrn gehört, der der Legende nach unter einer schweren Krankheit litt. Eines Nachts hatte er im Traum die Vision einer heilenden Quelle auf seinem Grundstück und ließ am nächsten Tag im Hof danach graben. Dabei kam nicht nur ein steinernes Relief von Georg dem Drachentöter zum Vorschein, sondern auch der Ursprung einer kleinen Quelle. Nachdem der Gutsherr von dem Wasser getrunken hatte, war er von seiner Krankheit geheilt. Zum Dank wandte er sich dem Christentum zu und gab den Landsitz an Geistliche ab, um ein Kloster zu errichten und alle Menschen an der Heilkraft des Wassers teilhaben zu lassen.

Ferah folgte ihrem Vater zum weiß verputzten Glockenturm, an dessen Front Bilder von Georg bei der Drachenjagd gemalt waren. Der Gutsherr hatte den Turm am Ursprung der heiligen Quelle errichtet. Um zu ihr zu gelangen, mussten sie in den Keller hinabsteigen. Auf einem kleinen Altar standen Heiligenbilder in Holzrahmen, Weihrauchgefäße, Blumen und duftende Kräuter. Kerzen tauchten den Raum in ein warmes Licht. Silbrig schimmernd plätscherte das Wasser vor ihnen in ein Becken, und Ferah benetzte ihr Gesicht damit.

»Wo hast du zu jener Zeit gelebt?«, fragte er, während auch seine Hand langsam durch den Strahl fuhr.

»In Ankara«, antwortete Ferah. »Ich war verheiratet, und mein Sohn Haldun war bereits auf der Welt. Wenig später kam meine Tochter Lâl dazu. Wir hatten gute Jahre dort, eine schöne Wohnung mit Garten und ein Untergeschoss, das wir an eine Familie vermieten konnten. Ich habe als Schneiderin gearbeitet, wie meine Mutter. Seltsam, nicht?« Ferah lächelte. »Und mit meinem Mann Burak habe ich jede Woche Poker gespielt, zwar nur um Bohnen, aber ich habe fast immer gewonnen, und er musste den Kindern dann etwas Süßes kaufen.«

Ihr Vater lächelte ebenfalls. »Ich sehe dich vor mir, wie du bluffst. Ich wäre bestimmt nicht auf dich hereingefallen!«

»Doch, das wärst du! Ich war wirklich sehr gut im Pokern!«

»Das hätte ich gern einmal erlebt.«

Die beiden stiegen die Stufen hinauf zum Klosterhof und verließen ihn durch den Gemüsegarten.

»Wie hast du deine Tage verbracht?«

Ferah lachte. »Nicht anders als jede andere Frau!«

Auch ihr Vater lachte. »Du wirst es nicht glauben, aber ich habe darüber nie nachgedacht. Was machen die Frauen den ganzen Tag, wenn der Mann arbeitet?«

Ungläubig schüttelte Ferah den Kopf, und ihr Vater drehte hilflos die Handflächen nach außen. So beschrieb sie ihm, was alles zu tun war bis zu dem Moment, wenn der Mann nach Hause kam.

Als Erste aufstehen, dem Mann und den Kindern das Frühstück bereiten, Tisch abräumen, Küche aufräumen, abwaschen, die Wäsche im großen Zuber einweichen. In der Wohnung fegen. Danach einkaufen, Teig ansetzen, Fleisch durch den Fleischwolf drehen, Börek vorbereiten, Reis kochen, Weinblätter einlegen, Wäsche mit der Hand waschen und aufhängen. Mit den Kindern zu Mittag essen, die Schularbeiten beaufsichtigen. Danach so weit noch möglich Kleidung für die Kinder nähen, Socken und Hosen stopfen oder andere Näharbeiten für Freunde und Bekannte erledigen. Zum Schluss Schönheitspflege, schminken, ein hübsches Kleid anziehen und das Essen für den Mann vorbereiten, damit er sich an den gedeckten Tisch setzen kann und attraktive Gesellschaft hat. Wichtigste Regel dabei: sich niemals anmerken lassen, wie viel man am Tag zu tun hatte. Auch nicht, wenn man eine ganze Woche lang damit beschäftigt war, aus zwanzig Kilo Tomaten den Wintervorrat an Tomatenmark herzustellen oder unzählige Gläser mit Weißkohl, Peperoni, Möhren und unreifen Tomaten sauer einzulegen oder Marmelade aus Bergen von Erdbeeren, Kirschen, Aprikosen, Quitten, Pfirsichen, Feigen und Rosenblättern zu kochen.

»Ich hatte wirklich keine Ahnung«, sagte ihr Vater. »Es war einfach immer alles da.«

»Ja.« Ferah nickte. »Ich wäre auch lieber ein Mann gewesen.«

»Ich verstehe dich«, erwiderte ihr Vater. »Es muss schwer gewesen sein.«

»Ja«, wiederholte Ferah. »Manchmal war es das.«

Als sie das Meer erreicht hatten, gingen sie in nördlicher Richtung weiter. Ferah folgte ihrem Vater, ohne zu wissen, wo sie sich befanden. Ein paar Wolken waren aufgekommen und warfen in Abständen ihre Schatten auf den Strand.

»Erzähl mir von deiner Mutter«, bat ihr Vater. »Irgendetwas.«

Ferah nahm einen flachen Stein aus dem Sand, ging bis zur Meereslinie und warf ihn knapp über die Wasseroberfläche. Er hüpfte weit, bis er schließlich versank.

»Zwölfmal«, zählte ihr Vater. »Hat er dir das beigebracht, dein Stiefvater?«

Ferah senkte den Blick, bevor sie tief durchatmete und weitersprach.

»Nachdem wir in Ankara angekommen waren, lebten wir eine Weile mit unseren Nachbarn aus Köstence zusammen. Bei deren Verwandten wurde es jedoch schnell zu eng, und meine Mutter entschied sich, einen Mann zu heiraten, der mit uns auf dem Schiff gewesen war und sie mehrmals gefragt hatte. Allerdings nur unter der Bedingung, dass er sie würde arbeiten lassen.«

»Ja, das passt zu ihr«, sagte ihr Vater. »Deine Mutter!«

»Sie hatte immer ihren eigenen Kopf«, erwiderte Ferah lächelnd. »Das weißt du ja.«

Er nickte nur, in der Erwartung, dass Ferah weitersprechen würde.

»Eines Tages nahm sie ein paar besonders schöne Kostüme unter den Arm und fuhr damit zum Theater. Die Hausschneiderin war so beeindruckt, dass sie meine Mutter sofort einstellte. Bis zur Geburt meines Stiefbruders arbeitete sie dort. Viele Jahre lang. Oft kam sie mit halbfertigen Kostümen nach Hause und nähte nächtelang weiter. Das Besticken eines Kleides dauerte manchmal Monate, und ich half ihr. Einmal, in den zwanziger Jahren, fuhr sie mit dem Zug allein nach Paris, weil sie die Stoffe für die kommende Theatersaison unbedingt selbst auswählen wollte. Es musste eine rosafarbene, ganz bestimmte Art französischer Spitze sein, dazu Stoffe in außergewöhnlichen Grüntönen und passende Bänder und Bordüren. Sie suchte so lange, bis sie alles beisammenhatte. Ich verstand erst nicht, warum jedes Detail so wichtig war, doch später wurde es mir klar. Jene Kostüme wurden ihre Meisterstücke, und eins davon durfte sie danach behalten. Sie trug es manchmal zu Hause.«

»Ich hätte sie wahrscheinlich nicht fahren lassen«, murmelte ihr Vater. »Nein, wahrscheinlich nicht.«

»Als mein Stiefbruder auf die Welt kam«, fuhr Ferah fort, »wollte ihr Mann es auch nicht mehr, weil die Nachbarn zu reden begonnen hatten und er befürchtete, sein Gesicht zu verlieren mit einer arbeitenden Frau. Also blieb sie zu Hause.«

»Wie hat sie es ausgehalten?«

»Ich weiß es nicht«, antwortete Ferah. »Sie hat es sich nicht anmerken lassen, aber mir war natürlich klar, dass ihr die Arbeit gefehlt hat. Wenn in der Zeitung wieder eine neue Premiere angekündigt wurde, sah ich es in ihren Augen, an ihren Mundwinkeln. Wie oft hatten wir, Mutter und Tochter, nachts gemeinsam genäht, wenn die Kostüme für die Premiere fertig werden mussten. Wie stolz wir waren, wenn es uns wieder rechtzeitig gelungen war und wenn dann sogar die Zeitungen über unsere Kostüme schrieben.«

Nachdenklich strich sich Ferah eine hellgraue Strähne aus dem Gesicht. »Vielleicht war sie deshalb auch einverstanden, als ihr Mann nach Istanbul versetzt wurde? Ankara mochte sie als Stadt ohnehin nie.«

»Köstence auch nicht«, gab ihr Vater zurück.

»Nur Balčık!«, sagten Vater und Tochter gleichzeitig und lachten.

Stolpmünde/Pommern, Deutschland

Juli 1944

»Mutter, hast du Elisabeth gesehen?« Julie guckte durch die Küchentür herein. »Sie soll Mittagsschlaf machen und ist mir schon wieder entwischt!«

»Eben kam sie schreiend aus dem Kuhstall«, antwortete ihre Mutter Käthe schmunzelnd, die am Tisch saß und grüne Bohnen in ein Sieb schnippelte, »weil die Kuh so laut Muh gemacht hat. Das arme Hascherl hat sich ja so erschreckt.«

»Aha«, sagte Julie ungeduldig. »Und wo ist sie jetzt?«

»Nun lass doch das Kind! Wenn sie nicht schlafen will, hat sie wahrscheinlich Besseres zu tun.« Mit einem Seitenblick auf Julie fügte sie hinzu: »Hätte ich übrigens auch bei dem feinen Wetter.«

»Ach, danke, Mutter, du bist mir wirklich eine große Hilfe!«

Ärgerlich zog Julie die Tür wieder zu und lief laut rufend über den Hof. Von ihrer Tochter keine Spur. Die Sonne schien vom strahlend blauen Himmel und heizte den Hof zur Mittagszeit noch einmal besonders stark auf. Sie schwitzte, dass ihr der Schweiß in Bächen über den Rücken zu laufen schien. Stöhnend hielt sie sich den schwangeren Bauch, während sie langsam zum Stall hinüberging, um noch einmal nachzusehen, ob sich Elisabeth vielleicht doch dort irgendwo versteckt hielt. Aber außer den beiden Kühen, die erst interessiert die Köpfe drehten, weil sie auf Futter hofften, und sich dann enttäuscht abwandten, war niemand darin. Die Kleine war weder bei den Hühnern im Außengehege noch bei den beiden Schafen auf der Wiese, und bei den Enten schon gar nicht. Sie wurden separat gehalten, weil sie ähnlich bissig waren wie das Pferd. Sie war nicht bei ihrer Schwester Anita, die sich am Waschbrett plagte, nicht bei den Nachbarn mit den Kätzchen, wo Julie sie sonst meistens fand. Bei Irma konnte sie nicht sein, weil diese unter der Woche in Rügenwaldermünde in einem Kurhotel arbeitete. Die einzige Möglichkeit war Tante Bärbel, aber die konnte Julie auch nicht finden. Völlig erschöpft landete sie wieder bei ihrer Mutter in der Küche, die ihr ein kühles Glas Limonade einschenkte und ihr riet, sich ein wenig hinzulegen, es sei einfach zu warm, um hinter Kindern herzulaufen, die nicht gefunden werden wollten.

»Und wenn ihr was passiert ist?«, sagte Julie matt.

Käthe sah ihre Tochter mitleidig an. »Was soll ihr denn hier im Dorf schon passieren, Kind? Wahrscheinlich ist sie bei den Nachbarn und futtert Apfelkompott.«

Doch Elisabeth hatte etwas ganz anderes im Sinn. Nachdem die Kuh sie fast zu Tode erschreckt und Ferdinand darüber gelacht hatte, wurde sie so zornig, dass sie beschloss, den Hof zu verlassen. In den vergangenen Wochen waren einige Familien weggezogen, das würde sie nun auch tun. Rasch lief sie in das stickige Zimmer unter dem Dach, wo sie mit der Mutter schlief, und nahm ihre Porzellanpuppe Monika vom Bett. Ihr Vater hatte sie ihr bei seinem letzten Besuch mitgebracht, und vom ersten Moment an wusste Elisabeth, dass die dunkelhaarige Schönheit mit den großen Augen und dem sanften Blick Monika heißen und zu ihr gehören musste. Monika und Elisabeth. Eilig und doch so leise wie möglich, um niemanden auf sich aufmerksam zu machen, flitzte sie barfuß die Treppe wieder hinab, sah sich aufmerksam im Flur um und setzte Monika in ihren Puppenwagen aus Korbgeflecht, der an der Hintertür stand. Der Wagen war das Geschenk einer jüdischen Familie gewesen, die viele Jahre den Ladenraum am Hof von Käthe gepachtet und als Gemischtwarenladen geführt hatte. Als man sie abholte, gaben sie Käthe den Puppenwagen für ihre Enkelin, und diese bewahrte ihn in der Scheune auf, bis Elisabeth alt genug war, mit ihm zu spielen. Jeden Tag führte sie nun Monika darin spazieren, damit diese frische Luft bekam. Mit ihren kleinen Händen nahm sie ein paar Kartoffeln aus der Holzkiste, die Anita geerntet, aber noch nicht im Keller gelagert hatte, und legte sie an die Füße der Puppe. Es ärgerte Elisabeth, das die Erde das Kissen beschmutzte, aber es war notwendig, weil sie etwas zu essen brauchen würde. Sie machte einen Umweg über den Obstgarten und sammelte Äpfel vom Boden auf, um sie ebenfalls im Puppenwagen mitzunehmen. Dann schob sie los und ärgerte sich noch einmal, weil sie Tante Bärbel übersehen hatte, die im Garten Wäsche aufhängte. Auf deren Frage, wohin sie denn wolle, antwortete Elisabeth, das sei ein Geheimnis, sie müsse eben weg. Tante Bärbel lächelte über die Vorwitzigkeit der Kleinen, die stets über ihr tatsächliches Alter hinausging, ließ die restliche Wäsche liegen und sagte Käthe, dass sie mit Elisabeth einen Ausflug mache. Erst war Elisabeth nicht sonderlich erfreut über die Begleitung, aber am Strand war es dann doch schön, nicht ganz allein im Schatten der Kiefern sitzen und rohe Kartoffeln oder wurmstichige Äpfel essen zu müssen, sondern Oma Käthes köstlichen Streuselkuchen.

Tante Bärbel hatte eine Decke ausgebreitet, und Elisabeth setzte sich zwischen sie und ihre Puppe und betrachtete schmausend das bunte Treiben. Zu dieser Zeit waren einige Familien mit ihren Kindern am Strand, spielten, badeten oder genossen einfach die Wärme. Das Wetter war in den vergangenen Wochen wechselhaft gewesen, erst seit dem Vortag brannte die Sonne von einem wolkenfreien Himmel und ließ die Temperaturen ansteigen. Weil das Meer aufgewühlt war und recht hohe Wellen an den Strand schlugen, hielten sich die kleinen Kinder abseits der Meereslinie. Die großen warfen sich juchzend in die Brandung, beneidet von den jüngeren, die sich nicht trauten oder nicht durften.

Elisabeth wäre nie so weit herangegangen, dass das Meer sie hätte berühren können, und doch musste sie ihm nah sein, jeden Tag mindestens einmal. Sie musste es sehen, seine Größe, seine Weite, seine Wellen im Sturm und manchmal das Verschmelzen von Himmel und Meer, wenn alles eins war.

Sie musste seine Farben sehen, das Goldorange am Morgen, das Blau, das Grün, das Grau und Weiß am Tag oder das silbrige Funkeln des Mondes, wenn sie mit Oma Käthe einen Abendspaziergang machte. Sie musste sein Zischen hören, sein Auftürmen und Brechen der Wellen. Sie musste seine unendliche Tiefe spüren, in der es gluckerte, sprudelte und strömte, geheimnisvoll, gefährlich und lockend zugleich. Es zog sie in die Ferne, weit, weit fort von allem, und brachte sie sicher wieder zurück zu all dem, was ihr vertraut war. Das Meer war immer da, immer anders, aber immer ein verlässlicher Ort.

Stolpmünde war eines der beliebtesten Seebäder in Hinterpommern und lag seinem Namen entsprechend an der Mündung des Flusses Stolpe. Rechts und links davon erstreckten sich breite Strände mit feinem Sand, an die unberührte Küstenwälder grenzten. Wanderdünen zogen mit ihren weichen Hügeln durch die liebliche Landschaft. Im Süden schloss sich ein Moorgebiet an, vor dem die Kinder immer wieder gewarnt wurden, indem man ihnen Schauermärchen vom Geist einer bösen Moorhexe erzählte.

Das Einzige, was die Idylle störte, waren die Schießübungen der deutschen Artillerie, die ihren zentralen Schießplatz in den Dünen hatte und regelmäßig nutzte. Als nun die ersten Schüsse ertönten, sah Tante Bärbel, wie panisch manche Strandbesucher ihre Sachen zusammenwarfen und wegliefen.

»Idioten!«, schimpfte Tante Bärbel. »Diese Idioten lassen einen noch nicht mal hier in Ruhe! Zeit zu gehen, Kind.«

»Idioten«, wiederholte Elisabeth lachend und klatschte begeistert in die Hände. »Idioten!«

Während Tante Bärbel ihr die Puppe gab, die Decke faltete und unter den Arm klemmte, stimmte sie Elisabeths Lieblingslied an. »Blaue Berge, grüne Täler, mittendrin ein Häuschen klein, herrlich ist dies Stückchen Erde, und ich bin ja dort daheim[17]!«

Elisabeth fiel so laut sie konnte mit ein, und gemeinsam schrien sie gegen den knatternden Lärm an, der über den ganzen Strand schallte. Sie sangen und sangen immer weiter, alle Strophen und wieder von vorn, bis sie fröhlich und außer Atem zu Hause eintrafen.

Julie schalt erst ihre Tochter, dann Tante Bärbel, dass sie ohne ihre Erlaubnis gegangen waren, obwohl sie vom Mittagsschlaf wusste. Tante Bärbel zuckte nur mit der Schulter und zwinkerte Elisabeth verschwörerisch zu, und auch Käthe zwinkerte als Komplizin mit. Daraufhin zog sich Julie gekränkt in ihr Zimmer zurück. Sie war es leid, mit ihren Erziehungsversuchen ins Leere zu laufen und miterleben zu

17 Riesengebirgslied

müssen, dass Elisabeth machte, was sie wollte, und von ihrer Mutter und den anderen noch bestärkt wurde.

Schnaufend stieg Julie die steilen Stufen zum Dachboden hoch, dankbar, dass Ferdinand mit einem Tischler die einst wacklige Stiege gegen eine echte Treppe ausgetauscht hatte. Das Stechen in ihrem Fuß und der Wade nahm sie schon gar nicht mehr wahr, so sehr hatte sie sich daran gewöhnt. Die Hitze verwandelte den Raum in eine Sauna, und Julie hatte das unangenehme Gefühl zu zerfließen. Alles war nass, klebrig und sehr mühsam. Das Kind in ihr machte sich langsam bereit, der Bauch war leicht abgesunken. In wenigen Wochen würde es so weit sein. Julie graute vor der erneuten Entbindung, auch wenn es wahrscheinlich nicht ganz so furchtbar werden würde wie in Berlin. Sie hatte trotzdem Angst, insbesondere vor den Schmerzen, vor diesen nicht enden wollenden entsetzlichen Schmerzen. Wenn es nach ihr gegangen wäre, wäre sie jetzt ebenso wenig schwanger wie ihre Schwestern. Doch als Bernhard auf Heimaturlaub gekommen war, nach sieben Tagen Reise aus Russland, abgemagert, noch ernster und fahler im Gesicht, als sie ihn in Erinnerung hatte, konnte sie sich ihm nicht verweigern. Auch nicht, obwohl sie dafür Elisabeth drei Wochen lang nachts in die winzige Kammer nebenan sperren musste. Natürlich stand die Kleine jeden Abend schreiend und tobend in ihrem Gitterbettchen, das sonst nie benutzt wurde. Und Julie blutete das Herz vor Sehnsucht nach ihrem Kind, vor dem Bedürfnis, sie zu sich zu holen, sie zu trösten und sich von ihr trösten zu lassen. Aber Bernhard bestand darauf, hart zu bleiben. Das Kind sei ja von der ganzen Weiberei völlig verzärtelt und tanze ihnen allen gehörig auf der Nase herum. Elisabeth müsse endlich ein paar Lektionen im Leben lernen, dafür sorge er jetzt. Wenn es dann irgendwann still wurde im Haus, rannen auch Julies Tränen lautlos.

Jeden Tag betete sie inständig, dass der Herrgott eine weitere Schwangerschaft verhindern möge, doch der hatte wohl seine eigenen Pläne mit ihr. Kurz nachdem Bernhard wieder an die Front zurückgekehrt war, blieb ihre Blutung aus, und Julie weinte nun erst recht in ihre Kissen, sobald Elisabeth neben ihr eingeschlafen war.

Sie setzte sich auf ihren Stuhl am offenen Dachfenster und zog eine Zigarette aus dem Päckchen. Ihre Hand zitterte beim Anzünden, weil seitdem jeder Gedanke an Bernhard einen Beigeschmack hatte. Nicht nur wegen Elisabeth, sondern auch wegen ihres eigenen Misstrauens. Sie konnte einen Blick nicht vergessen, den sich ihr Mann und Irma zugeworfen hatten, als sie unerwartet in die Stube gekommen war, wo die beiden saßen und rauchten. Julie war froh gewesen, dass ihre Schwester am nächsten Morgen nach Rügenwaldermünde gefahren war und auch Bernhard aufbrach, ohne dass sie sich noch einmal begegneten. Sie wusste, dass es töricht war, und doch betrachtete sie Irma nun aufmerksamer. Seufzend sog Julie an ihrer Zigarette und blies den Rauch wie gewohnt nach draußen. Es half nichts, sie fühlte sich wie eine dicke Pechmarie.

Als die Frauen am Nachmittag mit Buttermachen beschäftigt waren, kam ihre Goldmarie, Schwester Irma, einen Tag zu früh, weil nicht genügend Kurgäste im Hotel waren und sie sich freinehmen durfte. Mit einem neuen Dirndl, rot geschminkten Lippen und blonden Locken setzte sie sich neben Elisabeth in den Schatten. Anita goss die Milch aus dem Krug ins Butterfass, Julie setzte den Deckel mit dem Stößel obenauf und schlug die Milch als Erste. Danach war Elisabeth dran, dann Anita, Irma und wieder

Julie. So ging es reihum, bis endlich unten die Molke herausfloss und die feste Butter vom Stößel abgestreift werden konnte.

Elisabeth durfte mit Tante Bärbel die volle Butterschale in die Speisekammer tragen, wo es am kühlsten war. Dort pressten Käthe und Elisabeth die restliche Flüssigkeit mit einem Leintuch aus und strichen sie in eine Holzform. Als Käthe sie vorsichtig herausklopfte, zierten ein Zackenrand die fertige Butter und eine Blume die Oberfläche. Tante Bärbel hatte gebacken, und so gab es gleich darauf eine Scheibe Brot mit frischer Butter und Salz. Und einen Brief von Bernhard, der seinen Besuch ankündigte.

In den darauffolgenden Tagen erschien Elisabeth nur zum Essen und Schlafen, denn bei den Nachbarn hatte es unerwarteten Zuwachs gegeben. Zu den Kätzchen waren noch zwei Hundewelpen gekommen, die nun allesamt in einem Körbchen umeinanderpurzelten. Die Katzenmutter hatte auch die beiden kleinen Fremdlinge angenommen, die sie mit ähnlicher Hingabe säuberte wie ihre eigenen Kinder. Ein heimkehrender Soldat hatte die Hunde in einem Gebüsch gefunden und mitgenommen, weil er sie nicht dem sicheren Tod überlassen wollte.

Elisabeth saß neben dem Körbchen und wusste, dass der kleine braune Hund, der immer wieder zu ihr auf den Schoß gekrabbelt kam, ein neues Zuhause gefunden hatte. Bei ihr. Sie würde ihn mitnehmen. Die Nachbarin stimmte unter der Bedingung zu, dass auch ihre Oma einverstanden sei. Elisabeth nickte ernst, und ihr Herz klopfte heftig.

»Wie willst du ihn nennen?«, fragte die Tochter der Nachbarin.

»Hund«, antwortete Elisabeth und setzte ihn in den Puppenwagen. Neugierig schnüffelte er an Monika, und sein kleiner Schwanz wedelte dabei unaufhörlich hin und her.

»Hund ist doch kein Name«, sagte das Mädchen lachend. »Du musst ihn Ajax nennen oder Hasso. Oder Bello ist doch hübsch? Hund ist kein Hundename!«

»Er heißt Hund«, beharrte Elisabeth und schob den Puppenwagen aus dem Garten. Das Mädchen lief hinterher.

»Und wenn deine Oma schimpft?«

»Oma ist lieb«, gab Elisabeth zurück. »Jetzt muss ich gehen. Hund braucht was zu trinken.«

Ein wenig bange war ihr schon, was sie sagen würden, gerade ihre Mutter, die nicht viel mit Tieren anzufangen wusste. Daher war Elisabeth sehr erleichtert, nur ihre Oma in der Küche vorzufinden, die mit einem halbrunden Holzball Löcher in der Socke stopfte.

»Da bist du ja, mein Herz«, sagte sie und legte das Nähzeug beiseite. »Wen hast du uns denn da mitgebracht?«

Mit allen Worten, die sie zur Verfügung hatte, erzählte Elisabeth ihre Geschichte und hoffte, dass ihre Oma verstand, wie wichtig das Ganze war.

»Das hast du gut gemacht«, lobte Käthe. »Der Hund kann aufpassen, dass der Fuchs nicht wieder eine Henne holt. Und er kann uns beschützen, wenn Fremde auf den Hof kommen. Ein Hund ist ein sehr nützliches Tier.«

Glücklich schleppte Elisabeth den sich windenden Welpen in die Stube, wo ihre Mutter und ihre Tanten gebannt vor dem Radiogerät saßen. Sie hockte sich zu Julies Füßen und kraulte ihn. Einerseits war sie erleichtert, dass alle nur der Ansprache im Radio lauschten. Andererseits war sie auch ein wenig enttäuscht, dass auch ihre Tanten sie kaum beachteten. Die Frauen wirkten angespannt.

Auf ihre Frage, was denn passiert sei, antwortete ihre

Mutter, der Führer habe ein Attentat überlebt. Elisabeth wusste nicht, was ein Attentat war, noch war ihr der Führer ein Begriff. Sie wunderte sich nur über den seltsamen Ausdruck in den Gesichtern. Waren sie nun froh, dass der Führer lebte, oder nicht?

Viel wichtiger war für Elisabeth jedoch die Frage, was sie ihrem Hund zu fressen geben sollte. Da ihre Mutter und die anderen weiterhin am Fernsprecher hingen, lief Elisabeth wieder in die Küche, um sich mit ihrer Oma zu beraten. Gemeinsam beschlossen sie, dem Hund eine Flasche mit Grießmilch zu machen. Wenn es für Menschenbabys gut war, würde es auch für ein Hundebaby gut sein. Und wirklich, als ihm Elisabeth die Flasche hinhielt, biss er zunächst auf dem Gummischnuller herum, doch sobald er feststellte, dass dort etwas Schmackhaftes drin war, fing er kräftig an zu saugen. Kurz darauf war die Flasche leer und Elisabeth selig. Sie hatte einen Hund. Einen eigenen Hund.

Julie war zwar nicht begeistert, dass ihnen ein tollpatschiger Welpe zwischen den Beinen herumlief – mehrmals trat sie versehentlich auf seine Pfoten –, aber dass Elisabeth noch weniger als sonst von ihr forderte, kam ihr gelegen. Einzig das Schlafen im gemeinsamen Bett störte Julie. Abends rollte sich der Hund brav auf dem Vorleger zusammen, tauchte aber jeden Morgen in ihrem Bett wieder auf, zufrieden schnaufend neben Elisabeth. Wenn sie nicht so träge gewesen wäre, hätte sie ihn ausgesperrt. Nur fehlte ihr dafür die Kraft.

Zum Schluss der Schwangerschaft waren ihre Beine von Wasserablagerungen geschwollen. Die nächsten Tage lag sie auf dem Sofa, die Beine mit einem Kissen erhöht, und wurde von ihren Schwestern verwöhnt. Gerade Irma war sehr um Julie besorgt und achtete darauf, dass sie genügend aß und weniger rauchte. Umso mehr schämte sich Julie für ihre eifersüchtigen Gedanken, die sie nachts nicht schlafen ließen, je näher Bernhards Besuch rückte.

An einem Morgen, noch bevor der Hahn krähte, schlich sich Elisabeth mit dem Hund aus dem Bett.

Entgegen ihrer Gewohnheit, ihn in den Garten zu lassen, nahm sie ihn mit zum Toilettenhäuschen, einer hölzernen kleinen Hütte mit ausgeschnittenem Herz in der Tür. Rechts und links davon wuchsen üppige Stockrosen, und duftende weiße Buschwindröschen rankten an ihnen empor.

Elisabeth musste auch und dachte, dass der Hund genauso gut ihre Toilette benutzen könnte, wenn sie ihn über das Loch hielte. Doch der Kleine strampelte so heftig, dass er ihr entglitt und in die Kloake fiel. Eine endlose Sekunde lang war Elisabeth wie versteinert. Dann fing Hund an zu jaulen, sie stimmte voller Entsetzen mit ein, und der Hahn krähte auch noch dazwischen.

Irma war die Erste, die am Toilettenhäuschen eintraf und das Dilemma sah. Dann kamen Oma Käthe, Anita und Tante Bärbel und am Schluss Julie. Es war keine Frage, was zu tun war, nur, wer es tun würde. Kurz entschlossen streifte Irma ihr Nachthemd ab, Käthe klappte den Deckel auf, und sie und Anita halfen Irma beim Hineinsteigen. Tante Bärbel nahm ihr mit weit von sich gestreckten Händen den Hund ab und brachte ihn zum Waschzuber in den Garten, wo sie ihn trotz energischen Protestes gründlich sauber machte. Doch obwohl sie ihn sogar mehrmals mit Kernseife einrieb und abspülte, stank er danach immer noch erbärmlich.

Das galt leider auch für die tapfere Irma. Ihre Unterwäsche musste sie wegwerfen, und aus ihren Haaren ging der Geruch lange nicht heraus. Zu Elisabeths größtem Leidwesen sprach sich in Windeseile herum, dass das kleine Lieschen ihren Hund ins Klo geschmissen hatte. Ständig wurde gelacht, wo auch immer sie mit dem Hund auftauchte. Niemand begriff, dass Elisabeth ihm nur bei seinem Geschäft hatte helfen wollen, dass es nur ein dummes Missgeschick und keinesfalls Absicht gewesen war. Mit dem Schlafen in Julies und Elisabeths Zimmer hatte es damit auch ein Ende, zum einen wegen des Geruchs und zum anderen, weil an jenem Tag Bernhard eintraf.

Als Julie ihren Mann kommen sah, schlug ihr das Herz bis zum Hals. Sie schwankte zwischen der Verpflichtung, lächeln oder eine besorgte Miene aufsetzen zu müssen, weil er eine Armbinde trug. Ihr dicker Bauch und die lange Distanz zwischen ihnen machten sie unsicher, und dann dauerte es auch noch endlose Sekunden, bis er vom Hofeingang zu ihr an die Küchentür gelangt war. Eine Ewigkeit, in der er ihr näher und näher kam, sie ansah und Julie krampfhaft überlegte, ob sie mit offenem oder geschlossenem Mund lächeln sollte. Sie war so verlegen, dass sie ihm nur einen schnellen Kuss gab und sogleich nach seiner Verletzung fragte.

»Ach das«, winkte er ab, »das ist nichts. Kleiner Splitter. Haben sie im Feldlazarett entfernt. Keine große Sache.«

»Aber dünn bist du geworden, Junge!«, sagte Käthe, die aus der Küchentür getreten war und ihren Schwiegersohn herzlich umarmte. »Wird Zeit, dass wir dich mal ein bisschen päppeln.«

»Gerne, Käthe«, erwiderte er lächelnd. »Sehr gerne! Weißt du, wie oft ich von deinem Schweinebraten geträumt habe?«

Julie sah in sein faltiges Gesicht. Wie schnell er plötzlich gealtert war. Und auch sein Haar war schon nicht mehr blond, sondern hellgrau.

»Kann ich mir denken, armer Kerl.« Käthe lachte geschmeichelt, und nachdem die beiden die Stimmung gelockert hatten, konnte sich auch Julie entspannen.

Tante Bärbel kam mit einem randvollen Apfelkorb aus dem Garten, begleitet von Irma und Anita, die ebenfalls Körbe mit Äpfeln trugen. Julie registrierte, dass Bernhard Irma ebenso begrüßte, wie er Käthe, Tante Bärbel und Anita begrüßte, freundlich, aber nicht überschwenglich oder gar freudiger als Julie.

Bernhard wollte gerade nach Elisabeth fragen, da stob mit lautem Gegacker ein Huhn um die Ecke, dicht gefolgt von einem dunklen Wollknäuel, das fröhlich kläffend versuchte, es zu fangen, und einem blonden Lockenkopf, der wiederum das Wollknäuel einfangen wollte.

Anita griff im richtigen Moment nach dem Hund, der wild strampelnd versuchte, wieder auf den Boden zu gelangen. Irma fing das Huhn ein und brachte es zurück in den Hühnerstall. Und Elisabeth fragte sich, was der Soldat in Uniform neben ihrer Mutter zu suchen hatte. Forschend sah sie ihn an, und ihr Blick blieb an seiner Armbinde hängen. Da kam ihr eine Idee.

»Hast du auch Hunde mitgebracht?«, sagte sie. »Wir brauchen jetzt aber keine mehr.«

»Aber nein, Lieschen, erkennst du mich denn nicht?« Enttäuscht beugte sich Bernhard zu ihr hinunter. »Ich bin's doch, dein Papa!«

Da fiel es Elisabeth wieder ein. Oft hatte ihre Mutter in den vergangenen Tagen von ihrem Papa gesprochen, der sie besuchen würde, doch erinnern konnte sie sich nicht an ihn. Sie schüttelte den Kopf, dass die Löckchen um ihr Gesicht tanzten.

»Sieh mal.« Bernhard zog einen cremefarbenen Riegel

aus seiner Jackentasche und hielt ihn seiner Tochter hin. »Das ist für dich. Schokolade.«

»Ach, Bernhard, wie lieb von dir!«, sagte Julie, und an Elisabeth gewandt: »Jetzt musst du dich aber auch bei deinem Papa bedanken.«

Freundlich lächelnd nahm Elisabeth die Tafel und ging damit in den Garten, wo der Hund an seinem Strick zerrte, mit dem er an den Apfelbaum gebunden war.

»Ich habe Schokolade«, sagte sie stolz, setzte sich neben Hund ins Gras und löste den Strick. »Die hat mir mein Papa mitgebracht.«

Hund roch sofort, dass sich in der Verpackung etwas Essbares verbarg, und schnuppernd und schnappend stieg er Elisabeth auf den Schoß, um sich seinen Anteil zu holen.

»Warte!« Sie schob ihn beiseite. »Erst ich!« Sorgsam wickelte sie die Schokolade aus und biss ein kleines Stück davon ab. Nachdem sich der sahnig süße Geschmack in ihrem Mund verteilt hatte, biss sie ein sehr viel größeres Stück ab. »Das ist nicht für Hunde«, sagte sie wichtig, »nur für Menschen.«

»Sehr richtig«, bestätigte Bernhard, der hinter seiner Tochter in den Garten gekommen war. »Nur für Menschen, aber auch nicht zu viel auf einmal, sonst bekommst du Bauchweh.«

Mit diesen Worten nahm er Elisabeth die Schokolade aus der Hand und folgte Julie, Käthe und den anderen Frauen in die Küche.

Fassungslos starrte Elisabeth auf ihre leeren Hände und den Hund, der ihren Stimmungsumschwung spürte und ihr tröstend das Gesicht abzulecken begann. Doch sie weinte so laut, dass es sogar die Nachbarn mit den Kätzchen hören konnten.

»Gib ihr ein bisschen Zeit«, sagte Julie in der Stube zu Bernhard. »Du warst lange nicht da. Sie ist es nicht gewohnt.«

»Natürlich nicht«, gab Bernhard scharf zurück. »Sie ist es nicht gewohnt, sich zu benehmen! Von Anfang an nicht! Es wird Zeit, dass sie es lernt. Jetzt werden hier andere Seiten aufgezogen!«

Seine erste Maßnahme bestand darin, nach dem Abendessen Elisabeth erneut in die kleine Kammer auszuquartieren und den Hund im Hof an die Kette zu legen. Bis auf Julie, die neben Bernhard im Bett lag, stopften sich alle Frauen im Haus Watte in die Ohren. Trotzdem war es unerträglich. Elisabeth weinte und schluchzte, und der Hund jaulte nicht minder steinerweichend, so dass jede von ihnen am liebsten Kind und Hund zu sich ins Bett geholt hätte, allen voran natürlich Julie, doch niemand wagte es, sich Bernhards Anordnungen zu widersetzen.

Er war entsetzt über den lockeren Umgang, der mit Elisabeth gepflegt wurde, über die grenzenlose Freiheit, die aus seiner Tochter eine anspruchsvolle Prinzessin gemacht hatte. Er ließ sie weder ans Meer gehen, weil es viel zu gefährlich war, noch zu den Nachbarn, weil sie die Hunde und Katzen ins Haus ließen. Elisabeth durfte nicht auf den kleinen Apfelbaum klettern, weil sie sich bei einem Sturz Arme und Beine hätte brechen können. Sie durfte nicht mehr am Tümpel hinter dem Haus spielen, weil sie entweder ertrinken oder den Schlamm ins Haus tragen würde. Sie durfte nicht mehr beim Buttermachen helfen, weil sie vom Spielen schmutzige Finger hatte.

Nach ein paar Tagen waren alle völlig erschöpft, und Julie zählte die Stunden bis zu seiner Abkommandierung. Elisabeth ging ihm aus dem Weg, wo sie nur konnte. Käthe und Tante Bärbel warfen sich vielsagende Blicke zu, wenn er Elisabeth maßregelte. Anita trat ihm sogar offen entgegen und verteidigte die Kleine oder Julie, wenn sie der Meinung war, dass er sie ungerecht behandelte. Auch Irma teilte seine Ansichten nicht. Nur Ferdinand nickte zustimmend, wenn Bernhard den Hund im Hof festmachte, weil er eben kein Schoßhündchen, sondern ein Wachhund werden sollte.

Ob es nun die angespannte Stimmung gewesen war, die Bernhard rebellisch machte, oder das, was er täglich an der Front zu sehen bekam, hätte später niemand sagen können, am allerwenigsten wohl Bernhard selbst.

Jedenfalls schloss sich Julie wenige Tage nach seiner Ankunft im Toilettenhäuschen ein, weil sie Bauchkrämpfe hatte. Alles drückte, alles schmerzte, und das Bewegen fiel ihr zunehmend schwerer. So brauchte sie länger als gewöhnlich auf dem Örtchen. Bernhard lief durch den Garten und schoss mit einem Luftgewehr auf die Spatzen, die in den Bäumen saßen, um nicht aus der Übung zu kommen, wie er Käthe erklärte. Kopfschüttelnd ließ sie ihn gewähren und hoffte ebenso inständig wie Elisabeth, dass er keinen Vogel treffen möge. Das Luftgewehr hatte Käthes Mann gehört, doch nach seinem Tod rührte es niemand mehr an. Es hing in der Stube über der Anrichte, und Bernhard nahm es, um für seine nächsten Einsätze Zielschießen zu üben. Als er keinen Vogel traf, schoss er in die Stockrosen und zerstörte dabei auch einige Buschwindröschen, was Elisabeth sehr empörte. Zuvor hatte Bernhard seiner Tochter erklärt, dass ein Luftgewehr recht harmlos sei, nicht zu vergleichen mit den Waffen, die er sonst bei sich trage.

Elisabeth glaubte ihm kein Wort. Äußerst misstrauisch beäugte sie ihren Vater, vor allem als er den Lauf des Luftgewehrs unvermittelt in ein Astloch im unteren Teil der Toilettentür schob und abdrückte.

Noch im Knall ertönte ein Schrei, den Elisabeth ihr Leben lang nicht vergessen würde. Ein Laut, der aus den Untiefen allen Schmerzes hervorzuquellen schien, der sich brutal in ihren Gehörgang bohrte und immer weiter bis ins Innerste drang, um dort eine Furcht zu entfesseln, von der das Kind bislang keine Ahnung gehabt hatte. Elisabeth fühlte ihr Herz aus dem Körper brechen, so stark schlug es gegen ihren Brustkorb. Sie bestand nur noch aus einem riesigen donnernden Herzen. Pechschwarze Angst hüllte sie in ihren stickigen Mantel, und sosehr sie sich befreien und aufatmen wollte, so wenig konnte sie sich rühren und umso dichter und enger wurde die Klammer um ihren Hals, bis sie das Bewusstsein verlor.

Varna, Bulgarien

22. Mai 1999, 10 Uhr 35

Der Weg führte durch einen breiten Gang, rechts und links von Steinmauern begrenzt, nach oben hin geöffnet, so dass die Sonne hereinscheinen konnte. In regelmäßigen Abständen fanden sich Steinquader, die zum Sitzen einluden. Moosflechten wuchsen an den Mauern, manche grün und frisch, manche bereits vertrocknet. Ferah und ihr Vater folgten dem Weg immer weiter und weiter, bis sich die Wände erhoben, rundeten und über ihren Köpfen zu einem Gewölbe zusammenwuchsen. Sie befanden sich in einer antiken römischen Therme.

»Warum seid auch ihr später nach Istanbul gezogen?«, fragte er. Seine Stimme hallte nur wenig, weil eine Seite des Bogengangs Öffnungen hatte. »Wegen deiner Mutter?«

»Ja«, antwortete Ferah, »auch ihretwegen. Sie war nicht mehr die Jüngste und häufiger krank.«

Die beiden traten aus dem Gewölbe in den Sonnenschein. Niemand war auf den Straßen bis auf eine junge Katze, die sich von ihnen gestört fühlte und mit hochgerecktem Schwanz davonstolzierte.

»Und weil ich am Meer sein wollte«, seufzte Ferah. »Ich wollte es jeden Tag sehen können, wenn mir danach war.«

Ihr Vater lächelte. »Natürlich. Ich hätte auch nie ohne leben können, unmöglich.«

»Unmöglich«, wiederholte Ferah und atmete tief in die salzige Brise, die ihr winzige Tröpfchen Gischt ins Gesicht wehte. »Istanbul war nicht Köstence, aber es war zumindest am Meer.«

Ferahs Mann Burak hatte als Abteilungsleiter in einer staatlichen Waffen- und Stahlfabrik gearbeitet, die an mehreren Standorten in der Türkei vertreten war. Einer davon war in Istanbul, wo nicht nur ihre Mutter lebte, sondern auch die weiterführenden Schulen einen höheren Standard hatten als in Ankara. Ein wichtiges Kriterium für Ferah und ihren Mann, so dass nur Istanbul als Lebensmittelpunkt in Frage kam.

Buraks Mutter, die seit der Hochzeit mit im Haus ihres Sohnes wohnte, sollte sie begleiten. Ferah packte ihr Hab und Gut zusammen, während sich Burak um die Formalitäten kümmerte. Entgegen Ferahs Empfehlung, ein Umzugsunternehmen zu beauftragen, bei dem ihre Sachen versichert gewesen wären, organisierte er den Transport mit einem Kollegen aus der Fabrik, der einen Lkw besaß und sich etwas Geld nebenher verdienen wollte.

Schließlich war alles verstaut und verladen. Die Familie stieg in einen Zug nach Istanbul, die Schwiegermutter begleitete den Lkw-Transport. Ferahs Sohn Haldun hatte ein Holzflugzeug auf dem Schoß, seine Schwester Lâl ihre Puppe. Da sie früh am Morgen losgefahren waren, würde der Lkw am Nachmittag vor dem Wohnhaus von Ferahs Mutter eintreffen, wo sie unterkommen würden, bis sie eine eigene Wohnung hätten.

Die Fahrt über vierhundert Kilometer dauerte bei den Straßenverhältnissen etwa sieben bis acht Stunden, doch der Nachmittag verging, und der Lkw kam nicht. Ferah saß mit ihren Kindern, ihrer Mutter und dem Stiefvater zusammen und wartete. Irgendwann lief Burak zur nächsten Postdienststelle und rief bei seinem ehemaligen Vorgesetzten an, der ein eigenes Telefon besaß. Sein Gesicht war aschfahl, als er zu ihnen zurückkehrte, die Lippen zu einem Strich gepresst. Buraks Kollege hatte neben der Schwiegermutter noch einen weiteren Gast mitgenommen, der für die Fahrt bezahlte. Doch weil in der Fahrerkabine kein Platz mehr war, setzte dieser sich zwischen Ferahs und Buraks Möbel auf die Ladefläche und rauchte. Und rauchte. Die glimmenden Zigarettenstummel schnippte er vom Lastwagen, so oft, bis einer vom Fahrtwind erfasst und in den offenen Benzintank gewirbelt wurde. Der Lkw explodierte nicht, fing jedoch sofort Feuer. Dem Fahrer, der Schwiegermutter und dem Mitfahrer geschah nichts, sie konnten sich rechtzeitig in Sicherheit bringen. In dichten schwarzen Qualm gehüllt, stiegen die Flammen vor ihnen in die Höhe. Es stank kilometerweit nach Benzin, angesengtem Holz, geschmolzenem Gummi und Kunststoff. Im Umkreis gab es niemanden, der helfen oder das Schlimmste verhindern konnte. So verbrannten auf einer einsamen Landstraße zwischen Ankara und Istanbul ihre sämtlichen Habseligkeiten zu einem Häufchen Asche.

»Wir standen vor dem Nichts«, sagte Ferah. »Ähnlich wie nach der Übersiedlung von Köstence. Wir besaßen nichts mehr und waren noch einmal von der Gnade meines Stiefvaters abhängig.«

Ferah und ihr Vater blieben stehen. Das helle Blau seiner Augen umspülte ihre Erinnerungen wie Wasser einen im Sand verborgenen Stein. Körnchen für Körnchen wurde abgewaschen, bis er ganz zum Vorschein kam. Ihr Vater las in ihrem samtbraunen Blick, sah die Dinge, die sie so sorgsam eingeschlossen hatte. Er las, was er nicht lesen sollte und was ihn unendlich schmerzte, weil er nicht da gewesen war, sie zu beschützen, weder seine Tochter noch seine Frau. Weil er sie beide im Stich gelassen hatte.

Wie oft hatte Ferah davon geträumt, dass er kommen und bei ihnen bleiben würde, dass er für immer bleiben würde, ihr Leben lang, selbst als klar war, dass er nicht mehr kommen konnte, weil es einfach zu spät war. Wie oft hatte sie geträumt, dass er da sein und ihr Zuwendung und Verständnis entgegenbringen würde? Und Liebe. Vor allem Liebe. Wie hatte sie nur ohne leben können? Wie war das möglich gewesen?

Vielleicht, weil er seine Liebe dem Meer geschenkt hatte? Weil seine ganze Liebe darin enthalten war, bis zur Unkenntlichkeit verdünnt, aber dennoch spürbar für jemanden wie Ferah?

»Du hast einen hohen Preis zahlen müssen«, sagte er schließlich, und das helle Blau trat über die Ufer. »Einen sehr hohen.« Es überschwemmte ihre Einsamkeit, ihr Leid und ihre Trauer, spülte alles fort. Ferah schwamm Seite an Seite mit ihrem Vater in diesem Meer, das mit seiner Liebe angefüllt war, das ihre Sehnsucht geschürt und doch immer da gewesen war, um ihr von seiner Liebe zu erzählen.

Berlin-Friedenau, Deutschland

April 1965

Ungeduldig reckte Elisabeth den Hals, um zu sehen, warum der Bus nicht weiterfuhr. Sie hatte noch zehn Minuten bis zum Beginn der Sonntagsmesse und musste von der Haltestelle noch mindestens fünf Minuten zur Kirche laufen.

Weil sie nichts erkennen konnte, stand sie auf und ging nach vorn zur großen Frontscheibe. Von der oberen Ebene des Doppeldeckers hatte sie eine gute Sicht. Ein Lastwagen, der rückwärts in eine Toreinfahrt setzte, blockierte die Fahrbahn. Elisabeth bereute, nicht eine Haltestelle vorher ausgestiegen zu sein, zu Fuß wäre sie sicher schneller gewesen. Seufzend stieg sie die schmale Treppe hinab, ließ sich auf einen Viererplatz in der Nähe sinken und starrte aus dem Fenster, bis sie den Blick ihres Gegenübers spürte. Es war ein junger Mann mit schwarzen Haaren und feinen, südländischen Zügen. Verlegen wandte sie sich ab und sah wieder aus dem Fenster. Noch bevor der Bus an der Haltestelle ankam, verließ sie ihren Platz, bemüht, den braunen Augen nicht noch einmal zu begegnen. Sie ging zur hinteren Tür des Busses, weil sie zur Kirche ein Stück zurücklaufen musste. Eilig sprang sie über die Bordsteinschwelle und bog in die kleine Sackgasse ein, an deren Ende die Kirche lag. Sie hatte ein seltsam aufgeregtes Gefühl in der Magengegend, doch ohne sich umzudrehen, lief sie weiter. In der Hecke, die den Kirchplatz umgab, wuchsen Buschwindröschen. Sie pflückte zwei Blüten, von denen sie sich eine ins Haar steckte. Die andere hielt sie sich schnuppernd vor die Nase und betrat mit einem kleinen Lächeln die Kirche.

»Im Namen des Vaters, des Sohnes und des Heiligen Geistes, Amen«, flüsterte sie am Weihbecken, als sie sich bekreuzigte. Die Kirche war bereits gut gefüllt, und zwei Frauen rückten näher zusammen, damit Elisabeth Platz fand. Der Priester und die Ministranten zogen mit klingelndem Glöckchen in den Altarraum ein. Ein paar Reihen vor ihr saß Ulrich, ein ehemaliger Klassenkamerad, und sie hoffte, dass er sich nicht umdrehen würde. Ulrich war seit der Schulzeit in sie verliebt. Und obwohl sie wusste, dass er niemals ernsthaft für sie in Frage kam, hatte sie den Fehler gemacht, sich ein paarmal mit ihm zu treffen. Dabei gefiel er ihr nicht einmal, rötlich blond und hellhäutig, wie er war. Es war die Ereignislosigkeit gewesen, der Überdruss im täglichen Trott und die unangenehme Befürchtung, irgendwann ganz ohne Mann dazustehen, die sie hatte nachgeben lassen. Vielleicht auch seine Hartnäckigkeit. Jedes Mal quälte sie sich hinterher mit Gewissensbissen, und jedes Mal sprach Ulrich von Verlobung. Elisabeth war klar, dass sie ihn nicht ewig hinhalten konnte. Sie kannten sich lange, waren in derselben Kirchengemeinde, wohnten nicht weit voneinander entfernt, und selbst ihre und seine Eltern schienen davon auszugehen, dass aus den beiden doch ein Paar werden würde. Sie musste es ihm sagen. Am besten noch heute.

Nach dem Gottesdienst redete Ulrich mit einem älteren Ehepaar. Er hatte ihr zugewunken und zu verstehen gegeben, dass sie auf ihn warten solle. Aber während sie überlegte, was und wie sie es ihm sagen wollte, verließ sie der

Mut. Sie griff nach ihrer Tasche und verließ fluchtartig die Kirche. Schon im Hinaustreten, zwischen den Menschen vor ihr, sah sie den Fremden an einen Baum gelehnt stehen. Sein Lächeln hatte etwas Zurückhaltendes und Charmantes zugleich, und ohne dass Elisabeth es verhindern konnte, lächelte auch sie.

»Bitte entschuldigen Sie«, sagte er mit einem leichten Akzent, als sie an ihm vorbeigehen wollte. »Es ist sonst nicht meine Art, junge Damen anzusprechen, nur in diesem Fall hätte ich es mein Leben lang bereut.«

»Warum?«, fragte Elisabeth mit verräterisch roten Wangen, die sie augenblicklich verfluchte.

»Das erzähle ich Ihnen bei einer Tasse Kaffee, wenn Sie erlauben.«

Der junge Mann hieß Haldun und stammte aus Istanbul und damit aus einem ihr völlig unbekannten Kulturkreis. Ein Stipendium hatte ihn an die Technische Universität nach Berlin geführt, die er nun für sechs Monate als Gaststudent besuchte. Haldun war ebenso wie Elisabeth dreiundzwanzig Jahre alt und hatte gerade sein Architekturstudium abgeschlossen.

Es gefiel ihr, dass er ganz anders war als die Männer, die sie bisher kennengelernt hatte. Es waren nicht viele gewesen, doch an jedem hatte sie etwas auszusetzen gehabt, nicht nur an Ulrich. Haldun konnte sie nicht einschätzen; er war weder in seinen Ansichten noch in seinem Verhalten berechenbar. Er konnte der sanfteste Schmeichler sein, der sie mit drei Sätzen eroberte, aber genauso konnte er empfindlich und aufbrausend sein, bestimmend und eifersüchtig aus Gründen, die Elisabeth bei jedem anderen lächerlich gefunden hätte. Es gefiel ihr, dass er ein gewähltes Deutsch sprach, dass er ehrgeizig und von seinem Beruf begeistert war. Es gefiel ihr, dass er liebevoll von seiner Familie erzählte, von seiner Mutter, seiner Schwester und seinem Vater, die ihm diesen Aufenthalt ermöglicht hatten. Insbesondere die Schilderung seiner Mutter sog sie förmlich auf, weil sie seit frühester Jugend auf ihre leibliche Mutter hatte verzichten müssen. Sie mochte seine Fürsorglichkeit, sein Verantwortungsgefühl und dass er ihr viele lästige Dinge abnahm wie das Reparieren ihres Fahrrads oder des kleinen Radios. Sie lauschte seinen Beschreibungen über Istanbul, seine Welt, die sich in Elisabeths Vorstellung zu einer märchenhaften Kulisse aus Tausendundeiner Nacht erhob. Sie war verwundert und fasziniert zugleich, wenn Haldun fünfmal am Tag seinen Teppich hervorholte und gen Mekka betete oder seine Gebetskette in der Hand drehte.

Vor allem aber fand sie, dass er mit Abstand der attraktivste Mann war, der sich je um sie bemüht hatte.

Das fanden andere Frauen offensichtlich auch, denn wenn Elisabeth und Haldun ausgingen, folgten ihnen nicht nur viele männliche, sondern auch weibliche Blicke, und zum ersten Mal spürte Elisabeth Eifersucht. Sie war sogar angenehm, diese Eifersucht, denn sie war gepaart mit Stolz und dem Bewusstsein, dass Haldun nur sie wollte, so wie sie nur ihn. Beide waren sich ihrer Wirkung als besonderes Paar bewusst, sie hellblond, blauäugig, zierlich und sehr schön, er groß und dunkel, mit markanten exotischen Gesichtszügen, glatt rasiert, ohne das Schnurrbärtchen, das viele Gastarbeiter trugen.

»Ihr seht aus wie Filmstars«, hatte Elisabeths Schwester Greta geschwärmt, als Haldun bei ihnen zu Besuch gewesen war, und Elisabeth hatte rosige Wangen bekommen, weil sie es ebenso empfand, doch nie hätte aussprechen können.

Ihre Stiefmutter hatte prompt gesagt: »Na, na, Gretchen, nun übertreib nicht gleich!«

Dabei merkte Elisabeth sofort, dass Haldun ihr gefiel mit seiner ausgesuchten Höflichkeit und seinem strahlenden Lächeln. Vielleicht war sie aber auch nur froh, die schwierige Stieftochter endlich unter der Haube zu haben. Elisabeths Vater war deutlich skeptischer. Er fragte, ob es unbedingt jemand von so weit weg sein müsse und dann auch noch ein gläubiger Moslem. Ob Elisabeth überhaupt eine Ahnung habe, wie man in den Ländern mit den Frauen umgehe, das könne sie unmöglich wollen. Elisabeth lachte und sagte, doch genau das wolle sie, und außerdem sei Haldun ganz anders. Da schüttelte ihr Vater nur den Kopf.

Halduns Hilfsbereitschaft und seine praktischen Fähigkeiten schätzte ihr Vater aber schon. Als die Keramikschüssel des WCs wackelte und Elisabeths Vater einen Klempner holen wollte, kam Haldun mit einer Bohrmaschine und passenden Schrauben und erledigte die Sache in fünf Minuten.

Von ihrer ersten Begegnung an war die Eintönigkeit in Elisabeths Leben einer Spannung gewichen, einer vorfreudigen Zuversicht, die aus ihr eine andere machte. Alles war neu und aufregend. Haldun verkörperte die große weite Welt. Er war ihre Antwort auf das unbestimmte Sehnen, das sie stets gespürt hatte, von dem sie aber erst jetzt wusste, dass es Fernweh gewesen war. Zum ersten Mal seit sehr langer Zeit glaubte Elisabeth, dass es für sie so etwas wie Glück geben könne. Und das sah man ihr an. Sie strahlte eine Schönheit und Lebensfreude aus, die ihren Vater von Tag zu Tag griesgrämiger machte und Haldun von Tag zu Tag mehr verzauberte. Er wusste, dass Elisabeth die richtige Frau für ihn war. Die Einzige. Er hatte es vom ersten Moment an gewusst. Als er ihr den Heiratsantrag machte, versprach er, alles dafür zu tun, dass sie so glücklich blieb, wie sie gerade war.

Ganz gleich, wie stark die Zweifel ihres Vaters sein mochten, Elisabeth schwebte auf Wolken. Alles fügte sich in die richtigen Bahnen, Gott hatte ihre Gebete erhört. Morgens sprang sie beschwingt aus dem Bett, fuhr in die Transportfirma, in der sie als Sekretärin arbeitete, und konnte es kaum abwarten, um sechzehn Uhr ihren Schreibtisch zu verlassen, weil sie wusste, dass Haldun draußen auf sie wartete. Nahezu jeden Tag verbrachten sie gemeinsam. Und wenn Elisabeth am Sonntagmorgen in der Kirche saß, hätte sie am liebsten die Uhr vorgestellt. Unerträglich zogen sich die Gottesdienste hin und schienen immer länger zu dauern. Draußen stand Haldun bei jedem Wetter an jenem Baum, geduldig wartend und lächelnd, wenn sie herauskam. Sie gingen ins Kino, besuchten den Zoologischen Garten und das neu eröffnete Planetarium. Er zeigte ihr die Technische Universität, erklärte ihr die architektonischen Besonderheiten mancher Gebäude und führte sie zum Essen aus. Es gab zwei türkische Lokale, das Topkapı in der Kantstraße und das Istanbul in der Knesebeckstraße, die sie manchmal besuchten. Elisabeth war sehr angetan von der orientalischen Küche, wenn sie auch nicht an jedem Gericht Geschmack fand. Für Salat aus Rinderhirn oder Pansensuppe konnte Haldun sie trotz langer Überredungsversuche nicht begeistern.

Nur einmal gerieten sie in Streit, weil Elisabeth an einem dieser Abende ihr Portemonnaie zückte und bezahlen wollte. Haldun war sehr aufgebracht und erklärte, dass sie so etwas nie wieder tun solle, Zahlen sei seine Aufgabe, nicht ihre. Elisabeth war zwar im ersten Moment befremdet wegen seiner heftigen Reaktion und setzte sich zur Wehr, doch je länger sie darüber nachdachte, desto mehr gefiel es ihr.

Sein Verhalten hatte etwas Rührendes, Umsorgendes an sich, etwas von einem Ehrenmann. Sie steckte die Börse wieder ein und entschuldigte sich, sie habe ihn nicht kränken wollen, aber in Deutschland gehe es eben anders zu. Haldun erklärte ihr, dass es in der Türkei absolut undenkbar sei, eine Frau die Restaurantrechnung bezahlen zu lassen.

Wenn das Geld knapp wurde, gingen sie an der Spree spazieren oder verbrachten ihre Zeit in seinem kleinen gemütlichen Zimmer in Charlottenburg, wo er zur Untermiete wohnte. Sie aßen Tütensuppen mit Weißbrot und grüne Oliven aus einem schmalen hohen Glas, und oft brachte Elisabeth eine Portion Eintopf von ihren Eltern mit, den Haldun nicht besonders mochte, aber ihr zuliebe aß.

Als sich der Sommer ankündigte, bekam Haldun von einem Architekturbüro, für das er nebenbei zu arbeiten begonnen hatte, ein verlockendes Angebot. Seine erste Festanstellung. Die Freude war für beide groß, und Haldun konnte gar nicht anders, als zuzusagen. Er und Elisabeth einigten sich darauf, dass er kurz nach Istanbul zurückkehren würde, um seine Sachen zu regeln und mit seinen Eltern zu sprechen, denen er bisher nur wenig von Elisabeth geschrieben hatte.

Doch je näher Halduns Abreisetermin rückte, desto unmöglicher erschien es Elisabeth, ihn allein fahren zu lassen, selbst wenn er nur für einen oder zwei Monate fort sein würde. Ohne es ihm zu sagen, ging sie zu ihrem Vorgesetzten und bat um Urlaub. Dieser war zwar erstaunt, denn Elisabeth meldete sonst bis auf ein paar freie Tage kaum Urlaubswünsche an, da sie lieber arbeitete, als die Zeit mit ihren Eltern zu verbringen, hatte jedoch nichts dagegen. Und als Elisabeth Haldun mit der Neuigkeit überraschte, sagte er, damit gehe für ihn ein großer Wunsch in Erfüllung. Sie würden gemeinsam drei wundervolle Wochen in Istanbul verbringen und danach zusammen in Deutschland ihr gemeinsames Leben beginnen.

Der Monat vor der Reise verlief geschäftig. Elisabeth machte so viele Überstunden wie möglich, damit ihre Kollegin nicht zu viel zusätzlich arbeiten musste. Haldun wurde bereits in die Planung eines Gebäudes miteinbezogen, dessen Bau im Herbst beginnen sollte. Er konnte sich so noch etwas extra Geld verdienen, um einen kleinen Renault zu kaufen, mit dem er und Elisabeth fahren würden.

Elisabeths Vater betrachtete das Tempo, mit dem Haldun die organisatorischen Dinge vorantrieb, eher mit Sorge; es ging ihm alles viel zu schnell. Gleichzeitig musste er jedoch die Zielstrebigkeit seines zukünftigen Schwiegersohns anerkennen. Der junge Mann wusste genau, was er wollte. Halduns Tatkraft gefiel ihm insgeheim, auch wenn er es nie zugegeben hätte.

Auch seine zweite Tochter war nicht faul gewesen. Greta hatte nach ihrer Ausbildung zur Krankenschwester einige Jahre im Krankenhaus gearbeitet, doch das lag ihr gar nicht. Und nachdem sie dort eine ganze Weile unzufrieden ausgeharrt hatte, war mit Halduns Erscheinen und der damit verbundenen Veränderung, die Elisabeth durchmachte, auch in ihr Leben Bewegung gekommen. Sie hatte einige Bewerbungen geschrieben und würde nun eine Zusatzausbildung zur Grundschullehrerin in München machen. Ein wenig Angst hatte Greta schon, dass sie nun bald in der fremden Stadt ganz auf sich gestellt sein würde, doch Elisabeth redete ihrer Schwester gut zu. Schließlich sei noch ihre Tante Emmi da, bei der sie erst einmal unterkommen könne und eben nicht ganz allein sei.

Elisabeth konnte ohnehin nichts erschüttern. Sie wusste nicht, wann sie jemals in ihrem Leben so zufrieden und glücklich gewesen war, abgesehen von ihrer Kindheit. Jeder Tag, der sie ihrem Urlaub näher brachte, ließ sie ein Häkchen in ihrem Kalender machen. Sie kaufte sich zwei neue Sommerkleider, einen schicken Badeanzug, wenn sie in Istanbul baden gehen würden, und Ballerinas aus hellem Wildleder.

Weil Haldun sie pur am schönsten fand, schminkte sie sich nur sehr dezent und verzichtete auch auf Lippenstift. Den mochte Haldun gar nicht. So strich sie sich nur eine dünne Schicht Penaten-Creme auf ihre Lippen, die dadurch einen zarten Schimmer bekamen.

Und dann war es endlich so weit, Elisabeth und Haldun packten ihre Koffer. Sie gingen gemeinsam einkaufen, denn Haldun brauchte noch Geschenke für seine Eltern und Freunde. Ganz wichtig waren die Päckchen Tchibo-Kaffee und ein paar Flaschen 4711 Echt Kölnisch Wasser. Dann sollten es seidene Kissenhüllen und kleine Löffel aus Perlmutt sein, ein Aschenbecher aus gefärbtem Glas und Postkarten aus Berlin. Sie kauften einen Badeanzug für Halduns Mutter und einen für seine Schwester Lâl, Aspirin-Tabletten und Schalen aus Bleikristall, an denen sie Freude haben würden. Für seinen Vater nahm Haldun eine Stange Zigaretten mit. Weil er ihr gesagt hatte, dass seine Mutter Schneiderin sei, kaufte Elisabeth Stoffe für sie und die Schwägerin, aus denen sie sich Kleider nähen konnten. Deutsche Schokolade und Pralinen wären wohl das beste Gastgeschenk gewesen, doch die wären geschmolzen. Am Ende war das Auto voll und die Urlauber trotz der Anstrengung sehr aufgeregt.

Elisabeth übernachtete bei Haldun, um am nächsten Morgen in aller Frühe aufbrechen zu können. Sommerliche

Wärme umgab die beiden, als sie gegen halb fünf aus dem Haus traten. Am Ende der Spree färbte sich der Himmel rosarot. Die alte gusseiserne Brücke, über die sie bei ihren Spaziergängen oft gegangen waren, hob sich mit ihren schwarzen Streben und Pfeilern davon ab, und Elisabeth wurde klar, dass nun ein neuer Abschnitt begann. Sie war neugierig und auch ein wenig furchtsam, wie man sie in Istanbul aufnehmen würde. Ob sie willkommen wäre? Haldun versicherte ihr, dass seine Eltern sehr freundliche, tolerante und offene Menschen seien, auch wenn sie sich das jetzt vielleicht noch nicht vorstellen könne. Sie solle ihm einfach vertrauen und sich auf das Abenteuer einlassen, das er ihr hiermit zu Füßen lege. Elisabeth lachte, nickte und setzte sich ins Auto.

Der erste Teil der Reise durch die Ostzone verlief erwartungsgemäß zermürbend. Bei der Grenzkontrolle an der Heerstraße, in der Elisabeth und Haldun nach allen Regeln der Kunst schikaniert wurden, war Haldun schweißgebadet, und Elisabeth merkte ihm seine Nervosität deutlich an. Er rauchte Zigarette um Zigarette, bat sie, eine neue anzustecken, obwohl die letzte noch im Aschenbecher qualmte. Elisabeth rauchte auch, aber Halduns Konsum schlug den ihren noch um Längen. Endlose Fragen prasselten auf die beiden nieder, ihre Pässe verschwanden in den Händen des Grenzsoldaten und tauchten stundenlang nicht wieder auf, das Auto wurde regelrecht auseinandergenommen. Sie mussten jedes Fach öffnen, den Inhalt jedes Kosmetikfläschchens und jeder Dose erklären und dann trotzdem noch an einem Parkplatz warten, bis man sie endlich weiterfahren ließ.

Haldun nahm die kürzeste Strecke, um die DDR so

schnell wie möglich zu verlassen, auch wenn er dadurch einen Umweg in Kauf nehmen musste. Elisabeth sah seine angespannten Gesichtszüge im Profil, und sie beschlich ein ungewohntes Schamgefühl, weil es die Menschen ihres Landes waren, die ihren Verlobten derart drangsalierten. Sie konnte ihn gut verstehen und seinem wütenden Schimpfen nur zustimmen. Haldun vermutete, dass der freche Ton mit seiner Nationalität zu tun hatte. Das sei bei der Kontrolle im Zug, mit dem er im Frühjahr nach Berlin gekommen war, genauso gewesen. Elisabeth brauchte die gesamte Fahrt bis zum nächsten Übergang, um ihm klarzumachen, dass den Grenzern die Nationalität herzlich egal war, dass sie jedem, der aus Westberlin in die Bundesrepublik fuhr, Ärger machten.

Beiden graute es vor der nächsten Begegnung mit Grenzbeamten, denen der Sinn nach Provokation stand. Doch entweder hatte die grelle Hitze des Tages den Mann bereits ermüdet und nachsichtig gemacht, oder er war einfach netter als die anderen. Nach einem kurzen Blick ins Innere des Wagens und in den Kofferraum ließ er sie zu einer Parkbucht fahren und ging mit ihren Pässen davon. Haldun und Elisabeth packten schon die hart gekochten Eier und Brote aus, weil sie mit einer längeren Wartezeit rechneten, da kam ein anderer Grenzer, warf ihnen ihre Papiere auf den Fahrersitz und ordnete ein sofortiges Verlassen des Areals an. Die beiden versuchten, ihre Freude nicht allzu deutlich zu zeigen, doch ein erleichtertes Grinsen konnten sie sich nicht verkneifen, was der Beamte mit einem schlecht gelaunten »Abfahrt jetzt! Aber dalli!« kommentierte.

Von da an waren sie frei. Haldun genoss es, auf der ebenmäßigen Strecke Gas zu geben, und fuhr fast nur auf der Überholspur, obwohl der R4 kaum Tempo hergab. Nur unwillig machte er Platz für größere und schnellere Autos. Elisabeth merkte, dass er es brauchte, um die Herablassung loszuwerden, mit der man sie behandelt hatte.

Die fast zweieinhalbtausend Kilometer bis Istanbul schaffte Haldun in drei Tagen. Elisabeth hatte zwar auch einen Führerschein, traute sich jedoch nicht zu fahren. Besonders die Abschnitte durch die österreichischen Berge und Jugoslawien machten ihr Angst. Am Berg zog der beladene Wagen nicht richtig, und die Straßen in Österreich waren so schmal, dass Haldun zurücksetzen musste, wenn ihnen ein Bus entgegenkam. Nebeneinander passten sie nicht durch, und dann drohte rechts auch noch der steile ungesicherte Abgrund. Die jugoslawische Autobahn war nicht weniger gefährlich. Sie bestand aus schlechtem Straßenbelag und zwei Spuren, so dass man für jedes Überholmanöver die Gegenfahrbahn benutzen musste. Und bei dem starken Verkehr wurde es mit den entgegenkommenden Autos manchmal so knapp, dass Elisabeth die Augen zukniff und betete. Wenn ein Überholen nicht möglich war und Haldun hinter einer Lkw-Kolonne herfahren musste, begann er zu fluchen, laut und heftig, ein Charakterzug, den sie neu an ihm entdeckt hatte.

Zunächst versuchte Elisabeth noch, ihn aufzuheitern, indem sie deutsche Volkslieder sang oder ihm Tratsch-Geschichten von ihren Kolleginnen und Freundinnen erzählte, doch das verschlimmerte seine Laune nur. Auch wenn sie zu oft Pausen vorschlug, reagierte Haldun gereizt. Er sei nicht losgefahren, um im Nirgendwo herumzusitzen, sagte er. Er verzichte tagsüber sogar aufs Beten, um die Kilometer hinter sich zu bringen und anzukommen.

Da schwieg auch Elisabeth und starrte auf die vertrockneten Felder an der Straße oder beobachtete die Menschen, die in den glutheißen Dörfern unter Bäumen oder Markisen saßen. Sie war so gekränkt und enttäuscht, dass sie sich zurück nach Berlin wünschte, in ihr vertrautes langweiliges Friedenau, in ihr kleines stickiges Büro, in ihren langweiligen Alltag. Doch als Ulrich vor ihrem inneren Auge erschien, hätte sie fast geweint, weil er der Letzte war, zu dem sie zurückwollte. Es gab nur einen Trost. Bisher war es nur ein Urlaub, der noch nicht einmal richtig begonnen hatte. Sie war zu nichts verpflichtet. Haldun hatte ihr einen kleinen Brillantring geschenkt, mit dem er ihr den Heiratsantrag gemacht hatte, und danach betrachteten sie sich als verlobt. Jederzeit konnte Elisabeth die Verbindung lösen, und alles wäre wieder wie bisher. Dumm nur, dass ihr Leben zuvor so freudlos gewesen war.

Hinter der türkischen Grenze war Haldun wie ausgewechselt. Er scherzte wieder mit Elisabeth, zog sie wegen ihres Schmollens auf, zwickte sie in die Wange und fuhr von der Autobahn ab, um vor einem Lokal zu halten.

»Güzel Kız[18]«, sagte er grinsend und zog sie an sich. »Gehen wir was essen.«

Das versöhnte Elisabeth, obwohl sie nicht wusste, wie Haldun es anstellte. Ob es seine in der Sonne bronzebraun schimmernden Augen waren, seine mittlerweile recht langen pechschwarzen Haare, die er sich aus dem Gesicht strich, seine weiche Stimme oder seine zärtlichen Gesten, denen sie nicht widerstehen konnte. Sie vergaß, dass sie ihn unmöglich gefunden hatte, und folgte ihm auf die Terrasse, wo sich ihnen ein überraschender Anblick bot. Alle Tische standen im Schatten großer Bäume auf einem Plateau, an dem ein breiter Fluss vorbeiströmte. In geringer Entfernung

18 schönes Mädchen

vor ihnen überquerte eine helle Steinbogenbrücke den Fluss, deren zahlreiche Bögen sich im glitzernden Wasser spiegelten. Zikaden begrüßten die beiden mit ihrem beruhigenden Lied. Beeindruckt nahm Elisabeth auf dem Stuhl Platz, den ihr der Ober eifrig vorgezogen hatte. Anschließend brachte dieser ihnen Wasser und zwei Ayran[19].

Eine angenehme Brise kühlte ihre verschwitzten Gesichter, und Haldun lächelte stolz. »Willkommen in meinem Land«, sagte er und hob das Ayran-Glas. »Şerefe[20], auf dein Wohl!«

Als das Essen kam, das Haldun für sie beide bestellt hatte, betrachtete Elisabeth es misstrauisch. Es waren offensichtlich panierte Fleischscheiben mit Zwiebeln und Paprika. Sie warnte ihn, es zurückgehen zu lassen, wenn es wieder irgendwelche Innereien sein sollten. Doch Haldun lachte und erklärte, dass es zwar Innereien seien, allerdings wisse er zufällig, dass man auch in Deutschland Leber esse, wenn auch anders zubereitet. Edirne Ciğeri[21] sei eine Spezialität der Stadt, die sie ganz sicher möge. So nahm Elisabeth ihr erstes echt türkisches Mahl zu sich und gestand später, dass ihr selten etwas so gut geschmeckt habe.

Es war Nachmittag, als sie die letzten kleinen Ortschaften hinter sich gelassen hatten und die Bebauung dichter wurde. Elisabeths Herzschlag beschleunigte sich. Sie waren in Istanbul.

Stumm sah sie aus dem Fenster, um jede Einzelheit in sich aufzunehmen. Sie fuhren an unzähligen Autowerkstätten vorbei, in denen Männer mit ölverschmierten Hemden

19 salziges Joghurtgetränk
20 Prost
21 Edirne-Leber

und Gesichtern an Fahrzeugen hantierten oder auf brüchigen Steinmäuerchen davor saßen und ein Sandwich aßen. Unrat türmte sich am Straßenrand, Pappkartons und Teile von Autoreifen. Obst und Gemüsereste rutschten aus umgestürzten Mülltonnen und kullerten in Wasserpfützen. Es lag ein fauliger Geruch in der Luft, bei dem Elisabeth schlucken musste. Katzen stiegen im Abfall herum in der Hoffnung auf einen essbaren Happen. Auf einmal sah sie überall Katzen. Schwarze, weiße, rote, gescheckte, getigerte, in allen Farben und Größen streunten sie an den Häusern entlang, saßen auf Mauern oder Autodächern oder schliefen in Blumenkübeln, bis man sie verscheuchte. Elisabeth dachte an den kleinen Hund, den sie gehabt hatte, der im Klo gelandet war, weil sie ihn nicht halten konnte. Ein Bild erschien vor ihrem inneren Auge wie eine vergilbte Fotografie. Ihre Oma stand vor der Küchentür, wo sie oft gestanden hatte, doch diesmal mit dem Hund im Arm. Neben ihr Tante Bärbel, Tante Anita und Tante Irma, und Elisabeth wusste, dass es der Moment des Abschieds war. Ihr Vater war dabei, ihre Mutter und Greta, das Baby. Und ihre Puppe Monika. Der Hund nicht. Er musste dableiben, mit der Oma und den Tanten, obwohl die Russen kamen. Sie hörte ihre Mutter sagen, der Hund solle auf die vier aufpassen, er sei jetzt sehr wichtig auf dem Hof. Und so jung Elisabeth auch gewesen war, hatte sie die Lüge sofort entlarvt. Was sollte so ein kleiner Hund denn gegen die Russen ausrichten können?

Ihr wurde klar, dass sie ihren Vater nie nach Oma Käthe gefragt hatte, auch nicht nach Tante Bärbel. Sie beschloss, das bei ihrer Rückkehr nachzuholen.

Die ersten Rufe eines Muezzins brachten sie zurück in die Gegenwart. Haldun sagte, er singe das *Allahu Akbar* des Propheten Mohammed, um ihren Gott zu würdigen. Auch andere Muezzins stimmten ein, und durch Lautsprecher verbreiteten sie ihre Kunde überall in der Stadt. Sie fuhren an einer Moschee mit glänzender Kuppel vorbei, und Haldun zeigte auf den schmalen Turm, das Minarett, von wo der Geistliche sein Gebet erschallen ließ. Elisabeth lauschte dem ungewohnten Gesang, bis die letzten Stimmen verklangen. Die Fremde, dachte sie, sie war in der Fremde angekommen. So fühlte sich das also an.

Der Fahrtwind zerrte an ihren Haaren, und die Hitze begann sofort auf ihren Armen zu brennen, wenn Haldun langsamer fuhr, weil ein Pferdefuhrwerk vor ihnen trabte oder ein Lastwagen ihnen seine Auspuffgase entgegenpustete. Doch es war unmöglich, die Fenster zu schließen. Außerdem musste auch der Rauch von ihren Zigaretten abziehen, sonst bekamen sie bald gar keine Luft mehr.

Sie fuhren durch eine Straße mit Kopfsteinpflaster, die steil zum Meer abfiel und so eng war, dass Elisabeth Angst hatte, einen der Männer anzufahren, die ihre Lasten vor ihnen hertrugen und sich seelenruhig in die Hauseingänge stellten, wenn Haldun hupte. Über ihnen hing Wäsche auf den Balkonen, die sich beinahe zu berühren schienen. Und ein wirrer Kabelsalat schwang sich kreuz und quer von Haus zu Haus. In manchen Türen standen barfüßige Kinder und starrten Elisabeth mit ihren großen brauen Augen an.

»Es sind deine blonden Haare und deine helle Haut«, sagte Haldun. »Das kennen sie hier nicht.«

Von da an lächelte Elisabeth den Kindern zu. Manche lächelten schüchtern zurück, manche liefen schnell ins Haus, und manchen stand nun erst recht der Mund vor Staunen offen.

Im Hafenviertel erwartete sie ein Trubel, der Elisabeth zeigte, in was für einer Metropole sie gelandet war. Verkehrspolizisten in Uniform und Schiebermütze lenkten eine Lawine von Autos mit Trillerpfeifen und lauten Rufen in ihre Bahnen. Die Fahrzeuge antworteten schier pausenlos mit langgezogenen Hupmelodien. Taxifahrer, trotz der Temperaturen in karierten Hemden, Strickwesten und langen Hosen, standen in Grüppchen rauchend und gestikulierend an ihren blau-weißen Chevrolets. Auch die zahlreichen Busse waren zweifarbig lackiert, im unteren Teil rot, Fensterrahmen und Dächer weiß. Frauen und Mädchen mit Kopftüchern und langen Röcken saßen im Schatten der Bäume daneben. Um ihre Füße ballten sich Tüten voller Kartoffeln und Zwiebeln, Tomaten, Gurken und Kohlköpfe, Pfirsiche, Zitronen und in Zeitungspapier gewickelte Fische.

Haldun fuhr an einer Schar Fischer vorbei, die ihren Fang auf runden Holztischen anboten. Silbrig glänzend lagen die Tiere im Kreis angeordnet da, ihre toten Augen in den Himmel gerichtet. Die Käufer, Männer wie Frauen, liefen von Stand zu Stand, um den besten Fisch zum günstigsten Preis zu bekommen. Auch hier streunten unzählige Katzen herum, mehr noch als zuvor, weil es reichlich Fischabfälle zu erbeuten gab.

Auf dem Meer dümpelten kleine und große Holzboote, Kutter reihte sich an Kutter, und die Schiffe fuhren mit dumpfem Tuten ein und aus. Quirliger Verkehr bewegte sich zu Land und zu Wasser, und alle folgten einer gewissen Ordnung und wussten, wohin sie wollten. Es erschien Elisabeth unmöglich, sich in diesem wuselnden Ameisenhaufen zurechtzufinden, und selbst das Meer, das sonst immer eine beruhigende Wirkung auf sie hatte, drang nicht zu ihr durch. Vielleicht lag es an dieser überbordenden Fülle ringsum, an diesem Zuviel von allem – zu viele Gebäude und Straßen, zu viel Verkehr, zu viele Autos, Menschen und Tiere, zu viele Schiffe, zu viel Müll, zu viel Gestank, Lärm und Hitze und zu viel grelle Sonne. Elisabeth hoffte inständig, dass Halduns Eltern in einem anderen, etwas ruhigeren Viertel wohnten, am besten weit weg von hier, in einem Dorf außerhalb der Stadt.

Doch es nahm kein Ende, immer neue Eindrücke kamen hinzu, wohin sie auch sah. Hinter ihnen thronte eine mächtige Moschee mit verschiedenen Kuppeln, Minaretten und Nebengebäuden. Auf den Hauptkuppeln waren goldene Verzierungen in Kugel- und Kegelformen angebracht, an deren Spitze ein ebenfalls goldener Halbmond funkelte. Vor ihnen führte eine breite Steinbrücke über die Meerenge, dahinter setzte sich die Stadt fort. Vor lauter Häusern und Türmen sah man nichts mehr vom Hügel, auf den sie gebaut waren.

Als Haldun sich in die Schlange einreihte, die zur Autofähre führte, kam ein Junge zu Elisabeth ans Fenster, auf dem Kopf ein Brett mit Sesamringen. Sein ehemals weißes Hemd war am Ärmel eingerissen, und seine Hose reichte nur bis zu den Waden. Seine staubigen Füße steckten in ausgefransten Gummilatschen, und die dunklen Haare standen struppig nach allen Seiten ab. Sein Anblick rührte Elisabeth.

Haldun kaufte ihm ein paar der noch warmen Simit[22] ab, und Elisabeth stellte beim ersten Bissen fest, dass sie es mochte.

Der Mann vom Fährbetrieb winkte mit eiligen Handbewegungen und ungeduldigen Rufen die nächsten Fahrzeuge heran, und sie rollten weiter.

»Sieh mal, da bist du.« Haldun zeigte auf einen Zeitungs-

22 Sesamring

ständer, in dem Magazine mit Brigitte Bardot auf dem Titelblatt steckten.

»Ach du!«, gab Elisabeth zurück. »So seh ich doch nicht aus.«

»Das ist richtig«, erwiderte er lächelnd. »Du bist hübscher!«

Nachdem der Wagen geparkt war, stiegen sie aus, um aufs obere Deck zu wechseln. Dort sei es auf der Fahrt schön kühl, versprach Haldun, und die Aussicht sei grandios. Doch erst einmal wurde es jetzt richtig voll. Mit ihnen schoben sich viele andere Menschen durch die Gänge, und Elisabeth klammerte sich an Halduns Hand, um ihn nicht zu verlieren. Auch hier wurde sie so neugierig gemustert, dass sie am liebsten ins Auto geflüchtet wäre, doch Haldun flüsterte ihr ins Ohr, dass sich der Pulk rasch auflösen werde, und zog sie weiter.

Dicke nasse Taue lagen auf losen Holzstegen, über die die Tagespendler an Bord gegangen waren und die man bereits eingeholt hatte. Das Schiff würde gleich ablegen. Zwei Männer von der Besatzung schrien sich etwas zu; es klang wie ein wütender Befehl, aber vielleicht war es auch ein ganz normaler Wortwechsel. Das Schiffshorn ertönte so durchdringend, dass Elisabeth erschrocken zusammenfuhr. Unter kräftigem Stampfen und erneutem Tuten setzte sich die Fähre in Bewegung. Der Untergrund schwankte und zitterte. Mit den anderen Fahrgästen stiegen sie die steile Treppe hinauf, übertraten eine hochgezogene Schwelle und durchquerten den Passagierraum, erneut von vielen Blicken verfolgt. Elisabeth hatte das unangenehme Gefühl, von jedem angestarrt zu werden, ganz gleich, ob es Männer, Frauen oder Kinder waren. Alle Augen richteten sich auf sie und beobachteten jeden ihrer Schritte. Vor Haldun öffnete ein Mann mit Schnauzbart und in heruntergetretenen Schuhen die Schwingtür und hielt sie für sie auf.

Draußen wehte tatsächlich ein Lüftchen, das ihren Schweiß rasch trocknete. Möwen segelten mit lautem Gelächter über ihre Köpfe hinweg, und bis auf ein paar kleine Wolken leuchtete der Himmel in einem strahlenden Blau. Damit Elisabeth keinen Sonnenbrand bekam, gingen sie zur schattigen Seite des Schiffs hinüber und setzten sich neben ein anderes Paar auf eine Holzbank. Die Frau trug ein weißes Sommerkleid mit kurzen Ärmeln, das ihr bis zu den Knien reichte, und ähnliche Ballerinas wie Elisabeth. Mit ihren offenen braunen Haaren, der schicken Handtasche und dezentem Goldschmuck hätte sie ebenso gut eine Deutsche sein können, dachte Elisabeth. Überhaupt waren nicht viele Frauen mit Kopftüchern auf dem Schiff. Ganz verschleierte hatte Elisabeth entgegen ihrer Erwartung sogar noch weniger entdeckt.

Die Frau lächelte Elisabeth freundlich an, zeigte in den Himmel und wischte sich mit einer Hand über die Stirn. Elisabeth nickte und lächelte zurück.

Sie verspürte Durst, und als hätte sie ihn mit ihrem Gedanken gerufen, erschien ein Junge mit einem vollen Teetablett neben ihnen. Haldun und der Mann ihrer Sitznachbarin kauften je zwei der kleinen bauchigen Gläser und ließen die vier Stücke Würfelzucker, die auf dem Untersetzer lagen, in die braune Flüssigkeit sinken. Elisabeth nahm nur ein Stück Zucker und verbrannte sich die Zunge, weil der Tee so heiß war, doch anmerken ließ sie sich nichts.

Mit dem Glas in der Hand sah sie auf die Silhouette der Stadt, die langsam an ihnen vorüberzog. Die roten Farbtupfer der türkischen Flaggen waren allgegenwärtig. Überall flatterten sie an Gebäuden, Schiffen und hohen Masten im Wind.

Haldun zeigte Elisabeth die alte Residenz des Sultans, den Dolmabahçe-Palast, in dem auch Kemal Atatürk gestorben war. Es war ein monumentaler Prachtbau mit vielen Nebengebäuden, unzähligen Säulen, Kapitellen, Ornamenten und schmalen, nach oben abgerundeten Fenstern. Eine schmiedeeiserne Umfriedung bildete die Begrenzung zum Meer, die von drei Toren unterbrochen wurde.

Rechts und links am Ufer reihten sich imposante Villen aneinander, manche aus Holz, manche aus Stein. Vor einigen schaukelten weiße Jachten am Bootssteg. So viel Luxus hatte Elisabeth nicht erwartet. Es wirkte alles sehr gediegen und ausgesprochen teuer. Diese Häuser seien auch unbezahlbar, bestätigte Haldun, sie würden fast alle dem alten Istanbuler Geldadel gehören.

Elisabeth dachte an Friedenau nach dem Krieg, an die vielen zerstörten Häuser, in denen sie als Kinder gespielt hatten, an die Straßenzüge voller Ruinen und meterhohem Schutt, die einmal Teil ihrer wunderschönen Stadt gewesen waren. Das Haus seiner Eltern sei Jugendstil gewesen, sagte ihr Vater oft, Jugendstil mit allen Schikanen, bevor es eine Bombe dem Erdboden gleichgemacht und noch drei angrenzende Häuser mitgerissen habe. Elisabeth fragte Haldun, ob Istanbul vom Krieg keine Schäden davongetragen habe.

Abgesehen von den Hunderttausenden, die dabei ums Leben gekommen seien, nicht allzu viel, antwortete Haldun, aber auf andere Weise natürlich schon. Ende des vergangenen und Anfang dieses Jahrhunderts, als man Istanbul die hölzerne Stadt nannte, verbrannten ganze Wohnviertel, die vorwiegend aus Holzhäusern bestanden hatten. Es waren einfache Bauern, Vertriebene und arme Einwanderer, die man in die billigen Unterkünfte einquartierte und die es gewohnt waren, mit offenen Feuerschalen zu kochen und zu heizen. Bei der Häuserdichte und den starken Winden über dem Bosporus wurde fast jeder Brand sofort zu einem Inferno. Danach baute man die Stadtteile mit Steinhäusern wieder auf, doch die Holzhäuser hatten ihnen gegenüber einen entscheidenden Vorteil. Sie stürzten bei den häufigen Erdbeben in der Region nicht so schnell ein, weil sie flexibler waren. Haldun behauptete, dass sogar heute noch manche Holzhäuser von ihren Besitzern angesteckt würden, um Versicherungsgelder zu kassieren, mit denen sie dann moderne Wohnblöcke bauen und teuer verkaufen konnten. Im Studium hätten sie sich ein paar der übrig gebliebenen Holzvillen angesehen, und er sagte, es rege ihn immer wieder auf, mit welcher Ignoranz in Istanbul diese Kulturdenkmäler behandelt würden.

Elisabeth biss ein Stück von ihrem Simit ab und nippte an ihrem inzwischen abgekühlten Tee. Ein paar Minuten ließen sie die Stadt an sich vorbeiziehen, dann drosselte die Fähre ihre Geschwindigkeit und steuerte auf das Festland zu. Asien. Zum ersten Mal betrat Elisabeth asiatischen Boden. Wie viele erste Male hatte es seit Halduns Erscheinen schon gegeben, und wie viele würde es wohl noch geben?

Das Verlassen der Fähre ging überraschend schnell, so dass nun die letzte Etappe vor ihnen lag. Etwa eine halbe Stunde noch, hatte Haldun gesagt, wenn die Straßen frei seien.

Elisabeth schämte sich schon jetzt, Halduns Familie in ihrem Zustand zu begegnen, so verschwitzt und staubig, wie sie war.

Als Haldun an einer Tankstelle hielt, ging sie zur Toilette, um sich zumindest notdürftig frisch zu machen. Es gab zwei Kabinen, eine für Männer und eine für Frauen. Mit spitzen Fingern zog Elisabeth die klapprige Holztür auf und hakte sie hinter sich wieder zu. Damit stand sie schon vor dem winzigen Waschbecken, über dem ein blinder zerbrochener Spiegel hing, und gleichzeitig auf einem schmutzigen Keramikbecken mit zwei geriffelten Trittflächen und einem abgesenkten Abfluss dazwischen. Ein Wasserhahn ragte aus der Rückwand, ein weiterer war über dem Waschbecken. Ein Plastikbecher stand auf den nassen Steinen, und Elisabeth atmete durch den Mund. Der Geruch war unbeschreiblich. Obwohl sie in den vergangenen Tagen schon ein paar ähnliche Toiletten gesehen hatte, war keine so heruntergekommen wie diese. Hastig klemmte sie ihre Bluse zwischen die Beine, ließ den dünnen Wasserstrahl laufen und wusch sich, so gut es auf einem halben Quadratmeter ging. Das andere erledigte sie ebenfalls, ohne nachzudenken. Als sie wieder im Auto saß, wusste sie, warum Haldun bei jeder Gelegenheit sein Kölnischwasser benutzte. Sie hatte sich darüber lustig gemacht, doch jetzt war sie froh, dass er eine Flasche dabeihatte. Auch Haldun goss ein wenig in seine Hände, rieb sie ab und strich dann über seine Haare und den Nacken. Danach roch das ganze Auto nach 4711.

»Noch zehn Minuten«, sagte er und zog eine Zigarette aus der Packung.

In den Bezirken, durch die sie jetzt fuhren, waren die Häuser eher niedrig gebaut. Jedes Haus hatte Balkone zur Straße und an den Seiten, und in den Vorgärten blühten violette Bougainvilleen, rote Rosen und blauer Hibiskus.

Haldun war still geworden, die Zigarette zitterte in seiner Hand, und auch Elisabeth sagte nichts. Ihre Hände schwitzten schon wieder, und sie wunderte sich. Was konnte schon passieren? Sie würde nur Halduns Familie kennenlernen, sonst nichts.

Sie überquerten eine Eisenbahnbrücke, bogen links in eine schmale Straße mit holprigem Kopfsteinpflaster ein und schwenkten kurz darauf nach rechts, wo Haldun vor einem dreistöckigen Haus hielt. Elisabeth und er sahen sich an und lächelten nervös. Das war das Haus seiner Familie.

Eine niedrige Mauer umgab das Grundstück, Palmen standen im Vorgarten, und der würzige Duft von Pinien stieg Elisabeth in die Nase. Der Eingang war mit schwarzen Miniaturfliesen umrandet, die Fassade in grobkörnigem Grau verputzt. Vom ersten Stock fiel üppiges Grün herab und bedeckte einen Teil des darunterliegenden Balkons. Dort, an einem der Fenster, bewegte sich jetzt die Gardine, und Elisabeth sah jemanden aufspringen. Sie kurbelten ihre Fenster hoch, und Elisabeth nahm ihre Tasche. Haldun stieg aus, kam um den Wagen herum und öffnete die Tür für Elisabeth. Dann erklangen Frauenstimmen im Treppenhaus, und im selben Moment flog ein Mädchen mit offenen Armen auf Haldun zu, dessen hohe Stimme sich beim Sprechen und Weinen überschlug. Elisabeth sah nur ihr rosafarbenes Kleid und den schwarzen Hinterkopf mit halblangen Haaren, weil sie ihr Gesicht an die Brust ihres Bruders presste. Nach ihr kam eine kleine rundliche Frau in einem langärmligen geblümten Kleid aus dem Haus, das kurze, ebenfalls schwarze Haar in Wellen gelegt. Sie ging lächelnd auf Elisabeth zu, streckte die Hände nach ihr aus und sagte etwas. Elisabeth nahm ihre Hände, sah in ihre freundlichen braunen Augen und begrüßte sie auf Deutsch.

Halduns Mutter zuckte mit den Schultern, lachte und

sprach zu ihrem Sohn, indem sie sich ihm zuwandte. Elisabeth lachte ebenfalls und fühlte sich ein wenig hilflos, weil sich nun alle drei in den Armen lagen und auch Halduns Mutter Tränen in den Augen hatte. Sie mussten ihn sehr vermisst haben. Dann nahm Haldun Elisabeths Hand und stellte sie einander vor, einmal auf Türkisch, einmal auf Deutsch, und erst jetzt hatte Elisabeth Gelegenheit, Halduns Schwester Lâl genauer anzusehen. Sie war sechzehn oder siebzehn Jahre alt, ihr Teint war dunkler als der ihrer Mutter und Halduns, was gut zu ihren Haaren und Augenbrauen passte, und sie hatte ein offenes und fröhliches Jungmädchengesicht, dem man seine Entwicklung noch ansah. Staunend betrachtete Lâl Elisabeth von oben bis unten, lächelte unsicher und fragte ihren Bruder etwas, der darauf in lautes Gelächter ausbrach.

»Lâl fragt, ob du ein Mannequin bist!«

Elisabeth wurde rot und schüttelte den Kopf. Von ihrer transparenten Hautfarbe schien Lâl mindestens genauso fasziniert. Man könne ihre Gefühle im Gesicht sehen, übersetzte Haldun die Worte seiner Schwester. Elisabeth blinzelte verschämt ins Sonnenlicht, doch Lâl hakte sich bei ihr ein, und während sie Elisabeth ins Haus führte, begann sie Englisch mit ihr zu sprechen. Erleichtert antwortete Elisabeth. Auch wenn beide nur wenig Englisch beherrschten, so konnten sie sich doch nun austauschen, ohne dass Haldun alles übersetzen musste.

In der offenen Tür stand eine alte Frau, in Kopftuch und dunkle Kleidung gehüllt. Trotz der Hitze trug sie schwarze Strümpfe unter ihrem langen Rock und Wollpantoffeln. Verschmitzt lächelte sie Elisabeth an und hielt ihr die rechte Hand hin. Elisabeth schüttelte sie, und die alte Frau begann aus voller Kehle zu lachen. Verwirrt sah Elisabeth zu Lâl, und diese erklärte umständlich, dass es ihre Büyükanne[23] sei, die Mutter ihres Vaters, die man anders begrüßen müsse.

Um Elisabeth zu zeigen, was sie meinte, nahm sie die Hand der alten Frau, küsste sie und führte sie an die eigene Stirn. Es sei eine Form des Respekts gegenüber älteren Menschen, sagte Lâl, die Elisabeth auf jeden Fall heute noch lernen müsse, weil am Abend Gäste kämen. Elisabeth nahm also zum zweiten Mal die Hand der alten Frau und machte es so wie Lâl. Büyükanne lachte zwar wieder, aber Elisabeth merkte, dass sie sich über Elisabeths Bemühen freute. Hinter ihnen kamen Haldun und seine Mutter Ferah in die Wohnung, streiften ihre Schuhe ab und gingen hinüber ins Wohnzimmer. Es war ein großer L-förmiger Raum mit zwei Balkonen und mehreren Fenstern zur Straße und zum Nachbargrundstück hin, der auf Elisabeth einen sehr großzügigen Eindruck machte. Ganz anders als das dunkle Wohnzimmer ihrer Eltern mit den braunen Mustertapeten und alten Eichenmöbeln.

Die nächste innige Begrüßung folgte mit Haldun und seinem Vater. Auch er war rundlich und im Vergleich zu seinem Sohn eher klein. Seine grauen Haare lichteten sich an den Schläfen. Er hatte weiche Gesichtszüge, aber auch durchaus etwas Bestimmendes an sich. Das spürte Elisabeth, obwohl sie kein Wort von dem verstand, was Vater und Sohn miteinander besprachen. Diesmal weinte nicht nur sein Vater, sondern auch Haldun. Das überraschte Elisabeth, denn bislang war er ihr sehr beherrscht vorgekommen. Sein Vater hatte den Arm um ihn gelegt, und während er sprach, strich er immer wieder liebevoll über Halduns stoppelige Wange. Zu gern hätte Elisabeth verstanden, was er

23 büyük = groß, Anne = Mutter, Büyükanne = Großmutter

ihm sagte. Dann löste sich Haldun sanft von ihm und stellte Elisabeth vor. Halduns Vater Burak nickte ihr freundlich zu, schüttelte ihre ausgestreckte Hand und machte eine ausladende Geste mit beiden Armen.

»Mein Vater heißt dich herzlich willkommen«, übersetzte Haldun. »Unser Haus soll auch dein Haus sein. Das sagt man bei uns so, damit sich ein Gast wohl fühlt.«

»Mersi«, sagte Elisabeth. Es war das einzige Wort, das sie auf Türkisch konnte. Sie war wieder rot geworden. Lâls Blick hatte sich an ihrem Gesicht festgesaugt, was sie noch mehr verunsicherte. Burak lächelte und nickte anerkennend.

»Gut so«, ließ er durch Haldun übersetzen. Es sei wichtig, sich in einem fremden Land um die Sprache zu bemühen. Das habe Haldun auch tun müssen. Obwohl Burak noch weitersprach, übersetzte Haldun nicht mehr. Er klopfte seinem Vater auf die Schulter und fragte Elisabeth, ob sie hungrig sei. Seine Mutter habe sicher für eine ganze Kompanie gekocht. Doch Essen war das Letzte, woran Elisabeth denken konnte. In ihrem Kopf ging so viel durcheinander. Mochte Halduns Vater sie nicht, oder lag ihr seltsames Gefühl nur an der fehlenden Sprache? Was war mit seiner Mutter Ferah, die lächelte, wenn Elisabeth sie ansah, aber ernst guckte, wenn sie sich unbeobachtet glaubte? Und hielt Lâl sie nicht eher für eine Zirkusattraktion als für die Freundin ihres Bruders? Einzig die alte Büyükanne wirkte auf Elisabeth authentisch. Ferah spürte offenbar ihr Unbehagen, denn sie tippte Elisabeth an und machte ein Zeichen, ihr zu folgen. In der Küche standen Teller, Schalen und Schüsseln mit Salaten und unterschiedlichsten Gerichten auf dem Tisch. Manche dampften noch, andere schienen kalt zu sein. Ferah griff nach einem Teigröllchen und gab es Elisabeth zum Kosten. Es war warm und mit einer cremig weißen, salzigen Masse und Petersilie gefüllt.

»Zigarettenbörek«, sagte Haldun hinter Elisabeth. »Eine Spezialität meiner Mutter. Schmeckt es dir?«

»Ja. Was ist das Weiße darin?«

»Schafskäse.«

Schafskäse, wieder ein erstes Mal für Elisabeth. Burak rief nach seinem Sohn, um das Gepäck aus dem Auto zu holen. Lâl half mit, indem sie Elisabeths Koffer trug. Die Taschen mit den Geschenken wollte Elisabeth jedoch selbst tragen.

Die Wohnung war auch im hinteren Teil sehr geräumig, das sah Elisabeth, als sie durch den langen schmalen Flur gingen. Es gab noch drei weitere Zimmer und ein Bad mit Badewanne. Haldun sollte mit seiner Schwester und Büyükanne in einem der größeren Räume schlafen. Ihre Eltern blieben in ihrem Schlafzimmer, und Elisabeth bekam eine Kammer für sich.

Ein wenig schade fand sie es schon, dass sie die Nächte allein verbringen sollte, doch Haldun sagte, sie dürften seine Eltern jetzt nicht überfordern. Es sei nicht üblich, als unverheiratetes Paar eng beieinander zu sein, das müsse sie verstehen. Elisabeth seufzte und ahnte, dass es sicher noch manches gab, was sie würde verstehen müssen.

Es war lange nach Mitternacht, als sie endlich im Bett lag. Das Laken roch nach Kernseife und die gehäkelte Decke nach alter Schafwolle. Das Kissen hatte sie schon an die Wand geschoben, weil es ein hartes Rechteck war, auf dem sie nicht liegen konnte. Stattdessen nahm sie eins ihrer eigenen Handtücher als Kopfkissen. Mit dem vertrauten Geruch würde sie besser schlafen können.

Sie hatte den ockerfarbenen Vorhang aufgezogen und das Fenster geöffnet, obwohl sich dahinter ein verglaster und geschlossener Wintergarten befand. Elisabeth hätte jetzt gern frische Nachtluft geschnuppert, doch ein Fenster nach draußen hatte das Zimmer nicht. Im Schein der Straßenlaterne, die ein wenig Licht hereinwarf, betrachtete sie die Schatten im Raum. Unter dem Fenster befand sich eine Holztruhe mit Bettzeug, Elisabeth hatte vor dem Zubettgehen hineingesehen. An der Tür hingen Nachthemden und Strickjacken. Ein Holzstuhl stand am Bett zu ihren Füßen, worauf sie ihre Kleidung abgelegt hatte. Eine Uhr tickte auf dem Nachttisch an ihrem Kopfende, und ein feines Spitzendeckchen lag darunter, wahrscheinlich von Halduns Mutter Ferah selbst gehäkelt.

Links von ihr war ein Schrank in die Wand eingebaut, dessen Tür aufgegangen war, weil Elisabeth vergessen hatte, den Haken zu schließen. Zwei Fächer hatte Büyükanne darin frei gemacht, damit sie ihre Sachen hineinlegen konnte. Es war das Zimmer der alten Frau, in dem sie schlief.

Aufmerksam lauschte Elisabeth in die fremde Nacht. Das Bellen eines Hundes drang an ihr Ohr und das Knirschen von Autorädern auf den sandigen Pflastersteinen der Straße. Dann kam ein Zug. Die Bahnstation lag gegenüber auf der anderen Straßenseite, und es wurde laut, wenn die Züge ein- und ausfuhren, besonders im Wohnzimmer, wo sie am Abend lange gesessen hatten. Die Scheiben zitterten, und für einen Moment erstarben die Gespräche, bis das schrille Quietschen der Bremsen, das Krächzen der Lautsprecher und das Pfeifen der Lokomotive verklungen waren. So wie jetzt.

Elisabeths Lunge brannte von den vielen Zigaretten, und

der Kopf tat ihr weh von all den Anstrengungen, Erlebnissen und Gedanken, die sie sich machte.

Haldun hatte sie den ganzen Tag über nicht geküsst, nur heimlich und hastig ihre Hand gedrückt, als es niemand sehen konnte. Nicht einmal, um gute Nacht zu sagen. Elisabeth hatte es auch nicht getan, weil sie nicht das Gefühl hatte, es zu dürfen. In den Stunden, die sie hier verbracht hatten, war eine unsichtbare Mauer zwischen ihnen gewachsen. Dieser Haldun war nicht der Mann, den Elisabeth in Berlin kennengelernt hatte. Sie hatte ihn beobachtet, wenn er lachte oder mit seinen Eltern und deren Freunden sprach, die nach dem Abendessen gekommen waren. Wenn er ihr schnell einen deutschen Satz hinwarf und dann wieder ins Türkische wechselte, um sich über eine Äußerung der anderen zu amüsieren oder selbst etwas zu erzählen. Sie hatte sein attraktives Gesicht angesehen, seine strahlend weißen, ebenmäßigen Zähne, seine Haltung, wie er die Hand beim Reden auf sein Knie stützte. Vertraut und doch verändert. Er sah anders aus, wenn er sie mit kurzen Blicken streifte, als wäre auch sie nur ein Gast. Er war ein selbstverständlicher Teil dieser Welt, zu der Elisabeth keinen Zugang hatte. Je mehr er mit den anderen verschmolz, je mehr er sich als einer von ihnen zeigte, desto größer wurde die Kluft zwischen ihnen. Es gab plötzlich kein Wir mehr, keine geschützte Liebesblase um sie beide herum, die sie in Deutschland so leicht über die Monate getragen hatte. Hier war Elisabeth die andere, die aus der Fremde kam, und er war der, den seine Eltern, seine Schwester, seine Großmutter, die Nachbarn und Freunde der Eltern kannten.

Elisabeth hatte mit ihnen gelacht, obwohl sie sich ausgeschlossen fühlte, obwohl sie die neugierigen Blicke verunsicherten und das deutsch-englische Kauderwelsch ständig

Missverständnisse produzierte. Obwohl es ihr irgendwann vorkam, als würden sich alle über sie lustig machen. Sie hatte trotzdem gelacht. Aus Höflichkeit.

Missmutig drehte sie sich um und starrte in die Dunkelheit. Die Uhr tickte bis in ihr Hirn hinein. Sie stand auf und schob sie im Schrank unter einen Stapel Wäsche. Gedämpft klang noch immer das Geräusch hervor, doch sie drückte die Tür zu und tastete nach dem Metallbügel, der die Schranktür hielt. Dann stieg sie wieder ins Bett. Die Matratze war durchgelegen, so dass ihr Hinterteil in einer Kuhle lag, ganz gleich, wie sie sich drehte und wendete. Nachdem sie mehrere Positionen ausprobiert und immer wieder in der Delle eingesunken war, gab sie auf. Irgendwie würde sie schon schlafen. Auch beschloss sie, den Urlaub jetzt so zu nehmen, wie er war. Es blieb ihr ohnehin nichts anderes übrig.

Als der Muezzin mit seinem Gebet begann, hatte Elisabeth das Gefühl, gerade erst eingeschlafen zu sein. Stöhnend begrub sie ihren Kopf unter dem Handtuch und legte zusätzlich ihre Hand auf das Ohr. Der Gesang war natürlich trotzdem zu hören, aber ihre Müdigkeit war stärker, und so schlief sie wieder ein und erwachte erst, als das Klirren von Gläsern und Besteck zu hören war. Leise Stimmen mischten sich in die Geräusche, und es duftete nach Gebratenem. Gähnend streckte sie sich unter der Decke aus. Sie hatte einen unerwartet schönen Traum gehabt. Haldun und sie standen am Meer Hand in Hand, allein. Sie sprachen nicht, es geschah auch nichts weiter. Sie standen nur nebeneinander am Ufer, sahen in die Ferne, und Elisabeth wusste, dass alles richtig war, ganz gleich, was sie am Abend gedacht haben mochte.

Zum Frühstück hätte sie gern einen Kaffee getrunken, doch es gab nur schwarzen Tee in ähnlich kleinen Gläsern, wie sie sie auf dem Schiff bekommen hatten. Als sie Haldun danach fragte, erklärte er, dass Kaffee selten zum Frühstück getrunken werde. Und wenn, dann erst am Ende, also zum Abschluss des Essens. Ferah fragte, ob Elisabeth etwas fehle, und Burak zog die Augenbrauen hoch und fragte zurück, wie denn auf dem voll beladenen Tisch irgendetwas fehlen könne. Und Haldun übersetzte. Zum Glück nicht Elisabeths Bedürfnis nach Kaffee, das wäre ihr vor der Familie peinlich gewesen. Büyükanne und Lâl saßen rechts und links neben Elisabeth und fütterten sie abwechselnd mit Leckereien. Bei jedem Bissen warteten sie gespannt auf ihre Reaktion. Wenn sie das Gesicht verzog, weil ihr manche Speisen unbekannt waren, klatschten sie in die Hände und lachten laut. Nach der Sesampaste, die Elisabeth nicht nur viel zu süß, sondern auch zu fettig war, strich Büyükanne etwas klare roséfarbene Konfitüre auf eine Scheibe Weißbrot und hielt sie Elisabeth hin. Rosenmarmelade mit echten Blütenblättern hatte sie noch nie gegessen. Auch die fand sie arg verzuckert, aber sie mochte sie. Halduns Vater häufte ihr scharf angebratene Knoblauchwurst auf den Teller und sagte, sie müsse etwas Vernünftiges essen und vor allem mehr, sie sei ja viel zu dünn. Büyükanne, Ferah und Lâl lachten. Dünn wie ein Faden, übersetzte Haldun und lachte auch.

Elisabeth hatte ihn beim Aufstehen im Flur getroffen und mit einem Kuss begrüßt. Haldun erwiderte ihn zwar, löste sich aber sofort wieder von ihr, als er hinter der geschlossenen Zimmertür das Bett seiner Schwester knarren hörte.

»Dürfen sie denn nicht wissen, dass wir verlobt sind?«, wisperte Elisabeth.

»Nein«, sagte Haldun, »besser noch nicht. Ich möchte sie in Ruhe darauf vorbereiten.«

»Ich werde dich nicht daran hindern«, gab sie zurück. »Kann ja sowieso nicht mitreden!«

Damit ließ sie ihn stehen und ging ins Badezimmer.

Nach dem Frühstück räumten die Frauen ab, bis auf Büyükanne. Haldun sagte, sie sei in ihrem Zimmer beten, und Elisabeth hoffte, dass nichts von ihr herumlag, was die alte Frau hätte brüskieren können. Während Elisabeth mit Ferah und Lâl vom Esszimmer in die Küche und wieder zurück lief, saß Haldun im Arm seines Vaters auf dem Sofa und redete. Es schien jedoch nichts von Bedeutung zu sein, denn Burak nickte nur und warf dann und wann einen Satz dazwischen. Die Frauen räumten auf, wuschen und trockneten gemeinsam ab, und auch Büyükanne setzte sich kurz darauf zu ihnen in die Küche. Elisabeth bedauerte einmal mehr, kein Türkisch zu können, denn es war mit den dreien recht gemütlich geworden. Es wäre nett gewesen, zu wissen, worüber sie scherzten, um dann gemeinsam lachen zu können. Überhaupt wurde in der türkischen Familie viel mehr gelacht als bei Elisabeth zu Hause. Erst im Vergleich fiel ihr auf, wie wenig ihr Vater und ihre Stiefmutter lachten. Sehr selten. Auch Greta lachte kaum. Vielleicht war sie deshalb öfter verunsichert, weil sie es einfach nicht gewohnt war?

Lâl versuchte so gut es ging, das Gesagte ins Englische zu übersetzen. Das gelang auch bei einfachen Zusammenhängen, doch sobald es ein wenig komplizierter wurde, standen sie hilflos gestikulierend voreinander und mussten dann wieder über die unmögliche Verständigung lachen.

Weil Lâl Elisabeths Name zu lang war und sie sich immer wieder versprach, sagte sie Eliz. Ferah und Büyükanne, die

Elisabeth zuvor nur angetippt hatten, wenn sie ihr etwas sagen wollten, übernahmen es sogleich. Eliz klang schön in Elisabeths Ohren, da das Z am Ende wie ein S ausgesprochen wurde. Haldun erklärte ihr später, dass der Name Eliz im Türkischen »fremd sein« bedeute.

Sie hatten gerade die letzten Gläser in den Schrank gestellt, als es an der Tür klingelte. Der Ton der Klingel war Vogelgezwitscher nachempfunden und trällerte in den höchsten Tönen durch die Wohnung. Lâl verdrehte in Elisabeths Richtung die Augen, während Ferah an die Tür ging.

»Next guests«, sagte Lâl.

Elisabeth dachte, sie müsse sich täuschen, denn am Abend waren bereits sieben Gäste da gewesen, zwei ältere Ehepaare und deren Kinder, die etwa so alt waren wie Lâl. Doch Lâl hatte recht. Als sie und Elisabeth aus der Küche in den Flur traten, standen dort drei Frauen und ein Mann, und ein kleiner Junge rannte an ihnen vorbei ins Wohnzimmer.

»Hoşgeldiniz[24]!«, sagten Ferah, Lâl und Büyükanne, die ebenfalls dazukam. Elisabeth lächelte höflich.

»Hoşbulduk[25]!«, antworteten die Gäste und musterten sie neugierig.

Eigentlich hatte Elisabeth nach dem Frühstück mit Haldun allein durchs Viertel bummeln und sich ein wenig unterhalten wollen. Es gab so viel zu sehen und so viel miteinander zu besprechen. Doch Haldun konnte nicht, denn wie auch am Abend zuvor stand er im Mittelpunkt. Die Freunde und Nachbarn kamen, um ihn zu sehen und von ihm zu hören, wie es in Deutschland gewesen sei. Sie waren auch zu Elisabeth freundlich, lächelten sie hin und wieder

24 Willkommensgruß der Gastgeber
25 Antwortgruß der Gäste

an, aber ihr Interesse galt allein Haldun und seinen Erlebnissen, so dass sich Elisabeth schon nach kurzer Zeit zu langweilen begann.

Zumindest bekam sie jetzt eine Tasse türkischen Kaffee, den Ferah zubereitete und Lâl an sie und die Gäste verteilte. Der süße Mokka machte Elisabeth dann noch unruhiger. Immer wieder sah sie sehnsüchtig aus dem Fenster. Die Sonne brannte auf die staubtrockenen Wege, und die fächerartigen Blätter der Palmen schwangen ungehört hinter der geschlossenen Scheibe. Behende kletterte eine schwarze Katze am Stamm eines Fliederbaums hinauf und beobachtete mit schwingendem Schwanz eine andere Katze, die am Boden mit einem Zapfen spielte. Im Vorgarten stand eine Schaukel, deren Rost sich in dicken Blasen vom roten Lack löste. Der Drahtsitz war mit einer Kette am Gestell befestigt, und Elisabeth wunderte sich, warum der kleine Junge nicht hinaus in den Garten ging, um dort zu schaukeln. Stattdessen saß er still neben seiner Mutter und fixierte Elisabeth. Sein ernster Blick änderte sich auch nicht, als sie ihn anlächelte.

Rechts vom Haus standen die hohen Pinien, die Elisabeth bei ihrer Ankunft gerochen hatte und die den Garten mit Licht und Schatten sprenkelten. Zwischen den Bäumen führte ein Weg aus Steinplatten zum Nachbarhaus. Die Fenster waren vergittert, und ein schmaler Balkon zog sich einmal um die obere Etage herum. Es war kein gewöhnlicher Bau, das sah man gleich, doch seine wahre Besonderheit entdeckte Elisabeth erst später.

Laut anpreisend lief ein Simit-Verkäufer mit seinen Backwaren auf dem Kopf die Straße entlang, und die Leute blieben stehen oder kamen aus dem Haus, um ihm ein paar abzukaufen.

»You like Turkey?«

Es dauerte einen Moment, bis Elisabeth begriff, dass sie angesprochen war. Zehn erwartungsvolle Augenpaare richteten sich auf sie.

»Yes«, antwortete sie mit roten Wangen, und Lâl kicherte.

»Good«, sagte der dicke Herr nickend. »Very good.«

Dann klopfte er Haldun anerkennend auf die Schulter und sprach weiter mit dessen Vater. Elisabeth kam es vor, als wäre sie Akteurin in einem Film, zu dem sie sich bereit erklärt hatte, ohne ihre Rolle zu kennen. Sie gab ein unfreiwilliges Schauspiel zum Besten und wusste nicht, wie sie es beenden konnte. Vor ihr stiegen Rauchschwaden aus den Aschenbechern und Mündern der vielen Menschen, mit denen sie hier saß. Anfangs hatte sie noch mitgeraucht, doch bald reichte ihr der Qualm der anderen.

»Affedersiniz«, sagte alle paar Minuten jemand, und für Elisabeth klang es wie auf Wiedersehen. Gleich würden sie gehen, dachte sie immer wieder, bis Lâl ihr erklärte, dass es Verzeihung hieß.

Elisabeths Blick schwenkte von der Anrichte mit Familienfotos in silbernen Rahmen zu einem Bild von Atatürk, das neben roten Gladiolen auf dem hochglänzenden Beistelltisch stand. Im Bahnhof lief ein Zug ein, der Muezzin begann mit seinem Lied, und die Gespräche verstummten. Als sich Büyükanne zum Beten zurückzog, fiel Elisabeth auf, dass Haldun nur noch unregelmäßig betete. In Deutschland war er deutlich konsequenter gewesen.

Ein weiterer Verkäufer schob seine Ware durch die Straße. Diesmal war es ein Berg dunkelroter Kirschen, die ein alter Mann auf seinem Handwagen anbot. Noch nie hatte Elisabeth eine derartige Lust auf Kirschen verspürt wie in jenem Moment. Sie sprang auf, ohne die erstaunten Gesichter zu beachten, lief zur Garderobe, um ihre Geldbörse zu holen, und öffnete schon die Tür, noch während sie in ihre Schuhe schlüpfte. Hinter sich hörte sie Burak rufen, doch es war ihr gleich. Der alte Verkäufer lächelte, als Elisabeth an seinem Wagen stand, und entblößte dabei eine große Zahnlücke. Für die Kundin vor Elisabeth schaufelte er eine Papiertüte mit den prallen Kirschen voll, wog sie auf einer Waage mit Bleigewichten und nahm das Geld in Empfang. Elisabeth wusste, dass er sie fragte, wie viel sie haben wolle, und sie zeigte auf die Tüte der anderen Frau. Der Alte lachte, nickte freudig und füllte für sie ab. Plötzlich stand Haldun hinter ihr, bezahlte und nahm die Tüte an sich.

»Bist du verrückt geworden?«, zischte er. »Was sollen die Leute denken? Was soll meine Familie denken? Die Freunde?«

»Was sollen sie schon denken, wenn ich ein Kilo Kirschen kaufe?«, fragte Elisabeth spöttisch. »Darf man das als Frau etwa auch nicht?«

»Doch«, knurrte Haldun mit zusammengekniffenen Augenbrauen, »aber nicht du allein und nicht hier auf der Straße!«

»Entschuldige bitte, dass ich dich nicht um Erlaubnis gefragt habe, um Kirschen kaufen zu gehen!«, gab Elisabeth ungerührt zurück. »An der Tür hat er ja leider nicht geklingelt!«

»Du begreifst es einfach nicht!«, schimpfte er. »Du willst es nicht verstehen!«

»O doch!«, rief Elisabeth. »Ich verstehe sehr wohl, dass ich seit vierundzwanzig Stunden in dieser Wohnung sitze und du mich vergessen hast! Ich verstehe das sogar sehr gut!«

Nur Lâl und der kleine Junge sahen sie an, als Elisabeth und Haldun zurück ins Wohnzimmer kamen. Seine Eltern und die Gäste unterhielten sich wie zuvor, und trotzdem war ihnen anzumerken, dass sie gegen eine Regel verstoßen hatte. Inzwischen war es später Nachmittag geworden, und nachdem sich die Gäste unter vielen höflichen Worten und Kopfnicken verabschiedet hatten, atmete Elisabeth auf. Wenn sie sich bei Haldun entschuldigte, konnten sie vielleicht jetzt einen Abendspaziergang machen? Doch Haldun war noch immer gereizt. Elisabeth versuchte, ihm zu erklären, dass sie eine andere Freiheit gewohnt sei und die Regeln eben erst noch lernen müsse, aber dass sie es keinesfalls böse gemeint habe. Haldun erwiderte, dass er von seiner zukünftigen Frau mehr Vernunft und Zurückhaltung erwarte, gerade in seinem Land, wo Frauen viel mehr unter dem Schutz ihrer Männer stünden als in Deutschland. Sie könne sich nicht einfach darüber hinwegsetzen. Und allein spazieren gehe man auch nicht, weil sich seine Familie dann ausgeschlossen fühle.

Da traten Elisabeth die Tränen in die Augen, und sie fragte Haldun, was denn mit ihren Gefühlen sei, ob ihm diese gleichgültig seien. Sie sah das Schwanken in seinem Gesicht, das Bedürfnis, sie einerseits zu trösten und andererseits die Erwartungen seiner Eltern zu erfüllen. Er strich ihr übers Haar, wischte die Tränen von ihrer Wange und versprach, dass ihr der nächste Tag sicher gefallen werde. Sie führen zu dem großen Basar. Die Klingel zwitscherte in seine Worte, und dann stürmte Lâl ins Zimmer, um die Nachbarn anzukündigen, die mit ihnen zu Abend essen würden.

Am Morgen duschte Elisabeth lange und ausgiebig. Ihre Haare, ihre Hände, ihr Nachthemd, die Decke und selbst das

Handtuch, auf dem sie schlief, rochen nach Zigarettenqualm. Sie hatte vergessen, die Tür zu ihrer Kammer zu schließen, und auch die Zwischentür im Flur, der zum hinteren Teil der Wohnung führte, war offen geblieben.

Sie hatte die Freunde und Nachbarn von Haldun, Burak und Ferah nicht gezählt, doch schien sie in zwei Tagen mehr Menschen kennengelernt zu haben als in ihrem gesamten Leben zuvor. Es war eine Menschenfülle um sie herum, die Elisabeth bereits jetzt anstrengte, auch wenn manche Begegnungen durchaus interessant waren wie die mit Maral Yenge[26], einer angeheirateten Verwandten von Ferah.

Auch ihre Eltern waren nach dem Ersten Weltkrieg wie Ferahs Mutter aus Rumänien in die Türkei übergesiedelt und hatten sich in Istanbul niedergelassen. Weil Maral Yenge immer gern zur Schule gegangen war, ließ sie sich später zur Englischlehrerin ausbilden und arbeitete noch immer. Elisabeth merkte, dass sie nicht viel vom alten türkischen Rollenbild hielt, das Frauen unter die Aufsicht der Männer stellte. Bei ihr traute sich Elisabeth auch zu fragen, warum außer Büyükanne keine Frau in der Familie oder im Bekanntenkreis ein Kopftuch trug. Maral Yenge antwortete erst mit ihrer lauten rauhen Lache, die Elisabeth sehr gefiel, und sagte dann, es liege daran, dass sie alle miteinander Kemalisten seien. Weil Elisabeth nicht viel damit anfangen konnte, erklärte Maral Yenge, Kemal Atatürk habe sein Land damals im Sinne westlicher Werte reformiert, also Staat und Religion getrennt und Männer und Frauen rechtlich gleichgestellt. Erst durch ihn sei auch Mädchen eine höhere Schulbildung ermöglicht worden. Religion habe Atatürk nicht besonders wichtig genommen, und Kopftücher seien für ihn eher rückständig gewesen.

26 Tante Maral

Als Elisabeth sie fragte, warum Haldun dann bete, machte Maral Yenge eine wegwerfende Handbewegung. Es sei unter den jungen Männern derzeit schick, sich wieder auf alte Werte zu besinnen, doch sie glaube nicht, dass es bei ihm lange anhalten werde. Elisabeth solle sich darüber bloß keine Gedanken machen, Religion sei in dieser Familie nicht das Problem. Sie zwinkerte Elisabeth verschwörerisch zu und ließ sich von Lâl heißen Tee nachschenken.

Auf der Autofahrt zum Basar musste Elisabeth über Maral Yenges Worte nachdenken. Wenn Religion nicht das Problem der Familie war, was war es dann?

Sie hatten sich zu sechst in den kleinen R4 gequetscht, weil noch ein Nachbarmädchen mitfuhr, Haldun und sein Vater Burak vorn, Elisabeth, Ferah, Lâl und ihre Freundin hinten. Da sie so beengt saßen und sich die Wärme im Auto staute, wischte Elisabeth ständig über ihr nasses Gesicht. Sie wandte sich zum offenen Fenster, um mehr Fahrtwind zu bekommen und den Schweißgeruch, der ihr in die Nase stieg, nicht so deutlich wahrnehmen zu müssen.

Sie war froh, zumindest auf der Fähre aus dem Auto steigen zu können. Wieder landeten sie in dem Hafen, wo Haldun und sie zwei Tage zuvor gewesen waren. Der Stadtteil hieß Eminönü, wie Elisabeth auf einem Schild las, bevor sie ins Verkehrsgetümmel eintauchten, das ihr jetzt noch chaotischer vorkam. Von rechts ein Taxi, von links ein Bus, hinter ihnen plärrende Hupen, vor ihnen Passanten, die mit großen Taschen die Straße überquerten, und keine Lücke für ihr dennoch rollendes Auto. Die schrillen Trillerpfeifen der Polizisten und ihre geschrienen Anweisungen dazwischen.

Dann ging es steil und sehr mühsam bergauf, weil der Wagen zu schwer war. Ständig musste ihn Haldun im heulenden ersten Gang durch die engen Gassen voller Menschen, Mopeds und Autos quälen, die sich zum Teil nur um Haaresbreite aneinander vorbeischlängelten. Männer mit riesigen Säcken auf dem Rücken schwankten beiseite, wenn Haldun hupte oder Burak lauthals aus dem Fenster schimpfte. Manche schoben ihre turmhoch gepackten Handwagen in eine Seitenstraße, um dort von anderen Fahrern angehupt zu werden. Frauen in langen dunklen Gewändern und Kopftüchern schleppten hinter ihren Männern prall gefüllte Beutel hinauf und hinunter. Kinder liefen so sorglos dazwischen herum, dass Elisabeth oft die Augen schloss und hoffte, dass ihr kein Schreckensschrei entfuhr. Lâl und ihre Freundin schienen nichts davon zu bemerken. Im Gegenteil, sie lachten und schwatzten aufgeregt und wurden nicht müde, Elisabeth immer wieder auf irgendetwas aufmerksam zu machen, was sich anzusehen lohne.

Ihr langes Kleid und die Bluse, die sie auf Halduns Anraten übergezogen hatte, klebten an ihrem Körper, als Haldun den Wagen parkte und endlich alle aussteigen konnten. Während sie die steilen Gassen zum Basar hinaufgingen, bedauerte es Elisabeth, keinen Strohhut zu besitzen, denn die Sonne stach auf ihre helle Kopfhaut. Gern wäre sie im Schatten unter den Markisen der Geschäfte gelaufen, doch da standen Tische mit Schuhen, Handarbeitszubehör und Geschenkartikeln, um Kundschaft anzulocken.

Auch hier waren wieder unzählige Menschen unterwegs. Männer, die etwas transportierten, ein- und ausluden oder in den Läden Waren sortierten. Auch ein paar Frauen mit Kopftüchern sah Elisabeth darin arbeiten. Familien, die ebenfalls zum Einkaufen und Bummeln gekommen waren, schlenderten an Regenschirmverkäufern vorbei, die ihnen Schutz vor der Sonne versprachen. Ihre schick herausgeputzten Kinder aßen Eis und weiße Riegel aus türkischem Honig oder sogen stolz mit dem Strohhalm an einer Coca-Cola. Alte Straßenverkäufer hielten ihnen mit bittender Geste Holzlöffel und Kinderkreisel entgegen. Einzig die allgegenwärtigen Jungs mit ihren ofenwarmen Sesamringen schienen ihr Geschäft zu machen. Ihre Tabletts leerten sich schnell.

Im Vorbeigehen bemerkte Elisabeth einen Bettler, der an eine Hausecke gelehnt in der Sonne saß. Seine Haut war dunkel und verschmutzt, die Kleidung zerlumpt, an den nackten Füßen hatte er eingerissene Gummischlappen, und an seine Knie waren zwei Stücke von Autoreifen gebunden. Vor ihm lag ein kleines Tuch mit drei Münzen. Er hielt die Augen geschlossen, als würde er schlafen. Elisabeth wollte Haldun schon fragen, was die Reifen zu bedeuten hätten, da bemerkte ein Ladeninhaber Elisabeths aufmerksamen Blick. Wütend scheuchte er den Bettler auf, schrie ihn an, und Elisabeth brauchte kein Türkisch, um zu verstehen, dass er verschwinden solle. Doch das war für den Mann nicht leicht, denn er war gelähmt. Mühsam zog er seinen Körper nur mit der Kraft seiner Arme über den Bürgersteig. Seine Knie, Unterschenkel und Füße schliffen dabei über den Boden.

Das Bild des Mannes verfolgte sie noch, als sie schon den Eingang erreicht hatten. Vor ihnen, auf einem alten Steinbogen, stand Grand Bazaar in goldenen Lettern, darüber die türkischen Worte Kapalı Çarşı und die Jahreszahl 1461.

Staunend betrat Elisabeth eine von Rundbögen überdachte Halle. Die Bögen wurden von mächtigen Säulen gestützt und waren mit farbigen Ornamenten bemalt, deren einstige Pracht an manchen Stellen zu bröckeln begann. Türkisblaue orientalische Fliesen schmückten neben gerahmten Atatürk-Porträts die Wände. Tageslicht fiel von oben durch längliche, abgerundete Fenster, und zusätzlich ließen Millionen Lampen reihenweise Gold und Edelsteine in den Schaufenstern erstrahlen. So viel Prunk hatte Elisabeth noch nie gesehen. Ein Meer aus schimmerndem, glitzerndem und funkelndem Gold wogte von einem Geschäft zum nächsten. Unwillkürlich musste sie an die Seefahrer denken, die früher mit derlei Schätzen über die Weltmeere gesegelt waren und von Piraten ausgeraubt wurden. Ein wenig konnte sie die Räuber nun sogar verstehen. Die Massen an Gold und Geschmeide hatten eine Anziehungskraft, der sie sich selbst kaum entziehen konnte. Langsam wanderten sie von Auslage zu Auslage, und Elisabeth schaute und schaute und schaute.

Lâl lief mit ihrer Freundin vorweg und kam atemlos zurück, wenn sie etwas neues Großartiges entdeckt hatten, was auch Elisabeth unbedingt sehen sollte. Am liebsten hätten sie sie hinter sich hergezogen, doch Burak verbot Lâl schließlich das Umherlaufen. Zu leicht hätten sie im Gewirr der Gassen verloren gehen können, die bis ins Unendliche zu führen schienen. Als würde man in einen Spiegel sehen, in dem sich die Flucht zigfach vertiefte.

Es gab Straßenzüge, in denen nur Stoffe angeboten wurden, Ballen auf Ballen, glänzende oder matte, rauhe oder weiche, dicke oder durchscheinende Stoffe. Stoffe mit Mustern oder ohne, in schlichten oder kräftigen Farben. Stoffe für Möbel, Kissenbezüge, Bettzeug oder Gardinen. Stoffe für Tischdecken oder Bekleidung. Es gab Stoffe für alles. Ein anderer Gang war von Hunderten Lampen in den unterschiedlichsten Farben, Größen und Materialien erleuchtet. Sie hingen nicht nur in den Geschäften, sondern vor allem draußen unter kleinen Vordächern, damit man sie besser betrachten und anfassen konnte. Ein ganzes Viertel bestand ausschließlich aus Teppichhändlern, ein anderes aus Silber- und Antiquitätenhändlern, und ein Teil des Marktes war den Leder- und Pelzwaren vorbehalten. Es gab Geschäfte mit Alabastergegenständen, handbemalten Keramikschalen, Wandtellern, Zuckerdosen und Aschenbechern, winzige Lädchen mit blauen Glücksbringern gegen den bösen Blick und Nippes, große Läden mit Textilien, Schuhen und modischen Accessoires, und dazwischen immer wieder Restaurants und Kaffeehäuser zum Verweilen. Über allem lag der Duft von Anis, Minze, Zimt, Safran, Muskatnuss, Pfeffer und anderen Gewürzen, die in Schachteln oder großen weißen Säcken vor den Geschäften standen. Daneben wurden Süßigkeiten und verschiedene Teesorten verkauft.

Überwältigt ließ Elisabeth ihre Augen schweifen, während sie den anderen folgte. Natürlich wurde sie auch hier angestarrt und angesprochen, was Haldun und Burak immer wieder vergeblich zu verhindern versuchten. Obwohl sie in Begleitung der türkischen Familie war, konnten sie alle kaum einen Schritt tun, ohne auf Englisch, Deutsch oder Französisch begrüßt und ins Geschäft gebeten zu werden. Als es ein besonders eifriger Verkäufer wagte, Ferah mit Madame anzusprechen, fauchte sie ihm einen Satz ins Gesicht, nach dem der junge Mann unter vielen Entschuldigungen in sich zusammensank. Das Wort hatte Elisabeth nun oft genug gehört – affedersiniz.

Nachdem sie mehrere Stunden gelaufen waren und ein paar hübsche Kleinigkeiten gekauft hatten, schmerzten ihnen die Füße, und Burak fragte nach einem Kaffeehaus. Der Inhaber des Geschäfts musterte Elisabeth interessiert, merkte jedoch gleich, dass ein Werbegespräch sinnlos gewesen wäre, und stellte ihnen einen Jungen zur Seite, der sie hinführen sollte. Burak bedankte sich, und der Verkäufer deutete eine freundliche Verbeugung an. Sie bogen von der Hauptstraße in immer schmalere Gänge ab, bis sie in einer ruhigen Sackgasse landeten. Ein paar Händler saßen beim Backgammon-Spiel zusammen, tranken Tee und sahen kaum auf, als sich die Familie an einen Tisch setzte. Für einen Moment breitete sich wohltuende Stille aus.

Viele Stunden später, als Elisabeth in ihrem Bett lag, träumte sie von Samtpantoffeln mit weichen Pompons, von Fes-Mützen und Wasserpfeifen, von getrockneten Aprikosen und klebrigen Süßigkeiten, die ihr ein Verkäufer ungefragt in den Mund steckte.

Der Urlaub verging, wie er begonnen hatte, mit Halduns Familie, Besuchen und Gegenbesuchen von ihren Freunden, Bekannten und Nachbarn, mit Ausflügen in den Topkapı-Palast und die Hagia-Sophia-Moschee und mit sehr langen Tagen und Abenden in der Wohnung.

Haldun hatte Elisabeth versprochen, zumindest einmal mit ihr ans Meer zu fahren, und an einem der letzten Tage stand Elisabeth ebenso früh auf wie Ferah und half ihr beim Vorbereiten des Essens. Während sie beide in der Küche saßen und schwarzen Tee tranken, rollten sie Reis in Weinblätter, wuschen, kochten und füllten Miesmuscheln, brieten Frikadellen und Auberginen, rührten Joghurt mit Knoblauch an, schnitten Wassermelone, Salat, Gurken und Tomaten und verpackten alles in Flaschen, Dosen und Schalen. Es schien Ferah zu gefallen, wie selbstverständlich Elisabeth ihr zur Hand ging. Sie zeigte ihr die einzelnen Handgriffe, und Elisabeth staunte immer wieder, welch ein Aufwand für jedes einzelne Gericht nötig war, mit welcher Hingabe und Genauigkeit alles zubereitet wurde und wie lange das dauerte. Für Elisabeth war es eine verschwenderische

Fülle von Speisen, die sie mitnehmen würden. Wenn sie bei ihren Eltern Hunger hatte, machte sie sich eine Scheibe Brot. An den Wochenenden wurde natürlich auch gekocht, aber lange nicht so anspruchsvoll.

Von einem Mann, der mit einem großen Korb voller Weißbrote im Vorgarten erschienen war, hatte Ferah vier Laibe gekauft. Mehr war beim besten Willen nicht unterzubringen.

Als die beiden fertig waren, standen auch die anderen Familienmitglieder auf, und Elisabeth war froh, dass sie bereits geduscht und sich zurechtgemacht hatte, denn das Bad war nun durchgehend besetzt.

An diesem Tag wurde nicht gefrühstückt, sondern gleich das Auto beladen, damit sie bald aufbrechen konnten. Die Nachbarn mit dem besonderen Haus würden mit ihren Kindern ebenfalls fahren. Das kannte Elisabeth nun schon, ebenso wie das beengte Sitzen. Im Wagen von Adal Bey und seiner Frau Merve Hanım[27] saßen nicht nur sie und ihre zwei Kinder, sondern auch noch ein weiteres Ehepaar aus dem Haus mit ihrer jugendlichen Tochter, bei denen die Kinder auf dem Schoß plaziert wurden. Büyükanne wollte zu Hause bleiben, aber dafür würden noch zwei Kinder von anderen Nachbarn mitfahren.

Şile war ein beliebter Badeort für viele Istanbuler, die es im Sommer regelmäßig an die malerische Küste zog. Nach einer knappen Stunde Autofahrt lag es vor ihnen – das Schwarze Meer. Zum ersten Mal am Schwarzen Meer. Elisabeth hatte nur noch eine vage Erinnerung an die Ostsee, doch als sie jetzt das Meer sah, war das Gefühl sofort wie-

27 In der Türkei ist es üblich, den Vornamen zu sagen und im Anschluss Herr und Frau. Der Nachname wird meist nicht benutzt. Hier bedeutet es Herr Adal, Frau Merve.

der da, das Glück, das freudige Ziehen im Herzen, die Sehnsucht nach der Ferne, die sich gerade vor ihr ausdehnte.

Die Kinder stürmten voran, die Erwachsenen trugen schwer an den vielen Picknicktaschen, und Elisabeth ließ sich in den Sand sinken, ließ die anderen vorgehen, hätte sie am liebsten gar nicht mehr gesehen, keinen von ihnen. Auch Lâl nicht, die sich neben sie gesetzt hatte und wartete. Am liebsten hätte sie diesen Moment für sich allein gehabt, ganz für sich allein. Sie hätte Anlauf genommen und sich mit aller Kraft in die Luft geworfen wie ein Vogel. Sie hätte ihre Flügel ausgebreitet, den Aufwind unter sich gespürt und wäre geflogen. Wäre hoch oben in der Luft gesegelt, über das Meer geglitten und in Wind und Wellen geschwebt, schwerelos und leicht und frei. Das wollte sie sein. Sonst nichts.

Elisabeth hatte eine Entscheidung getroffen, die ihr schwergefallen war, sehr sogar. In den drei Wochen hatten sie und Haldun nicht eine einzige Stunde allein verbracht, sich kaum berührt, geschweige denn geküsst oder nur im Arm gehalten. Sie hatten kein einziges Gespräch geführt, das länger als ein paar Minuten gedauert und sich um etwas anderes als die Unterschiede zwischen Deutschland und der Türkei gedreht hätte. Und als sie Haldun gefragt hatte, ob er denn in der ganzen Zeit nie das Bedürfnis gehabt habe, mit ihr allein zu sein, hatte er sie lange angesehen und gesagt, es mache seine Eltern traurig, und das dürfe nicht sein. Da wusste Elisabeth, dass für sie kein Platz in seinem Leben war, dass sie in dieser Welt nicht vorkommen und das Wohl seiner Familie immer über ihrem stehen würde. Sie akzeptierte seine Haltung stillschweigend, denn nach dem Urlaub würden Elisabeth und Haldun kein Paar mehr sein.

Balčık, Bulgarien

22. Mai 1999, 10 Uhr 40

Es war ein altes, verfallenes Haus, auf das Ferah und ihr Vater zugingen. Das Dach lag nur noch zur Hälfte auf den Sparren, von denen einer steil in den Himmel ragte. Aus den Wänden waren Steine herausgebrochen. Ein Fensterrahmen besaß eine zerbrochene Scheibe, die anderen Fenster waren nur noch Löcher im Mauerwerk, durch die man an manchen Stellen ins Haus sehen konnte. Es war nicht sehr groß, vielleicht fünf oder sechs Zimmer. Sonne, Wind und Regen hatten die Farbe der Ziegel im Lauf vieler Jahre ausgewaschen, während Weinranken und Efeu darüber hinweggewuchert waren. Es stand allein inmitten eines riesigen verwilderten Rosengartens, Knospe neben Knospe, Blüte an Blüte, Rosen über Rosen überall. Und alle waren rosa. Rosa Blüten und grüne Blätter. Rosa und grün. In Ferahs Erinnerung wurden die Farben zu einem Kleid, zu dem Kostüm, das ihre Mutter für das Theater in Ankara genäht hatte, für dessen Material sie nach Paris gefahren war. Ihre Mutter hatte den Rosengarten ihrer Kindheit in die Kostüme genäht, um hineinschlüpfen zu können, wenn ihr danach war.

Die Rosen standen in voller Blüte und verströmten einen so betörenden Duft, dass Ferah verstand, warum ihre Mutter diesen Ort nie hatte vergessen können, warum sie sich immer wieder hierher zurückgesehnt hatte.

»Warum ist sie nicht hier?«, flüsterte ihr Vater. »Ich dachte …«

Er verstummte, und Ferah ging weiter, über Steinplatten, zwischen denen Gräser und bunte Blumen wuchsen, zur halboffenen Haustür. Die hölzerne Schwelle hatte Risse, und der Knauf war verrostet. Im Inneren sah sie verwitterte, staubige Dielen und Stroh und Schutt an den Stellen, wo sie fehlten. Die Treppe ins obere Geschoss war eingestürzt, und Ferah wollte nicht hineingehen. Sie wandte sich ihrem Vater zu, der auf der niedrigen Gartenmauer saß.

»Was ist mit Seza in Istanbul passiert?«, fragte er.

Seine Tochter ließ ihren Blick über die hügeligen Wiesen und Wäldchen ringsum schweifen, bevor auch sie sich setzte.

»Sie hätte hierbleiben sollen«, sagte sie. »Hierbleiben und jemand anderen heiraten.«

»Warum sagst du das?«

»Weil sie für ein Leben in der Türkei nicht gemacht war, Baba. Meine Mutter war zu selbstbewusst und eigen. Du weißt das.«

Die Augenbrauen ihres Vaters zogen sich zusammen.

»Sie hat immer selbst entschieden, was sie tun wollte und was nicht. Das war ihr in der Türkei jedoch nicht möglich. Sie war ihrer Zeit voraus.«

»Wahrscheinlich.« Unruhig rieb er sich das Kinn.

»Meine Mutter war genau der Typus Mensch, den Atatürk für sein Land wollte«, sagte Ferah. »Sie war eine starke, moderne Frau, die fortschrittlich dachte und handelte. Sie ordnete sich nicht unter. Sie zog an, was ihr gefiel, putzte sich heraus, wie es ihr gefiel, und verhielt sich, als wäre sie ihrem Mann ebenbürtig.«

»Das wird vielen missfallen haben«, bestätigte ihr Vater, und Ferah nickte.

»Mit einer Persönlichkeit, wie meine Mutter es war, kamen viele nicht zurecht. Sie eckte an, weil sie sonntags mit ihrem Mann Arm in Arm spazieren ging, mit schräg gesetztem Hut, Perlenkette und rot geschminkten Lippen, so, wie sie es in Paris gesehen hatte. Weil sie ausgehen wollte wie die Paare in Europa. Tanzen und ins Theater. Man tuschelte auf der Straße über sie. Die Nachbarn sprachen schlecht von ihr. Von der Familie und selbst von Freunden wurde sie gemaßregelt. Und irgendwann begann auch ihr Mann, ihr Vorhaltungen zu machen, ihr Benehmen sei für eine Frau unangemessen.«

»Hat er das denn nicht verstanden?«

»Nein, niemand hat es verstanden.« Ferah sah ihrem Vater in die eisblauen Augen. »Auch ich nicht. Ich habe mich für sie geschämt, unendlich geschämt.«

»Wirklich?«

»Ja«, antwortete Ferah. »Ich wollte auch, dass sie sich anpasste, dass sie aufhörte, anders zu sein. Ich wollte normal sein und dazugehören, so wie die anderen.«

»Aber sie war Tatarin!«, rief ihr Vater. »Sie war fremd in diesem Land, sie konnte sich nicht verhalten wie eine traditionelle Türkin!«

»Natürlich nicht«, sagte Ferah, »obwohl sie es später sogar ernsthaft versucht hat. Aber das …«

Fragend sah ihr Vater sie an.

»Das hat sie erst recht krank gemacht«, fuhr Ferah fort.

»Sie wurde folgsam, still und unterwürfig, zog sich mehr und mehr zurück, und irgendwann war sie gar nicht mehr da.«

»Was meinst du damit?«

»Die Ärzte sagten, sie sei geistesgestört, und alle glaubten es sofort. Es war die einfachste Erklärung für ihren Zustand. Sie redete unverständliche Dinge und war oft nicht ansprechbar. Sie pflegte sich nicht mehr und ging nicht aus dem Haus.«

Ferahs Vater schüttelte den Kopf.

»Willst du das wirklich alles wissen?«, fragte sie zweifelnd. »Soll ich nicht lieber aufhören?«

»Sprich weiter«, bat er.

»Noch während meine Mutter mit ihm, meinem Halbbruder und ihrer Schwiegermutter zusammenlebte, nahm sich der Mann eine neue Frau, die bei ihnen einzog. Ich war zu der Zeit bereits verheiratet und hatte zwei Kinder. Wir wohnten jedoch noch in Ankara. Bei einem unserer Besuche in Istanbul schlug er meine Mutter vor unseren Augen. Burak ging dazwischen und drohte meinem Stiefvater seinerseits Schläge an, wenn er jemals wieder die Hand gegen sie erheben sollte. Danach war die Entscheidung für unseren Umzug nach Istanbul gefallen.«

»Habt ihr sie zu euch genommen?«

»Nein«, antwortete Ferah, »es war zu spät. Mein Stiefvater hatte sie in einer geschlossenen Anstalt untergebracht, und weil er als ihr Ehemann die Verfügungsgewalt hatte, konnten wir nichts tun.«

Ferahs Vater begrub das Gesicht in seinen Händen. Reglos verharrte er, stumm. Ein Rabe flog krächzend heran und setzte sich auf den vorstehenden Balken am Dach. Mit Kopf und Oberkörper nickend, zeterte er auf Ferah und ihren Vater herab.

»Durftet ihr sie wenigstens besuchen?«

»Nur einmal.«

»Was hat sie gesagt?«

»Es war schwierig, weil sie uns nicht mehr erkannte. Sie murmelte Gebete vor sich hin, sie weinte, und dann schien sie mit jemandem zu sprechen, einem Mädchen. Mutter sagte immer wieder, dass sie keine Angst mehr haben müsse, dass sie jetzt für immer bei ihr bleibe und sie beschütze. Zunächst dachte ich, sie spreche von mir, weil sie sich immer wieder entschuldigte, sie habe einen großen Fehler gemacht, doch ich war nicht gemeint.«

»Wusstest du, von wem sie sprach?«

»Ja«, erwiderte Ferah. »Es war Rahmanie.«

Berlin-Friedenau, Deutschland

Oktober 1965

Eisiger Wind fuhr Elisabeth ins Gesicht, als sie aus dem Kinosaal auf die Straße trat und fast auf den nassen Blättern ausgerutscht wäre, die der Regen auf die Bürgersteige geklebt hatte. Hastig lief sie weiter, darauf bedacht, nicht auf weitere Blätter zu treten.

Es war spät geworden, weil der Film Überlänge hatte, und in ein paar Stunden würde sie schon wieder aufstehen müssen. Ihre Arbeitszeit begann morgens um sieben.

Sie ärgerte sich, dass sie Geld für einen Film ausgegeben hatte, der ihr nicht gefiel. Und sie ärgerte sich, dass sie nicht früher nach Hause gegangen war. Es hatte sich überhaupt nicht gelohnt. Und dann begann es auch noch zu nieseln.

Elisabeth fror in ihrem dünnen Mantel und war erleichtert, als sie eine Viertelstunde später in ihre Straße einbog.

Vor dem Haus nahm sie den Schlüssel heraus, schloss die Haustür auf und wollte sie gerade schließen, als sich ein großer schwarzer Schuh dazwischenschob. Erschrocken fuhr sie hoch, ihr Herzschlag übertönte fast die Stimme des Mannes.

»Wohin denn so eilig, schönes Kind?«

Es war der Mann aus dem gegenüberliegenden Haus, ein großer, massiger Kerl mit ungepflegten Haaren und schlechter Haut, älter als Elisabeth und allein lebend, der jede Gelegenheit nutzte, bei ihnen in die Wohnung zu sehen, insbesondere in Elisabeths Zimmer, das auf seiner Höhe lag.

Er galt als verschroben und seltsam, aber nicht gefährlich, wenn man davon absah, dass er manchmal alte Frauen anspuckte und beschimpfte. Bei Männern traute er sich das nicht, ihnen ging er aus dem Weg. Die jungen Mädchen in der Straße ekelten sich vor ihm, weil er sie ausdauernd beobachtete und grinste. Das tat er auch jetzt und verströmte einen Alkoholgeruch, der Elisabeth kalten Angstschweiß auf die Stirn trieb.

»Hab dich was gefragt!«, schnauzte er und drückte gegen die Haustür. Schwankend hielt Elisabeth dagegen und versuchte, zumindest ihre Stimme ruhig klingen zu lassen.

»Ich gehe nach Hause«, sagte sie.

Sein Blick, der gerade noch aufmerksam gewesen war, wurde stumpf und verlor sich hinter Elisabeth im dunklen Treppenhaus.

»Wollt ich nur wissen«, grunzte er und zog den Fuß aus dem Türrahmen. »Man wird ja wohl noch fragen dürfen.«

Augenblicklich und ohne Rücksicht auf die späte Stunde knallte Elisabeth die Haustür zu und schloss sie mit zitternden Händen und weichen Knien ab. Es sollte das letzte Mal sein, dass sie abends allein in die Spätvorstellung des Kinos gegangen war.

Schnell brachte sie die Treppen hinter sich, indem sie zwei Stufen auf einmal nahm. Doch ihr Herz beruhigte sich nur langsam, der Schreck saß noch zu tief.

Als sie mit Haldun zusammen gewesen war, hätte er sie nie allein gehen lassen. Nie. Und wenn sie nach einem gemeinsamen Abend bei ihren Eltern übernachtete, hatte er sie immer bis vor die Wohnungstür gebracht. Es war ihm egal, dass sie sagte, es sei unnötig, er brauche das nicht zu tun, sie könne gut auf sich selbst aufpassen. Er diskutierte nicht mit ihr, er brachte sie nach Hause bis vor die Wohnungstür und ging erst, wenn sie diese hinter sich geschlossen hatte.

Ihre Trennung lag nun schon fast zwei Monate zurück, und seitdem war keine Stunde vergangen, an dem sie nicht an ihn gedacht hatte. Er war da, wenn sie morgens aufstand und sich vor der Arbeit einen Kaffee kochte. Wenn sie in ihrem Büro saß, die Briefe ihres Chefs stenografieren sollte und ständig Fehler machte, weil sie nicht richtig zuhörte. Er war da, wenn sie von der Arbeit kam und ihn dort erwartete, wo er immer gestanden hatte. Er war sonntags in der Kirche, wenn sie Ulrichs rotblonden Hinterkopf sah, und wenn sie hinaustrat und den leeren Baum anstarrte. Und er war da, wenn sie abends schlafen ging und sich selbst auf Türkisch gute Nacht sagte. Iyi geceler hieß das, und sie flüsterte es jeden Tag wie all die anderen Wörter, die sie in Istanbul gelernt hatte.

Am schlimmsten waren jedoch die Wochenenden, wenn ihre Stiefmutter geputzt hatte und sie mit hochgezogenen Beinen in einem Sessel im Wohnzimmer sitzen musste, damit sie die frische Sauberkeit nicht ruinierte. Wenn außer dem Ticken der alten Standuhr nichts zu hören war, vielleicht noch das Umschlagen einer Seite im Buch, das ihr Vater auf dem Sofa las, oder sein Räuspern, das ihr zunehmend auf die Nerven ging. Er wirkte auf eine unangenehme Weise befriedigt, als würde es ihn freuen, dass er recht behalten hatte. Seitdem war zumindest seine Laune wiederhergestellt.

Die Stiefmutter begann wieder an Elisabeth herumzunörgeln, bissiger und boshafter denn je, weil sie nun wohl nicht mehr damit rechnete, ihre Stieftochter jemals loszuwerden. Greta hatte sich gerade noch rechtzeitig aus dem Staub gemacht und schrieb so glückliche Briefe aus München, dass Elisabeth vor Neid platzte.

Eine deprimierende Leere hatte sich ausgebreitet, eine lähmende Stille und eine Starre, die Elisabeth körperliche Schmerzen bereitete. Obwohl äußerlich nichts zu sehen war und auch ein Arzt nichts feststellen konnte, tat ihr ständig das rechte Bein weh.

Es war, als hätte die Vergangenheit ihren muffigen alten Mantel um sie gelegt, um sie darunter zu ersticken. Vor Haldun war ihr das Leben lange nicht so eintönig und ereignislos vorgekommen. Erst durch ihn und den Urlaub hatte sich alles verändert. Elisabeth hatte sich verändert. Danach schien keine Lebendigkeit, keine Zuversicht und keine Freude mehr da zu sein. Alles war trist und grau wie die schweren Wolken über Berlin.

An einem dieser Tage war Elisabeth von einem Treffen mit ihrer Freundin Franziska nach Hause gekommen und hatte ihrer Gewohnheit folgend die Vorhänge in ihrem Zimmer zugezogen, damit der Mann von gegenüber sie nicht beobachten konnte. Seit dem Vorfall hatte sie ihn nicht mehr gesehen, auch nicht am Fenster. Franziska versuchte, sie zu einer Anzeige zu überreden. Der Mann sei alles andere als harmlos, sagte sie, und beim nächsten Mal vielleicht zu ganz anderen Dingen fähig. Doch Elisabeth schämte sich, mit so einer Geschichte zur Polizei zu gehen, da er sie ja nur erschreckt hatte, aber nicht handgreiflich geworden war. Franziska sah das anders. Dieses Geifern nach jungen Frauen sei bei dem sicher nur die Vorstufe, bis er sich richtig traue. Der Vorfall zeige deutlich, dass er vom reinen Anstarren nun schon zum Bedrängen übergegangen sei.

Aber Elisabeth hatte keine Kraft, sich darüber Gedanken zu machen. Sie ärgerte sich, dass sie es Franziska überhaupt erzählt hatte. Auch über Haldun hätte sie nie mit ihr sprechen sollen, denn Franziska betonte immer wieder, wie gut es sei, dass sie ihn nicht geheiratet habe, weil er sie sonst unweigerlich in die Türkei geschleppt und unter einem Kopftuch versteckt hätte. Ein paarmal hatte Elisabeth ihr noch widersprochen, versucht, die Sache richtigzustellen, doch sie war auf taube Ohren gestoßen. Es war sinnlos. Franziska hatte ihre Beziehung von Anfang an nicht verstanden. Was sollte sie da lange erklären?

Viele Freundinnen hatte Elisabeth noch nie gehabt, doch jetzt hatte sie das Gefühl, ganz allein dazustehen. Nicht mal ihre Schwester stand ihr zur Seite, und ihr Vater saß auf dem Sofa und schmunzelte selbstgefällig in Dantes *Göttliche Komödie*.

Elisabeth stand auf, um sich eine Wärmflasche zu machen. Weil nur der Ofen in der Stube befeuert wurde, war es kalt in ihrem Zimmer, und sie fror. Als sie am Bad vorbeiging, fielen ihr die Ohrringe ihrer Mutter ein, die sie am Morgen auf der Ablage vergessen hatte und nun wieder einhängen wollte. Doch da lag nur einer. Verwundert nahm sie ihn mit in die Küche, wo ihre Stiefmutter über einer *Hörzu* saß und Kreuzworträtsel löste. Ihr Vater war von der Arbeit noch nicht zurück.

»Mutti?«, sagte sie und hielt ihr das Schmuckstück mit dem Aquamarin hin. »Hast du meinen zweiten Ohrring gesehen?«

Ihre Stiefmutter sah kurz auf und beugte sich dann wieder über ihre Zeitschrift. »Der ist im Müll.«

»Wie bitte?« Elisabeth dachte, sie habe sich verhört. »Wie könnte der im Müll sein?«

»Weil er kaputtgegangen ist«, antwortete sie, ohne aufzusehen. »Ich musste schließlich das Bad putzen. Wenn du dein Zeug überall herumliegen lässt, musst du dich nicht wundern.«

Von einer Sekunde zur anderen explodierte Elisabeth.

»Du hast ihn kaputt gemacht?«, schrie sie. »Den Ohrring meiner Mutter?«

»Was kann ich dafür, dass er hinuntergefallen ist, ohne dass ich es gemerkt habe«, rief ihre Stiefmutter zurück. »Wenn es dir so wichtig ist, behalte es gefälligst in deinem Zimmer!«

»Wo ist er?« Hektisch sah sich Elisabeth um. »Wo? Wo?«

»Da im Beutel.« Ihre Stiefmutter wies auf den vollen Müllsack, der an der Küchentür stand. »Aber …«

Mit einem Satz war Elisabeth an der Tür, riss den Beutel auf und verteilte seinen Inhalt auf dem blitzsauberen Fußboden. Ihre Stiefmutter sprang auf und stürzte sich auf Elisabeth, die fieberhaft in Kartoffelschalen, Knochenresten, verwelkten Blumen und Staubmäusen wühlte.

»Du machst mir nicht wieder alles dreckig, du Rabenaas!«, kreischte sie, zog ihren Schuh vom Fuß und hieb mit dem Holzabsatz heftig auf Elisabeths Kopf ein. »Du machst mir keinen Dreck, verstehst du? Du machst mir keinen Dreck mehr!«

Obwohl die starken Schläge ein schmerzhaftes Dröhnen verursachten, konnte sich Elisabeth nicht wehren. Sie musste den Ohrring finden, sie musste. Auch der Schnitt an einer Glasscherbe hinderte sie nicht. Und dann sah sie den blauen Stein und das Silber aufblitzen. Mit der linken Hand griff sie zu, mit der rechten gab sie ihrer Stiefmutter eine Ohrfeige, die rote Striemen auf ihre blasse Wange zeichnete. Auch etwas Blut von ihrer Hand übertrug sich.

Fassungslos hielt ihre Stiefmutter inne.

»Du wagst es?«, keuchte sie. »Du erhebst die Hand gegen deine Mutter? Du schmorst in der Hölle, elende Sünderin!«

»Und du schlägst mich nie wieder«, gab Elisabeth zurück. Taumelnd stand sie auf, ging in ihr Zimmer, schloss die Tür und ließ sich auf ihr Bett fallen. Nur wenige Minuten später kam die Übelkeit, und wenn sie nicht geistesgegenwärtig nach einem Blumenübertopf gegriffen hätte, der auf ihrem Nachttisch stand, hätte sie sich ins Bett erbrochen.

Ihre Mutter war an einer Embolie gestorben, die durch eine weitere Thrombose hervorgerufen wurde. Elisabeth war sieben Jahre alt gewesen und Gretchen vier. Noch immer sah Elisabeth sie krank auf dem Sofa liegen, wenig und nur mühsam sprechend. Stille herrschte in der Wohnung, weil die Mutter keinen Lärm mehr ertrug, kein Lachen, kein Spielen, keinen Besuch von anderen Kindern, keine Geräusche. Mit Schaudern erinnerte sich Elisabeth, wie sie am sechsten Dezember ins Zimmer gestürmt war, voll freudiger Erwartung, was der Nikolaus ihr wohl gebracht haben mochte. Laut polterte sie herein, laut rief sie in ihrer Begeisterung und sah augenblicklich das schmerzverzerrte Gesicht ihrer Mutter, die sie flüsternd bat, doch um Himmels willen leise zu sein. Fünf Tage später war sie tot, und die Stille wurde zu einem bedrückenden Mitbewohner, der jede Ritze des Raums beherrschte. Die Schuld über ihre Selbstsucht, ihre Blindheit und Rücksichtslosigkeit bedrückte Elisabeth noch heute. Genauso wie bei einem früheren Erlebnis, als sie von einem Jungen auf der Straße verprügelt worden war und weinend zu ihrer Mutter kam. Diese hatte die Augen verdreht und war hinunter auf die Straße gelaufen, um den Jungen zu stellen, und ängstlich hatte Elisabeth auf ihre

Rückkehr gewartet. Der zornige Blick, den die atemlos schnaufende, kranke Mutter ihr danach zuwarf, das unwirsche »Nein!« auf ihre zaghafte Frage, ob sie denn den Jungen erwischt habe, ließ Elisabeth auf immer vergessen, dass sie einen Anspruch auf Trost und Fürsorge hatte.

Ihr Vater hatte eine Haushälterin eingestellt, die sich eine Weile um die beiden Halbwaisen kümmerte. Elisabeth kam es vor wie in einem lieblichen Traum, als diese freundliche runde Frau die kleinen Mädchen in warmem Wasser badete und eincremte, als sie ihnen Brote mit Marmelade bestrich und einen Kakao zubereitete, als sie ihnen Märchen vorlas und mit einem Gutenachtkuss ins Bett brachte.

Das Erwachen kam jedoch schnell.

Ihre Stiefmutter war die wichtigste Stimme im katholischen Kirchenchor. Glasklarer Sopran, eine seltene Begabung, sagte der Pfarrer. Ihre große Liebe war im Krieg geblieben, und Elisabeths Vater wollte sie, weil sie schön war und Tante Irma inzwischen einen anderen geheiratet hatte. Bei dem kleinsten Vergehen schlug die Stiefmutter zu, und der Vater übersah die Blutergüsse, weil er nicht wusste, was er sagen oder tun sollte.

Im Liegen versuchte Elisabeth, den Ohrring in ihrer Hand zu betrachten, doch sie sah so verschwommen, dass sie die Augen schließen musste. Ihr Kopf dröhnte, und wegen des starken Schwindels konnte sie sich nicht aufrichten.

Mit den Fingerspitzen betastete sie das Schmuckstück. Es war platt, der Bügel, der durch das Ohrloch geschoben wurde, abgebrochen. Auch der Stein schien gebrochen, sie fühlte eine Lücke in der Fassung. Ihre Stiefmutter musste draufgetreten sein.

Dass sie ihn dann auch noch weggeworfen hatte, obwohl sie sonst nicht einmal einen alten Brotkanten wegwarf, konnte nur mit ihrer Aversion gegen alles, was vor ihrer Zeit gewesen war, zusammenhängen. Vorsichtig, ohne sich zu viel zu bewegen, legte Elisabeth beide Ohrringe auf den Nachttisch. Gerne wäre sie aufgestanden, hätte sich die Hände gewaschen und Zähne geputzt, doch daran war nicht zu denken. Sie hätte es nicht einmal bis zur Zimmertür geschafft. Sie zog ihr Nachthemd unter dem Kopfkissen hervor und legte es an ihre Wange. Es war eine überlange Bluse, fast ein Kleid aus zarter Baumwolle, das sie an jenem Tag in Şile am Schwarzen Meer gekauft hatte. Haldun sagte, der feine Stoff, das Şile-Bezi, sei in der Türkei sehr beliebt. Elisabeth hatte es genommen, weil ihr die orientalischen Muster an Ausschnitt, Saum und Ärmeln so gut gefielen, graue Schnörkelstickereien auf hellem Stoff. Nachdem es anfangs nach türkischer Seife gerochen hatte, roch es jetzt nur noch nach ihr selbst. Mit dem Bild von Haldun und seiner Familie, die mit ihren Freunden zusammen am Strand saßen, lachten, spielten und im Meer badeten, schlief Elisabeth ein.

Der nächste Tag war ein Samstag, und sie verbrachte ihn fast ausschließlich im Bett, trank ein wenig Pfefferminztee und tat nichts. Die Übelkeit hatte nachgelassen, Schwindel und Kopfschmerzen waren noch da. Kurz hatte Elisabeths Vater hereingeschaut und gefragt, was sie denn habe. Nichts Ernstes, hatte sie geantwortet, nur heftige Kopfschmerzen. Ihr Vater nickte und zog sich in die Stube zurück. Die Stiefmutter sah sie gar nicht.

Elisabeth wusste, dass sie so nicht weitermachen konnte. Sie musste etwas ändern, wusste bloß nicht, was, und vor allem, wie. Für eine eigene Wohnung fehlte ihr das Geld, dafür verdiente sie in der Transportfirma zu wenig. Doch mit ihrem Vater und der Stiefmutter konnte sie auf Dauer nicht mehr zusammenleben. Und Ulrich war auch keine Lösung. Er hatte sich ohnehin tief verletzt zurückgezogen, nachdem er von Elisabeths Beziehung zu Haldun erfahren hatte. Er grüßte sie zwar, wenn sie sich in der Kirche begegneten, blieb aber distanziert. Alles andere hätte Elisabeth wahrscheinlich auch nicht ertragen.

Trotz ihres schwächlichen Zustands beschloss sie am darauffolgenden Morgen, zur Frühmesse zu gehen und die Jungfrau Maria um Hilfe zu bitten.

Glücklicherweise besuchte ihre Stiefmutter nicht dieselbe Kirche, sondern fuhr nach Schöneberg. Und zu Elisabeths zusätzlicher Erleichterung fehlte Ulrich. Während sie der Predigt lauschte, betete und sang, merkte sie, dass ihre Gedanken immer wieder abschweiften. Unruhe hatte sie ergriffen, ein nervöses Kribbeln, das ihr das Stillsitzen schwer machte. Als der Pfarrer sagte, in der heutigen Zeit seien sich zu wenig junge Paare über die Tragweite einer Ehe im Klaren, stand Elisabeth auf. Da sie ganz außen auf einer der hinteren Bänke saß, störte es niemanden. Sie öffnete das Kirchenportal und blinzelte in die Herbstsonne, die ihr direkt ins Gesicht schien. Deshalb dauerte es auch einen Moment, bis sie sah, wer da am Baum lehnte und ihr entgegenlächelte.

»Güzel Kız«, sagte er. »Gehen wir was essen?«

Und noch bevor sie antworten konnte, machte Elisabeths Herz aus ihrem Schwarzweißleben einen Farbfilm.

Elisabeth zog mit einem Koffer und wenigen Habseligkeiten zu Haldun in das kleine möblierte Zimmer. Ein paar Monate später heirateten sie standesamtlich. Elisabeths Vater hatte ihnen schließlich seinen Segen gegeben, zumal Haldun versprach, mit Elisabeth vorerst in Berlin zu bleiben, um Geld zu verdienen. Er hatte in Istanbul noch einen Kredit abzuzahlen, durch den sein Studium finanziert worden war.

Von der türkischen Familie war nur Halduns Mutter zur Hochzeit gekommen, weil es für alle zu teuer geworden wäre. So reiste Ferah allein mit dem Zug an und war gleich etwas verstimmt, als sie erfuhr, dass sie in einer Pension übernachten würde statt bei Elisabeths Eltern. Als sie sich bei Haldun beklagte, versuchte er, seiner Mutter zu erklären, dass es in Deutschland üblich sei, in getrennten Wohnungen zu schlafen. Man sei sich hier nicht so nah wie in der Türkei. Ferah nahm es zur Kenntnis, aber verstehen konnte sie es nicht.

Trotzdem wurde es eine schöne Feier. Elisabeth war erleichtert, dass das Verhältnis zu ihrem Vater und der Stiefmutter wieder einigermaßen im Reinen war. Auch wenn sie ihre Ansichten meist für sich behielt, war es ihr wichtig, bei den beiden nicht zu sehr in Ungnade zu fallen.

Greta kam überraschend aus München dazu, sogar die Schwester der Stiefmutter aus Paderborn und ihre Freundin Franziska, die ihr nach dem dritten Sekt zuflüsterte, dass Haldun für einen Türken schon ein recht hübscher Kerl sei. Ferah überbrachte Glückwünsche von Burak, Lâl und Maral Yenge und schenkte ihr im Namen der Familie einen Smaragdring und fünf goldene Armreifen, die Elisabeth mit leuchtenden Augen anlegte.

Als sie und Haldun sich das Jawort gaben, wusste sie, dass sicher nicht immer alles so einfach bleiben würde, wie es jetzt war, aber sie war fest davon überzeugt, dass sie es gemeinsam schaffen würden.

Vielleicht wurde es deshalb die schönste Zeit, die Haldun und Elisabeth nun miteinander verbrachten. Sie fuhren nicht in den Urlaub, sondern legten das Geld zu dem, was Elisabeth gespart und von ihren Eltern für die Aussteuer bekommen hatte, um später Möbel für eine größere Wohnung kaufen zu können. Haldun war zufrieden mit seiner Arbeit im Architekturbüro, selbst wenn er manchmal das Gefühl hatte, dass ihm manche Kollegen weniger zutrauten als den deutschen Mitarbeitern. Doch auch das änderte sich, so dass Haldun bei den Bauvorhaben in recht kurzer Zeit mehr und mehr Verantwortung übertragen bekam. Und als Elisabeth dann noch schwanger wurde, schien ihr Glück perfekt.

Wenn sie gemeinsam ausgingen und sie voller Stolz ihren Mann betrachtete, fragte sie sich stets, wie dieses Kind in ihrem Bauch wohl aussehen würde. Ob es seine dunklen Haare und Augen erben oder so hell würde wie sie. Haldun wünschte sich ein blondes kleines Mädchen, was Elisabeth überraschte, hatte sie doch erwartet, dass er unbedingt einen Sohn wollte.

»Nein«, sagte Haldun lachend, »erst eine Tochter, dann einen Sohn.« Elisabeth war es gleich, solange das Kind gesund war.

Kaum hatte Haldun seinen Eltern die Nachricht geschickt, dass sie bald Großeltern würden, begann sich der Wind zu drehen. Erst schrieb sein Vater, dass Halduns ehemalige Kommilitonen, die in Istanbul ein eigenes Architekturbüro eröffnet hatten, sehr viel zu tun hätten. Dann schrieben seine Kommilitonen, er solle unbedingt zurückkommen, sie könnten sich vor Aufträgen kaum retten und brauchten seine Hilfe. Haldun verunsicherte das, doch Elisabeth sagte, dass es sicher auch noch andere Architekten gebe, die seine Freunde einstellen könnten. Sie seien doch gerade dabei, ihr Leben in Deutschland aufzubauen. Haldun gab Elisabeth recht, aber insgeheim plagte ihn sein schlechtes Gewissen.

Kurz darauf schrieb sein Vater, sie benötigten dringend Geld, Haldun solle sein Auto verkaufen. Nachdem Haldun das getan und seinen Eltern den Erlös geschickt hatte, dauerte es nicht lange, und Haldun bekam eine Nachricht von der Militärbehörde in Ankara, die ihn zum Ableisten des zweijährigen Wehrdienstes aufforderte. Zunächst glaubte Haldun an einen dummen Zufall, durch den die Behörde auf ihn aufmerksam geworden war, bis sein Vater erklärte, dass er dafür gesorgt habe, dass Haldun seine vaterländische Pflicht erfülle. Die Behörde hatte Haldun vergessen, er war nicht in den Listen geführt worden. Nun musste Haldun entweder die Militärbehörde teuer bezahlen, um sich von der Verpflichtung freizukaufen, was er natürlich nicht konnte, oder seinen Dienst antreten. Er hatte keine andere Wahl. Elisabeth auch nicht. Sie mussten in die Türkei ziehen.

Sechs Wochen nach der Geburt der kleinen Ilayda ging ihr Flugzeug nach Istanbul, und Elisabeths Vater schloss die Stubentür, ohne sich zu verabschieden.

Istanbul-Erenköy, Türkei

November 1967

Elisabeth riss die Wohnungstür auf in der Hoffnung, Emre noch zu erwischen, bevor er ging. Sie hatte ihm gerade einen Brief an ihre Eltern mitgegeben, als ihr einfiel, dass sie den Film vergessen hatte. Das Entwickeln der Fotos war in Istanbul viel teurer als in Deutschland, so dass sie die verknipsten Filme stets zu ihnen schickte und die fertigen Fotos dann von ihnen zurückgeschickt bekam.

Aber es war zu spät, Emre war bereits unterwegs.

Der Hausmeister wohnte mit seiner Frau und den beiden Kindern im Keller des Hauses und erhielt für seine Dienste, die er für alle Bewohner verrichtete, ein geringes monatliches Gehalt. Er reparierte alles, was repariert werden musste, half beim Tragen von Möbeln, renovierte in den Wohnungen, schloss Haushaltsgeräte an und vieles mehr. Seine Frau Halime klopfte Teppiche aus, half beim Putzen und Wäschewaschen, und ihr siebenjähriger Sohn Mustafa erledigte neben der Schule Einkäufe und Botengänge. Jede Hausgemeinschaft, die etwas auf sich hielt, hatte so eine Familie im Keller. Meist stammten sie aus den umliegenden Dörfern, in denen es nichts zu verdienen gab.

Elisabeth wollte schon die Tür schließen, als sie ein Geräusch hörte. Da sie im Hochparterre wohnten, brauchte sie nur um die Ecke zu sehen. Gonca, die kleine Tochter von Emre und Halime, saß mit nackten Beinen auf den steinernen Kellerstufen und wimmerte vor sich hin. Sie war höchstens drei. Rasch lief Elisabeth zu ihr, nahm sie auf den Arm und trug sie nach unten zur Kellertür, doch auf das Klopfen reagierte niemand. Ihr Bruder war in der Schule und ihre Mutter entweder auch auf Besorgungen oder bei jemandem im Haus. Kurz entschlossen nahm Elisabeth die Kleine mit in die warme Wohnung. Der Herbst war spät gekommen, doch nun hatten sie seit Tagen nasskaltes, stürmisches Wetter bei geringen Temperaturen, und in den Nächten deckte sich Elisabeth mit einer zusätzlichen Wolldecke zu.

Ilayda begann in ihrem Laufstall zu quengeln. Haldun hatte ihn selbst gebaut und mit einem Fischernetz versehen, an dem sich die Kleine nun hochzog und ungeduldig mit den Beinen wippte. Elisabeth aber kümmerte sich um Gonca, und sonst war niemand im Wohnzimmer. Lâl schlief noch, Ferah war früh aufgestanden, um ihrem Mann das Frühstück zu bereiten, der zur Arbeit fuhr, und hatte sich danach auch wieder ins Bett gelegt. Haldun war noch früher als sein Vater aufgebrochen, weil er zur Kaserne fast zwei Stunden brauchte, und Büyükanne saß in ihrer Kammer, nachdem sie sich mit Ferah gestritten hatte. Sie litt unter ständigen Verdauungsproblemen und sollte Diät halten. Wenn Ferah ihr nun manche Speisen verbot, schimpfte sie, man gönne ihr armen alten Frau nicht mal mehr ein gutes Essen. Ein wenig Türkisch hatte Elisabeth in der Zeit schon gelernt, und das meiste konnte sie sich mittlerweile zusammenreimen.

Elisabeth hatte am Morgen Ilayda versorgt, Haldun Frühstück gemacht, die Spuren der abendlichen Gäste beseitigt, geputzt, aufgeräumt und sich gefreut, dass Ilayda fast die ganze Flasche mit amerikanischer Fertigmilch getrunken hatte. Das war nicht selbstverständlich. Immer wieder verweigerte Ilayda die Nahrung und war entsprechend dünn. An manchen Tagen trank sie zwei, drei Schlucke und war zu nichts mehr zu bewegen, was die ganze Familie in große Sorge versetzte. Allen voran Ferah, der Tränen in die Augen traten, wenn Ilayda nichts zu sich nahm. Jeden Tag pressten sie und Elisabeth zusätzlich frische Obstsäfte und freuten sich, wenn das Kind etwas davon trank.

Die kleine Gonca hingegen nahm alles dankbar an, was Elisabeth ihr vorsetzte. Aus dem Garten hatte sie frische Minze geholt und einen süßen Tee aufgegossen. Dazu ein wenig Weißbrot und Schafskäse. Hungrig schlang Gonca es hinunter, die großen schwarzen Augen unverwandt auf Elisabeth gerichtet, als könnte sie nicht glauben, dass ihr jemand etwas anbot.

Ilaydas Quengeln steigerte sich zu einem Weinen, als sie merkte, dass niemand Notiz von ihr nahm. Elisabeth wollte sie jedoch nicht herausnehmen, da sie sie am Morgen bereits lange mit sich herumgetragen hatte und dachte, sie könne ruhig einen Moment im Laufstall bleiben, bis Gonca aufgegessen hatte. Ilayda war das ganz und gar nicht recht, und sie beschloss, noch ein wenig lauter zu weinen. Zwei Minuten später zwitscherte die Klingel, und als Elisabeth die Tür öffnete, stand Rabiye Hanım, die mit ihrem Mann und den Kindern über ihnen wohnte, vor ihr.

»Ich habe gehört, dass Ihr Kind schreit«, sagte sie. »Ich wollte nur fragen, ob alles in Ordnung ist.«

Elisabeth versicherte, dass alles in bester Ordnung sei und dass sie es ebenfalls gehört habe. Rabiye Hanım nickte wenig überzeugt, weil Ilayda im Hintergrund immer weiterschrie, wandte sich dann aber doch zum Gehen, so dass Elisabeth die Tür schließen und ihr Kind aus dem Laufstall nehmen konnte. Leise klimperten die goldenen Glücksbringermünzen an Ilaydas Jäckchen, die Elisabeth ihr jeden Tag anstecken musste, damit sie gegen den bösen Blick geschützt war. Zusammen setzten sie sich an den Tisch. Auf dem Schoß ihrer Mutter verstummte Ilayda und betrachtete Gonca, die ungerührt ihr Brot in die Erdbeermarmelade tunkte und mit hungrigen Bissen zerkleinerte.

»Was ist denn das für ein Lärm am Morgen?« Büyükanne kam ins Wohnzimmer, sah das fremde Kind und grantelte, jetzt wisse sie, wohin das gute Essen verschwinde, das man ihr nicht zugestehe. Und man solle sich bloß nicht wundern, wenn in diesem Haus noch alle krank würden, bei den vielen Parasiten, die im Keller herumkreuchten.

Auch Ferah, die kurz danach dazukam, war nicht begeistert von Elisabeths Mildtätigkeit, das sah sie ihr an, doch sie sagte nichts. Noch während Gonca aß, klingelte ihre Mutter und holte sie mit gesenktem Blick und unter unzähligen Entschuldigungen und Dankesbekundungen ab.

Um die Mittagszeit, als Ferah das Essen für den Abend vorbereitete und Elisabeth Wäsche wusch, stand Lâl auf. Im Sommer hatte sie ihr Abitur gemacht, und eigentlich sollte sie sich nun auf die Aufnahmeprüfungen an der Universität vorbereiten. Doch motiviert schien sie nicht zu sein. Sie schlief jeden Tag bis zwölf, zupfte sich danach die Augenbrauen und lief bis zum Nachmittag im rosaseidenen Bademantel durch die Wohnung.

Mit ihr war in diesen Tagen ohnehin nur wenig anzufangen, da kurz zuvor die Container mit Elisabeths Aussteuer eingetroffen waren. Nach wochenlangem Hin und Her mit Kontrollen, Zollgebühren, freundlichen Geldgeschenken und zahllosen Amtspapieren war es Haldun gelungen, Elisabeths Mobiliar auszulösen und in die Wohnung transportieren zu lassen. Lâl war erst blass geworden bei dem Anblick der Reichtümer, die Elisabeth besaß. Ein Schlafzimmer aus Teakholz, ein Wohnzimmer aus Buchenholz, einen Fernseher, eine halbautomatische Waschmaschine, Staubsauger, Nähmaschine, Geschirr, Bettwäsche und Küchengeräte, deren Verwendungszweck Lâl nicht einmal kannte.

Später hatte sie vor Verzweiflung geweint und gejammert, sie bekomme zu ihrer Hochzeit nur billigen Ramsch. Ihr Vater nahm sie in seine Arme und versprach, dass er ihr noch viel mehr und noch viel bessere Sachen zu ihrer Hochzeit kaufen werde.

Bis auf das Bett hatte Haldun die Möbel noch nicht aufgebaut, da er und Elisabeth im nächsten Monat in eine eigene Wohnung ziehen würden. Sie war im selben Stadtteil und hübsch gelegen, am Ende einer Allee mit niedrigen Häusern. Sie hatte sogar einen eigenen Garten. Haldun hatte einen lukrativen Auftrag zum Bau einer Klinik in Izmir von einem bekannten Architekten erhalten und würde in den kommenden Monaten neben seinen Verpflichtungen in der Kaserne zwar sehr viel arbeiten müssen, doch das schreckte ihn nicht. Der Mietvertrag war schon unterschrieben, eine Anzahlung geleistet, und Elisabeth zählte die Tage bis zum Einzug. Sie hatte sogar ihre Eltern eingeladen, sie im Frühjahr zur Kirschblüte zu besuchen, doch diese waren in ihrem Antwortbrief nicht darauf eingegangen.

Am Abend zuvor war ein netter Studienfreund von Haldun mit seinen Eltern da gewesen, und sie hatten Elisabeth gefragt, wie es ihr in Istanbul gefalle. Bevor sie antworten konnte, übernahm ihr Schwiegervater das Wort, es sei doch wohl keine Frage, wo es besser sei. In Berlin habe sie bei ihren Eltern schließlich in einem alten, hässlichen Haus gewohnt, wo noch nicht einmal ihre Schwiegermutter willkommen gewesen sei. Eliz erfahre zum ersten Mal in ihrem

Leben die Geborgenheit einer liebevollen Familie, wo es undenkbar sei, Angehörige auszuquartieren.

Elisabeth presste die Lippen zusammen, und Halduns Freund sprang gleich zur nächsten Frage über, ob sie denn schon ausgegangen seien und wohin. Haldun sagte, sie hätten es bisher noch nicht geschafft, weil er so viel zu tun gehabt habe. Und Burak murmelte in sein Rakı-Glas, dass sein Sohn von seiner deutschen Frau keine Erlaubnis habe, auszugehen.

Elisabeth stand auf und nahm Ilayda vom Tisch, weil sie im Qualm der Zigaretten zu husten und zu quengeln begann. Ins Bett bringen durfte sie die Kleine allerdings nicht, weil alle sie noch ein wenig erleben wollten. Und ein Fenster durfte sie auch nicht öffnen, weil sie Angst hatten, das Kind könne sich in der kalten Zugluft den Tod holen. Burak schüttelte verständnislos den Kopf, wenn Elisabeth derartige Vorschläge machte.

Während er mit den Eltern weitersprach, wandte sich Halduns Freund Lâl zu und fragte sie nach ihrer Schule und dem bevorstehenden Studium. Lâl fühlte sich sehr geschmeichelt, und nachdem sie gegangen waren, bat sie ihren Bruder, ihn recht bald wieder einzuladen, weil er Interesse an ihr gezeigt habe. Haldun hatte nur ergeben genickt und war nach dem langen Tag wie ein Stein ins Bett gefallen.

Am Nachmittag fuhren Ferah und Lâl gemeinsam zu einer Freundin von Ferah. Elisabeth blieb mit Ilayda und Büyükanne zu Hause und kochte ihr ein Ei, weil sie wusste, wie gern sie es mochte. Langsam und genussvoll verzehrte die alte Frau das weich gekochte Ei mit einer Scheibe Weißbrot. Eliz müsse das aber unbedingt vor ihrer nichtsnutzigen Schwiegertochter geheim halten, bat Büyükanne, weil sie ihr sonst wieder mit der Diät in den Ohren liege. Elisabeth bereute es eine Stunde später zwar, weil die alte Frau die Toilette nicht verlassen konnte, tröstete sich aber damit, dass sie ihr zumindest eine Freude gemacht habe.

Merve Hanım, die Nachbarin aus dem Kapitänshaus, winkte Elisabeth vom Gehweg zu, als sie auf den Balkon trat, und fragte, wie es ihr gehe. Sie trug ein schickes Tweedkostüm in Lila und Blautönen und Absatzschuhe dazu. Es gehe ihr gut, antwortete Elisabeth, und wie es ihr selbst gehe. Auch gut, antwortete Merve Hanım, sie wolle zum Einkaufen fahren, ob sie ihnen etwas mitbringen könne. Elisabeth bat um ein paar Druckknöpfe für Ilaydas Strickjacke, wenn es ihr möglich sei, und Frau Merve nickte, das sei doch selbstverständlich. Ihr Mann hatte ein neues Auto gekauft, einen Mercedes, der den Neid der gesamten Nachbarschaft erregt hatte, und man fragte sich hinter vorgehaltener Hand, wie um alles in der Welt es Adal Bey schaffte, so wohlhabend zu sein. Die Lehrerin Rabiye Hanım behauptete, dass die Familie von Merve Hanım vorher schon reich gewesen sei. Sie stamme aus einer angesehenen Fabrikantenfamilie, und Adal Bey habe mit ihr einfach Glück gehabt. Merve Hanım stieg ins Auto und winkte Elisabeth zum Abschied noch einmal zu.

Die Sonne hatte sich durch die dichten Wolken gedrängt, es war frisch, aber in der Sonne noch angenehm warm. Wenn Elisabeth Ilayda in ihre Decken wickelte, könnte sie noch einen kleinen Spaziergang machen. Sie fragte Büyükanne, ob sie noch etwas brauche, doch diese sagte, sie solle nur gehen, sie komme schon zurecht. Dann zog sie Ilayda an, nahm die Decken, schlüpfte in ihren Mantel und steckte den Hausschlüssel in ihre Handtasche, weil die Manteltaschen Löcher hatten. Auch andere Stellen waren bereits fadenscheinig geworden, doch an einen neuen konnte sie zurzeit nicht denken. Bevor Halduns Projekt nicht begonnen hatte, war kein Geld dafür da. Auch Ilayda hätte dringend ein paar Kleidungsstücke gebraucht. Sie war gewachsen, aber nur in die Länge, ansonsten war sie zart wie zuvor.

Elisabeth war selbst sehr dünn geworden. Seit sie in Istanbul lebte, wog sie nur noch achtundvierzig Kilo. Als Ilayda beim Kinderarzt gegen Pocken geimpft worden war, hatte sie sich auf die Waage gestellt, und der Arzt hatte gesagt, dass sie dringend mehr essen müsse, um gesund zu bleiben.

Elisabeth wusste, dass er recht hatte, doch immer öfter fehlte ihr der Appetit. Und auf eine merkwürdige Art machte es sie auch stolz, nicht essen zu müssen, obwohl ihr auf der Ethem-Efendi-Straße die Dampfschwaden des frisch gebackenen Brotes aus der Bäckerei verführerisch in die Nase zogen. Elisabeth hielt kurz an, um der Kleinen einen Gurt anzulegen, damit sie nicht aus dem Wagen fiel. Sie war mit ihren neun Monaten schon sehr lebhaft geworden. Doch das gefiel Ilayda überhaupt nicht. Sie wehrte sich mit Händen und Füßen gegen die Einschränkung ihrer Bewegungsfreiheit, schrie und strampelte so erbost, dass einige Passanten stehen blieben, um zu erfahren, ob dieses Kind vielleicht gequält wurde und ob möglicherweise ein Eingreifen nötig war.

Während Elisabeth mit dem kreischenden Kind weiterging, versuchte sie die vielen neugierigen, argwöhnischen und mitleidigen Blicke zu ignorieren, doch das war unmöglich. Je mehr Ilayda brüllte, je länger es dauerte, umso unruhiger wurden die Menschen um sie herum. Elisabeth fühlte sich schuldig und wütend zugleich. Warum war Ilayda nicht einfach still?

»Ihr Kind schreit«, sagte eine Frau. »Hören Sie das nicht?«

»Warum trösten Sie es nicht?«, fragte eine andere. »Ist das nicht Ihr Kind?«

»Können Sie uns verstehen? Sprechen Sie Türkisch?«

Elisabeth schluckte und ging weiter und hörte jedes Wort.

»Da sieht man es mal wieder, diese Ausländer! Können einfach nicht mit Kindern umgehen. Schau doch nur, wie es weint, das arme, süße kleine Küken! So niedlich und so traurig! Das geht doch nicht. Wie kann man denn nur so grausam sein?!«

Elisabeth war schneller gegangen, immer schneller, bis sie Seitenstechen bekam und im Kânî-Bey-Park angelangt war. Sie stellte den Wagen an eine Bank, nahm die weinende Ilayda heraus und hätte ihr am liebsten das Hinterteil versohlt. Sie wollte nicht mehr hier sein, sie wollte nicht mehr sie selbst sein, sie wollte diese Familie, diese Menschen nicht mehr, sie wollte auch das Kind nicht mehr, sie hatte alles so gründlich satt. Als hätte Ilayda das gespürt, beruhigte sie sich und begann mit einer Holzrassel zu spielen, die am Wagen hing.

Eine junge Frau kam auf Elisabeth zu. Auch sie hatte ein kleines Kind im Kinderwagen dabei und einen Jungen an der Hand. Beide hatten dunkles Haar und dunkle Augen, die Frau jedoch war so blond wic Elisabeth.

»Sie haben ein sehr hübsches Kind«, sagte sie auf Türkisch und lächelte Ilayda an.

»Danke«, erwiderte Elisabeth auf Türkisch. »Ihre Kinder sind auch hübsch.«

»Sie kommen nur leider gar nicht nach mir«, sagte sie bedauernd. »Ich bin Deutsche, und mein Mann ist Türke.«

»Wirklich?«, rief Elisabeth überrascht auf Deutsch. »Ich

bin auch Deutsche!« Und bevor sie wussten, wie ihnen geschah, fielen sich die zwei Frauen herzlich in die Arme, und Elisabeth hätte vor Erleichterung fast geweint.

Die junge Frau hieß Trudi, war ein Jahr jünger als Elisabeth und mit einem Tischler verheiratet. Ihr älterer Sohn war vier Jahre alt und der jüngere elf Monate. Sie wohnten nur zwei Fußminuten von Elisabeths Wohnung entfernt in einer Wohnung über der Polizeiwache, an der Elisabeth schon viele Male vorbeigelaufen war, ohne dass sie sich begegnet waren.

Während sie gemeinsam durch den Park schlenderten, genossen es Elisabeth und Trudi gleichermaßen, jemanden getroffen zu haben, der nicht nur Deutsch sprach, sondern auch aus Deutschland kam und ähnliche Probleme hatte. Elisabeth beneidete Trudi, weil diese mit ihrem Mann und den Kindern bereits eine eigene Wohnung besaß. Trudi stimmte Elisabeth zwar zu, sagte jedoch auch, dass das Wohnen über einer Polizeiwache in Istanbul kein Zuckerschlecken sei. Oft würden sie mitten in der Nacht durch Schreie von Männern geweckt, die aus irgendwelchen Gründen aufgegriffen worden waren und denen manchmal mit höchst zweifelhaften Methoden Geständnisse entlockt würden. Das sei unerträglich, aber eine andere Wohnung könnten sie sich gerade nicht leisten.

Elisabeth erzählte, dass sie eine wunderschöne Wohnung angemietet hätten, ganz in der Nähe und nicht sehr teuer. Vielleicht sei in dem Haus ja noch etwas frei. Sie könne ihren Mann fragen, der sich beim Vermieter erkundigen könne. Doch Trudi winkte ab, sie hätten im Moment nicht einmal genug für neue Kleidung, geschweige denn für einen Umzug. Elisabeth erwiderte lachend, dass ihr das bekannt vorkomme.

Die Zeit verging wie im Flug, und da beide vor der Dämmerung zu Hause sein mussten, machten sie sich auf den Rückweg. Als sie sich vor Trudis Haus trennten, verabredeten sie sich gleich für den nächsten Vormittag. Trudi lud Elisabeth zum Tee ein, ihr Mann sei tagsüber in der Tischlerei, so dass sie sich ungestört unterhalten könnten.

Voller Freude schob Elisabeth die Kinderkarre vor sich her und bog in die Straße ein, an der der Bahnhof und ihr Haus lag.

Immer wenn sie den Garten betrat, stieg ihr der Duft der hohen Pinien in die Nase, deren Harz in goldenen Tropfen an den rauhen Stämmen hing. Hinter den Pinien stand das Haus von Kapitän Adal. Elisabeth, Haldun und der Rest der Familie waren schon häufig bei ihnen zu Gast gewesen, und Elisabeth hatte gestaunt, dass es tatsächlich möglich war, ein rundes Haus zu bauen. Man musste nur das passende Grundstück haben, die Möbel darauf abstimmen und manches anfertigen lassen. Elisabeth seufzte. Zu gern hätte sie auch in so einem Haus gewohnt, das in der Abendsonne rosa leuchtete, weil die Rosenranken an der Wand empor bis über den Balkon im oberen Stock wuchsen.

Als sie die Wohnung betrat, hörte sie ihren Staubsauger dröhnen. Sie lächelte. Haldun benutzte ihn gern, weil ihn die Technik dahinter faszinierte, und es schadete auch nichts, wenn er nebenbei ein wenig Hausarbeit erledigte. Da niemand im Wohnzimmer war, küssten sich die beiden zur Begrüßung und fuhren erschrocken auseinander, weil die Klingel trällerte. Elisabeth öffnete Burak die Tür, während Haldun weiter staubsaugte.

»Hast du keine Frau, die das erledigt?«, polterte er schlecht gelaunt, als er Haldun sah. »Oder ist mein Sohn jetzt etwa schon zur Frau geworden?«

Beschämt stellte Haldun das Gerät aus. Elisabeth wandte sich rasch ab und verließ mit Ilayda den Raum, um nach Büyükanne zu sehen. Sie fand die alte Frau in ihrem Zimmer auf einem angewärmten Stein sitzend, der ihre Beschwerden lindern sollte. Ilayda streckte die Ärmchen nach Büyükanne aus, und diese nahm sie unter den innigsten Liebkosungen auf ihren Schoß. Sie flüsterte ihr etwas ins Ohr und kitzelte sie, woraufhin die Kleine zu glucksen begann und Büyükanne über das ganze faltige Gesicht lachte.

Es war Zeit für das Abendessen. Burak saß mit Haldun am Tisch und spielte Karten. Elisabeth hörte, wie er seinen Sohn fragte, wo Ferah sei, er habe Hunger. Sie ließ Ilayda in der Obhut von Büyükanne und machte in der Küche das Essen bereit. Da Ferah vorgekocht hatte, brauchte Elisabeth es nur zu erwärmen und das Fleisch zu braten. Sie hatte gerade Öl in der Pfanne erhitzt, als sich die Tür unter lautem Stimmengewirr öffnete. Ferah, Lâl und die Nachbarn aus dem dritten Stock kamen gleichzeitig an. Elisabeth griff in den Kühlschrank, um mehr Fleisch zu braten. Ferah hatte zwar angekündigt, dass heute ein Fernsehabend sei, doch Elisabeth war davon ausgegangen, dass die Gäste erst nach dem Essen kämen. Kaum waren sie nach der Begrüßung ins Wohnzimmer hinübergegangen, da klingelte es erneut, und die Familie aus der Wohnung nebenan stand im Flur, Naci Bey und Sabiha Hanım mit ihrem achtjährigen Sohn Kasım und der sechsjährigen Tochter Defne. Naci Bey war ein stets braun gebrannter, gutaussehender Mann und ein strenger Vater und Ehegatte. Elisabeth hatte miterlebt, wie er seine Frau Sabiha anfuhr, als der Teller, den sie vor ihm abgestellt hatte, nicht warm genug war und das Essen zu schnell auskühlte. Er schickte sie zurück in die Küche, den Teller heiß zu machen und die Speisen neu aufzufüllen.

Auch hatte Sabiha ihm seine Pantoffeln direkt vor die Füße zu stellen, wenn er von der Arbeit kam, so dass er nur noch hineinrutschen brauchte. Sein Sohn Kasım war über die Maßen höflich. Er siezte nicht nur jeden, der etwas älter war als er selbst, sondern auch seine Eltern. In der Woche zuvor hatte Elisabeth ihn mit zum Zigarettenautomaten an der Straßenecke nehmen müssen, weil es dämmerte und sie nicht ohne männliche Begleitung gehen durfte. Weil er ein so hilfsbereiter, kluger und gut erzogener Junge war, ertappte sich Ferah bei dem Gedanken, dass er später einen guten Ehemann für Ilayda abgeben würde. Seine Schwester Defne war sehr schüchtern. Nur wenn sie mit Ilayda und den anderen Kindern spielte, kam sie ein wenig aus sich heraus.

Nach und nach füllte sich das Wohnzimmer mit allen Bewohnern des Hauses, und Burak strahlte vor Zufriedenheit. Haldun und er rückten Sofa, Sessel und Beistelltischchen vor den Fernseher. Lâl holte Stühle vom Esszimmertisch und zusätzliche aus dem Wintergarten. Elisabeth und Ferah hantierten in der Küche, um möglichst schnell genügend Speisen anbieten zu können.

»Gut, dass ich damit gerechnet habe«, flüsterte Ferah ihrer Schwiegertochter zu, »sonst hätte ich mich schön blamiert.«

»Du bist immer auf so etwas vorbereitet«, gab Elisabeth zurück. »Ich weiß wirklich nicht, wie du das machst.«

Ferah sagte nichts, doch an ihrem Schmunzeln merkte Elisabeth, wie sehr sie sich über das Kompliment freute.

Die beiden Frauen füllten den Esstisch mit den verschiedenen Gerichten, stellten Teller, Besteck und Gläser bereit, so dass sich alle bedienen konnten, und Elisabeth holte Büyükanne und Ilayda hinzu. Unter dem missbilligenden

Blick ihrer Schwiegertochter häufte sie sich gebratene Auberginen und reichlich Knoblauch-Joghurt auf den Teller und setzte sich mit triumphierendem Gesicht in einen der bequemen Sessel. Wenn Ferah Elisabeth nicht so leidgetan hätte, wäre es zum Lachen gewesen.

Als alle ihre Teller vor sich hatten und die Getränke verteilt waren, schaltete Burak das Fernsehgerät ein. Es war das einzige im ganzen Haus. Gespannt waren aller Augen auf das graue Geflimmer gerichtet. Burak drehte an der Zimmerantenne, Haldun am Regler der Sender. Ein Krächzen ertönte und dann eine männliche Stimme, die Bulgarisch sprach, wie einer der Anwesenden zu wissen glaubte. Jemand sagte, da könne man schon etwas erkennen, es habe sich verändert, doch Elisabeth sah nur ein krisseliges Bild mit hellen und dunklen Flecken. Der türkische Fernsehsender, der laut eines Zeitungsberichts bereits letzten Monat an den Start gegangen sein sollte, sendete nicht. Eine Weile drehte Burak noch an Antenne und Senderrad, aber bis auf ein unscharfes Bild und bulgarische Sprache war nichts zu empfangen. Das schien jedoch niemanden zu stören. Im Gegenteil genossen alle die Geselligkeit, das Essen und die Gespräche miteinander. Es wurde gelacht, geraucht und getrunken, und der Fernseher untermalte das Ganze mit seinem stetigen Rauschen. Elisabeth und Ferah räumten zwischendurch die Tische ab, brachten das Geschirr in die Küche, kochten Tee und Kaffee und reichten süßes Gebäck und Lokum[28] zum Nachtisch.

Dann sagte eine der Damen, sie habe von der beeindruckenden Leistung ihrer Waschmaschine gehört und ob es wohl erlaubt sei, sie einmal anzuschauen. Stolz führte Burak die Gäste in den hinteren Flur, wo der Waschtisch aufgebaut

28 eine türkische Süßigkeit aus Stärke und Zucker

war, weil er in seiner Größe nicht ins Bad passte. Es gab eine Trommel, in die die Wäsche eingelegt und mit einer Rechts-links-Bewegung des innen liegenden Bügels gewaschen wurde. Danach füllte man die nasse Wäsche in den danebenliegenden Behälter, der dann das Schleudern übernahm.

»Marke Bosch.« Rabiye Hanım strich ehrfürchtig mit dem Finger über das Schild. »So etwas Edles gibt es eben nur in Europa.«

Weil er sich Gedanken über den Stromverbrauch gemacht habe, habe er diesen gleich bei den ersten Durchläufen gemessen, sagte Burak. Das Gerät sei in Ordnung, wobei er die Notwendigkeit nicht unbedingt sehe. Auf herkömmliche Weise habe das Wäschewaschen ja auch bestens funktioniert, nicht wahr? Die Frauen warfen sich einen schnellen Blick zu, und Ferah ging zurück ins Wohnzimmer, um die Aschenbecher zu leeren und Teller abzuräumen.

Danach löste sich die Gesellschaft auf. Alle versicherten, sie seien lange nicht mehr so wunderbar beköstigt und unterhalten worden, und luden für das kommende Wochenende zum Gegenbesuch ein. Es war spät geworden, wie immer lange nach Mitternacht, und Elisabeth wusste nicht, ob die Blitze, die sie in den Augenwinkeln sah, vom Fernsehbild oder von der Übermüdung kamen. Nachdem Ilayda mehrmals in ihren Armen eingeschlafen war, hatte sie die Kleine ins Bett bringen dürfen. Während sie ihr Kind betrachtete, wie es mit vorgeschobenen Lippen und geschlossenen Fäustchen schlief, stellte sich Haldun neben sie und nahm ihre Hand.

»Was haben wir für eine schöne Tochter«, sagte er und gab Elisabeth einen Kuss. »Sie ist so schön wie du.«

Einige Tage später erreichte sie eine traurige Nachricht. Haldun hatte seinen Studienfreund angerufen, um Lâls Wunsch nachzukommen und ihn mit seinen Eltern einzuladen. Der Freund begann zu weinen und berichtete, seine Mutter sei bei einem Verkehrsunfall ums Leben gekommen. Er habe noch niemandem Bescheid geben können, da er so außer sich sei.

Auch Elisabeth war betroffen. Gerade hatten sie noch zusammengesessen, die Mutter hatte Elisabeths Türkischkenntnisse gelobt, und nun lebte sie nicht mehr.

Sie verstand die Trauer der Familie, die sich durch die Freundschaft ihrer Söhne seit Jahren kannten, doch als Haldun eröffnete, er werde zur Beerdigung nach Izmir fliegen, wich Elisabeths Betroffenheit einer großen Wut. Ihre Schuhe waren dünn und durchgelaufen, Ilaydas Sachen lange schon zu klein, und der Winter stand bevor. Sie wusste nicht mehr, welchen Pullover sie noch aufribbeln könnte, woher sie den Stoff nehmen sollte, um für sich und Ilayda noch tragbare warme Kleidung zu machen, und Haldun flog zur Beerdigung der Mutter seines Freundes.

In ihrer Not schrieb Elisabeth der Stiefmutter einen flammenden Brief, in dem sie bat, ihrem Vater nichts davon zu sagen, er rege sich sonst zu sehr auf. Am Schluss entschuldigte sie sich für ihre Klagen, sie habe es nur einmal loswerden müssen. Ihre Stiefmutter reagierte ihr gegenüber verständnisvoll, gab jedoch zu bedenken, dass Elisabeth ja vorher gewusst habe, worauf sie sich einlasse. Sie legte zwanzig Mark bei und schrieb, Elisabeth solle sich etwas Hübsches kaufen und sich nicht so viele unnütze Gedanken machen, Gott wisse ihre Geschicke schon zu lenken.

An einem Abend, als die Familie zusammensaß und ausnahmsweise keine Gäste kamen, verschanzte sich Elisabeth hinter ihrem Luise-Rinser-Roman, den ihr die Stiefmutter geschickt hatte, und überließ die anderen sich selbst.

Haldun spielte wieder mit seinem Vater Karten, Ferah hatte einen Auftrag für ein Brautkleid bekommen, an dem sie nun zu nähen begonnen hatte, und Lâl nähte ebenfalls an einem Stoff, der Elisabeth sehr neu vorkam. Auch sie war ärgerlich, weil Haldun sie nicht mit zur Beerdigung nehmen wollte, bei der sie seinem Freund persönlich ihr Beileid hätte aussprechen können. Büyükanne saß auf einer Decke am Boden und schaukelte Ilayda auf ihren ausgestreckten Beinen.

Haldun warf Elisabeth immer wieder verstohlene Blicke zu. Er merkte natürlich, dass sie grollte, wusste jedoch nicht, warum. Sie hatte es ihm nicht gesagt. Schließlich bat er seinen Vater, aufzuhören, und setzte sich neben Elisabeth, um zu erfahren, was sie las. Burak beobachtete die beiden. Sie gab auf seine Fragen nur einsilbige Antworten, und Burak empfahl seinem Sohn, sich lieber an türkische Literatur zu halten, die habe mindestens genauso viel zu bieten.

Ja, dachte Elisabeth, damit der Sohn bloß nicht zu deutsch würde.

Der Abend endete auch in anderer Hinsicht finster, weil der Strom ausfiel. Wie so oft. Schlagartig war es dunkel im Wohnzimmer, der Kühlschrank hörte auf zu brummen, und das Knistern in den Leitungen verstummte. Ferah stand auf, um die bereitstehende Kerze auf dem Tisch anzuzünden. Auch Elisabeth erhob sich, zündete eine weitere Kerze an und zog sich zurück.

Am nächsten Morgen ließ sie Haldun allein aufstehen und gehen, obwohl sie sich zehn Tage nicht sehen würden. Er hatte eine Truppenübung mit neuen Soldaten im Osten zu leiten und würde im Anschluss von Ankara aus zur Beerdigung fliegen. Elisabeth war es ganz recht, danach würde sie sich sicher wieder beruhigt haben. Auch war ihre Freundin Trudi von ihrem Besuch bei den Schwiegereltern an der Westküste zurück. Jeden Tag, wenn Elisabeth die Wäsche und den Haushalt erledigt hatte, lief sie hinüber zu Trudi, ging mit ihr und den Kindern spazieren, oder sie blieben bei ihr zu Hause. Burak sah diese Freundschaft nicht gern, die Familie sei nicht standesgemäß. Elisabeth hütete sich zu fragen, ob denn ein Tischler weniger wert sei als der Angestellte einer Waffenfabrik, der die Herstellung von Patronen beaufsichtigte. Damit hätte sie nur gewaltigen Streit verursacht, dem sie sich nicht gewachsen fühlte.

Trudi tröstete Elisabeth, indem sie ihr die großen Chancen vor Augen führte, die Haldun im Gegensatz zu ihrem Mann habe. Er sei schließlich Architekt und verdiene nach seinem Militär sehr schnell sehr viel Geld. Diese Hoffnung mache sie sich nicht. Elisabeth solle an die eigene Wohnung denken und auf den Rest pfeifen. Und außerdem sei sie schon wieder schwanger.

Elisabeth kam es zwar unvernünftig vor, aber dennoch freute sie sich über diese Nachricht. Trudi ging es wohl ähnlich, denn sie bekam ganz rote Wangen vor Aufregung, als sie es erzählte. Sie fragte Elisabeth, ob sie und Haldun denn nicht auch über ein weiteres Kind nachdenken würden, ein Einzelkind sei doch traurig.

Elisabeth erwiderte, sie wünsche sich schon noch ein Kind, nur wolle sie erst den Umzug hinter sich bringen und dann eine Weile das Alleinsein mit nur einem Kind genießen.

»Kannst du doch«, sagte Trudi lachend. »Hast ja neun Monate Zeit!«

Elisabeth lachte auch. »Ich könnte das aber nicht wie du!«

»Ach«, winkte Trudi ab, »Kinder sind Kismet. Wenn sie dich anstrengen, hast du zu wenige!«

»Wo hast du denn die Weisheit her?«

»Von meiner Schwiegermutter«, antwortete Trudi grinsend. »Möchtest du einen Kahve[29]?«

Während sie den kleinen Stieltopf mit Wasser und Kaffeepulver auf den Gasherd stellte, fragte sie, was es denn sonst noch Neues in Erenköy gebe.

Ihr Schwiegervater habe gestern Abend geweint, berichtete Elisabeth, weil ihn während Halduns Abwesenheit niemand besucht habe und er nun denke, dass ihn niemand möge.

»Meiner wird auch unruhig, wenn drei Tage keiner kommt«, sagte Trudi. »Aber meine Schwiegermutter auch. Ich glaube, das ist normal unter den älteren türkischen Herrschaften.«

Elisabeth zuckte mit den Schultern, tippte ihre Zigarette in den Aschenbecher und erzählte von einer Feier, bei der sie mit Lâl und Ferah gewesen war. Die Schwester des Hausmeisters Emre hatte sich verlobt. Sie war siebzehn, der Junge dreizehn. Obwohl Trudi von solchen Traditionen wusste, riss sie doch die Augen auf, und Elisabeth nickte.

»Sie habe es kaum ausgehalten, weil mir diese Kinder so leidgetan hätten. Stumm hätten sie nebeneinandergesessen und auf den Boden geschaut. Das Mädchen war in bunte Gewänder gehüllt und mit Goldarmbändern und Ketten behängt, der Junge trug einen Festtagsanzug, der ihm viel zu groß war. Das ganze Dorf war beisammen, man lachte, aß, trank und tanzte wie üblich, und dazwischen rannten min-

29 türkischer Mokka

destens dreißig rotznasige Kinder umher, die Elisabeth unverhohlen musterten, bis Ferah mit ihnen schimpfte und sie kichernd davonstoben. Und das Brautpaar verzog die ganze Zeit keine Miene. Nie wieder würde sie sich so ein Trauerspiel ansehen, versicherte Elisabeth und nahm einen Schluck heißen Kaffee, den Trudi ihr hingestellt hatte. Ihre Söhne balgten sich auf dem Fußboden. Als der Kleine seinen großen Bruder grob an den Haaren zog und dieser laut nach seiner Mutter schrie, sprang Trudi auf, um die Kampfhähne zu trennen. Sie gab jedem einen Keks, und zufrieden knabberten sie vor sich hin.

»Weißt du, was ich am meisten vermisse?«, sagte Trudi und verdrehte genießerisch die Augen. »Grünkohl und Bregenwurst! Jetzt ist bei uns Grünkohl-Zeit!«

Sofort bekam auch Elisabeth einen unerwarteten Heißhunger auf Grünkohl, der sie selbst überraschte.

»Du bist gemein. Jetzt träume ich auch von deutschem Essen.«

»Von irgendwas muss man doch träumen«, seufzte Trudi und nahm ihrem älteren Sohn den Holzlöffel aus der Hand, mit dem er den Jüngeren schlug.

»Weißt du, wovon ich wirklich träume?«, sagte Elisabeth lächelnd. »Vom Rolltreppefahren bei Karstadt!«

Ihr Herz klopfte, als sie zur Tür hereinkam, Halduns Koffer im Flur sah und die Stimmen aus dem Wohnzimmer hörte. Lâl lief ihr in ihrem neuen Kleid entgegen, nahm Ilayda und trug sie hinüber. Auch wenn es Elisabeth normalerweise erleichterte, die Kleine abgeben zu können, so war es ihr jetzt nicht recht. Sie hatte nichts mehr, woran sie sich festhalten konnte. Wie würde Haldun ihr nach den Missstimmungen der letzten Zeit begegnen?

»Ach, da kommt ja meine Schöne!«, hörte sie ihn rufen. »Maşallah Kızım[30], bist du aber groß geworden! War ich etwa so lange weg?«

Elisabeth stellte ihre Tasche an die Garderobe, streifte ihre Schuhe ab, glitt in die rosa Pantoletten, strich den Rock glatt, sah in den Spiegel, nahm ein rotes Gummiband von der Ablage, band die Haare zusammen, sah erneut in den Spiegel und merkte, wie Luft aus ihrer Nase strömte, obwohl sie gar keine mehr hatte.

Ferah streckte den Kopf aus der Küche. »Eliz, sag nicht, dass du bei dieser Frau warst«, wisperte sie. »Sag, du hast mit Kasım Besorgungen gemacht.«

Elisabeth nickte und folgte Ferah in die Küche, doch die schickte sie sofort hinaus. »Was machst du denn? Geh rüber, Haldun ist da.«

Aber nicht allein, dachte Elisabeth und griff nach einem Teller mit süßem Gebäck, das Ferah soeben aus dem Ofen geholt und zum Abkühlen auf den Tisch gestellt hatte.

Halduns gebräuntes Gesicht strahlte, als sie auf ihn zukam. Er musste viel draußen gewesen sein und sonniges Wetter gehabt haben, obwohl es Herbst war. Bei der ungetrübten Freude, mit der er sie ansah, wäre ihm Elisabeth am liebsten um den Hals gefallen, einerseits, weil sie merkte, wie sehr sie ihn vermisst hatte, andererseits, weil nichts mehr zwischen ihnen stand. Elisabeth hatte ihren Ärger weggewischt, und Haldun schien keinen zu empfinden. Vor Burak und Lâl konnte sie jedoch nicht offen auf ihn zugehen, da fühlte sie sich gehemmt. Ilayda saß auf seinem Schoß und zog an ein paar Haaren, die oben aus seinem blauen Hemd lugten. Haldun klopfte auf ihre Finger und tat, als würde er mit ihr schimpfen, was Ilayda zum Lachen und

30 Donnerwetter, mein Mädchen!

erneuten Ziehen verleitete. Elisabeth setzte sich neben ihn, stellte die Kekse auf den Tisch und faltete die Hände in ihrem Schoß. Sie lächelte zwar, sagte aber nichts.

»Eliz, willst du deinen Mann etwa nicht begrüßen?«, schnarrte Burak. »Was ist denn das wieder für eine seltsame deutsche Art?«

Elisabeth zuckte zusammen und wurde rot. Haldun lachte über seine Verlegenheit hinweg. Auch Lâl lachte und ließ ihren Vater dabei nicht aus den Augen. Ilayda schmiegte ihre Wange an Halduns Gesicht und streichelte die Haare auf seinem Arm.

Burak brummte. »Selbst das Kind kann das besser als du.«

Lâls Blick flog eilig von einem zum anderen. Elisabeths Miene war zu einem starren Lächeln eingefroren. Haldun nahm ihre Hand, beugte sich zu ihr und küsste sie auf die Wange.

»Ferah, was tust du denn noch?«, rief Burak. »Wo bleibt der Tee?«

»Ich bin schon da.« Ferah trug das volle Tablett herein und stellte es auf dem niedrigen Tisch ab. Sie goss etwas Teesud in die Gläser, füllte mit heißem Wasser auf und reichte sie herum, bis jeder ein Glas mit Untersetzer in der Hand hatte. »Wie gut, dass du wieder da bist, mein Sohn«, sagte sie und klingelte beim Rühren mit dem kleinen Löffel. »Wie war deine Fahrt?«

»Lang, aber ereignislos, Mutter«, antwortete Haldun und ließ ein Stück Würfelzucker in sein Glas fallen. »Ich habe die meiste Zeit geschlafen.«

»Wurdet ihr denn nicht kontrolliert?«, fragte Lâl.

»Dieses Mal glücklicherweise nicht«, antwortete Haldun. »Ich habe mich auch gewundert. Sie haben uns nur einmal angehalten und gleich weiterfahren lassen, weil wir fast alle in Uniform waren. Das lohnte sich wohl nicht.«

»Besser, sie machen Kontrollen«, brummte Burak und nippte an seinem Tee. »Bei den Kurden weiß man nie, die führen immer was im Schilde.«

»Ja«, sagte Ferah nickend, »noch sind die Unruhen nicht vorbei.«

»Was weißt du denn schon, Frau?« Burak streckte die Hand aus, und Ferah reichte ihm den Teller mit Keksen.

»Nimm einen, Haldun«, sagte sie und hielt ihrem Sohn den Teller hin. Doch der lehnte ab.

»Ich bin satt, danke.«

»Sie sind noch warm.« Ferah biss in einen, um ihrem Sohn Appetit zu machen. »Ich habe sie diesmal mit Haselnüssen gemacht.«

»Sehr schön, Mutter, danke«, sagte Haldun. »Vielleicht etwas später.«

»Du, Lâl?« Ferah hielt immer noch den Keksteller, aber auch Lâl wollte nicht.

»Nun nehmt doch wenigstens einen, Allah Allah[31]«, schimpfte Burak, »damit die arme Frau sie nicht umsonst gemacht hat!«

Alle griffen nach einem Keks, Ilayda nahm gleich eine ganze Handvoll und krümelte damit ihr Kleid voll. Lâl wollte wissen, wie die Beerdigung gewesen sei, und Haldun berichtete.

»Wann hast du den Umzug geplant, mein Junge?«, fragte Burak. »Du musst es mir frühzeitig sagen, damit wir Emre und seinen Leuten Bescheid geben können.«

Elisabeth lächelte ihren Mann an und trug das schmutzige Geschirr in die Küche, um abzuwaschen. Burak wusste

31 Du lieber Gott!

wohl noch nicht, dass sich ihr Auszug um vier Wochen verzögern würde, weil der Vermieter noch einige Reparaturen vornehmen lassen wollte. Sie ließ das Wasser in die Plastikschüssel laufen, fasste mit zwei Fingern in den Topf mit der Geschirrseife und streifte sie in der Schüssel ab.

Nur mit halbem Ohr hörte sie, wie Haldun sagte, der Bau der Klinik in Izmir sei abgesagt worden. Er habe sich dort mit einem der Chefärzte getroffen, um ein paar Dinge zu besprechen, und es gebe bei dem Projekt zu große Finanzierungsprobleme. Zuerst verstand Elisabeth die Bedeutung seiner Worte nicht. Erst als Haldun sagte, dass sein Sold allein nicht ausreiche und sie doch erst einmal bei ihnen wohnen bleiben würden, zerdrückte Elisabeth das kleine Teeglas in ihrer Hand. Es machte kaum ein Geräusch im Wasser, nur ein unscheinbares Klick. Es tat auch nicht weh, als sie fester und fester drückte. Und es sah schön aus, wie der rote Faden aus ihrer Hand immer breiter wurde und das Wasser färbte.

So ein kraftvolles Rot, dachte Elisabeth. Schade, dass die Geschirrseife grün ist. Rot und Grün vertragen sich nicht.

»Hervorragende Entscheidung, mein Sohn«, dröhnte Burak. »Ich wusste doch, dass du deinen armen alten Vater nicht im Stich lässt. Ich wusste es doch!«

»Da könnt ihr eine Menge Geld sparen«, sagte Ferah. »Ilayda und deine Frau brauchen etwas zum Anziehen. Aus ihren alten Kleidern fällt Eliz heraus.«

»Ja«, gab Haldun besorgt zurück. »Sie ist so dünn geworden. Sehr, sehr dünn.«

»Für mich wäre das nichts!«, erwiderte sein Vater lachend. »Ich brauche was zum Anfassen.«

»Burak!«, ermahnte ihn Ferah, aber er sprach weiter.

»Ja, was denn? An einer Frau muss doch was dran sein,

sonst könnte ich ja gleich …« Burak brach wieder in schallendes Gelächter aus, und Lâl stimmte ein.

Noch immer stand Elisabeth vor der Geschirrschüssel, beide Hände im kalten Wasser. Das war es, was sie merkte. Das Wasser war kalt, und sie fror. Sie wusste, dass Splitter in ihrer Hand steckten, doch sie wusste nicht, was sie jetzt tun sollte. Als die Sprungfeder des Sessels knarzte und sich Schritte der Küche näherten, wollte sie die Hände aus dem Wasser ziehen, ganz schnell, das Trockentuch greifen und so tun, als ob. Doch ihre Hände waren im Wasser zu Eis erstarrt und hatten ihre Arme, Schultern und auch den Rest ihres Körpers steif gemacht. Sie war gefroren. Selbst das Blut im Wasser bewegte sich nicht mehr. Haldun trat von hinten an Elisabeth heran, umfing sie mit seinen Armen, küsste ihren Haaransatz und fuhr entsetzt zurück, als er in die Schüssel sah.

Fünf Minuten später lief Elisabeth an den hupenden Autos vorbei die Hauptstraße entlang. Allein. Sie hörte den Lärm nicht mehr, sah die vielen Fahrzeuge nicht mehr, roch die Abgase nicht mehr und bemerkte auch nicht, dass ihr wieder viele Blicke folgten. Es war ihr egal. Alles war egal, nachdem Haldun ihr gestanden hatte, dass es für sie beide vorerst keine eigene Wohnung geben würde. Der Vermieter sei sehr nett gewesen und habe ihm sämtliche Kosten zurückerstattet, so dass Haldun ihr nun Kleidung kaufen könne, auch für Ilayda. Elisabeth hatte Haldun angesehen, mit dem Geschirrtuch in der Hand, damit das Blut nicht tropfte. Sie hatte ihm in die Augen gesehen und gesagt, dass sie jetzt allein sein müsse und er dafür sorgen solle, dass ihr niemand folge. Sie wunderte sich selbst über ihren entschiedenen Ton und merkte auch, dass sie Haldun damit verunsicherte, aber sie konnte nicht anders. Er schluckte und nickte und entgegnete, das sei in Ordnung, sie könne gehen, wohin sie wolle, sie solle nur bitte bald zurückkommen. Er wurde blass, als Elisabeth zwei Splitter aus ihrer Handfläche zog und ein Stofftaschentuch daraufpresste. Sie schlüpfte in ihre Schuhe, griff nach ihrem Mantel und zog die Tür hinter sich zu. Dann rannte sie los – um die Ecke, die nächste Straße entlang, an Trudis Haus vorbei, wieder um die Ecke und die Ethem-Efendi-Straße hinab, an der Bäckerei vorbei, der Apotheke und dem Gemischtwarenladen. Sie lief und lief immer weiter, das Taschentuch in ihrer pochenden Faust fest umklammert. Sie lief, bis ihr die Luft ausging, bis sie keuchte, nach Atem rang und das Seitenstechen begann. Sie lief so weit, wie sie noch nie gelaufen war.

Sie lief, bis sie einen Park erreichte, der sich zum Marmarameer hin öffnete. Er schien neu angelegt worden zu sein, denn die ordentlich in Reihen gepflanzten Palmen waren klein und die Beete noch nicht gefüllt. Auch die Leere deutete darauf hin, dass diesen Ort niemand kannte. Weil Elisabeth keine Bank zum Sitzen fand, ging sie bis zur Mole und setzte sich auf die niedrige Mauer. Obwohl die Blutung aufgehört hatte, presste sie das Tuch weiterhin auf die Wunde.

Einen Meter unter ihr schwappte das Wasser gleichmäßig an die steinerne Befestigung. Muscheln hatten sich daran im Tang festgesetzt. Ein ausgepresstes Orangenstück schaukelte neben einer Plastikflasche aufs Meer hinaus. Selbst eine leere Obstschale war freier als sie. Die konnte sich einfach davontreiben lassen. Elisabeth sah dem Abfall nach, der sich mehr und mehr entfernte. Eine Windböe zupfte kleine Wellen aus dem Wasser. Es war das einzig Erträgliche an dieser Stadt. Das Meer. Das einzig Schöne. Wenn der Dreck nicht wäre. Überall Dreck. Besonders in ihrem Herzen.

Dreck, der ihr zuvor wie ein kleines unscheinbares Häufchen erschienen war und sich nun Schicht für Schicht zu einem Berg türmte. Sie hatte gedacht, ihn leicht beseitigen zu können, mit ein paar Wischern in der eigenen Wohnung. Sie hätte ihn in dieser schönen hellen Wohnung weggeputzt, kein Sandkörnchen hätte sie geduldet. Sie hätte sich und die Wohnung gereinigt von all der Einmischung, der Bevormundung, den Kränkungen, der Abhängigkeit und dem allgegenwärtigen Mangel, der ihr wie ein Korsett die Luft abschnürte.

Elisabeth wollte sich einen dunklen Fleck vom Fuß wischen und stellte fest, dass es ein Bluterguss war. Schon merkwürdig, dass der selbst an ihren knochigen Gelenken noch entstand. Erst jetzt fiel ihr auf, dass sie ihre Strümpfe vergessen hatte. Sie zog den Rock ein wenig hoch und streckte ihre Beine aus, die nur noch aus Haut und Knochen zu bestehen schienen. Zweiundvierzig Kilo. Sie war hässlich. Und sie würde noch hässlicher werden, wenn sie sich diese Sache nicht abgewöhnte. Aber es ging nicht. Das Essen hatte seinen Reiz verloren. Sie konnte es nicht mehr genießen. Der Reiz bestand vielmehr darin, so wenig wie möglich zu essen und die Kontrolle über das zu behalten, was in ihrem Körper bleiben durfte und was nicht.

In ihrer Manteltasche steckte noch ein Rest Simit vom Vormittag, das Ilayda übrig gelassen hatte und das zu groß war, um durch das Loch zu fallen.

Ein Stück warf sie ins Wasser in der Hoffnung, einen Fisch anzulocken. Das Weiße zerfaserte und sank in die Tiefe, der hellbraune Rand mit dem Sesam schwamm davon. Ein Fisch kam nicht. Stattdessen flatterte ein kleiner Spatz heran, blieb in sicherem Abstand zu Elisabeth stehen und tschilpte.

Kommt ein Vogel geflogen.

Sie krümelte etwas hin, der Spatz legte den Kopf schief und hopste auf seinen dürren Beinchen näher.

Setzt sich nieder auf mein' Fuß.

»Du hast mehr Appetit als ich«, sagte sie und riss noch etwas ab. »Hier.«

Hat ein' Zettel im Schnabel, von der Mutter ein' Gruß.

Langsam wich Elisabeth zurück, damit der Spatz zugreifen konnte.

Lieber Vogel, flieg weiter, nimm ein' Gruß mit und ein' Kuss.

Der Spatz nahm das größte Stück Simit in den Schnabel und flog davon.

Denn ich kann dich nicht begleiten, weil ich hierbleiben muss.

Es war der Spatz, den er nicht getroffen hatte, der Schuss durch das Astloch, mit dem der Vater ihre Mutter verletzt hatte. Das Thrombose-Bein, das die Embolie verursachte, an der sie gestorben war.

Nicht ihr Vater, sondern Ferdinand hatte sie mit der Kutsche ins Krankenhaus gebracht. Es erschien Elisabeth wie eine Ewigkeit, bis ihre Mutter zurückkehrte. Und als sie dann da war, lag das Baby in ihrem Arm, Elisabeths Schwester Gretchen. Nichts war wie zuvor. Ihre Mutter erholte sich nur langsam. Dabei war es wichtig, dass sie sich schnell erholte, weil die Russen kamen, weil sie fliehen mussten. Elisabeth erinnerte sich an ein großes Schiff voller Menschen, mit dem sie gefahren waren, an beißende Kälte und Hunger. Sie sah sich selbst auf einer dünnen Wolldecke an einem Bahnsteig liegen, weinend, weil ihre Mutter gesagt hatte, sie solle schlafen, sie aber auf den blanken Steinen nicht schlafen wollte.

Am Himmel zogen graue Wolkenschlieren über weiße hinweg. Die grauen waren schneller und wirkten wie ein schmutziger Film, der über ein Bild lief.

Elisabeth umrundete den Park und verließ ihn in der Richtung, aus der sie gekommen war. Allein das Gehen tat ihr gut. Schritt um Schritt wäre sie gern kilometerweit gelaufen, immer weiter und weiter über den Bosporus am Mittelmeer entlang, über Gibraltar und drumherum, über Portugal und weiter bis zur Nordsee, über Dänemark hinweg zur Ostsee. Immer nur am Meer entlang, bis sie zu Hause angekommen wäre – in Stolpmünde. Elisabeth hätte jeden Weg auf sich genommen, um dorthin zu kommen, wenn es denn dort noch ein Zuhause gegeben hätte. Wenn ihre Mutter da gewesen wäre.

Elisabeth wischte sich über die Augen und fragte sich, wie ihre Stimme geklungen hatte, doch sie wusste es nicht mehr. Allein dafür hätte sie jeden Marsch auf sich genommen. Jeden.

Die Adventszeit, die Elisabeth in Deutschland immer geliebt hatte, verstrich ohne jedes Vorweihnachtsgefühl. Das graue und regnerische Wetter hielt sich ebenso hartnäckig wie Ilaydas und Elisabeths fiebrige Erkältung. Auch Haldun hustete und bekam von seiner Mutter abends, sofern er da war, ein Glas heiße Milch mit Honig. Elisabeth nahm stattdessen Nasentropfen und gab Ilayda Fruchtsäfte, von denen ihr Po wund wurde. Kurz vor Heiligabend entdeckte sie zufällig in einem Geschäft einen Plastiktannenbaum mit künstlichem Schnee und Kugeln. Es war wie ein freundlicher Gruß aus der Heimat. Und weil auch Trudi die Festtage nicht einfach vergessen konnte, saßen sie und Elisabeth am 24. Dezember zusammen, gaben sich kleine Geschenke und sangen Weihnachtslieder. Ilayda und Trudis Jungs hörten erst mit großen Augen zu, dann lachten sie und klatschten in die Hände. Trudi hatte türkische Würstchen und Kartoffelsalat vorbereitet, und zum ersten Mal fiel ihr auf, wie wenig Elisabeth aß. Auf ihre Frage sagte Elisabeth, sie sei durch die Erkältung noch appetitlos. Kopfschüttelnd betrachtete Trudi ihre Freundin, die den Teller von sich schob und eine Zigarette aus der Schachtel nahm.

Haldun hatte sein Versprechen wahr gemacht und war mit Elisabeth zum Einkaufen auf die europäische Seite gefahren. Im großen Basar hatten sie neben zwei Lammfellmänteln mit hübschen Stickereien für Ilayda und Elisabeth auch Kleider, Stiefel, Wolle und Stoffe gekauft, aus denen sie und Ferah in den darauffolgenden Wochen einige schöne Sachen nähten und strickten. Das war auch dringend notwendig, denn es schneite, und die Temperaturen waren empfindlich gesunken. Elisabeth machte mit Trudi weiterhin lange Spaziergänge an der frischen Luft, selbst wenn Burak, Ferah und sämtliche Nachbarn sie für verrückt erklärten und die Kinderwagen an manchen Stellen nur mühsam zu schieben waren. Elisabeth gab nur noch wenig auf Buraks Äußerungen und versuchte, jedem Konflikt aus dem Weg zu gehen. Er schien ohnehin friedlicher gestimmt, wohl weil sein Sohn bei ihm wohnen geblieben war. Etwas Sorge bereitete ihm allerdings ein Arzttermin, bei dem seine Blutwerte überprüft werden sollten, denn es plagten ihn Schmerzen im Unterbauch.

Lâl hatte ihre Aufnahmeprüfungen an der Fakultät für Architektur bestanden und ging zweimal die Woche zu Vorlesungen. Den Rest der Zeit verbrachte sie zu Hause. Halduns Freund war seit dem Tod seiner Mutter nicht mehr zu ihnen gekommen, was sie sehr betrübte. Auch war Haldun nicht mehr bereit, ihn anzurufen und zum Kommen zu überreden. Als Elisabeth Lâl fragte, ob ihr das Studium Spaß mache und ob sie wirklich Architektin werden wolle, antwortete sie, im Grunde wolle sie überhaupt nicht arbeiten, sondern einen reichen Mann heiraten und Hausdame werden.

Das Heiraten hatte Elisabeths Schwester Greta in der Zwischenzeit in Augsburg vollzogen und Elisabeth eine Karte mit ein paar Fotos geschickt. Ihr Mann war ebenfalls Lehrer und sah nett aus, fand Elisabeth. Sie wohnten in einem alten Bauernhaus etwas außerhalb mit großem Garten und Feldern drumherum, und Elisabeth war schon ein wenig traurig, dass sie nicht zur Hochzeit hatte fahren können. Greta schrieb, sie überlege, ein Kunststudium zu beginnen, und Elisabeth könne sich ja wohl denken, was ihr Vater davon halte – brotlose Kunst. Elisabeth schrieb zurück, wie sehr sie sich für sie freue und dass sie Greta spätestens zur Taufe ihres ersten Kindes besuche.

Das Frühjahr mit seinem hellen Licht, dem Vogelgezwitscher und den sprießenden Bäumen hob Elisabeths Stimmung merklich. Besonders große Freude bereiteten ihr die Katzenbabys, die, nachdem sie in Blumentöpfen, Kartons oder im Gebüsch herangewachsen waren, nun ausgelassen durch den Garten tollten. Mit Ilayda ging sie oft hinaus, um sie zu füttern und zu beobachten. Ferah sagte zwar, sie solle Ilayda nicht an die Katzen heranlassen, sic würden Krankheiten verbreiten und seien dreckig, aber Elisabeth hatte keine Angst und ließ ihre Tochter Katzen streicheln, so viel sie wollte. Mit ihren elf Monaten konnte Ilayda fast laufen. An der Hand ging sie schon ziemlich sicher, nur allein hatte sie noch Angst. Die Kinder aus dem Haus klingelten jeden Tag, um sie abzuholen und mit ihr im Garten zu spielen.

Als das Opferfest begann, wollten die älteren sie sogar

mit zum großen Schlachtplatz nehmen, aber das erlaubte Elisabeth nicht. Sie hätte die rituelle Tötung der Tiere selbst nicht mit ansehen können und wollte es Ilayda ebenso ersparen.

Und dann kam der Anruf, der die ganze Familie erschütterte. Burak hatte seine Untersuchung monatelang hinausgezögert, bis Haldun schließlich mit ihm in die Klinik gefahren war. Nur einen Tag später rief der Arzt an. Die Blutwerte seien katastrophal, und Burak müsse sofort ins Krankenhaus, um weitere Untersuchungen vornehmen zu lassen. Dort sagte man ihnen, es gebe den Verdacht auf Darmkrebs.

Innerhalb von vierundzwanzig Stunden wurde Burak operiert, und die Ärzte teilten Haldun im Anschluss mit, dass es nicht gut aussehe für seinen Vater. Die Zellen hätten bereits gestreut, und man wisse nicht, wie viele Organe in Mitleidenschaft gezogen worden seien. Ferah und Haldun wechselten sich an Buraks Bett ab, und oft blieben auch Lâl und Elisabeth bei ihm. Und zum ersten Mal hatte sie Mitleid mit dem alten Mann, der in seinem Krankenbett lag und weinte wie ein kleiner Junge.

Ob es seine Angst vor der nächsten Operation war, den schmerzhaften Behandlungen, oder ob sich Burak angesichts der bedrohlichen Krankheit Gedanken über sich und sein Verhalten machte, wusste Elisabeth nicht. Sie wusste nur, dass er ein anderer Mensch sein würde, wenn er es überlebte.

Doch es war zu spät. Fünf Wochen nach der ersten Untersuchung hatte der Krebs ihn besiegt.

Durankulak, Bulgarien

22. Mai 1999, 10 Uhr 45

Je weiter sie gingen, umso heller und feiner wurde der Sand. Wie weiches Mehl bestäubte er ihre Füße. Ein nachtblauer See formte sich vor ihnen zu einem Wasserohr, das dem Gesang des Meeres zu lauschen schien. Unzählige Vögel tummelten sich gurrend, krächzend und schnarrend im flachen Gewässer, das an eine unberührte Steppenlandschaft grenzte. Ganze Schwärme von Möwen und Seeschwalben kreisten über ihnen, und Ferah wunderte sich, dass sie diese ungeheure Vielfalt, diese Fülle und den Reichtum, der sie umgab, nie hatte sehen können.

»Was war dein schönstes Erlebnis, Güzelim?«, fragte Ferahs Vater.

»Außer Köstence?«

»Gab es außer Köstence noch etwas?«

»Ja.« Ferah lächelte. »Es gab eins, in Ankara. Ich fürchte nur, du wirst es mir nicht glauben.«

»Wie könnte ich dir nicht glauben?« Ihr Vater schüttelte den Kopf. »Bitte erzähl.«

»Es war noch in der Grundschule«, begann Ferah. »Ich muss etwa zehn oder elf Jahre gewesen sein, als uns Kemal Atatürk einen Besuch abstattete.«

»Tatsächlich?«, rief ihr Vater erstaunt. »Er war in deiner Schule?«

»Ja«, antwortete Ferah. »Er kam in unsere Klasse und sprach darüber, wie wichtig wir Kinder für den Wandel in der Türkei seien und dass wir als erste Generation Freiheit und Unabhängigkeit ins Land bringen würden. Wir sollten uns immer darüber klar sein, dass die Macht von uns ausgehe. Als Kind habe ich nicht verstanden, was er meinte, das kam erst etliche Jahre später.«

»Er war ein guter Mann«, sinnierte ihr Vater.

»Das war er, aber auch sehr ungeduldig. Er wollte die Reformen zu schnell. Das überforderte das Land und die Menschen, die über Generationen ihrer strengen Religion gefolgt waren.«

»Das ist wohl wahr, und doch sind ihm noch heute so viele Menschen dankbar.«

»Ich bin es auch«, sagte Ferah und sah sich wieder in der Schulbank sitzen, die Augen niedergeschlagen, als Kemal Atatürk sich neben sie setzte, unfähig, den Kopf zu heben oder sich zu rühren, unfähig, auch nur zu atmen, weil dieser große Staatsmann ihr plötzlich so nah war und mit ihr sprach. Nur mit ihr, Ferah. Er hatte sie gefragt, wie sie heiße, und erst hatte sie keinen Ton herausgebracht, dann heiser ihren Namen geflüstert. Er fragte, warum sie ihn nicht ansehe und dass sie sich für nichts zu schämen brauche. Er hatte nach ihrem Kinn gegriffen, es sanft angehoben und zu sich gedreht, damit sie ihn ansehen musste, und sie war in diesen stechend blauen Augen versunken, die denen ihres Vaters so erschreckend ähnlich waren.

»Alles, was wir auf der Welt sehen, ist das Werk der Frauen«, hatte Atatürk gesagt. »Vergiss das niemals, kleine Ferah.«

Istanbul-Erenköy, Türkei

Juni 1969

Schweiß stand in dicken Perlen auf Elisabeths Nase, als sie den schweren Eimer aus der Badewanne hob, den sie soeben mit Wasser gefüllt hatte. Danach hielt sie einen weiteren Eimer, den Wasserkessel und mehrere Kanister und Flaschen unter den Hahn, um auch diese zu füllen. Glücklicherweise schaffte sie es rechtzeitig, bis das Wasser für den Rest des Tages abgestellt wurde. Erst gegen Abend, wenn es wieder lief, würde sie Geschirr spülen und die Wäsche waschen können. Wenn sie denn Strom hatten. Seit Tagen lag eine brütende Hitze über Istanbul, das Thermometer kletterte über vierzig Grad, nachts kühlte es kaum ab, der Strom war ständig weg, und die Wasserwerke rationierten die Zuteilung. So mussten sie mit dem auskommen, was sie morgens abgefüllt hatten.

Ilayda schien in Ferahs Schlafzimmer zu sein, denn nachdem sie gemeinsam gefrühstückt hatten, war die Kleine im hinteren Teil der Wohnung verschwunden, und Elisabeth hatte sie nicht mehr gesehen. Während sie die Behälter nacheinander in die Küche trug, fiel ihr auf, dass die Tür zu Halduns und ihrem Zimmer geschlossen war, und sie hatte sie doch nach dem Aufstehen offen gelassen, damit zumindest ein wenig Luft zirkulierte. Aber bevor sie nachsehen ging, wollte sie kurz im Wohnzimmer Ordnung machen. Von den Abendgästen standen noch volle Aschenbecher auf den Tischen, Krümel lagen am Boden, und die Schondecken, die Ferah gehäkelt hatte, waren verrutscht. Elisabeth öffnete beide Balkontüren und die Fenster, um zu lüften. Weil sie mit dem Staubsauger keinen Lärm machen wollte, nahm sie den Handbesen aus Reisig und fegte damit die Krümel zusammen.

Nach Buraks Tod waren viele seiner Freunde, Verwandten und Bekannten gekommen. Tagelang hatten sie Gäste über Gäste bewirtet, und Elisabeth hatte sich schon gefragt, ob sie das wohl bis an ihr Lebensende weitermachen müsste, doch dann wurde es weniger, und so manchen Abend verbrachten sie nun als Familie allein. Sie hörten Radio, lasen oder sahen sich Filme im türkischen Fernsehen an, die seit einiger Zeit im Abendprogramm gesendet wurden.

Buraks Tod hatte vieles verändert, und Elisabeth hätte lügen müssen, wenn sie behauptet hätte, dass er ihr fehlte. So traurig sein plötzlicher Tod für die Familie gewesen war, so befreit fühlte sich Elisabeth. Es war, als hätte das Schicksal eingegriffen, um ihr beizustehen. Sie konnte sogar wieder etwas essen und hatte anderthalb Kilo zugenommen. Das war immer noch zu wenig, aber sie war deutlich zufriedener, zumal auch ihre Bindung zu Haldun viel enger geworden war. Man hatte ihn für das letzte Jahr nach Balıkesir versetzt, eine Stadt südwestlich von Istanbul, und er nahm jedes Wochenende sechs bis sieben Stunden Fahrt auf sich, um zu ihnen zu kommen.

Dafür war das Verhältnis zwischen Büyükanne und Ferah nun von offener Abneigung geprägt. Büyükanne gab ihrer Schwiegertochter deutlich zu verstehen, dass sie nicht gut genug für ihren Sohn gewesen war, und Ferah hatte sich zu lange ihre Bevormundung und Geringschätzung gefallen lassen, als dass sie die alte Frau noch mögen konnte, wie Elisabeth es tat. Ferah atmete auf, als Büyükanne einige

Wochen zu ihrer Schwester zog und sie sich nicht um sie kümmern musste. Sie hatte ohnehin genug zu tun. Buraks Behandlung hatte ihre sämtlichen Ersparnisse verschlungen. Eine Krankenversicherung gab es nicht, nur die Möglichkeit einer Rückerstattung der Kosten durch den Arbeitgeber. So nahm Ferah alle erforderlichen Papiere an sich und fuhr damit nach Ankara, um Buraks ehemaligen Vorgesetzten zu sprechen, mit dem er eine Vereinbarung für den Krankheitsfall unterzeichnet hatte.

Elisabeth konnte sich nicht vorstellen, dass das Unternehmen auch nur eine müde Lira an Ferah zahlen würde, und genauso war es. Verzweifelt war Ferah nach drei Tagen aus Ankara zurückgekehrt. Der damals zuständige Mitarbeiter sei verstorben, sagte man ihr, und das Schriftstück, das zu seinem Berufsantritt dreißig Jahre zuvor aufgesetzt worden sei, längst nicht mehr gültig. Sie solle froh sein, dass sie die Rente ihres verstorbenen Mannes erhalte.

Haldun beruhigte seine Mutter und versprach, sich nebenbei um Aufträge zu bemühen, damit sie weiterhin den Abtrag für die Eigentumswohnung zahlen konnten. Doch alleinlassen konnte Ferah ihren Sohn mit der Verantwortung nicht. Zuerst fuhr sie zu Maral Yenge und lieh sich Geld, dann fragte sie im Freundes- und Bekanntenkreis nach Näharbeiten, und recht bald hatte sie so viele Aufträge, dass sie Tag und Nacht an der Nähmaschine saß, um sie zu bewältigen. Elisabeth hatte ihr beim Kochen genügend über die Schulter geguckt, so dass sie ihr auch das abnehmen konnte.

Und bei Lâl gab es ebenfalls Neuigkeiten. An der Universität hatte sie einen netten Studenten kennengelernt, der bei Haldun und Ferah um ihre Hand anhielt, und voller Eifer plante Lâl nun ihre Verlobung im Herbst. Mit Haldun geriet sie jedoch des Öfteren in Streit. Mal kritisierte er ihre Schminke oder ihr aufdringliches Parfum, mal forderte Lâl, dass er ihr die Aussteuer für die Hochzeit kaufen solle, da ihr Vater es ja nicht mehr könne. Sie lieferten sich hitzige Gefechte mit lautstarkem Geschrei, tagelangem Schweigen und tränenreichen Versöhnungen. Auch Ferah geriet mit ihrer Tochter ständig aneinander. Elisabeth hielt sich aus den Reibereien heraus und war froh, dass es sie nicht betraf. Überhaupt verstand sie sich mit allen viel besser, auch wenn sie sich manchmal bei ihren Eltern über Lâls Trägheit und ihre Weigerung beschwerte, im Haushalt mitzuhelfen. Noch immer träumte Elisabeth von ihrer eigenen Wohnung, um ihre Eltern einladen und ihnen die Stadt zeigen zu können, und noch immer hatten diese kein Interesse.

Haldun war des Zusammenlebens mittlerweile auch überdrüssig geworden, und er hatte es Elisabeth gegenüber sogar offen zugegeben. Grund dafür war ein befreundetes Pärchen, mit denen sie sich jetzt häufiger trafen. Sie war ebenfalls Deutsche, ihr Mann Türke und ein Soldat, den Haldun ausgebildet hatte. Meist trafen sie sich in deren Wohnung, weil die beiden mit ihren Kindern allein wohnten und sie sich ungezwungener unterhalten konnten. An einem dieser Abende hatten die Männer wie üblich Rakı und die Frauen Wein getrunken, viel gelacht und über Deutschland gesprochen. Dabei erzählte der Freund, dass sie sich entschieden hätten, zurückzukehren, weil die Verdienstmöglichkeiten dort einfach besser seien. Liebevoll streichelte er die Hand seiner Frau, deren Augen vor Freude leuchteten. Neidisch hatte Elisabeth zugehört, und als sie sehr spät nach Hause kamen, saß Ferah am Fenster und wartete auf sie, weil sie sich Sorgen gemacht hatte. Da sagte auch Haldun, er beneide die beiden um ihr freies und selbstbestimmtes Leben.

Sein Eingeständnis hatte Elisabeth gefallen, und seitdem fühlte sie neue Zuversicht.

Mit einem feuchten Lappen wischte Elisabeth über die Tische, fuhr mit dem Trockentuch darüber, spülte ihre Hände im Putzwassereimer ab und ging hinüber ins Schlafzimmer. Haldun sollte am Nachmittag eintreffen, und Elisabeth wollte das Bett frisch beziehen.

Ilayda zuckte erschrocken zusammen, als ihre Mutter hereinkam, und diese wusste nicht, ob sie schimpfen oder lachen sollte. Da stand ihre zweijährige Tochter vor dem großen Spiegel, in der linken Hand den Tiegel Nivea-Creme, den Elisabeth aus Deutschland mitgebracht hatte und nur sehr sparsam benutzte, weil es sie in Istanbul nicht gab, in der rechten Hand einen Klecks Creme, den sie sich gerade an eine noch freie Stelle an ihrem Körper schmieren wollte und wohl keine mehr fand. Das ganze Kind war vom weißblonden Scheitel bis zur Sohle voller Nivea-Creme. Haare, Gesicht, Arme, Beine, Kleid, Söckchen, Schuhe – alles weiß. Nur ihre großen grünen Augen guckten aus der Creme heraus.

»Was machst du denn da?«, entfuhr es Elisabeth, und Ilayda sah so zufrieden aus, dass Elisabeth nur lachen konnte.

»Ich mache mich schön«, antwortete Ilayda und cremte gewissenhaft eine Stelle am Ohr ein, die sie zuvor übersehen hatte.

»Aman Allahım[32]!«, rief Ferah, die hinter Elisabeth ins Zimmer trat und sofort in unbändiges Gelächter ausbrach. »Was hast du nur gemacht, Mädchen?«

Sie konnte nicht weitersprechen, weil sie so lachen musste, und Elisabeth lief schnell ins Wohnzimmer, um den

32 Ach, du lieber Gott!

Fotoapparat zu holen und dieses Bild für die Ewigkeit festzuhalten. Noch Wochen später waren Ilaydas Haare fettig, und sie duftete nach Nivea.

Das schien ihrem dreijährigen Freund Faruk zu gefallen. Oft sah Elisabeth die beiden zusammen im Garten sitzen, und er schnupperte an ihrem Schopf. Faruks Eltern verrichteten die Hausmeistertätigkeiten für Adal Bey und seine Frau. Sie wohnten in einem schlichten kleinen Steinhaus hinten im großen Garten. Vor der Haustür stand ein Maulbeerbaum, der jedes Jahr köstlich süße schwarze Früchte trug und seine Äste so weit herunterließ, dass sogar Ilayda sie mühelos ernten konnte. Überhaupt bot dieser Garten alles, was Ilaydas Herz begehrte. Er war ihr Spielzimmer, in dem sie sich mit den anderen Kindern traf, ihr Rückzugsort, wenn sich die Erwachsenen stritten, und er war ihre Nahrungsquelle, wenn sie das Essen zu Hause nicht mochte, was häufig vorkam. Alles wuchs in rauhen Mengen, und mit der Erlaubnis von Adal Bey und Merve Hanım nahmen sich die Kinder, was sie wollten, Aprikosen, Feigen und Pflaumen, Pfirsiche, Quitten und Erdnüsse, Tomaten, Paprika und Gurken. Dieser Garten war Ilaydas Paradies. Jeden Tag gab es Neues zu entdecken und Vertrautes zu genießen. Mit der Geduld einer Schatzgräberin machte sie sich auf die Suche nach Pinienkernen, um sie geschickt mit einem flachen Stein aufzuschlagen und die leicht süßliche Nuss freizulegen. Ilayda hatte schnell einen Blick für die kleinen länglichen Kerne in ihrer schwarz gepuderten Hülle entwickelt und sah sie sogar, wenn sie halb von Blättern oder Sand bedeckt waren.

Doch es gab auch andere Dinge in diesem Garten. Manchmal, wenn die Kinder gerade im schönsten Spiel waren, kam die gefürchtete Spritzenfrau. Der kleine Faruk litt unter

Vitaminmangel, und seine Eltern ließen ihm dagegen Spritzen geben, weil sie sich Sorgen machten. Ilaydas Herz raste genauso wie das ihres Freundes, wenn sie mit ihrer Tasche anrückte und Faruk wie ein wildes Tier eingefangen und während der Prozedur festgehalten wurde. Seine Schreie gellten durch den ganzen Garten und gingen Ilayda jedes Mal durch Mark und Bein. Einmal hatte sie sich mit Faruk unter dem Sofa in der Stube seiner Eltern versteckt in der Hoffnung, dass man sie nicht finden würde. Umso entsetzlicher war dann das Entdecktwerden, obwohl Ilayda nur hervorgeholt und nach Hause geschickt wurde. Aber diesen Moment der Furcht und Faruks hilfesuchenden Blick vergaß sie nie.

Ebenso wenig wie das Erlebnis mit ihrem Kedibeyaz. Ilayda besaß einen Teddybären, den Greta ihrer Nichte zum zweiten Geburtstag aus Deutschland geschickt hatte. Es war Liebe auf den ersten Blick, und Ilayda schleppte ihn ständig mit sich herum, obwohl sie selbst nicht viel größer war als er. Tagsüber im Garten wurde er überall abgesetzt, wo sie spielte, nachts lag er neben ihr im Bett. Er trug von Lâl gehäkelte Hosen und ein Jäckchen und brummte freundlich, wenn sie ihn vor- und zurückbeugte. Weil Ilayda kein Deutsch sprach und Teddybär klang wie Kedibeyaz, ein Wort, das sie aus zwei ihr bekannten türkischen Begriffen konstruiert hatte, nämlich Kedi für Katze und beyaz für weiß, hieß er fortan so – weiße Katze. Der Kedibeyaz war ihr Ein und Alles, und es war ein absolutes Privileg, wenn ihn jemand halten durfte. Umso betroffener war Ilayda, als sie ihn zum Trost einem weinenden Mädchen in den Arm drückte, das bei ihnen zu Besuch war. Das Kind erschrak vor dem großen Bären so sehr, dass es erst richtig zu schreien begann und zu seiner Mutter flüchtete. Die Erwachsenen fanden es lustig, Ilayda aber fühlte sich schuldig, weil sie dem Mädchen Angst statt Freude gemacht hatte. Danach gab sie ihren Kedibeyaz niemandem mehr.

Wenn das Wetter schlecht war, stromerte Ilayda durchs Haus. Bei Naci Bey und Sabiha Hanım war sie am liebsten, weil dort ihre Freunde Defne und Kasım wohnten, mit denen sie spielen konnte, und weil sie einen Plattenspieler besaßen, den Ilayda selbst bedienen durfte. Sie wusste genau, welche Schallplatte sie auflegen, wie sie den Arm auf die kleine schwarze Scheibe legen und den Lautstärkeregler drehen musste. Und sie genoss es sehr, wenn alle um sie herumsaßen und klatschten. Sabiha und die eilig herbeigerufene Ferah betrachteten oft verzückt die tanzende Ilayda und malten sich heimlich flüsternd aus, wie schön es wäre, wenn sie und Sabihas Sohn Kasım später ein Paar werden würden.

Mehrmals in der Woche war Markt auf der anderen Seite des Bahnhofs in Erenköy, und Ilayda ging gern mit Ferah und Lâl dorthin. Die Verkäufer kannten das kleine blonde Mädchen natürlich schon, steckten ihm Naschereien zu und strichen bewundernd über sein Haar. Sie lachten, wenn Ilayda sich im Vorbeigehen rohe Nudeln oder Kirschen von den Verkaufstischen nahm und in ihre Rocktasche steckte. Sie lachten noch lauter, wenn sie in ihrem kindlichen Türkisch Konversation mit ihnen machte. Sie nannten sie Prinzessin, Küken oder Grünauge. Sie kniffen sie in die Wange und sagten: »Bei Gott, ich esse dich auf, Mädchen!«

Ilayda sonnte sich in dieser grenzenlosen Bewunderung, in dem sicheren Gefühl, etwas ganz Besonderes zu sein. Sie war der Nabel der Welt und damit hochzufrieden.

Wenn Elisabeth ihr etwas verbot, ging sie zu Ferah, Lâl oder einer Nachbarin, und prompt erfüllte jemand ihren

Wunsch. Ferah war ohnehin der Ansicht, dass Elisabeth mit ihrem Enkelkind viel zu streng sei, und nahm sie in Schutz, wo es nur ging. Auch Lâl hatte an ihrer hübschen Nichte einen Narren gefressen. Sie trug sie mit sich herum wie eine Puppe, ließ sie ihre hochhackigen Schuhe anziehen oder schminkte sie, was Ilayda sehr genoss. Sie schnitten sich gegenseitig die herrlichsten Grimassen, tobten durch die Wohnung oder spielten im Garten Verstecken. Wenn sie Abwechslung oder Aufheiterung brauchte, ging Ilayda stets zu Lâl. Einmal fuhren die beiden ins Zentrum nach Kadıköy, weil es dort einen guten und günstigen Fleischer gab, bei dem Lâl einkaufen sollte. Ferah konnte sie nicht begleiten, weil sie nähen musste. Elisabeth hatte Zahnschmerzen, sagte aber, sie habe eine Erkältung, weil sie wusste, dass kein Geld für die Behandlung da war, und lag nach der Einnahme zweier Aspirintabletten im Bett. Ihr Vater war weit weg in der Kaserne. Büyükanne ging ohnehin kaum noch aus dem Haus. Und so fuhren Lâl und Ilayda allein mit dem Dolmuş[33].

In der Fleischerei war es sehr voll, und schon beim Hereinkommen wurden die beiden interessiert gemustert. Zwei ältere Damen begannen zu flüstern, und Lâl wusste sofort, dass sie über Ilayda redeten. Als Lâl sie ignorierte, sagte eine von ihnen halblaut: »Nun sieh dir das an, jetzt färben sie schon so kleinen Kindern die Haare!«

»Entschuldigung«, gab Lâl mit zuckersüßem Lächeln zurück, »aber Sie irren sich, die Haarfarbe ist echt!«

Die andere Frau warf ihr einen vernichtenden Blick zu.

»Und dann lügen sie auch noch!«

Lâl ließ nur ein glockenhelles Lachen erklingen, da ärgerten sich die Damen noch mehr.

Eine ganz besondere Freude bereitete es Ilayda, wenn sie

33 Sammeltaxi

ans Meer fuhren und sie im warmen Sand spielen konnte. Das Wasser diente ihr als unerschöpfliche Quelle für ihre Bauwerke, die damit übergossen oder gefüllt wurden, und seine Töne streiften in sanften Wellen ihr Gemüt. Ohne dass Ilayda es wusste, hatte das Meer eine Melodie, die sie in ihrem Inneren erklingen lassen konnte, wann immer sie wollte.

Eine Woche nach der Nivea-Verschönerung kam Lâl mit roten Augen aus der Universität und erzählte, dass sie ihr Verlobungsversprechen mit dem Studenten gelöst habe. Sie saßen beim Abendessen zusammen, Ilayda war bereits im Bett, und Haldun fragte seine Schwester, was sie denn jetzt zu tun gedenke. Ferah setzte eine besorgte Miene auf, und Büyükanne schüttelte den Kopf. Die jungen Leute seien einfach zu anspruchsvoll und nicht mehr bereit, Kompromisse zu machen.

Da wurde Lâl zornig. Sie könne schließlich nichts dafür, wenn sie nicht zusammenpassen würden, und außerdem sei Haldun dafür zuständig, ihr einen Mann zu beschaffen, jetzt, da ihr Vater nicht mehr lebe. Das brachte auch Haldun in Rage. Er sei ja wohl nicht der Kuppler seiner Schwester, sie solle gefälligst selbst dafür sorgen. Lâl gab zurück, er habe durch die Deutschen in seinem Umfeld wohl seine Verantwortung vergessen. Er sei immer noch Türke und müsse für seine Familie sorgen.

Das tue er ja auch zur Genüge, mischte sich Ferah ein, und das viel mehr als Lâl, die nur Forderungen stelle.

Da platzte Lâl endgültig der Kragen, und sie schrie ihre Mutter an, ob sie sich daran erinnere, wie sie als Kind ständig benachteiligt und vergessen worden sei? Ob sie überhaupt eine Ahnung habe, was sie ihr in all den Jahren angetan habe?

»Du warst eben eher die Tochter deines Vaters«, sagte Ferah. »Ich konnte nicht mehr für dich tun.«

»Aber mein Vater ist tot!«, schluchzte Lâl und lief aus dem Zimmer.

Wortlos verließ auch Büyükanne den Raum, und Ferah räumte den Tisch ab und machte den Abwasch, so dass Haldun und Elisabeth allein zurückblieben. Elisabeth war zwiegespalten. Einerseits stand sie klar auf Halduns Seite, sah es ebenso wenig als seine Aufgabe an, für die Heirat seiner Schwester zu sorgen, andererseits hatte Lâl sie in ihren Abgrund blicken lassen, und Elisabeth konnte ihren Schmerz nachempfinden, eine ungeliebte Tochter zu sein. Es war so vertraut.

Lange lag sie wach im Bett. Ihre Zahnschmerzen waren erträglich, so dass sie keine Tabletten einnahm, und während Haldun neben ihr schlief, dachte sie darüber nach, wie es kam, dass man auch als Erwachsene noch immer um die Zuneigung seiner Eltern buhlte, obwohl man eigentlich wusste, dass es sinnlos war. Selbst bei ihrer Stiefmutter tat es Elisabeth immer wieder, und es kränkte sie immer wieder, dass sie nicht das Erhoffte bekam. Aber sie konnte nicht anders. Der türkische Sinnspruch »Atsan atamazsın, satsan satamazsın« kam Elisabeth in den Sinn für etwas, was man weder wegwerfen noch verkaufen konnte. Familie war so etwas, und Lâl musste es ähnlich empfinden. Beim Einschlafen wünschte sie ihrer Schwägerin einen netten Mann, der sich um sie kümmerte und zumindest ein paar ihrer Wünsche erfüllte.

Trudi hatte Elisabeth und Haldun zu dem Beschneidungsfest ihrer beiden Söhne eingeladen. Haldun sagte gleich, er wolle nicht dorthingehen, er kenne ihre Freundin kaum. Elisabeth fühlte sich verpflichtet, doch als Trudi ihr berichtete, dass es eine traditionelle Feier werde, wurde ihr schon vorher schlecht. Die Vorhaut der Jungs würde auf einem Tisch vor allen Gästen und ohne Betäubung entfernt werden. Sie könne nicht dabei sein, sagte Elisabeth. Trudi solle es ihr nicht übelnehmen, aber so etwas, nein, das könne sie sich beim besten Willen nicht ansehen. Ihre Freundin war ein wenig enttäuscht, erklärte aber auch, dass es nicht ihre Entscheidung, sondern die ihres Mannes und seiner Familie sei, der sie sich beugen müsse. Sie hätte es auch lieber von einem richtigen Arzt in einem Krankenhaus und unter Narkose erledigen lassen. Manche Familien machten das wohl und feierten hinterher trotzdem mit Verwandten und Freunden.

Es tat Elisabeth leid, dass sie ihrer Freundin nicht beistehen und erst nach dem Eingriff beim Fest erscheinen konnte. Und sie war Ferah dankbar, dass sie sie begleitete. An die hundert Gäste hatten sich versammelt, aßen, tranken und tanzten. Die beiden kleinen Jungen jagten sich gegenseitig in ihren rot-weiß-silbernen Glitzerkostümen um die Tische, ließen sich herzen, küssen, Geld und Süßes zustecken und wirkten dabei recht munter.

»Ja, jetzt«, sagte Trudi, als Elisabeth sich darüber wunderte. »Du hattest so recht, es war entsetzlich. Die haben den ganzen Saal zusammengeschrien, und ich konnte ihnen nicht helfen! Ich durfte nicht mal bei ihnen stehen! Gut, dass die Kleine ein Mädchen ist und ich das nie wieder mitmachen muss.«

Ein Schauer durchfuhr Elisabeth, und sie schwor sich, so etwas niemals zuzulassen, wenn sie von Haldun je einen Sohn bekommen sollte. Und sie schwor sich auch, dass dies niemals in der Türkei geschehen würde.

Nach dem Streit sprachen Lâl und ihre Mutter eine ganze Weile nicht miteinander, obwohl sie jeden Abend im selben Zimmer schliefen, und so erfuhr Ferah zuerst von Elisabeth, dass Lâl jemanden kennengelernt hatte. Woher sie das Geld für den Zahnarzt genommen hatte, wusste Elisabeth nicht, aber Lâl hatte sich behandeln lassen, und Bülent, der junge Arzt, verliebte sich so sehr in sie, dass er bei ihrer Familie vorsprach. Er wollte Lâl unbedingt heiraten, das war allen sofort klar. Lâl hielt sich anfangs noch bedeckt, weil er ihr äußerlich nicht besonders gut gefiel. Er habe zu asiatische Gesichtszüge, sagte sie. Elisabeth mochte ihn gern und war ganz beschämt von seiner Hilfsbereitschaft, denn er bestand darauf, ihre Zähne kostenlos zu behandeln, so dass ihre Schmerzen rasch vorbei waren.

Lâl rang mit sich. Selbst nach der großen Verlobungsfeier, die sie im Herbst gemeinsam mit seinen Eltern und seinem Bruder in ihrer Wohnung feierten, war sie nicht sicher, ob sie Bülent wirklich heiraten sollte. Er verwöhnte sie auf eine Art, wie sie es sich immer gewünscht hatte, schenkte ihr zum Verlobungsring noch einen Brillanten, führte sie in teure Lokale aus oder ging mit ihr einkaufen. Aber Lâl fühlte sich in seiner Gegenwart einfach nicht so, wie sie sich damals bei Halduns Freund gefühlt hatte. Ferah beruhigte sie, es sei ganz normal, vor der Hochzeit zu zweifeln, das sei die Aufregung, und sie werde an Bülents Seite ein wundervolles Leben haben, schon allein, weil er eine eigene Praxis mit vielen Patienten habe. Elisabeth sagte, dass sie das nur selbst entscheiden könne, als Lâl sie um Rat fragte. Büyükanne erklärte, das Verliebtsein sei völlig unwichtig, es komme einzig darauf an, ob der Mann sie gut behandle. Wenn er das tue, dann komme die Zuneigung schon von allein. Und Haldun hielt sich ganz raus, weil er später keine Vorwürfe hören wollte.

Ihn plagten ohnehin ganz andere Sorgen. Das Abrechnungsbüro der Universität hatte ihm geschrieben, dass er unverzüglich mit der Rückzahlung des Kredits beginnen müsse. Nachdem er mit dem Beamten gesprochen hatte, bekam er zwar einen Aufschub, aber nur bis zum Ende der Militärzeit. Danach würde die erste Rate fällig werden, und Haldun hatte keine Ahnung, wie er sie bezahlen sollte. Er sprach lange mit Elisabeth darüber, und dann kam ihm eine verwegene Idee.

Am Abend sagte er ihr, sie solle sich ein hübsches Kleid anziehen, sie würden ausgehen. Und zwar allein.

Zuvor ging Haldun noch einmal weg und kam mit dem Auto des befreundeten Pärchens zurück, das er sich geliehen hatte. Verwundert öffnete Elisabeth die Wagentür, von ein wenig Aufregung in der Magengegend erfüllt. Ferah sah ihnen mit einem Gesichtsausdruck nach, den Elisabeth nicht deuten konnte. Sie war auch zu neugierig, was Haldun mit ihr vorhaben mochte, um sich Gedanken darüber zu machen.

Auf der Bağdat-Straße war auch am Abend immer viel los, alle Wege voller Autos, die Geschäfte noch geöffnet und hell erleuchtet. Wegen der milden Temperaturen saßen die Leute draußen in den Restaurants. Lampions hingen in den Bäumen darüber, und türkische Musik schallte aus Lautsprechern, untermalt vom Hupkonzert der alten Chevrolets, die Fahrgäste einsammeln oder absetzen wollten. Simitverkäufer liefen mit ihrer Ware auf dem Kopf zwischen den Passanten herum und versuchten, noch ein paar letzte Sesamringe zu verkaufen. Ein merkwürdig schönes Gefühl erfasste Elisabeth. Das Fahren durch das ihr heimisch gewordene Viertel, die Lebendigkeit und das bunte Treiben, das sie oft so anstrengte, hatten auch einen Reiz, der sich ihr gerade in diesem Augenblick offenbarte. Sie genoss es, dass Haldun immer weiterfuhr, das Radio einschaltete und ein paar amerikanische Schlager gespielt wurden. Sie genoss es, an diesen funkelnden Bildern entlangzurollen und sich so wohl zu fühlen wie lange nicht mehr.

Dann hielt Haldun an einem kleinen Restaurant, das auf einer Terrasse über dem Marmarameer schwebte. Goldene Windlichter mit ausgestanzten Sternmustern warfen ihren flackernden Schein auf die Tische, und der Mond strich einen silbernen Pfad ins Meer.

Als sie bestellt hatten und die Getränke kamen, erhob Haldun sein Glas auf Elisabeth.

»Şerefe«, sagte er und stieß mit ihr an. »Ich wollte, dass wir heute nicht zu Hause sind, weil ich dich etwas Wichtiges fragen möchte.«

Die Aufregung in Elisabeths Magen wurde stärker, sie nickte nervös.

»Was würdest du davon halten, wenn wir für ein paar Jahre zurück nach Deutschland gingen?«

Elisabeth verschluckte sich an ihrem Wein, hustete und wurde rot. Sie holte tief Luft, hustete noch einmal und versuchte zu Atem zu kommen.

»Was hast du gerade gesagt?«, brachte sie stockend heraus.

Haldun warf den Kopf zurück und lachte. Lachte sein schönes strahlendes Lachen.

»Willst du mit mir nach Deutschland ziehen?«

»Ja!«, rief Elisabeth, und Tränen traten ihr in die Augen. »Ja! Ja! Ja!«

Mangalia, Rumänien

22. Mai 1999, 10 Uhr 50

»Allah'ın dediği olur« stand in schmalen Lettern unter der arabischen Schrift. Allahs Wille geschieht. Ferah und ihr Vater standen vor dem Eingang einer alten Moschee inmitten eines verwunschenen Friedhofs. Das Gemäuer bestand aus unregelmäßigen Sandsteinen, die von weißen Fugen umrandet und von vier Fenstern unterbrochen wurden. Der Rahmen der dunklen, am oberen Rand abgerundeten Holztür war mit geschnitzten Rautenmustern gefüllt. Darüber hing eine schwarze Laterne. Eine grüne Matte und ein einsames Paar Männerschuhe mit heruntergetretenen Fersen lagen davor. Rechts und links der Tür stand jeweils ein Holztisch und eine Bank.

»Wollen wir hineingehen?«, fragte Ferahs Vater, doch sie schüttelte den Kopf.

»Ich möchte lieber in den Garten.«

Sie gingen am kleinen Minarett vorbei, an das sich ein imposanter Mimosenbaum lehnte, über und über mit rosafarbenen Blüten-Pompons bedeckt. Die gefiederten Blätter schlossen sich, als Ferah sie streifte, und der Gesang der Zikaden in ihrer unmittelbaren Nähe verstummte. Schlanke hohe Grabmale erhoben sich aus schweren Bodenplatten oder versanken schon halb in der Erde, mit Efeuranken, Farnen und Sträuchern bedeckt. Die Natur eroberte sich den Ort auf ihre Weise zurück. Inschriften und Blumenmuster zierten die hellgrauen Grabsteine, und auf einem thronte ein steinerner Turban. Ferah und ihr Vater gingen im Schatten der Bäume, deren Wurzeln im Lauf der Jahrhunderte die alten Mauern gesprengt hatten.

»Meinst du, es war Allahs Wille, der geschehen ist?«

»Vielleicht«, antwortete Ferah und setzte sich auf eine Holzbank. Ein vertrauter Duft zog ihr in die Nase, und als sie aufblickte, sah sie die Blüten eines Feigenbaums über sich. »Ja, wahrscheinlich, sonst wäre alles anders gekommen.«

Ihr Vater setzte sich neben sie, und beide betrachteten eine kleine braune Eidechse, die sich auf einem der Gräber vor ihnen sonnte.

»Wir sollten wohl alle in die Fremde ziehen«, sagte Ferah, »meine Mutter, du, ich, Haldun, Eliz, Lâl und meine Enkelin Ilayda.«

»Lâl auch?«

»Ja.« Ferah nickte. »Ein paar Jahre nachdem sie sich von ihrem Zahnarzt getrennt hatte, heiratete sie wieder und zog mit ihrem Mann nach Brüssel.«

»Wie ging es dir, als dich deine Kinder verließen?«

»Ich habe versucht, es zu verhindern.« Ferah lächelte. »Ja, das habe ich. Lâl konnte ich schlecht halten, sie musste mit ihren beiden Töchtern bei ihrem Mann sein, und ich wollte nicht bei ihr wohnen. Auch nach dem Tod meiner Schwiegermutter nicht. Aber ich wollte, dass Haldun, Eliz und Ilayda in Istanbul bleiben, nur hatte er kaum Möglichkeiten zu arbeiten, und in Deutschland stellte ihn das Architekturbüro sofort wieder ein, für das er zuvor schon tätig war. Als sie wirklich gegangen sind, habe ich gelitten. Zumindest in der ersten Zeit, später dann nicht mehr. Ich war immer gewohnt, mit vielen Menschen zusammen zu sein, und mit einem Mal war ich allein in der großen Wohnung.«

»Warum bist du nicht zu Haldun nach Deutschland gezogen?«, fragte ihr Vater, und Ferah überlegte.

»Ich weiß es nicht genau«, sagte sie schließlich. »Vielleicht, weil ich wusste, dass es in Deutschland nicht üblich war und Eliz es nicht gewollt hätte. Selbst in der Türkei wurde es im Gegensatz zu früher immer selbstverständlicher, dass die Kinder mit ihren Familien allein lebten. Und ich wollte mich ihnen nicht aufdrängen, obwohl ich in manchen Jahren schon lange Monate bei ihnen verbrachte. Aber vielleicht auch, weil ich die Sprache nicht beherrschte und mich nicht so frei bewegen konnte. Oder weil meine Verwandten und Freundinnen in Istanbul lebten? Vielleicht war es von allem ein wenig?«

Die Eidechse blinzelte in die Sonne, an ihrem Hals pochte der kleine Puls, und mit einer blitzschnellen Bewegung verschwand sie zwischen den Steinen.

Ferah sah ihren Vater an. »Und was wurde aus deiner Familie?«

»Von Talas' frühem Tod weißt du ja«, sagte er. »Sein Bruder Muhammad wurde Kapitän bei der Marine und ging später nach Amerika. Wir hatten keinen besonders guten Kontakt. Er wusste, dass ich ihm entscheidende Dinge verschwieg, und das nahm er mir sehr übel. Mit Recht. Ich habe nie mit ihm über dich und Seza gesprochen. Mit Yeşim natürlich genauso wenig. Was hätte es genützt, diese beiden Menschen auch noch zu verletzen, wo ich doch euch schon so sehr verletzt hatte? Gar nichts. Aber die beiden spürten sicher, dass mein Herz euch gehörte. Sie müssen es gespürt haben, so oft, wie ich in Gedanken bei euch war. Ich habe mir auch wegen Yeşim lange Vorwürfe gemacht, weil sie mit sechzig Jahren Krebs bekam.« Er schloss die Augen und sog tief die Luft ein. »Und am Ende war ich auch allein.«

Sein Mundwinkel hob sich zu einem schwachen Lächeln. »Seltsam, nicht wahr?«

»Sind wir am Ende nicht alle allein?«

»Ja, vermutlich sind wir das.«

Alt-Lietzow, Berlin, Deutschland

September 1973

Die hohen Türen der Aula öffneten sich, und unter lebhaften Gesprächen, Gelächter und Gemurmel verließen die Eltern und Schüler der ersten Klasse den Saal, auf den Rücken nagelneue Schulranzen, in den Armen bunte Schultüten. Ferah strich Ilayda übers Haar und flüsterte ihr zu, wie stolz sie auf sie sei. Ilayda sah die Tränen in den Augen ihrer Babaanne[34], und lächelte mit ihrer Zahnlücke in der oberen Reihe zurück. Sie war es gewohnt, dass Babaanne oft bei solchen Dingen weinen musste, auch beim Verabschieden oder Wiedersehen.

Es war eine schöne Einschulungsfeier gewesen. Nach der Rede der Direktorin hatten mehrere Klassen auf der Bühne gesungen, musiziert oder kleine Sketche aufgeführt, und obwohl Ilayda Angst gehabt hatte, selbst auf die Bühne zu gehen, war es dann, als ihr Name aufgerufen wurde, doch aufregend, zusammen mit den neuen Mitschülern in den großen Saal voller Gäste hinabzusehen.

Ihre Lehrerin Frau Brinkmann nahm die Kinder mit in den Klassenraum, und nun freute sich Ilayda auf die Schule. Frau Brinkmann hatte lange braune Haare und war jung und sehr nett. Jedes Kind hatte seinen Namen auf ein Kärtchen geschrieben und vor sich auf den Tisch gestellt. Petra, Stefanie und Susanne, Dirk, Michael, Jan und Thorsten, die Namen Claudia, Sabine und Jens gab es zweimal. Die Leh-

34 Vatersmutter, Großmutter

rerin hatte jeden Namen vorgelesen, und als sie bei Ilayda angelangt war, hatte ihre Tischnachbarin Rachel gefragt, wo sie denn herkomme.

Ilayda und Sharam waren die einzigen Kinder, die neben der deutschen noch eine andere Nationalität hatten. Frau Brinkmann schenkte jedem einen Bonbon, las ihnen das erste Kapitel aus einem Kinderbuch vor, und damit war die Begrüßungsstunde auch schon vorbei.

Mit ihren Eltern, Babaanne und ihrem zweijährigen Bruder Karan verließ Ilayda die Schule und winkte zum Abschied Rachel zu. Obwohl es nur zehn Minuten Fußweg nach Hause waren, wollte Haldun mit dem Auto fahren. Es war ein grauer Buckel-VW mit mattschwarz lackiertem Dach. Haldun klappte die Sitze nach vorn, so dass sie auf die Rückbank klettern konnten. Elisabeth mit Karan und Ilayda hinten, Haldun und Ferah vorn.

Nachdem sie in Istanbul all ihre Möbel und Wertgegenstände verkauft hatten und nur mit wenigen Koffern nach Berlin gereist waren, blieb die Familie ein paar Wochen bei Elisabeths Eltern in Friedenau, bis Haldun eine kleine Dreizimmerwohnung in Charlottenburg fand. Sie lag im vierten Stock eines Hinterhauses unter dem Dach, für hundertzwanzig Mark Miete. Es war Haldun sehr wichtig gewesen, nicht in Kreuzberg zu wohnen, das bereits als Klein Istanbul verschrien war. Er ärgerte sich regelmäßig, wenn er auf Baustellen zu tun hatte und seine Landsleute kaum Deutsch sprachen oder wenn er die vielen verschleierten Frauen sah, die mit vollen Tüten hinter ihren Männern herliefen. Natürlich ärgerte er sich auch, wenn ihn Bauherren oder Firmeninhaber, die ihn nicht kannten, mit »Du nix verstehen?« ansprachen.

»In der Tat habe ich Probleme, Sie zu verstehen«, gab er dann zurück. »Was möchten Sie mir mitteilen?«

Im Lauf der Jahre hatte sich Haldun jedoch den Ruf eines kompetenten und ausdauernd arbeitenden Architekten erworben, so dass er immer seltener Beleidigungen ausgesetzt war.

Die erste Zeit nach ihrer Rückkehr war für Elisabeth ein einziges Schwelgen in Glückseligkeit. Sie nahm Ilayda an die Hand und fuhr mit ihr zum Kurfürstendamm. Wenn es auch oft nicht für einen Besuch in der Konditorei reichte, so konnten sie doch bummeln, Schaufenster ansehen, Menschen beobachten und Eis essen. Allein das Lesen der deutschen Straßenschilder war für Elisabeth ein Genuss, den wohl kaum jemand außer ihr verstehen konnte. Sie ging in die Kaufhäuser, nur um durch die vielen verschiedenen Abteilungen zu schlendern, zu schauen, die modischen Kleider zu bewundern und Rolltreppe zu fahren. So frei, so zufrieden und dankbar hatte sie sich noch nie gefühlt.

Einmal in der Woche kam ihr Vater mit dem Bus, aß mit ihnen das deutsche Essen, das Elisabeth gekocht hatte, ruhte sich ein wenig auf dem Sofa aus und fuhr dann zurück zu seiner Frau. Ihre Stiefmutter traf Elisabeth dagegen seltener, sie schienen beide nicht das Bedürfnis zu haben. Elisabeths Schwester Greta hatte sich in der Zwischenzeit von ihrem Mann scheiden lassen und lebte wieder in München, wo sie nun tatsächlich Kunst studierte. Sie hatte keine Kinder und wollte auch keine. So wenig, wie sie schrieb oder anrief, musste es ihr richtig gutgehen.

Ilayda hatte mit dem Umzug ihre Welt verloren. Alles, was ihr vertraut gewesen war, verschwand im Nichts, Menschen, die sie liebte, die Sprache, die sie beherrschte, die Umgebung, die Geräusche und Gerüche, die sie kannte, das Haus, die Wohnung, der Garten, das Meer, ihre Freunde, die Bewunderung vieler Menschen, die ihr lange Zeit gegolten hatte, die Magie, die einen selbstverständlichen Teil ihres Denkens und Fühlens ausgemacht hatte, die Kraft, die sie in jenen Jahren so deutlich in sich gespürt hatte – alles verbrannte nach und nach zu einem Häufchen Asche im Kachelofen in der Küche.

So frei Elisabeth nun war, so gelähmt war Ilayda. Anfangs hatte sie noch rebelliert, sich gewehrt und getobt, um auf sich aufmerksam zu machen, ihre Bedürfnisse zu äußern und um zu zeigen, dass sie keinesfalls mit der Wendung der Ereignisse einverstanden war.

Sie hatte wie eine kleine Löwin um ihr Leben gekämpft, doch das machte ihre Situation nicht besser. Elisabeth beschloss, dass ihre verwöhnte türkische Tochter in ihre Schranken gewiesen werden müsse, dass sie ihr schon zeigen würde, wo sie wirklich stand und wie sie sich zu verhalten hatte. Elisabeth wollte kein türkisches Kind haben. Als Ilayda ahnte, dass eine weitere Rebellion die Zuneigung ihrer Mutter kosten würde, begann sie sich zu verwandeln.

Sie wurde zur Schmeichlerin, zur vorsichtigen Tasterin und zur Lügnerin. Sie verschüchterte, sie verkümmerte, sie verbannte ihre Wünsche und Sehnsüchte in ein Kästchen ganz tief in ihrem Herzen und warf den Schlüssel ins Meer. Sie lächelte, wenn ihr nicht nach Lächeln war, bemühte sich, freundlich zu sein, damit ihre Mutter und andere Menschen freundlich zu ihr waren. Und irgendwann wusste Ilayda nicht mehr, was sie wirklich empfand und was sie vorgab zu empfinden.

Sie sprach auch nach kurzer Zeit kein Türkisch mehr, nur noch Deutsch, obwohl sie damit ihren Vater kränkte. Sie schaffte es nur nicht, es beiden gleich recht zu machen, und dafür musste sie sich bestrafen.

Der Hass, den sie auf sich und ihr neues Leben empfand, wuchs von Jahr zu Jahr. Manchmal brach er hervor, ehe sie ihn daran hindern konnte, doch meistens schaffte sie es, dass er sich nur durch ihr Inneres fraß. Sie begriff, dass sie sich getäuscht hatte, als sie dachte, sie sei etwas Besonderes. Sie war nicht nur gewöhnlich, sie war niemand.

Haldun bemerkte davon nichts. Er arbeitete von frühmorgens bis spätabends, oft auch an den Wochenenden, um nicht nur die laufenden Kosten, sondern auch die Raten für den Studienkredit in der Türkei bezahlen zu können. Er schimpfte, wenn er sah, dass sich seine Tochter die Haut an den Fingernägeln abgerissen hatte und es blutete. Doch Ilayda konnte nicht anders. Sie zog immer weiter die Haut ab, von ihren Fingern und auch von ihren Fußsohlen, so dass sie an manchen Tagen nicht richtig auftreten konnte. Immer fand sich eine Stelle, wo etwas abstand, das sie beseitigen musste, egal, wie tief es ging.

Dann wurde Karan geboren und Ilayda merkte sofort, wie stolz ihre Mutter auf ihn war, wie hübsch und niedlich sie ihn fand, mit seinen schwarzen Augen und den dunklen Locken das Gegenstück zu Ilayda, ihrem eigenen Ebenbild. Als Baby schlief Karan bei Elisabeth und Haldun, und wenn Ilayda abends in ihrem Zimmer lag und nicht einschlafen konnte, weil sie sich einsam fühlte, träumte sie sich ans Meer, das mit seinem seidigen Rauschen an ihren Garten schwappte, neben sich ihren Kedibeyaz, über sich den Duft der Pinien und den Gesang des Muezzins.

Haldun parkte den Wagen vor dem Haus und trug Ilaydas Ranzen, als sie gemeinsam durch die hohe Toreinfahrt in den Hof gingen. Er schloss die mit Schriftzeichen vollgesprühte Holztür auf, und sogleich schlug ihnen im Hausflur der Geruch nach fettigem Essen, Bohnerwachs und Kohlenrauch entgegen.

Während die anderen die vielen Treppenstufen hochstiegen, blieb Ferah zurück, weil sie in jeder Etage eine Pause machen musste. Ihre Körperfülle und der zu hohe Blutdruck machten ihr zu schaffen. Ilayda hatte es sehr eilig, nach oben zu kommen, weil sie unbedingt wissen wollte, was in ihrer Schultüte war, und so stand sie als Erste ungeduldig zappelnd vor der Tür.

Der kleine Karan flitzte sofort hinter seiner Schwester her ins Kinderzimmer, weil er ebenso neugierig war und hoffte, dass für ihn auch etwas abfallen würde.

Die Wohnung besaß einen sehr schmalen Flur, von dem im hinteren Teil das Wohnzimmer und das Schlafzimmer abgingen, im vorderen das Kinderzimmer, eine kleine Küche und ein winziges Bad mit Sitzbadewanne und WC. Weil der Ausbau des Dachgeschosses mit zwei Wohnungen erst wenige Jahre zurücklag, waren es die beiden einzigen Vollbäder im Haus. Alle anderen mussten die alten Toiletten auf halber Treppe benutzen.

Nach ihrem Einzug hatten Elisabeth und Haldun vieles geschenkt bekommen und improvisiert, denn für teure Möbel fehlte ihnen das Geld. Haldun baute nicht nur die Kinderbetten, sondern auch Schränke, Regale und Tische selbst, und ihre Wohnzimmerlampe bastelte er aus vier großen quadratischen Eierkartons. An den Wänden hingen Poster von Pink Floyd und The Who und der Druck eines Bildes aus osmanischer Zeit. Sie kauften zwei halbrunde, mit knallrotem Polyester bezogene Sessel, die knisterten und einem die Haare zu Berge stehen ließen, wenn man mit Synthetikkleidern daraufsaß. Einen hölzernen Schaukelstuhl bekamen sie beim Einzug von einem Nachbarn aus dem Vorderhaus geschenkt, der ihn gerade entsorgen wollte. Elisabeth legte zwei weiche Lammfelle darauf, einen auf den Sitz, den anderen über die Lehne. Die Türen lackierte Haldun in Tannengrün, und das Schlafzimmer wurde dunkelbraun gestrichen. Über das Bett hängten sie das Bild vom *Mädchen mit dem Perlenohrgehänge* von Jan Vermeer. Den Küchenschrank, den Herd und die Spüle überließ ihnen der Vormieter zu einem geringen Preis, und Elisabeth war froh, als sie alles Notwendige beisammenhatten. Und auch Haldun war froh, dass er mit seiner Arbeit all die Dinge ihres gemeinsamen Lebens bezahlen konnte.

Ferah ging in den kleinen Vorraum, in dem der Kleiderschrank der Kinder und ihr Bett stand, um sich ein wenig auszuruhen. Er war mit einer Schiebetür aus Kunststofflamellen vom Kinderzimmer getrennt, so dass sie sogar ein eigenes Zimmer hatte, wenn auch Ilayda und Karan ständig durchliefen, um in ihr Zimmer oder hinaus zu gelangen. Das störte Ferah jedoch weniger als die Katze Tekir[35], die sich zwar hauptsächlich auf den Dächern von Berlin herumtrieb, aber des Öfteren auch durch die Wohnung streunte.

Tekir war das letzte Kätzchen eines Wurfs aus der Nachbarschaft gewesen, und Elisabeth bestand darauf, es aufzunehmen. Haldun war zwar auch nicht begeistert, doch er duldete sie, und manchmal fand er sie auch sehr drollig. Tekir war nämlich sehr klug. Wenn sie das Dachfenster in der Küche öffneten, spazierte sie hinaus, verbrachte die Nacht unter freiem Himmel, und am Morgen stand sie entweder wieder vor dem Dachfenster oder vor der Haustür und maunzte, um hereingelassen und gefüttert zu werden. Als Elisabeth eines Tages bemerkte, dass Tekir Türen öffnen

35 getigert

konnte, indem sie auf die Klinke sprang, ließ sie die Haustür oft unverschlossen, damit sie sich ungehindert bewegen konnte. Etwas lästig war es natürlich, wenn Tekir halbtote Mäuse oder Vögel anschleppte und ihre Beute erwartungsvoll vor ihre Füße legte, aber Elisabeth und die Kinder liebten das Tier trotzdem heiß und innig.

Ilayda gab ihrem Bruder einen Schokoladenriegel aus ihrer Schultüte, damit er beschäftigt war, und zog sich mit dem Rest in ihr Bett zurück, um in Ruhe alles anzusehen. Neben Süßigkeiten und ein paar Schulsachen wie Buntstiften, Füllhalter, Radiergummi und Schere hatte sie einen lilafarbenen Wecker, ein Säckchen Glasmurmeln, ein Geduldsspiel und ein Märchenbuch bekommen. Und Babaanne hatte ihr noch einen dunkelblauen Samtbeutel geschenkt, in dem ein paar Goldohrringe lagen, über die sich Ilayda besonders freute, denn sie wünschte sich schon lange Ohrlöcher.

An einem der nächsten Nachmittage gingen Elisabeth, Ferah, Ilayda und Karan in die Kinderarztpraxis am Ende der Straße, und der Arzt malte mit einem Filzstift zwei kleine Punkte an Ilaydas Ohrläppchen. Als er sie dann mit einer Spritzennadel durchstach und die goldenen Ringe einhängte, wurde Ilayda zwar blass, sagte aber nichts. Zuvor hatte sie ihre Babaanne immer wieder gebeten, die Löcher durchzustechen, und einmal hatte Ferah sogar die ausgeglühte Nadel angesetzt, es dann aber doch nicht übers Herz gebracht, ihrer Enkelin weh zu tun. Nun hatte Ilayda endlich ihre Ohrringe, und mit hocherhobenem Haupt trug sie ihren neuen Schmuck. In der Klasse erregte sie damit einiges Aufsehen, weil keins der Mädchen Ohrlöcher hatte.

»Ich möchte das auch so gern«, seufzte ihre Freundin Rachel. »Aber meine Eltern erlauben es nicht, und dann habe ich ja auch keine Ohrringe.«

»In der Türkei macht man es mit einer Nähnadel und einem Faden«, erklärte Ilayda. »Und der Faden bleibt so lange drin, bis es verheilt ist. Da braucht man erst mal keine Ohrringe.«

Rachel war davon überzeugt, dass ihre Eltern Fäden in ihren Ohren erst recht nicht erlauben würden, und starrte immer wieder auf die glänzenden kleinen Ringe. Ilayda tat es gut, beneidet zu werden, denn sie merkte schon zu Beginn, dass sie in der Klasse keinen nennenswerten Status hatte. Sie war sicher, dass sie nicht hübsch genug war mit ihren dürren Beinen, den schiefen Zähnen und dem feinen blonden Haar, das in Deutschland so gewöhnlich war. Und dass sie nicht die richtige Kleidung besaß. Ferah strickte Pullover mit ihren Initialen in Grün oder eine Hose und ein Oberteil aus brauner Wolle, das Ilayda tragen musste, obwohl sie sich dafür in Grund und Boden schämte. Gleichzeitig fühlte sie sich ihrer Babaanne gegenüber schuldig, weil sie ihre Mühe nicht wertschätzen konnte. Manche in der Klasse hatten Wrangler-Jeans. Rachel besaß eine, und Ilayda wusste, dass sie sechzig Mark kosteten. Ilaydas Hosen kosteten zehn Mark, hatten hinten keine Taschen, und vorn fehlte die kleine Münztasche, die bei den richtigen Hosen aus der anderen hervorschaute. Und die anderen Kinder machten sich über ihren Namen lustig, fanden immer neue alberne Wörter, die sich darauf reimten, und Ilayda lachte mit, obwohl sie viel lieber geweint hätte. Um ihre Mitschüler für sich einzunehmen, lobte sie deren Bilder, ihre Schrift oder ihre Rechenkünste. Die Komplimente kamen jedoch nicht an, sie prallten wirkungslos ab. Neben ihrer Schmeichelei versuchte sie, genauso zu sein wie die Kinder in ihrer Klasse, und obwohl sie ahnte, dass das unmöglich war, machte sie damit weiter. Ilayda hoffte, dass sich ihr Fremdheitsgefühl irgendwann von selbst auflösen und sie dazugehören würde, wenn sie sich nur noch mehr anpasste, sich noch mehr anstrengte, so zu reden, so zu denken und zu sein wie die anderen.

Über eine Sache freute sich Ilayda in der Schule jedoch schon. Ihr Vater wollte nicht, dass sie am christlichen Religionsunterricht teilnahm, und weil diese Stunden am Ende der Unterrichtszeit lagen, durfte Ilayda an den Tagen früher nach Hause gehen. Ihre Eltern hatten sich nach den drei Jahren in der Türkei beide von ihrer Religion losgesagt. Elisabeth war zwar noch in der Kirche, besuchte aber keine Gottesdienste und ließ auch kein gutes Wort mehr an der katholischen Kirche. Und auch Haldun hatte den Islam hinter sich gelassen. Er hielt sämtliche Religionen mittlerweile für Volksverdummung und wollte damit nichts mehr zu tun haben. Ilayda merkte durch ihre einzige Freundin Rachel, dass sie eigentlich ganz gern an Gott geglaubt hätte, denn Rachel sagte, dass sie immer Hilfe von Gott bekomme, wenn es ihr schlechtgehe, und das hätte Ilayda auch gut gebrauchen können.

Ein paar Wochen nach der Einschulung, als Ilayda allein durch den kleinen Park nach Hause ging, hielten drei ältere Jungs sie an und schubsten sie zwischen sich hin und her. Den einen kannte sie, es war der Bruder einer Mitschülerin. Ilayda bekam furchtbare Angst, und die Jungs merkten das. Sie zerrten sie zu einem Kriegerdenkmal, an dessen Rückseite dichte Büsche wuchsen, und warfen sie zu Boden. Niemand konnte sie hier sehen. Während einer auf ihr saß und sie schlug, traten die anderen auf sie ein. Der Hals war ihr wie zugeschnürt, sie konnte nicht schreien, sie wimmerte und bettelte nur, dass sie sie in Ruhe lassen sollten. Die Jungs lachten, zogen ihr die Schuhe aus und schossen sie wie Fußbälle in die Gegend. In ihrer Not versuchte Ilayda, die Jungs zu überlisten, indem sie ihnen erzählte, sie habe zu Hause Hamsterbabys, die sie ihnen schenken würde, wenn sie sie laufenließen. Doch auch das nützte nichts. Erst als Ilayda sagte, ihr Vater komme ihr nach der Schule oft entgegen und würde sie suchen, ließen sie von ihr ab.

Schluchzend, dreckig und tief gedemütigt kam Ilayda zu Hause an, wo ihre Mutter mit ihrer Freundin Franziska beim Kaffee zusammensaß, und erzählte, was ihr geschehen war.

»War es denn wirklich so schlimm?«, fragte Elisabeth und steckte sich eine Zigarette an. Franziska stand jedoch auf, zog Schuhe und Jacke an und forderte Ilayda auf, mitzukommen.

Auf dem Weg fragte Franziska, ob sie die Jungs kenne und wisse, wo sie wohnen würden. Ja, antwortete Ilayda, sie wisse, wo zumindest einer von ihnen wohne. Dorthin gingen sie gemeinsam, und als die Tür geöffnet wurde und die Mutter ihren Sohn zur Rede stellte, wurde dieser plötzlich ziemlich kleinlaut.

Trotz der Genugtuung, die Ilayda durch diese Geste von Franziska erfuhr, lernte sie, dass von ihrer Mutter nur wenig Trost und Fürsorge zu erwarten war. Ihre Babaanne, die die Jungs wahrscheinlich eigenhändig vertrimmt hätte, war bereits nach Istanbul zurückgekehrt, und ihr Vater kam erst sehr spät am Abend nach Hause. Vielleicht war er auch ganz froh, sich mit solchen Dingen nicht auseinandersetzen zu müssen.

In seinem Büro war gerade sehr viel los, denn die Wohnungsknappheit in Westberlin nahm immer mehr zu. Gerade in Kreuzberg, wo man ganze Straßenzüge mit Altbauten abgerissen hatte, konnte nicht so schnell neu gebaut werden, wie die Wohnungen benötigt wurden. Die Nachfrage war viele Jahre höher als das Angebot. Oft wurde den Mietern eines ganzen Straßenzugs gekündigt, was nicht nur sehr langwierig, sondern in Halduns Augen auch äußerst schäbig war. Ihm blutete das Herz, wenn er den Abriss der prächtigen alten Bauten mit ansehen musste, anstatt sie sanieren zu dürfen. Er hatte Verständnis für die Hausbesetzer, die die Häuser erhalten wollten, nur musste er als Architekt den Wünschen der Bauherren folgen, und die saßen im Senat und bestimmten über den Abriss.

Vielleicht begann es in dieser Zeit, dass Haldun und Elisabeth sich voneinander entfernten. Elisabeth hatte für Architektur und Halduns Themen nicht viel übrig, und wenn sie sich mit anderen Pärchen trafen, langweilte sie sich. Auch entwickelten sich die Dinge nach der Rückkehr nicht so, wie sie es sich erträumt hatte. Ihre finanzielle Situation war noch immer angespannt, so dass sie wegen zehn Pfennig Preisunterschied von einem Laden zum nächsten lief. Sie hatte kein Interesse an gesellschaftlichen Ereignissen oder Freundschaften, die durch Halduns Architektenkreise entstanden wären, weil sie sich keine passende Garderobe kaufen konnte. Der Geldmangel lockerte seine Daumenschrauben einfach nicht, und Elisabeth war zu hilflos, um selbst etwas daran zu ändern. Darüber gerieten sie und Haldun oft in Streit. Wenn er es anfangs auch nicht gern gesehen hätte, dass seine Frau arbeitete, so wäre es ihm nun sehr recht gewesen. Ferah hatte ihr bei ihrem letzten Besuch sogar angeboten, auf Ilayda und Karan aufzupassen, doch dann wäre ihre Schwiegermutter dauerhaft bei ihnen gewesen, und es reichte Elisabeth so schon.

Wenn Ferah kam, blieb sie mindestens drei, häufig aber vier oder fünf Monate bei ihnen. Elisabeth hatte das Gefühl, nie wirklich ungestört zu sein, denn Ferah stand ebenso früh auf wie sie selbst und verbrachte dann den ganzen Tag mehr oder weniger an ihrer Seite. Wenn Ilayda in der Schule war, gingen sie mit Karan einkaufen und danach zum Spielplatz, rauchten und unterhielten sich. Zu Hause kochten sie gemeinsam, machten die Wäsche und den Haushalt, und Ferah nähte, strickte oder häkelte etwas für die Familie. Wenn Haldun am Abend kam, aßen sie zusammen und guckten Fernsehen, wobei Haldun und Elisabeth übersetzten, damit Ferah etwas vom Programm verstand. Da Ferah selbst die meiste Zeit ihres Lebens mit ihrer Schwiegermutter verbracht hatte, war dieser Zustand für sie völlig normal.

Sie genoss es, mit ihren Enkeln, ihrem Sohn und ihrer Schwiegertochter zusammen zu sein, ihren Alltag und ihr Heranwachsen miterleben zu können und nicht allein zu sein.

Außer Elisabeth hatte Ferah auch noch Ansprache durch eine türkische Nachbarin, die in der Wohnung gegenüber auf derselben Etage wohnte. Sie entsprach Ferah nicht unbedingt, denn sie trug ein Kopftuch und Röcke über ihren Hosen, ihr Ehemann war Fleischer in einer Kreuzberger Markthalle, und auch ihre Ansichten deckten sich oft nicht mit denen von Ferah und Elisabeth, doch ein wenig türkischer Tee oder Kaffee und ein paar nette Sätze ließen sich immer miteinander wechseln, und so war sie in Berlin meist sehr zufrieden. Und wenn sie mit Haldun an manchen Wochenenden nach Kreuzberg zum Markt fuhren, blühte Ferah unter den vielen Türken regelrecht auf, obwohl sie das nie zugegeben hätte.

Ilayda schwankte bei solchen Aktivitäten meist zwischen Stolz und Ablehnung. Einerseits genoss sie die vertraute

Atmosphäre, die Art und Weise des lauten und fröhlichen Umgangs miteinander. Andererseits war es ihr aber auch peinlich, ein Teil jener Menschen zu sein, die so anders waren als die Deutschen, so laut und hektisch, so hitzig und aufbrausend und manchmal so schrecklich unterwürfig. Dann schämte sich Ilayda, zu diesem Volk zu gehören, das von vielen so geringgeschätzt wurde. Dann war sie immer wieder froh, dass man ihr die Türkin nicht ansah.

Auch in der Türkei war das von Vorteil, weil sie deutsch wirkte, aber Türkisch sprach. Das sorgte stets für viele neugierige Fragen und auch für die Aufmerksamkeit, nach der sich Ilayda so sehnte.

Im Sommer vor ihrer Einschulung waren sie wie fast jedes Jahr dort gewesen – dreieinhalb Tage Fahrt bis Istanbul, über den Autoput, die Gastarbeiterstrecke über Jugoslawien und Bulgarien, die ihre Eltern früher auch schon genutzt hatten. Das Auto war mit Zelt und Campingausrüstung, mit Lebensmitteln, Kleidung, Geschenken und Mitbringseln so beladen, dass Ilayda und Karan gerade noch die Rückbank für sich hatten. Der Fußraum war mit Gepäck und Decken ausgelegt, damit der Kleine dort schlafen konnte. Und Elisabeth stellte ihre Füße in die Lücke neben der Kühlbox. Es war sehr heiß, und der Fahrtwind trieb den Rauch von Elisabeths und Halduns Zigaretten ins Hintere des Wagens. Sie mussten oft anhalten, weil entweder Ilayda oder Karan schlecht wurde. Auch die Stimmung zwischen den Eltern war angespannt, denn Haldun hatte einen risikofreudigen Fahrstil, der Elisabeth nackten Angstschweiß auf die Stirn trieb, und er war gereizt, weil er die ganze Strecke allein fuhr und sie an ihm herumnörgelte. Nachts schliefen sie meist auf einem Parkplatz im Auto, selten in einer kleinen Pension.

Doch wenn sie dann am Vormittag in die Stadt einfuhren, strömte Freude in Ilaydas Herz, jedes Mal aufs Neue. Der Gesang des Muezzins war ihr erster Willkommensgruß, seine warme Stimme geleitete sie nach Istanbul, in ihre Heimat. Still saß sie am Autofenster und tauchte in ihr altes Leben ein, badete in den Millionen Bildern, Farben, Tönen und Düften dieser Stadt. Ihr Atem verschmolz mit der Schwingung des Meeres. Ihre Augen flogen über die vielen Menschen hinweg, über die Schiffe, die den Bosporus kreuzten, über die alten Häuser, Paläste und Moscheen. Sie lauschte dem Gelächter der Möwen am Hafen, dem melodischen Hupen der Autos, den lauten Stimmen der Männer auf den Straßen und dem Pfeifen des Zugs, der vor ihrem Haus anhielt und abfuhr. Ihr Puls schlug im Takt dieser Stadt.

Istanbul-Erenköy, Türkei

Februar 1984

Ilayda lag im ehemaligen Schlafzimmer ihrer Eltern und starrte auf die Dinge, die durch den Schein einer Nachttischlampe erhellt wurden – den Kleiderschrank, ein Ausziehsofa, einen schmalen Tisch mit einem gehäkelten Deckchen und einer Blumenvase und die alte Kommode, auf der mehrere 4711-Kölnisch-Wasser-Flakons in verschiedenen Größen standen. Einen winzig kleinen hatte Ilayda ihrer Babaanne als Kind geschenkt, und sie hatte ihn über all die Jahre aufgehoben. Die Drahtfedern des Bettes gaben nach und quietschten, wenn Ilayda sich drehte. Der Raum roch nach ihrer Großmutter. Wahrscheinlich schlief sie sonst hier.

Am Abend war Ilayda allein mit dem Flugzeug aus Berlin gekommen. Onkel Samih, der zweite Mann ihrer Tante Lâl, holte sie vom Flughafen ab und brachte sie nach Erenköy. Er war ein ebenso dunkler Typ wie ihr Vater, mit braunen Augen, schwarzem Haar und einem Vollbart, den Ilaydas Vater auch seit vielen Jahren trug. Er war etwas dicker, aber dennoch sahen sich die beiden Männer sehr ähnlich.

Er und Lâl hatten sich auf kuriose Weise kennengelernt. Nachdem ihre Ehe mit dem Zahnarzt gescheitert war, zog Tante Lâl mit der gemeinsamen Tochter Talia wieder bei Babaanne ein. Es ging ihr nicht besonders gut. Das Verhältnis zwischen Lâl und ihrem früheren Mann war sehr angespannt, und ihr fehlten Freunde, mit denen sie über ihre

Nöte hätte sprechen können. Mit ihrer Mutter war das nicht möglich, und so fühlte sich Lâl schnell sehr einsam. In einem besonders deprimierten Moment nahm sie das Telefonbuch zur Hand, blätterte darin herum und suchte nach schönen Namen. Samih Yazar fiel ihr ins Auge, weil es sich klangvoll anhörte. Yazar hieß Schriftsteller, auch wenn er sicher keiner war. Ohne zu überlegen, wählte sie seine Nummer, und zufällig war Samih Yazar zu Hause. Aus dem ersten Gespräch wurde das zweite, das dritte und vierte, und bald verging kein Tag mehr, an dem sie nicht telefonierten. Sie tauschten ihre Lebensgeschichten aus, vertrauten sich vieles an, und schließlich war es Samih, der Lâl zu einem Treffen überredete. Erst wollte sie nicht, doch als er immer mehr darauf drängte, gab sie nach und verabredete sich mit ihm in einem Café. Beide waren sehr aufgeregt, und Lâl wäre beinahe noch in letzter Sekunde geflüchtet, doch als sie sich gegenübersaßen und in die Augen sahen, war es um sie beide geschehen.

Sie heirateten und zogen zu dritt für einige Jahre nach Belgien, wo Samih Fotografie und Kameratechnik studieren wollte. Nach seinem Abschluss und vor der Geburt der kleinen Alev waren sie dann zurückgekehrt, weil Samih einen großen Garagenkomplex im Zentrum von Istanbul geerbt hatte, den er nach und nach zu einem Foto- und Filmstudio umbaute.

Lange hatten sie an diesem ersten Abend nach Ilaydas Ankunft zusammengesessen – sie, Babaanne, Onkel Samih, Tante Lâl, ihre dreizehnjährige Cousine Talia und die dreijährige Alev, ihre gemeinsame Tochter.

Obwohl Ilayda wusste, dass es ungewöhnlich war, außerhalb der Schulferien und so kurzfristig zu kommen, hatte sie nichts über die Gründe ihrer Reise verlauten lassen. Ihr

Vater hatte Babaanne gefragt, ob er ihr Ilayda schicken könne. Sie sei in falsche Kreise geraten und brauche etwas Abstand, um sich zu sortieren. Babaanne hatte sich sehr gefreut und sofort zugestimmt. Ilayda wusste nicht, wie viel Babaanne an die beiden weitergegeben hatte, und es war ihr auch gleich. Allein die innige Herzlichkeit, mit der sie willkommen geheißen wurde, tat ihr gut. Sie lachten und scherzten miteinander, sie aßen die wundervollen Speisen, die Babaanne und Tante Lâl zubereitet hatten, und alles war so, wie Ilayda es von jeher kannte und liebte. Sie kitzelte ihre kleine Cousine Alev, die auf ihrem Schoß saß und mit ihren pechschwarzen Kirschenaugen jede ihrer Bewegungen verfolgte. Sie ließ sich von Onkel Samih über die neuesten Werbefilme informieren, die bereits bei ihm im Studio gedreht wurden. Talia erzählte, wie es in ihrer französischen Schule war, und Babaanne berichtete von Neuigkeiten aus dem Haus.

Kasım, der Sohn ihrer Nachbarn Naci Bey und Sabiha Hanım, hatte sein Medizinstudium beendet und war nach Frankreich gegangen, um dort zu arbeiten. Von Zeit zu Zeit kam er zu Besuch nach Istanbul und war auch jetzt gerade da. Adal Bey und Merve Hanım hatten das runde Haus mit Grundstück an einen Investor verkauft, der es in Kürze abreißen würde, um ein zehnstöckiges Apartment zu bauen. Sie selbst und auch die anderen Bewohner des Hauses hatten ein Angebot bekommen, das Babaanne jedoch ablehnte. Die Neubauten seien heute nicht mehr sicher, sagte sie. Man baue mit billigen Materialien und zu viele Stockwerke übereinander, was einem bei einem Erdbeben schnell zum Verhängnis werden könne. Ilayda war traurig, dass das Kapitänshaus und der mittlerweile sehr verwilderte Garten verschwinden würden, weil Adal Bey und Merve Hanım schon lange weggezogen waren und ihre Kinder kein Interesse daran hatten. Aber sie war dankbar, dass Babaanne sich von den Bauunternehmern nicht einwickeln ließ.

Tante Lâl hatte sich sehr verändert. Sie sah viel jünger, schöner und glücklicher aus, seit sie mit Onkel Samih zusammen war, wenngleich sie lieber in Brüssel geblieben wäre. Lâl erzählte, wie frei sie sich dort gefühlt habe, wie sehr sie ihre belgischen Freundinnen vermisse und die französische Sprache, die sie nun kaum noch anwenden könne. Auch die Sauberkeit und die Ordnung würden ihr hier fehlen. Wenn dort auch nicht alles einfach gewesen sei, so würde sie doch sofort ihre Koffer packen und abreisen.

»Dafür hast du bald einen Filmproduzenten als Mann«, sagte Onkel Samih schmunzelnd. »Sei zufrieden, Frau!«

»Inşallah«, erwiderte Tante Lâl lachend. »Inşallah!«

Es war schon nach Mitternacht, als die beiden mit der todmüden Talia und der schlafenden Alev im Arm nach Hause fuhren. Ihre Wohnung lag in Suadiye, einem anderen Teil von Kadıköy, zu dem auch Erenköy gehörte, und zwar nur zehn Autominuten entfernt.

»Annasinin kuzusu[36]«, sagte Babaanne, nahm Ilaydas Gesicht fest in ihre Hände und küsste ihre Stirn. »Es ist so schön, dass du da bist, Yavrum[37]. Iyi geceler[38].«

Ihre sanfte Stimme, die vertrauten Worte und Gesten berührten eine ungeschützte Stelle in Ilayda. Sie schluckte und merkte, dass sie gleich weinen würde, wenn sie jetzt nicht schnell ins Bad ging. Ferah wusste, dass ihre Enkelin bedrückt war, aber es war ihr nicht wichtig, genau zu erfahren, warum. Ihr war nur wichtig, dass sie da war und eine

36 Mamas Schäfchen, Kosewort
37 mein Junges, Baby
38 gute Nacht

Weile bleiben würde. Sie würde schon dafür sorgen, dass Ilayda wieder zu sich kam.

Es hatte etwas sehr Beruhigendes, festzustellen, dass in der Wohnung alles noch genauso aussah, wie Ilayda es kannte. Auch das Badezimmer mit seinen kleinen blauen Mosaikfliesen, die an vielen Stellen vergilbt waren, die alte Badewanne mit den dunklen Kalkflecken und dem Riss am Boden. Hinter der Tür der Waschzuber, mit einem bestickten Handtuch abgedeckt, weil Babaanne ihn schon lange nicht mehr benutzte. Der wacklige Toilettensitz aus dünnem Kunststoff, davor der Holztisch mit der hellblauen Plastikschüssel, in der sie mittlerweile ihre Wäsche wusch, und darüber das schlichte Holzregal mit Alo-Waschmittel, Seifen, Handtüchern und Bürsten. Über dem Waschbecken der Allibert-Schrank aus Deutschland, in dem sie ihre Pillen, Salben und Cremes aufbewahrte. Die aufgeweichte Handseife in ihrer Schale neben dem Wasserhahn. Und die rosafarbene Frottee-Garnitur vor der Toilette und dem Waschbecken. Jede Einzelheit war Ilayda in die Erinnerung gebrannt. Sie wusste nicht nur, wie es aussah oder wo die Dinge standen, sondern sie kannte auch das Geräusch des Wasserhahns, der beim Drehen knirschte, und den Ton, mit dem der Wasserstrahl ins Becken spritzte. Sie wusste, wie die türkische Zahnpasta schmeckte und mit welchem Krachen sich die Badezimmertür öffnete, auch wenn man leise sein wollte. Sie wusste, wie sich ihre nackten Füße auf dem alten Linoleum anhörten. Ilaydas Schritte passten sich den Lauten aus der Vergangenheit an. Es war alles so lange her. So fern und doch so nah.

Als sie unter der schweren Steppdecke lag, fragte sich Ilayda, wer sie wohl geworden wäre, wenn ihre Eltern nicht nach Deutschland zurückgegangen wären. Wenn sie geblieben wären und Ilayda ihr Zuhause und ihre Kindheit hätte behalten dürfen. Ob sie hier glücklicher gewesen wäre? Vieles wäre dann sicher nicht geschehen, weil sie hier niemals so frei gewesen wäre. Andererseits hatte der Verlust, die Sehnsucht und die Wut darüber Ilayda derart rebellisch gemacht, dass sie Dinge tat, die glückliche Menschen vielleicht nicht tun mussten. Stehlen zum Beispiel, Kleidung, Modeschmuck und Kosmetikartikel. Immer wieder, obwohl sie sich bei dem furchtbaren Herzrasen jedes Mal schwor, dass es das letzte Mal gewesen sei, weil sie nicht die Nerven dafür hatte. Oder sich mit zwölf Jahren so stark zu schminken, dass man sie kaum wiedererkannte. Das hatte sie gemacht, weil sie überzeugt war, das hässlichste Mädchen der Welt zu sein. Mit der Farbe im Gesicht war es gerade noch erträglich, und sie konnte sich gut dahinter verstecken. Ihr pures Ich sollte nicht sichtbar sein. Das würde sie niemandem mehr zeigen. Schon gar nicht jetzt, mit fast achtzehn.

Außerdem schien es den Männern zu gefallen, und Ilayda hatte früh gelernt, dass es wichtig war, ihnen zu gefallen, weil in ihrer Welt Männer die Dinge des Lebens bestimmten. Es waren nicht immer die richtigen, wie sich gerade gezeigt hatte, aber auf einige konnte sie sich sehr wohl verlassen. Die meisten meinten es gut mit ihr.

An erster Stelle ihr Vater, der ihr erlaubt hatte, mitten im Schuljahr auf unbestimmte Zeit zu ihrer Babaanne zu fliegen. Er hatte sogar mit dem Rektor ausgehandelt, dass Ilayda zurückkommen und die Schule fortsetzen könne, wann sie wolle.

Haldun hatte seine Tochter zwar nie richtig verstanden, aber als sie älter wurde, hatte er sie freigelassen und war da, wenn sie ihn brauchte. Auf die Idee mit Istanbul kam dann allerdings Ilaydas Mutter, die ungleich mehr von ihr wusste als ihr Vater. Ilayda war klar, dass zu dieser großen Geste nicht viele Eltern fähig gewesen wären, und ihr war auch klar, dass sie in diesem Augenblick an keinem anderen Ort sein wollte.

Die nächsten Tage verbrachten Ilayda und Ferah meist zu Hause. Es regnete viel, die Wege waren aufgeweicht, und auch die Temperaturen lockten sie nicht ins Freie. Lâl und Alev kamen jeden Tag mit dem Zug angefahren, um gemeinsam zu essen, Tee zu trinken und zu reden. Talia kam nach der Schule dazu und machte neben ihnen am Esstisch ihre Hausaufgaben. Und am Abend war auch Samih da, bis die Familie in ihre eigene Wohnung fuhr. Das reichte Ilayda, mehr Menschen wollte sie nicht um sich haben, auch wenn Babaanne fragte, ob sie nicht auf einen Besuch hinausgehen wollten. Maral Yenge und Rabiye Hanım aus dem oberen Stock hätten schon nach ihr gefragt, und auch Naci Bey, Sabiha Hanım und ihre Tochter Defne von nebenan wollten sie gern sehen. Doch Ilayda wollte lieber lesen, Briefe an ihre Freundin Rachel und an ihre Eltern schreiben und mit Babaanne über den Markt hinter dem Bahnhof bummeln, wo es eine Lieblingsnascherei aus ihrer Kindheit gab. Kâğıt helva bestand aus zwei tellergroßen Oblaten, die durch eine Schicht klebrigen türkischen Honigs zusammengehalten wurden.

Ilayda hatte noch immer blonde Haare, seit kurzem jedoch nicht mehr von Natur aus, denn ihre Farbe war deutlich dunkler geworden und jetzt haselnussbraun. Auf dem Markt fiel sie schon auf, aber lange nicht mehr so sehr wie als Kind. Etliche türkische Frauen färbten sich nun die Haare blond, so dass es nichts Außergewöhnliches war.

Bei Sonnenschein schlenderten sie durch den Kânî-Bey-Park mit den vielen Blumenrabatten und Aprikosenbäumen, an denen schon Knospen wuchsen. Manchmal setzten sie sich nach ihrem Spaziergang an die Mole und sahen den Schiffen auf dem Bosporus zu.

Ferah erzählte ihrer Enkelin von Köstence, vom großen Hafen und den stürmischen Winden an der rauhen Schwarzmeerküste, von der schönen Insel Ada Kaleh und von ihrem Vater, dem Kapitän mit den blauen Augen und den blonden Haaren. Ilayda hätte gern ein Foto von ihm gesehen, doch Babaanne besaß keins. Auch ihre Mutter habe keins gehabt, sagte sie, er sei einfach zu früh gestorben. Als Ilayda mehr über Babaannes Jugend wissen wollte, wurde sie einsilbiger. Ihre tatarische Mutter sei sehr streng gewesen, erzählte Babaanne, von ihr habe sie das Nähen gelernt, und das sei nicht immer leicht gewesen. Wenn ihre Naht nicht perfekt war, musste sie sie so oft wieder auftrennen, bis sie perfekt war. Von ihrem jüngeren Stiefbruder, den die Mutter mit ihrem zweiten Mann hatte, sprach Babaanne sehr liebevoll. Auch er lebte schon lange nicht mehr, war in jungen Jahren verstorben.

Ilayda erfuhr, dass Babaanne neunzehn Jahre alt gewesen war, als ihr Vater Haldun geboren wurde, nur wenig älter als Ilayda jetzt. Damals war es üblich, die Kinder zu Hause mit einer Hebamme zu bekommen. Er sei ein so guter Junge gewesen, sagte Babaanne. Ilayda konnte sich ihren Vater nicht als Kind vorstellen, obwohl sie viele Fotos von ihm kannte.

»Weißt du, was ich mit dem armen Jungen gemacht habe?«, sagte Babaanne lächelnd, und Ilayda schüttelte den Kopf. »Jede Nacht habe ich ihn geweckt und ihm ein Glas warme Milch mit einem geschlagenen rohen Ei darin eingeflößt.«

»Ehrlich? Jede Nacht?« Ilayda verzog das Gesicht. »Was hat Baba dazu gesagt?«

»Nichts.« Ferah lachte. »Der Ärmste hat es ausgetrunken und weitergeschlafen. Er musste auch regelmäßig Bierhefe essen und Lebertran nehmen, und ich bin sehr böse geworden, wenn er sich weigerte.«

»Das ist ja ekelhaft!« Nun lachte auch Ilayda. »Ich wusste nicht, dass du so warst.«

»O ja! Ich hatte klare Vorstellungen davon, was Kinder unbedingt brauchen, um gesund zu bleiben. Dein Vater musste im Winter auch Unterwäsche aus Wolle tragen, die furchtbar gekratzt hat. Er nimmt es mir heute noch übel.«

»Jetzt verstehe ich, warum er niemals Pullover trägt. Egal, wie kalt es ist, er trägt nie einen und auch keinen Schal.«

»Das habe wohl ich zu verantworten«, seufzte Babaanne. »Genauso wie das mit dem Zeitungspapier von Lâl.«

»Zeitungspapier?«

»Wir hatten nicht viel Geld, als dein Vater und Lâl Kinder waren«, begann Babaanne, »und weil die Wolle nicht für zwei Garnituren reichte, habe ich Lâl Zeitungspapier zum Polstern gegen die Kälte an den Körper gedrückt und dann ihre Kleidung darübergezogen. Es hat natürlich ständig geraschelt und geknistert, und mein armes Mädchen ist schrecklich gehänselt worden, aber auch sie hat das alles mitgemacht.« Babaanne lachte mit schlechtem Gewissen im Gesicht, und auch Ilayda konnte bei der Vorstellung nicht ernst bleiben.

Sie hatten zu Hause gerade ihre Schuhe ausgezogen und die Jacken an die Garderobe gehängt, als die Vogelklingel zwitscherte und Sabiha Hanım, Defne und Kasım in der Tür standen. Die begeisterten Stimmen von Mutter und Tochter stiegen höher und höher, während sie Ilayda drückten und küssten, sie von sich weghielten, um sie anzusehen, und sie wieder an sich drückten.

»Allahım[39], ist sie nicht bildhübsch, unsere Ilayda? Wie ein Fotomodell! Ferah Hanım, gözünüz aydın[40]!«

Ilayda hatte die Nachbarn seit ihrem letzten Urlaub vor drei Jahren nicht gesehen. Defne war dreiundzwanzig und immer noch die Schönheit mit den langen pechschwarzen Haaren, die Ilayda kannte. Ihr Bruder Kasım war fünfundzwanzig und sah mit seinen dunklen Haaren und den markanten Gesichtszügen ebenso gut aus. Während Babaanne Tee kochte, erzählte Kasım Ilayda, dass er noch ein paar Tage in Istanbul sei, und wenn sie Lust habe, könnten sie zu dritt etwas unternehmen.

»Vor allem unternimmt sie etwas mit mir«, bestimmte Defne und kniff Ilayda zärtlich in die Wange. »Nicht wahr, Şekerim[41]? Ich werde dich meinen Freunden vorstellen, und sie werden entzückt sein!«

Ilayda lächelte geschmeichelt und verlegen zugleich, wie immer, wenn sie auf Menschen traf, die sie seit ihrer Kindheit kannten und mit Komplimenten überschütteten. Babaanne brachte den Tee, und Ilayda stand auf, um ihr beim Hereintragen und Verteilen der Gläser zu helfen.

»Bitte entschuldige«, wisperte Babaanne in der Küche. »Ich habe sie nicht eingeladen. Sie müssen uns beim Nachhausekommen gesehen haben.«

»Das weiß ich«, sagte Ilayda. »Ich kenne das doch. Mach dir keine Sorgen.«

39 mein Gott

40 Licht in ihren Augen! Ausspruch der Freude und der Erleichterung

41 meine Süße

»Deine Mutter mochte das früher gar nicht«, gab Babaanne leise zurück und zwinkerte ihrer Enkelin zu. »Und ehrlich gesagt, heute verstehe ich sie.«

»Mich stört es nicht.« Ilayda nahm eine Schachtel Pralinen aus dem Schrank, die sie aus Berlin mitgebracht hatte, und griff nach der Schale mit dem Würfelzucker.

Nachdem alle ein Stück Schokolade genommen hatten, setzte sie sich neben Defne auf das Sofa mit den gehäkelten Schonbezügen, und Sabiha Hanım begann zu fragen – nach ihren Eltern, nach Karan, der Schule und ihren Plänen für die Zukunft. Und Ilayda erzählte von dem schönen alten Haus, das ihre Eltern vor ein paar Jahren gekauft und renoviert hatten, von ihrem Vater, der noch immer so viel arbeitete, dass Ilayda ihn an manchen Tagen nicht zu Gesicht bekam, von Karan, der sie bereits um einen Kopf überragte, und von der Arbeit ihrer Mutter in einem Versicherungsbüro.

Während Ilayda sprach, wanderten ihre Gedanken in der Zeit zurück. Sie wusste seit jeher, dass sich Babaanne und Sabiha Hanım wünschten, aus ihr und Kasım möge ein Paar werden. Babaanne hatte in dem Urlaub vor drei Jahren sogar einen heimlichen *Büyü*[42]-Zauber eingesetzt, der die beiden zueinanderführen sollte. Die Gelegenheit dafür erschien ihr wohl günstig, denn Naci Bey hatte Ilaydas Familie in sein Ferienhaus nach Bodrum, ein malerischer Badeort im Süden der Türkei, eingeladen. Haldun, Elisabeth und die Kinder wollten ihren Urlaub ohnehin an der Südküste verbringen, und so holten sie Babaanne aus Istanbul ab und fuhren gemeinsam nach Bodrum. Elisabeth wäre natürlich viel lieber ohne Umweg gleich zu ihrem Zielort gefahren, doch dann wären die Nachbarn enttäuscht und traurig gewesen.

42 schwarze und weiße Magie, je nach Absicht

Für Ilayda und Karan verliefen die vier Tage sehr schön. Sie lagen in der Sonne, gingen baden, und Ilayda bekam von Defne ein paar Kleidungsstücke geschenkt, die sie an ihr sehr bewundert hatte. Defne war schwarzbraun gebrannt, weil sie sich mit Olivenöl und Zitronensaft einrieb und über viele Stunden in der Sonne lag. Einmal schwoll ihr Gesicht derart an, dass sie zum Arzt musste und dieser Defne fragte, ob sie den Verstand verloren habe.

Ilayda hatte es gefallen, bei Kasım und seiner Familie zu sein. Er war nicht nur sehr nett, sondern auch attraktiv und klug. Aber sie durchschaute damals weder die Absichten der Älteren, noch ging es mit ihren fünfzehn Jahren über ein wenig Schwärmerei hinaus.

Elisabeth hatte die magischen Utensilien zufällig entdeckt, als sie zur Abreise die Laken abzog. Etwas Eierschale, eine Feder, ein Knopf an einem Stück Stoff, ein kleines Vorhängeschloss und ein paar helle und dunkle Haare steckten in einem unscheinbaren Stoffbeutel unter Ilaydas Kopfkissen. Elisabeth wusste gleich, um was es ging, denn sie kannte Ferahs Aberglauben und vor allem ihren Wunsch, die beiden zusammenzubringen. Haldun und sie gerieten in großen Streit, weil er seine Mutter nicht mit dem Vorwurf konfrontieren wollte und Elisabeth darauf bestand, dass diese Kuppelversuche ein für alle Mal aufhörten.

Ilayda hatte die Tragweite der Geschichte nicht gesehen, und es war ihr auch gleichgültig, denn in diesem Urlaub bekam sie ihren ersten Kuss.

Jedoch nicht von Kasım, der ihr nun gegenübersaß und begeistert von seinem neuen Leben in Frankreich erzählte. Er hatte sich auf Augenheilkunde spezialisiert und bereits die ersten Operationen vorgenommen. An dem Blick, den

Sabiha Hanım ihrem Sohn zuwarf, konnte Ilayda ablesen, wie stolz sie auf ihn war.

Defne sprach neben Türkisch auch Englisch und Französisch und lernte gerade Italienisch, weil sie später unbedingt in Mailand leben wollte, der Modemetropole, wo es alle Luxusmarken gab, die sie sich wünschte.

»Wir gehen zusammen aus«, flüsterte sie Ilayda zum Abschied zu. »Mit meinen Freunden, aber ohne Kasım. Dann zeige ich dir Istanbul, wie du es noch nie gesehen hast.«

Ilayda lächelte und nickte und wusste, dass ihr nicht nach Ausgehen zumute war. Die Monate vor ihrer Abreise in die Türkei waren so erlebnisreich und verwirrend gewesen, dass sie eher damit beschäftigt war, die aufdringlichen Bilder zu verscheuchen, die ihre Fangarme bis in ihre Träume streckten. Sie war viel ausgegangen, hatte viel Zeit in der Nacht verbracht, mehr in ihren Schatten und glitzernden Lichtern gelebt als am Tag, der ihr mit frühem Aufstehen, Schulalltag und Klassenkameraden so fade und sinnlos erschienen war. Sie hatte sich selbst ins Roulette geworfen und um all die Geheimnisse, Gefahren und Aufregungen gespielt; um die Beachtung, den Beifall und die Phantasien fremder Menschen.

Sie hatte ihr Verhalten nachgeahmt, obwohl sie diese Art des Vergnügens nicht vergnügt, sondern traurig und einsam machte. Ilayda hatte sich berauscht an der Illusion, erwachsen zu sein, obwohl sie ahnte, dass es so nicht in Ordnung war, dass sie Dinge tat, die nicht richtig waren, aber sie war der Überzeugung, dass sie dazugehörten, wenn man dazugehören wollte. Und nur das wollte sie. Immer. Dazugehören. Eine der ihren sein. Dafür hatte sie einen Teil von sich abspalten müssen, den Teil, der in der Wahrnehmung vieler Menschen ohnehin wertlos war. Vor langer Zeit schon.

Sie hatte sich für ihr deutsches Ich entschieden, weil sie glaubte, sich entscheiden zu müssen zwischen Deutschland und der Türkei, zwischen Mutter und Vater, entweder oder. Die Pole waren so weit voneinander entfernt, dass ein Zusammenbringen unmöglich war. Völlig unmöglich. Es gab keine Verbindung, keine Brücke, keinen Steg, nicht mal ein Seil, das von der einen zur anderen Seite gereicht hätte.

Sie hatte ihr türkisches Ich abgelehnt, weil es so viele andere auch taten, gegen die sie sich nicht stellen konnte, ihre Mutter, ihre Freunde und Mitschüler, Nachbarn, Unbekannte, die ihr mit seltsamen Bemerkungen und abfälligen Blicken begegneten. Es lag in der Luft, legte sich über ihre Gedanken, schien aus ihren Augen und löste sich aus ihren Worten.

Und nun spürte Ilayda, dass ihr der abgespaltene Teil so viel Gutes gab, dass sie sich so wohl und so zu Hause fühlte, so willkommen, so aufgehoben und geborgen, so sicher, so geliebt und beachtet, so wertgeschätzt, ohne dass sie irgendetwas dafür tun musste, ohne dass sie sich auch nur im Geringsten zu ändern brauchte. Sie spürte die unendliche Sehnsucht ihres Herzens nach ihrem zweiten Ich, das einmal ihr erstes gewesen war.

Einige Tage später rief Onkel Samih an, weil er eine Hand brauchte, eine weibliche Hand für einen Werbefilm, und er fragte, ob Ilayda das übernehmen könne, es gebe auch eine kleine Gage. Das wollte sie gern, und Onkel Samih kam mit dem Auto, um sie abzuholen. Da das Studio auf der europäischen Seite lag, mussten sie die mächtige Bosporusbrücke überqueren. Es war lange her, dass Ilayda die Strecke am Tag gefahren war; am Abend ihrer Ankunft war weit weniger Verkehr gewesen. Auf sechs Spuren drängten nun Massen von Autos und Lkws von Asien nach Europa und von Europa nach Asien. Als der Verkehr zum Stillstand kam und die Abgase vor und neben ihnen qualmten, wollte Ilayda das Fenster schließen, doch da Onkel Samih rauchte, ließ sie es einen Spalt offen. Wenn nicht rechts und links das tiefe Blau des Bosporus geleuchtet hätte, hätte man meinen können, auf einer überfüllten Autobahn zu sein. Während sie langsam weiterfuhren, erzählte ihr Onkel, dass man die Brücke in den ersten Jahren auch als Fußgänger betreten durfte. Aber weil immer mehr Selbstmörder sie für ihre Zwecke benutzten, wurde es verboten. Dann passierten sie die Mautstelle, wo Onkel Samih auf der Rückfahrt eine Gebühr bezahlen würde, und befanden sich in Europa.

Es war noch ein gutes Stück bis zum Studio, und Ilayda erinnerte sich wieder, wie lange früher schon die Fahrten in der Stadt gedauert hatten. Sie genoss es, hügelauf und hügelab zu fahren und dabei aus dem Fenster zu sehen. Mal ging es über breite Straßen, mal durch enge Gassen mit Kopfsteinpflaster, mal an alten verwitterten Holzhäusern vorbei und mal durch ein ganzes Neubauviertel, wo noch Betonmischer und Bagger auf den Grundstücken standen.

Ilayda genoss es auch, die vielen Menschen zu beobachten, die die Wege bevölkerten. Männer mit Anzügen und Aktentaschen und Frauen in schicken Kostümen, die zur Arbeit gingen oder in die Mittagspause. Arbeiter, die ihre schwer beladenen Handkarren schoben, oder Lastenträger, von denen man nur noch die Hosenbeine und die heruntergetretenen Halbschuhe sah. Verschleierte Frauen, die mit ihren Männern und Kindern flanierten, und Frauen ohne Kopftücher, die aus einem Dolmuş stiegen. Kinder in Schuluniformen und mit Ranzen auf dem Rücken, die vor der

Schule in Gruppen zusammenstanden. Jugendliche Paare, die sich an den Händen fassten, und Straßenkinder, die Gummireifen mit Stöcken antrieben oder Kaugummis verkauften. Katzen, die das Wasser aus den Pfützen leckten, nach Essbarem stöberten oder in einer Mauernische zusammengerollt schliefen.

An manchen Stellen roch es nach altem Abfall, Benzin und Ruß, an anderen nach frisch gebackenem Kuchen und süßen Gewürzen oder gebratenem Fleisch, Fladenbrot mit Käse oder gedünstetem Gemüse, dessen Duft aus den offenen Geschäften quoll.

Onkel Samih bog in eine Straße mit Altbauten ein. Das einzig neue Gebäude war die Garage, deren Einfahrt und Parkplätze auf der Straßenebene belassen worden waren, damit die Fahrzeuge dort abgestellt werden konnten.

Sie stiegen aus, und Onkel Samih fuhr mit Ilayda im Fahrstuhl in die erste Etage, wo der Dreh stattfinden sollte. Ilayda war zum ersten Mal in einem richtigen Studio. Hier war von der ehemaligen Garage nichts mehr zu erkennen. Hohe weiße, am Rand abgerundete Wände, die nahtlos in den Boden übergingen, bestimmten den Raum sowie ein mit schwarzen Stoffen abgedunkelter Teil, in dem ein Mann mit der Filmkamera stand. Lichtschirme waren auf der hellen Fläche verteilt, und ein junger Mann arrangierte eine Karaffe, Weingläser und Blumen auf einem Tisch, der von Scheinwerfern beleuchtet wurde. Es war sehr ruhig.

Onkel Samih stellte Ilayda seinen Mitarbeitern und der Maskenbildnerin vor, die Ilaydas rechte Hand mit Gesichtspuder bestäubte, so dass sie aussah wie aus Wachs. Die Männer besprachen sich kurz mit ihrem Onkel, prüften das Licht und den Ton, und dann ging es los.

Ein wenig aufgeregt war Ilayda schon, als die Kamera

lief, sie das Glas erheben und mit dem Mann auf der anderen Seite des Tisches, von dem auch nur die Hand zu sehen war, anstoßen sollte. Und es dauerte viel länger, als sie erwartet hatte. Sie drehten viele unterschiedliche Einstellungen, änderten die Dekoration, die Gläser und die Tischdecke. Ilayda bekam Armbänder und Ringe, und für die letzten Aufnahmen wurden ihre Fingernägel lackiert. Am Ende gab die Maskenbildnerin Ilayda die Visitenkarte einer Modelagentur, mit der Empfehlung, sich dort zu melden. Sie bekomme sicher einige Werbeaufträge.

Ilayda bezweifelte das zwar, wollte es aber trotzdem versuchen. Onkel Samih und Tante Lâl fanden die Idee gut, sofern es eine seriöse Agentur sei. Ferah war nicht begeistert, und es gab ein wenig Unmut zwischen ihr und Ilayda, weil sie ihren Vater anrief und er es erlaubte.

Ilayda war nun fast achtzehn und empfand es als Bevormundung, obwohl sie sehr wohl wusste, dass die Dinge in der Türkei anders liefen. Babaanne war auch dagegen, dass sich Ilayda allein in Istanbul bewegte. Sie sollte nicht allein auf die europäische Seite fahren, sie sollte überhaupt nicht allein irgendwohin fahren, weil Babaanne Angst um sie hatte. Diesmal bekam sie Unterstützung von Lâl, die auch der Meinung war, dass so junge Mädchen nicht ohne Begleitung fahren dürften, und schon gar nicht, wenn sie wie eine Touristin aussahen. Die beiden Frauen waren nach dem Telefonat mit Ilaydas Vater ziemlich ärgerlich, weil er ihr auch das gestattete. Er sagte, Ilayda sei es gewohnt, und sie sollten sich keine Gedanken machen.

Und dann war es Defne, die bei Babaanne und Lâl für Erleichterung sorgte, weil sie Ilayda unter ihre Fittiche nahm. Sie gingen gemeinsam einkaufen. Defne zeigte Ilayda, wo man günstig schicke Kleidung bekam. Sie wusste immer, welches Geschäft gerade seine Preise herabgesetzt hatte, welche Marken gerade wichtig waren und wo man fast identische Kopien davon kaufen konnte. Sie wusste, wie man die Stücke geschickt miteinander kombinierte und zu welchem Friseur sie gehen mussten. Selten hatte Ilayda für ihr Äußeres so viel Aufwand betrieben, doch Defne sagte, das sei wichtig, denn sie seien mit Männern verabredet, die großen Wert darauf legen würden.

Auch bei diesem Thema gab es Telefonate zwischen Ferah und Haldun, die zugunsten von Ilaydas Freiheit ausfielen. Gemeinsam machten sich Defne und Ilayda zurecht, und stolz betrachtete Defne ihr Werk an der jüngeren Freundin. Beim ersten Mal war Ilayda ziemlich aufgeregt, weil sie keinen von Defnes Freunden kannte. Es gehörte zum guten Ton, dass die Männer die jungen Frauen stets mit dem Auto von zu Hause abholten und auch wieder dorthin zurückbrachten, ganz gleich, ob sie nur befreundet waren oder sich mehr anbahnte. Als Ilayda zu der verabredeten Zeit aus dem Fenster sah, stand dort bereits ein Wagen, der auf die beiden zu warten schien.

»Wenn Tamer[43] einen schwarzen Ford fährt, ist er da«, sagte Ilayda und ließ die Gardine los.

Defne lachte, als sie selbst hinausschaute. »Das ist ein Jaguar, du Dummerchen!«

Tamer war der Sohn eines Fabrikanten in Istanbul und ein ruhiger, fast schon schüchterner junger Mann etwa im Alter von Defnes Bruder Kasım. Sein Freund Mehmet, der mit im Wagen saß, war Bauunternehmer und ebenfalls Spross einer angesehenen und sehr wohlhabenden Istanbuler Familie. Beide freuten sich sichtlich über die interessante Begleitung aus Deutschland, die ein so reizendes Türkisch sprach, wie

43 Männername

sie ihr versicherten, auch wenn sie und Defne oft über Ilaydas Wortwahl und ihren Akzent lachen mussten.

Während aus den Lautsprechern Musik plätscherte, führte ihr Weg wieder über die nun hell erleuchtete Bosporusbrücke, die eine funkelnde Schneise durch all die anderen Lichter zog. Wie übergroße Perlen zogen die Straßenlaternen an ihnen vorüber, und in der Ferne reckten sich die Minarette, Kuppeln und Hochhäuser in den tiefroten Abendhimmel. Und Ilaydas Meer bestand aus goldschimmerndem Eis, das sich schlangengleich um die glimmenden Kohlen eines ausgehenden Feuers wand.

Vor dem Club erwarteten sie Mitarbeiter in schwarzen Anzügen, von denen einer den Autoschlüssel übernahm, um den Wagen zu parken. Der andere bat sie herein, führte sie in die Lounge, und von dort begleitete sie ein anderer Mitarbeiter zu ihrem Tisch. Ilayda und die anderen zogen ihre Jacken aus, die der Kellner lächelnd an sich nahm. Da der Club auf einer Anhöhe lag, hatte man den Raum mit einer Art Wintergarten zum Bosporus geöffnet, und ein überwältigendes Panorama breitete sich durch die großen Glasflächen vor ihnen aus. Es kam Ilayda vor, als würde ihr ganz Istanbul zu Füßen liegen.

Tamer und Mehmet erwiesen sich als wunderbare Freunde, sie waren sehr zuvorkommend, charmant und witzig. Und Ilayda merkte schnell, dass sie Tamer gefiel, obwohl er Abstand zu ihr wahrte. Zwischen Defne und Mehmet deutete sich etwas Zartes an, doch auch sie beide gingen damit deutlich zurückhaltender um, als es in Deutschland üblich war. Ein wenig überrascht war Ilayda, als sie aufstand, um zur Toilette zu gehen, und Tamer ihr folgte. Erst dachte sie, er wolle ebenfalls zur Toilette, doch er wartete vor der Tür, bis Ilayda wieder herauskam. Vielleicht lag es an ihrem befremdeten Blick, dass er ihr erklärte, es sei für Männer in der Türkei normal, ihre weibliche Begleitung nicht allein gehen zu lassen. Eine Frau solle sich immer in der Sicherheit eines aufmerksamen Mannes bewegen. Und das gefiel Ilayda schon.

Auch hatte sie bemerkt, dass Tamer die Dame an der Toilette bezahlte. Es schien von jeher so zu sein, dass Männer für all die kleinen und großen Dinge des Lebens aufzukommen hatten.

Nachdem sie viele Stunden miteinander gelacht, getanzt, getrunken und geredet hatten, färbte sich der Himmel über der erwachenden Stadt allmählich rosa, und Defne flüsterte Ilayda zu, dass Tamer und Mehmet noch unverheiratet seien.

Danach gingen sie häufiger zusammen aus, verbrachten ganze Tage mit Ausflügen an Orte in und um Istanbul, die Ilayda nicht kannte, und feierten sogar ihren achtzehnten Geburtstag zusammen in einem neuen Club. Doch je mehr Attraktionen Ilayda geboten wurden, desto klarer wurde ihr, dass Tamer sich Hoffnungen machte, die sie nicht erfüllen wollte. Er überraschte sie mit Geschenken wie einem teuren Kleid, das er auf Nachfrage bei Defne, womit er ihr eine Freude machen könne, gekauft hatte. Obwohl sich Ilayda ehrlich darüber freute, fühlte sie sich nicht nur zu jung für eine feste Beziehung, es lag auch eine Kluft zwischen ihnen, die sie nicht überspringen konnte. Ilayda war keine Türkin, und sie konnte sich auch nicht wie eine verhalten. Zumindest nicht durchgängig. Auch wenn sie Türkisch sprach, kannte sie viele der Gepflogenheiten nicht. Und zu einer Anpassung, wie ihre Mutter sie vollzogen hatte, war Ilayda nicht bereit. Defne konnte nicht verstehen, dass Ilayda so eine Chance ausschlug, doch vielleicht ahnte selbst sie, dass es nicht gutgegangen wäre.

Tamer war sehr gekränkt, als Ilayda ihm mitteilte, dass es für sie keinen gemeinsamen Weg gebe. Wahrscheinlich war auch das absolut unhöflich und gehörte sich nicht, doch es war die einzige Art, die Ilayda zur Verfügung stand. Sie wusste nicht, wie türkische Frauen solche Dinge regelten, und Defne äußerte sich mit keinem Wort dazu.

Trotzdem blieben sie Freundinnen, und Defne sorgte dafür, dass Ilayda in der Agentur aufgenommen wurde, in der sie selbst angemeldet war. Babaanne hatte sich langsam an Ilaydas ausgeprägten Freiheitsdrang gewöhnt und ließ sie gehen.

Tatsächlich dauerte es nicht lange, und Ilayda bekam Angebote, mal für eine Gesichtspflege, mal für Waschmittel, Trinkgläser, Teppiche und Nudeln. Auch eine Anfrage vom türkischen Fernsehsender TRT für eine Serienproduktion war dabei, die im Herbst gedreht werden sollte. Es machte Ilayda Spaß, geschminkt, frisiert und eingekleidet zu werden, es machte ihr Spaß, alberne Sätze in die Kamera zu sprechen und so zu tun, als wäre sie eine andere. Und wenn am Abend Tante Lâl oder Babaanne aufgeregt »Reklame fängt an!« riefen, war es auch schön, sich selbst im Fernsehen zu sehen.

Im Lauf der Monate, die Ilayda in Istanbul verbrachte, veränderte sie sich. Sie blühte auf, gewann wieder an Kraft und Lebensfreude und fühlte sich auch durch die großzügige Entlohnung der Filme, die sie immer direkt nach dem Drehen in bar erhielt, von einer Last befreit. Sie konnte sich ihre Wünsche erfüllen, sie konnte Babaanne, Tante Lâl und ihren Cousinen Geschenke machen und wurde oft für neue Aufträge angefragt. Wenn ihre Eltern anriefen, sprach sie fast nur noch Türkisch und stellte fest, dass sie auch türkisch dachte und träumte, eine Erfahrung, die ihr neu vorkam.

Ein Auftrag führte Ilayda auf eine Kosmetikmesse, bei der sie ein medizinisches Haarwuchsmittel präsentieren sollte. Am letzten Tag kam ein Mann in den Dreißigern an ihren Stand, der sich als Regisseur vorstellte, ihr seine Visitenkarte gab und fragte, ob sie zu ihm ins Büro kommen könne. Er wolle einen Werbefilm drehen und suche noch die passende Hauptdarstellerin. Obwohl er eine sympathische Art hatte und seriös wirkte, verwies sie ihn an ihre Agentur und bat ihn, sich dort zu melden.

»Du meine Güte!«, rief Defne am Abend aufgeregt, als Ilayda ihr die Karte zeigte. »Weißt du denn nicht, wer das ist?«

Wie Ilayda nun erfuhr, war dieser Tuyan Kandemir, einer der bekanntesten Werbefilmproduzenten des Landes.

Sie trafen sich, und nach ein paar Probefotos wollte Tuyan, dass Ilayda den Film für eine große Haarpflege-Firma mit ihm machte, der dann auch mit erheblichem Aufwand in einem Dorf außerhalb von Istanbul gedreht wurde. Die Kulisse eines Landhauses mit weißem Holzzaun entstand neben einem Weizenfeld. Ilayda trug eine wallende blonde Perücke und ein kleines, ebenso blondes Mädchen auf dem Arm. Am Schluss saßen Filmmutter und Filmtochter zusammen in einer Pferdekutsche, die in den Sonnenuntergang fuhr.

Zwei Tageszeitungen brachten eine ganze Seite über die Dreharbeiten, Ilayda und das kleine Mädchen und den Regisseur. Über ein Jahr lief der Dreißig-Sekunden-Film im türkischen Fernsehen. Und erst durch die große Aufmerksamkeit, die ihm zuteilwurde, merkte Ilayda, dass solche Ereignisse in der Türkei ein ganz anderes Gewicht haben mussten, als sie ihnen beigemessen hatte.

Vielleicht konnte sich deshalb zwischen Ilayda und Tuyan

eine Affäre entwickeln? Er hatte etwas Erwachsenes, Fürsorgliches und Weltmännisches an sich, was wohl auch daran lag, dass er in den USA geboren worden war. Er war türkisch und doch anders. Vielleicht ein wenig wie Ilayda selbst?

Ihre gemeinsame Zeit war mit vielen schönen Erlebnissen verbunden. Mit Babaannes Erlaubnis übernachtete Ilayda in seinem feudalen Apartment, von dessen Terrasse der Blick weit über die Stadt reichte. Sie machten ein paar Tage Urlaub in einer weißen Holzvilla am Bosporus, schipperten mit der Motoryacht seiner Freunde, die dort vor Anker lag, oder fuhren in das Ferienhaus seiner Eltern am Schwarzen Meer. Sie gingen in Konzerte, ins Kino und in edle Clubs wie zuvor mit Defne, Tamer und Mehmet. Und nach kurzer Zeit kam sich Ilayda vor wie ein kleines Mädchen, das Prinzessin spielen sollte. So verlockend und angenehm es sein mochte, es entsprach ihr nicht, und Ilayda begann, Deutschland zu vermissen. Sie vermisste ihre Eltern und ihren Bruder Karan, das Haus, den Garten und ihr kleines Zimmer mit den blauen Wänden. Sie vermisste ihre Freundin Rachel und die anderen Mitschüler, sogar den geregelten Schulalltag und ihre Hausaufgaben. Ilayda vermisste es, jung zu sein. Tuyan schien ihr Heimweh zu verstehen, und wenn es ihm etwas ausmachte, dass Ilayda zurückging, so ließ er es sich nicht anmerken. Sie sagte, sie komme in den Herbstferien wieder, und er sagte, dass er sich darüber freue.

Die letzten Tage, die Ilayda in Istanbul verbrachte, blieb sie bei Babaanne, ohne sich zu verabreden. Sie stöberten in den Schränken im Wintergarten nach Überbleibseln aus Ilaydas Kindheit und sahen sich Familienfotos an, die Babaanne lose in einer Schublade aufbewahrte. Und dann fiel

Ilayda ein Koffer ins Auge, der mit Kisten und Büchern bedeckt in einer Ecke stand.

»Was ist dadrin?«, fragte sie.

»Meine Sachen aus Köstence«, antwortete Babaanne. »Willst du sie sehen?«

»Ja, gern.«

Zusammen zogen sie den schweren Koffer hervor und trugen ihn ins Wohnzimmer. Das Leder war an vielen Stellen brüchig geworden und die Schlösser so verrostet, dass Babaanne einige Mühe hatte, die Riegel beiseitezuschieben. Ilayda übernahm die eine Seite, Babaanne die andere, und schließlich lösten sich die kleinen Metallstifte an den Schlössern doch und sprangen auf. Als sie den Deckel öffneten, schien aus den Tischdecken, die obenauf lagen, der Duft nach einem uralten Parfum aufzusteigen.

»Allah Allah![44]«, rief Babaanne überrascht. »Es riecht noch immer nach Rosenöl, obwohl der Koffer so lange geschlossen war.«

Vorsichtig hob sie ein paar Teile an und legte sie beiseite. Darunter waren weitere Stoffe, Spitzen, Borten und feine Häkelarbeiten, manche fleckig und manche wie neu, wie eine tellergroße weiße Tischdecke, an deren Rändern kleine Schwäne mit schwarzen Augen und roten Schnäbeln saßen.

Beeindruckt legte Ilayda die Decke auf den Wohnzimmertisch und richtete die Schwäne auf. Babaanne hatte alles in mühevoller Kleinarbeit gehäkelt.

Außerdem fanden sie eine kleine Schachtel mit Fotos von Babaanne und ihrer Mutter Seza, die Ilayda auf diesen Bildern zum ersten Mal sah. Sie trug ihre kurzen dunklen Haare in Wellen, ein Kleid aus glänzendem Stoff, das an den

44 Ogottogott! Im Sinne von: Das gibt es doch nicht!

Hüften schmal geschnitten war, dazu eine lange Perlenkette und Riemchenschuhe. Ilayda stellte überrascht fest, dass ihre Urgroßmutter viel mehr wie eine Französin denn wie eine Türkin aussah. Von Babaanne gab es ein Foto als junges Mädchen, jünger noch als Ilayda, in einem reich bestickten orientalischen Festtagskostüm und passender Kappe, das sie selbst angefertigt hatte. Monate habe sie für die Stickerei gebraucht, sagte Babaanne, und Ilayda betrachtete ungläubig die üppigen Blumenmuster und Schnörkel, die die weite Hose, das Oberteil und die Kappe zierten, weil sie sich nicht vorstellen konnte, wie das nur mit Nadel und Faden und von Hand zu schaffen war.

In einem Seitenfach des Koffers lag eine kleine Glasflasche, und nun wurde auch klar, warum es so duftete. Der Hals der Flasche war gebrochen und das Rosenöl ausgelaufen. Ilayda fand das sehr schade, besonders, weil sie zu Babaannes Erinnerungen gehörte. Doch Babaanne sagte, ihr sei das Öl nie so wichtig gewesen, eher ihrer Mutter Seza, und sie habe es ihr zuliebe aufgehoben. Erstaunlich sei nur, dass der Duft noch immer so intensiv in den Stoffen stecke und trotz der langen Zeit kaum verflogen sei.

»Warst du traurig, als ihr Rumänien verlassen habt?«, fragte Ilayda, und Babaanne nickte.

»Ich war untröstlich.«

»So wie ich«, sagte Ilayda.

»Ich weiß.« Babaanne senkte ihren Blick wieder in den Koffer und zog eine Holzschatulle hervor.

»Ach, sieh mal, was ich hier noch habe! Das wird dir gefallen.«

Sie hob den Deckel, und Ilayda hatte das Gefühl, einen kleinen Schatz zu entdecken. Mehrere Goldringe mit und ohne Edelsteine funkelten neben Broschen und Ohrringen.

Goldene Ketten schlangen sich um Armbänder und Anhänger.

Ehrfürchtig nahm Ilayda einen Ring mit einem Rosenquarz heraus und steckte ihn an ihren Finger. Es waren nicht sehr viele Schmuckstücke, aber sie reichten, um ihre Augen zum Glänzen zu bringen.

»Ist das euer Familienschmuck?«

»Ja«, sagte Babaanne. »Unser Familienschmuck. Auch deiner.«

»Da ist ja eine Rose«, sagte Ilayda und steckte den kleinen Goldring an ihren Finger neben den Rosenquarz. Prüfend hielt sie die Hand von sich weg.

»Der ist von meiner Mutter«, erklärte Babaanne. »Mein Vater hat ihn ihr geschenkt, und sie hat ihn zeit ihres Lebens getragen.«

»Wunderschön«, sagte Ilayda und betrachtete die fein ziselierte Goldrose.

»Er gehört dir.« Babaanne lächelte. »Wenn du ihn haben möchtest.«

»Das kann ich nicht annehmen«, wehrte Ilayda ab. »Es ist dein Ring, du musst ihn tragen.«

»Aber du würdest mir eine große Freude machen, wenn du ihn trägst«, gab Babaanne zurück. »An meiner Hand gefällt er mir nicht. Bei dir sieht er sehr schön aus.«

Ilayda nahm den Rosenquarz vom Finger und betrachtete die goldene Rose. Er passte nicht nur von der Ringgröße, sondern auch von der Form gut zu ihrer Hand. Und er wirkte nicht altmodisch wie manch anderes Stück in der Schatulle. Er wirkte trotz seines Alters jung.

»Meinst du wirklich?«, fragte Ilayda unsicher. »Und wenn ich ihn dann doch nicht trage?«

»Dann schenkst du ihn irgendwann deiner Tochter«, erwiderte Babaanne lächelnd. »Familienschmuck muss immer weitergegeben werden.«

»Und was ist mit Lâl? Vielleicht möchte sie ihn haben?«

»Nein, sie wollte ihn nicht. Lâl trägt lieber modernen Schmuck.«

Wieder betrachtete Ilayda ihre Hand mit dem Ring. Eine blühende kleine Rose an ihrem Finger. Sie nahm das Foto ihrer Urgroßmutter und betrachtete auch das eine Weile.

»Findest du, dass wir uns ähnlich sehen?«

»Nein«, antwortete Babaanne. »Du hast mehr von deiner deutschen Mutter als von unserer Seite. Obwohl …« Aufmerksam drehte sie Ilaydas Gesicht zu sich. »Vielleicht deine hohen Wangenknochen? Und deine Augen sind eher mandelförmig und größer als die deiner Mutter.« Liebevoll zupfte sie an Ilaydas Wange. »Und wahrscheinlich hast du noch viel mehr von uns, wovon wir nur nichts wissen!«

Es war ein warmer Sommertag, an dem Ilayda zurück nach Deutschland flog. Zum Abschied wanderte sie noch einmal durch den Garten, betrachtete das leere Kapitänshaus mit seinen vergitterten Fenstern und den Rosen an seinem bröckelnden Putz. Sie würde es nicht mehr wiedersehen. Mit ihm würde ebenso der Garten verschwinden, den sie immer als Zuhause empfunden hatte. Auch das Haus ihres Freundes Faruk war verfallen. Lose hing die Holztür in den Angeln und gab den Blick auf Schutt und Unrat frei, der sich in seinem Inneren angehäuft hatte. Ilayda überlegte, hineinzugehen, doch dann pflückte sie nur ein paar der schwarzen Maulbeeren vom Baum, setzte sich auf eine niedrige Mauer, die das Grundstück begrenzte, und aß die süßen Früchte, während ihr Blick umherschweifte. Noch immer wuchsen kleine Paprika an den Sträuchern, Beeren, Tomaten und

Bohnen, doch niemand machte sich noch die Mühe, sie zu ernten. Und es waren keine Kinder mehr da, die sich daran satt essen konnten.

Als Ilayda zurückging, heftete sie ihre Augen in alter Gewohnheit auf den Boden. Und tatsächlich, da waren sie, die kleinen schwarzbraunen Pinienkerne, denen sie bis heute nicht widerstehen konnte. Sie sammelte und sammelte, obwohl ihre Finger davon schwarz wurden und auch ihre Hosentasche auf ewig eingefärbt wäre. Sie sammelte all die Einzelteile ihrer Kindheit auf, die zu ihr gehörten, auch wenn davon bald nichts mehr zu sehen sein würde. Auch wenn man alles dem Erdboden gleichmachte, würde sie zumindest die Pinienkerne in ihrer Hosentasche haben.

Onkel Samih kam mit Tante Lâl und den Kindern, um sie zum Flughafen zu bringen. Defne und Sabiha Hanım gossen ihnen einen Krug mit Wasser hinterher, als sie zusammen losfuhren, damit ihre Reise so leicht verlaufen möge, wie das Wasser floss. Ohne dieses Ritual verließ Ilayda die Türkei nie. Es war das Auf Wiedersehen, das sie brauchte, um gehen zu können.

Als Ilayda Stunden später das Marmarameer tiefblau unter sich leuchten sah, verstand sie endlich, dass sie selbst die Brücke war, der Steg, das Seil, die Verbindung zwischen den entgegengesetzten Polen. Eine Brücke brauchte keine Entscheidung zu treffen, auf welcher Seite sie stand. Sie stand selbstverständlich auf beiden, weil das ihre Natur war.

Der Schwung, den Ilayda aus Istanbul mitbrachte, hielt eine Weile an, so dass sie recht zufrieden das versäumte Jahr wiederholen und danach Abitur machen konnte. Doch das Rastlose, das Unstete, die Zerrissenheit blieb. Sie beneidete ihre Mitschüler, die alle genau zu wissen schienen, wie es danach mit ihnen weitergehen würde. Ilayda wusste es nicht. Sie hatte nicht einmal eine vage Idee. Halbherzig und eher auf Drängen ihrer Eltern begann sie irgendetwas zu studieren, obwohl es ihr weder Spaß machte noch ihren Neigungen entsprach. Mit einundzwanzig zog sie in ihre erste eigene Wohnung, half in einem Schuhgeschäft aus, arbeitete auf Messen und an der Bar verschiedener Clubs. In die Vorlesungen ging sie nur selten. Sie ließ sich stattdessen lieber durch das Berliner Nachtleben treiben in der Hoffnung, bei jemandem zu stranden, mit dem es sich zu leben lohnte. Doch es gab keine Inseln in jenem Meer, nur andere Schiffbrüchige, die das Gleiche suchten, und manch einer klammerte sich verzweifelt an den anderen, ohne Grund unter den Füßen zu spüren.

Ilayda war ein bunter Schmetterling, der von einem zum anderen flatterte, hübsch anzusehen und in ihrer Art interessant und begehrenswert, aber auch flüchtig und sprunghaft. Sie sehnte sich nach Liebe und Geborgenheit und geriet zuverlässig an diejenigen, bei denen sie nicht fürchten musste, geliebt zu werden und Geborgenheit zu finden. Sie schwankte zwischen Oberfläche und Tiefgang wie ein Tanker auf hoher See.

Als die Mauer fiel und die Welt ihren Blick auf Berlin richtete, richtete Ilayda ihren Blick nach innen. Sie war schwanger und ihr Freund trotz seines Charismas nicht der Mann, den sie sich als Vater ihres Kindes vorstellen konnte. Er nahm ihre Entscheidung gegen das Kind traurig zur Kenntnis und versuchte sie noch im Krankenhaus zur Umkehr zu bewegen, bis Ilayda ihn wegschickte. Wenn sie sich einer Sache jemals sicher gewesen war, dann dieser.

Ihre Mutter wusste davon, ihr Vater durfte es niemals erfahren. Ilayda fürchtete sich noch immer vor seinem Zorn.

Er hatte sie nur einmal geschlagen, als sie noch ein Kind gewesen war, ein einziges Mal, das ihn fast seine Ehe gekostet hätte. Dieses eine Mal war Ilaydas Mutter aufgestanden, hatte ihm die Stirn geboten, und er hatte sich bei ihnen beiden entschuldigt.

Das war es nicht, wovor sie sich fürchtete. Es war eher der ungezügelte Ausbruch, seine heftigen Reaktionen, wenn er der Meinung war, dass Ilayda einen Fehler beging. Als sie begann, sich zu schminken, durfte er es nicht sehen, weil er schimpfte, sie wirke damit wie eine Prostituierte.

Als sie mit ihrem ersten Freund während eines Urlaubs in Italien einen Autounfall hatte und ihr Vater nach vierzehn Stunden Fahrt krank vor Angst und Sorge im Krankenhaus eintraf, waren seine ersten Worte: »Nun ist aber Schluss mit den eigenen Erfahrungen.«

Ilayda konnte sich lebhaft vorstellen, was er zu einem Schwangerschaftsabbruch gesagt hätte. Es reichte, wenn sie sich selbst ihre Gedanken machte.

Nachdem klar war, dass sie das Studium nicht fortsetzen würde, begann Ilayda als Flugbegleiterin zu arbeiten. Eine kurze Ausbildung, und die weite Welt stand ihr offen. Zumindest schien es anfangs so, doch der Alltag war sehr viel weniger aufregend. Die Schichten waren lang, die körperliche Belastung hoch und die Luft in der Kabine trotz Klimaanlage so schlecht, dass Ilayda ständig mit Erkältungen und Allergien zu kämpfen hatte. Sie war froh, als ihr Saisonvertrag erfüllt war und sie wieder in ihrem angestammten Schuhgeschäft arbeiten konnte.

Ob ihre Beziehung nun an der ungewollten Schwangerschaft, der Fliegerei oder dem Konsum diverser Drogen ihres Freundes scheiterte, hätte Ilayda nicht sagen können. Vielleicht war auch ein junger Mann namens Rafa daran beteiligt, in den sie sich nicht Hals über Kopf, aber doch stetig mehr verliebte, bis sie handeln musste.

Rafa war ein erlebnishungriger Freigeist, den es oft in die Ferne zog. Und Ilayda ließ sich gern mitziehen.

Sie fuhren auf seinem Motorrad in die Türkei. Sie besuchten Ilaydas Babaanne in Istanbul und machten danach Urlaub am türkischen Mittelmeer. Manche Wochenenden verbrachten sie an der holländischen und manche an der französischen Küste. Sie flogen eine Woche auf die Kanarischen Inseln und drei Monate nach Australien, Neuseeland und Thailand. In Sydney kauften sie ein Auto und fuhren über den halben Kontinent, stiegen in die Opalminen in Coober Pedy, um die wertvollen Edelsteine zu schürfen, und freuten sich wie kleine Kinder, als sie welche fanden. Sie kletterten auf den heiligen Berg Uluṟu, schlossen Freundschaft mit anderen Reisenden, mit weißen Australiern und schwarzen Aborigines. Sie schliefen am Lagerfeuer in einsamen Schluchten voller Kakadus und unter den glänzenden Augen der Opossums in den nächtlichen Bäumen. Sie übernachteten in Nationalparks mit atemberaubenden Wasserfällen und tiefgrünen Lagunen, beobachteten Alligatoren, Warane und Krokodile und streichelten Schlangen, Wallabys und Kängurus. Sie lehnten sich an den neuseeländischen Steilküsten gegen den brausenden Wind, halfen Farmern mit ihren Schafen und zupften fettige Wolle. Sie badeten bei Blitz und Donner auf einer kleinen thailändischen Insel, lauschten dem fremden Ozean, zählten die Sterne, und Ilayda dachte in den folgenden drei Jahren oft, dass Rafa der Vater ihrer Kinder werden würde.

Costinești, Rumänien

22. Mai 1999, 10 Uhr 55

Dichte Wolken hatten sich über dem Schiffswrack der *Evangelia* zusammengebraut, die vor vielen Jahren an der rumänischen Küste auf Grund gelaufen war. Ferah und ihr Vater standen an der Reling und sahen den dunklen Regenwolken nach, die durch den kräftigen Wind über die helleren getrieben wurden. Braunroter Rost fraß sich in dicken Blasen durch jeden Quadratmeter des ehemaligen Frachters, und ein breiter Riss teilte ihn in der Mitte durch zwei.

»Hat Seza ihn geliebt?«

Ferah ließ ihren Blick in die graue Weite ziehen, wo es keine Trennung mehr zwischen den Elementen gab, wo Himmel und Erde eins waren. Es würde regnen, vermutlich. Müdigkeit lockte sie in sanften Schüben.

»Meine Mutter hat mir in ihrem Leben nur einen einzigen Rat gegeben«, sagte Ferah statt einer Antwort. »Steige nie von einem Pferd auf einen Esel um.«

Ihr Vater lächelte. Das Wasser schlug plätschernd an den Schiffsrumpf, und ein Knarzen fuhr durch einen der zerbrochenen Masten.

»Hast du dich an ihren Rat gehalten?«

»Bevor ich Burak geheiratet habe, gab es jemanden«, begann Ferah. »Er war blond und hatte blaue Augen, wunderschöne blaue Augen.«

Wieder lächelte ihr Vater.

»Aber du hast ihn nicht genommen.«

»Nein«, bestätigte Ferah. »Ich habe ihn nicht genommen. Er sah aus wie du. Als Kaufmann fuhr er ähnlich viel herum, und er liebte mich, wie du meine Mutter geliebt hast. Und ich wollte nicht das Gleiche erleben wie sie. Ich wollte nicht von einem Pferd auf einen Esel umsteigen.«

Ihr Vater nickte und wandte sich dem Festland zu. Eine rauchblaue Front spannte sich wie matter Seidenstoff über der Hochebene.

»Ich wünschte, ich hätte sie mitgenommen, als noch Zeit dafür war«, sagte er schließlich. »Sie und dich. Vor allem wünschte ich, ich wäre nicht so ein erbärmlicher Feigling gewesen.«

»Trotzdem warst du der Einzige in ihrem Herzen«, entgegnete Ferah leise. »Da war nicht einmal ich.« Ein Windstoß nahm ihr den Atem, so dass sie schluckte und gleichzeitig nach Luft rang.

»Und sie war die Einzige in meinem«, sagte er. »Neben dir.«

Und mit seinen Worten fielen die ersten Regentropfen.

Berlin-Steglitz, Deutschland

Oktober 1997

»Wie soll das Ergebnis denn sein?« Die Sprechstundenhilfe sah vom Teststreifen zu Ilayda und wieder auf den Streifen.

»Was meinen Sie?«

»Na, was wäre Ihnen lieber?« Die junge Frau runzelte ungeduldig die Stirn. »Schwanger oder nicht schwanger?«

»Kann ich mir das aussuchen?«

»Nein. Sie sind schwanger.«

»In Ordnung, dann möchte ich jetzt gehen.« Ilayda stand auf.

»Ja, aber wollen Sie denn nicht mit Frau Doktor sprechen? Wir sollten auch noch Blut abnehmen und …«

»Nein«, unterbrach Ilayda sie. »Ich melde mich in den nächsten Tagen.«

Kopfschüttelnd sah die Sprechstundenhilfe Ilayda nach, die ihren Mantel aus dem Wartezimmer holte und verschwand.

Sie drückte auf den Knopf am Fahrstuhl und sah auf den roten Teppichboden, den man bis zur Praxistür verlegt hatte. Vom regnerischen Wetter hatten die Patientinnen Steinchen und Nässe hereingebracht, die in der Mitte des Teppichs zu einem dunklen Streifen zusammenkamen.

Alexander hatte sie begleiten wollen, unbedingt, weil er schon so eine Ahnung gehabt hatte, wie er sagte, und weil er es als Zeichen sah. Ein Zeichen dafür, dass doch mehr zwischen ihnen gewesen war als nur eine kurze Affäre. Er hatte sie begleiten wollen, weil er sich freute. Ilayda hatte sich geärgert, dass sie ihm überhaupt von dem Test erzählt hatte, obwohl sie nicht einmal richtig zusammen gewesen waren.

Alex studierte ein ähnliches Fachgebiet an derselben Universität und war ihr aufgefallen, weil er sie durch die ganze Mensa hindurch mit seinem breiten, schneeweißen Lächeln verfolgte. Immer wieder, jeden Tag aufs Neue saß er da und strahlte sie an. Seine Offenheit hatte ihr gefallen und die Tatsache, dass er so gar keinen Hehl daraus machte, wie sehr er von Ilayda eingenommen war.

Sie hatte sich in den vergangenen Wochen oft gefragt, ob sie sich nur geschmeichelt gefühlt und sich deshalb mit ihm verabredet hatte oder ob da vielleicht doch mehr gewesen war, denn Alex hatte kaum etwas von dem, was Ilayda normalerweise bei Männern anziehend fand. Er war ihr zu blond, zu deutsch, zu eindimensional. Nicht was die Intelligenz anging, er war ein kluger und kreativer Kopf, ihm fehlte nur die zweite Bewusstseinsebene, die Menschen mit zwei Nationalitäten besitzen und nach der Ilayda immer wieder suchte.

Und doch musste es irgendwann diesen einen Moment gegeben haben, in dem das alles keine Rolle spielte, einen winzigen, äußerst perfekten Moment lang, in dem Ilayda wirklich geglaubt hatte, in ihn verliebt zu sein. Vielleicht hatte das kleine Wesen für diesen Moment gesorgt, um entstehen zu können, weil es auf die Welt wollte? Oder weil es zu ihr wollte?

»In der heutigen Zeit wird man nicht mehr ungewollt schwanger«, hörte sie ihre Mutter sagen. »Und schon gar nicht mit dreißig. Das ist Vorsatz.«

Als der Fahrstuhl nach unten fuhr, fuhr auch Ilaydas Herz abwärts, in ihren Bauch. Ein merkwürdiges Gefühl. Sie war nicht mehr allein. Eine kleine Erbse war in ihr drin und wuchs, wenn sie sie ließ. Ilayda lächelte. Eine sie. Sie wusste, dass es ein Mädchen war.

Eigentlich war der Zeitpunkt gar nicht so schlecht. Viel besser als vor neun Jahren. Im Frühjahr würde sie das Grafik-Studium beendet haben. Sie hatte es zwar erst spät für sich entdeckt, aber doch gern studiert. Danach war sie frei. Vielleicht fand sich bis zur Geburt im Sommer eine Halbtagsstelle, vielleicht sogar etwas, das sie in der ersten Zeit von zu Hause erledigen konnte?

Durch die Schwingtür trat Ilayda aus dem Gebäude. Der Regen hatte etwas nachgelassen, und sie war froh, keinen Schirm dabeizuhaben, weil die feinen Tröpfchen ihr Gesicht erfrischten.

An der Haltestelle gegenüber fuhr gerade ihr Bus ein. Wenn sie sich beeilte, kam sie sogar noch rechtzeitig zur Vorlesung. Doch der Saal würde nicht nur voller Studenten sein, sondern auch voller Fragen von Alex, die sie nicht beantworten konnte.

Das war nicht der richtige Ort, um nachzudenken, Klarheit zu bekommen oder gar eine Entscheidung zu treffen. Viel Zeit blieb Ilayda ohnehin nicht. Statt zum Bus ging sie zur S-Bahn.

Als sie ausstieg, regnete es in Strömen, und bis sie das Café Kanal erreicht hatte, war Ilayda von oben bis unten durchnässt. Sie lief über den Steg des großen Schiffs und steuerte sofort ihren Lieblingsplatz am Kamin an. Dort war sie zwar nicht allein, aber das Pärchen neben ihr war mit sich selbst beschäftigt. Ilayda bestellte einen Kakao und zog ihre Jacke aus. Sie hoffte, dass die Wärme ihre Sachen schnell trocknen würde, denn ihre Hose klebte unangenehm an den Beinen. Während sie in ihrer Tasse rührte, flogen die Gedanken wie Irrlichter in ihrem Kopf herum und trafen sich doch immer wieder in ihrer Körpermitte. Sie war schwanger. Seltsam, dass es ihr keine Angst machte. Im Gegenteil, da war ein kleines aufgeregtes Freude-Gefühl. Seltsam auch, dass sie keinen Schmerz empfand wegen Rafa. Es war lange hin und her gegangen mit ihnen. Sie hatten sich nie wirklich getrennt, aber irgendwann war es dann doch vorbei gewesen, obwohl es beide nicht recht wahrhaben wollten. Vielleicht wäre sie nicht schwanger geworden, wenn er nicht ebenfalls für Nachwuchs gesorgt hätte. Mit einer anderen. Aber was spielte das jetzt noch für eine Rolle? Es war nicht mehr wichtig.

Vorsichtig nippte Ilayda am heißen Kakao und merkte, dass sie ihre Entscheidung bereits getroffen hatte. Sie würde kein zweites Mal vor der Verantwortung weglaufen, andere Frauen schafften das schließlich auch.

Als sie am Nachmittag nach Hause kam, lag ein Strauß bunter Blumen vor ihrer Wohnungstür. »Wie auch immer das Ergebnis ist«, stand auf einer kleinen Karte, die darin steckte, »was auch immer Du tust, ich bin da, wenn Du es willst.«

Die nächsten Wochen vergingen mit den Vorbereitungen für Ilaydas Abschlussarbeit, Terminplanungen, Arztbesuchen und langen Gesprächen mit Alex. Er versuchte, Ilayda in seiner Begeisterung nicht auf die Nerven zu fallen, doch war seine unverhohlene und ehrliche Freude auch ein Geschenk an sie. Ob sie es nun annehmen würde oder nicht, seine liebevolle Aufmerksamkeit tat ihr gut und gab ihr das angenehme Gefühl, in Sicherheit und gleichzeitig frei zu sein.

Am Geburtstag ihres Vaters, als sie zu viert in einem türkischen Lokal essen gingen, teilte Ilayda ihrer Familie die große Neuigkeit mit. Im ersten Moment war es still am Tisch. Dann fragte ihr Bruder Karan, wer denn der glückliche Dritte sei, und Ilayda sagte, er sei ein netter Kommilitone, mit dem sie eine lockere Beziehung habe. Ihr Vater fragte, wie sie sich das denn nach dem Studium vorstelle, ohne Berufserfahrung, ohne Arbeit und ohne Mann. Und Ilayda verstummte. Ein Rädchen griff ins andere, und sie war keine erwachsene Frau, sie war wieder die kleine Ilayda, die unmöglich wissen konnte, was gut oder schlecht für sie war. Sie sah sämtliche Untergangsszenarien im Kopf ihres Vaters ablaufen und merkte, dass sie wütend wurde. Sie wollte sich wie früher selbst verteidigen, viele Worte um das machen, was sie ihm am liebsten schon vor Jahren gesagt hätte. Warum vertraust du mir nicht? Warum traust du mir nichts zu? Einzig der Blick ihrer Mutter hielt sie davon ab. Sie schien die Nachricht gelassen aufzunehmen, und das überraschte Ilayda. Sie hatte erwartet, dass auch ihre Mutter sorgenvolle Fragen stellen würde, doch nichts dergleichen geschah.

»Ich finde es schön, Großmutter zu werden«, sagte sie lächelnd. »Wenn nicht jetzt, wann dann?«

Das gab Ilayda den entscheidenden Impuls. Sie begriff, dass sie endlich selbst Verantwortung für die Dinge in ihrem Leben übernehmen musste. Sie musste Farbe bekennen, einstehen für das, was ihr wichtig war. Sie brauchte weder sich zu erklären noch den Beifall ihrer Eltern oder Freunde zu erwarten. Ilayda beschloss, ihre Vergangenheit loszulassen und ihr so die Macht über ihr zukünftiges Handeln zu entziehen.

Sie hatte jetzt eine Aufgabe, sie wurde Mutter und wollte

für das behagliche Nest sorgen, in das ihre Tochter hineingeboren werden konnte. Mit Feuereifer begann sie für die Abschlussarbeit zu recherchieren und zu schreiben, traf sich mit ihren Dozenten und fuhr, nachdem sie Weihnachten mit ihren Eltern verbracht hatte, für ein paar Tage mit Alex nach Rügen. Auf ihren langen Spaziergängen nahm er Ilayda mit seinem offenen, zärtlichen Wesen immer mehr für sich ein. Er hatte sich einige Gedanken gemacht und war auf eine Idee gekommen, die auch Ilaydas Bedürfnissen entgegenkam. Da er wusste, dass sie nicht unbedingt mit ihm in eine Wohnung ziehen wollte, machte er ihr einen Vorschlag. Mit zwei anderen Studenten ihres Jahrgangs überlegte Alex schon länger, sich selbständig zu machen. Und im Frühjahr, nach ihrem Abschluss, sollte es so weit sein. Nun hatte einer der beiden Freunde ein Haus geerbt, eher einen alten Hof, renovierungsbedürftig und etwas abseits der beliebten Stadtteile Berlins zwar, aber im Grünen gelegen und in der Nähe eines Sees. Dort planten die drei eine Art Wohn- und Arbeitsgemeinschaft, wofür sie noch weitere Mitbewohner, bestenfalls auch Mitarbeiter suchten. Und er fragte Ilayda, ob sie sich so etwas vorstellen könne.

Bei seinen Worten sah Ilayda ihr Kind bereits inmitten von Butterblumen auf einer Wiese sitzen, so, wie sie selbst in ihrem Garten gesessen hatte, den abgeschabten Kedibeyaz neben sich. Ja, sagte sie, den Hof sehe sie sich gern einmal an und spreche auch mit seinen Freunden, wie die sich das Ganze vorstellen würden und ob eventuell auch ein Kind willkommen sei.

Alex grinste und erwiderte, das Thema habe er bereits geklärt, Kinder seien willkommen und auf lange Sicht von allen dreien sogar ziemlich erwünscht.

Ilayda sah ihren langhaarigen, blonden und sehr blauäugigen Freund mit einer Mischung aus Verwirrung und Bewunderung an. Konnte es sein, dass dieser Mann, den sie anfangs als flüchtige Affäre abgetan hatte, dem sie eine Zeitlang aus dem Weg gegangen war, weil sie dachte, er sei nicht ihr Typ, konnte es vielleicht sein, dass genau dieser Mann nicht nur der richtige Vater für ihr Kind, sondern auch der richtige Mann für sie war? War das möglich?

»Vertrau mir«, sagte Alex und lachte. »Das wird gut mit uns.«

In den Winterferien fuhren Ilayda und Alex ins südliche Brandenburg. Der Ort war eine knappe Stunde von ihrem jetzigen Kiez entfernt und wirkte zwar verschlafen, aber recht idyllisch. Hier lag noch reichlich Schnee, der in der Innenstadt längst zu schmutzigen Haufen geschmolzen war. Es war auch um einiges kälter als in Berlin. Am Ende einer langen Chaussee führte ein schmaler Pfad zu einem Grundstück mit vielen alten Bäumen, Sträuchern und Buschwerk, das im Frühjahr sicher wildromantisch aufblühen würde. Sie parkten auf dem mit Kopfsteinpflaster belegten Innenhof neben dem Wagen von Christoph, dem das Anwesen gehörte.

Die Gebäude waren U-förmig angeordnet. Es gab ein Haupthaus, das die Familie früher genutzt hatte und wo Christoph bereits wohnte, einen Seitenflügel und eine separate Scheune, die einst auch als Stall gedient hatte. Mitten auf dem Hof, halb vom Schnee bedeckt, stand ein altes Pferdefuhrwerk mit Holzrädern.

Er sei hier aufgewachsen, erzählte Christoph, als sie bei einer Tasse Kaffee zusammen in der Küche saßen, die noch im Stil der sechziger Jahre eingerichtet war. Seine Großeltern hätten den Hof viele Jahre mit Kühen, Schweinen und Hühnern bewirtschaftet, doch nach der Wende sei es schnell unrentabel geworden, und sie hätten die Tiere nach und nach abgeschafft. Auch sei damals der halbe Ort in die Stadt oder ganz woandershin gezogen, und sein Vater, der den Hof habe übernehmen sollen, habe kein Interesse gehabt. Christophs Mutter ebenso wenig, und so sei alles nach dem Tod der Großeltern ziemlich verkommen. Doch mit etwas gutem Willen, ein paar guten Kontakten und Ideen lasse sich hier ein schönes Wohnprojekt realisieren, da sei er sicher.

Ilayda dachte an ihren Vater, der als Architekt nicht nur das nötige Fachwissen, sondern auch entsprechende Kontakte hatte und ihnen vielleicht bei der Umsetzung helfen würde.

Christoph sagte, dass es für sie drei noch zu groß sei und dass sie noch mehr Leute brauchten, die Lust auf so eine umfangreiche Sache hätten, denn sie wollten nicht nur hier leben und ihrer neuen Selbständigkeit nachgehen, sondern auch die Gebäude nach und nach renovieren.

Ilayda stieg Treppen hinauf und hinunter, wanderte durch die vielen Zimmer, sah aus den Fenstern die Scheune und den riesigen Garten mit Kräuterbeeten und alten Obstbäumen und fühlte sich erinnert. Sie sah den großen Aufwand, die Arbeit, die zu leisten war, aber auch die unzähligen Möglichkeiten, aus diesem Anwesen einen besonderen Ort zu machen. Ein Zuhause. Zwar ohne Meer, aber dafür mit einem See nur ein paar Fahrradminuten von hier entfernt.

Im Geiste begann Ilayda bereits, ihre Räume auszuwählen, umzubauen und einzurichten. Alex beobachtete sie und registrierte ihren Gesichtsausdruck mit Befriedigung. Es gefiel ihr. Alles andere würde sich finden.

In der Nacht hatte Ilayda einen seltsamen Traum. Sie war noch ein kleines Mädchen von vielleicht drei Jahren. An ihren Händen hielt sie zwei weitere Mädchen im selben Alter. Ihre Gedanken waren erwachsen, doch ihr Gefühl war das des Kindes. Und das Meer, an dem sie standen, bot ihnen ein überwältigendes Schauspiel.

Ilayda sah den silbrigen Schimmer an eisklaren Wasserbergen emporwachsen und die weiße Gischt, die sich wie ein Heiligenschein über das flüssige Blau spannte. Sie sah die Wellen sich heben mit grünem Gekräusel an den Spitzen. Schaumblasen fuhren ihnen in zischenden Kaskaden entgegen und verschwanden von Zauberhand im nassen Sand. Ilayda sah das Aufpeitschen der Woge, deren grünblaue Farbe nach oben hin immer heller wurde, bis sie ihre glitzernden Splitter in einer rollenden Bewegung von sich warf. Und sie spürte den Sog, der sie mit aller Kraft in seine Mitte zog, um sie danach sanft zurück ans Ufer zu geleiten.

Tiefes Glück durchströmte Ilayda. Sie trug etwas Festes und doch Weiches im Arm, ihren Kedibeyaz. Das blonde Mädchen hielt die Porzellanpuppe Monika an sich gedrückt, und das schwarzhaarige Mädchen tanzte so ausgelassen in seinen kleinen dunkelroten Stiefeln am Ufer, dass sich seine Haare wie Algen um seinen Kopf wickelten.

Sie waren aus der Zeit gefallen und in den Gezeiten gelandet. Hatten den Verstand verloren und das Verstehen gefunden. Ilayda, die Wasserfee, Elisabeth, die göttliche Vollkommenheit, und Ferah, die heitere Freude. Das Meer hatte sie gerufen, das Meer hatte sie zusammengeführt, und das Meer hatte ihnen gezeigt, dass es die ewige Verbindung zwischen ihnen sein würde.

Der Traum wirkte lange nach und sorgte dafür, dass Ilayda ihre Babaanne vermisste. An einen Besuch war jedoch mitten im Studienabschluss nicht zu denken. Trotzdem fühlte sich Ilayda ruhig und zuversichtlich. Das war vielleicht eine Nebenerscheinung der Schwangerschaft, die ihr inneres Tempo merklich gedrosselt hatte, ohne dabei Beschwerden zu verursachen. Ilayda litt in der ganzen Zeit nicht ein einziges Mal unter Übelkeit oder anderen Einschränkungen. Vielleicht war es aber auch Alex' Art, Ilayda seine Zuneigung zu zeigen, ohne Druck auszuüben. Zum ersten Mal hatte sie den Eindruck, dass ihr Leben in die richtigen Bahnen floss, dass alles in Ordnung war, egal, was sie zuvor darüber gedacht und befürchtet haben mochte. Sie freute sich über ihre gute Abschlussnote, über die Nähe zu Alex und ihre gemeinsamen Pläne. Sie freute sich über das lebhaft strampelnde Kind in ihrem Bauch, das auch schon auf die Stimme seines Vaters zu reagieren schien. Sie freute sich über ein Treffen mit ihrer alten Freundin Rachel, zu der sie nach vielen Jahren wieder Kontakt aufgenommen hatte. Und sie freute sich ganz besonders über das Verhältnis zu ihrem Vater, das ebenfalls eine Wendung vollzog. Nachdem ihm Ilayda von der Idee mit dem Wohn- und Arbeitshof erzählt hatte, fuhr er mit ihr und Alex hinaus, um ihn sich anzusehen. Später sagte ihr Vater, es sei ein interessantes Objekt, und die Lage werde sich im Lauf der Jahre sogar noch verbessern, wenn Berlin weiterhin in der Geschwindigkeit wachse. Und dann sagte er, wenn er schon die Bauleitung übernehme, sollte man auch über eine Beteiligung nachdenken. Das war mehr, als Ilayda und Alex zu hoffen gewagt hatten.

Es folgten nächtelange Diskussionen über die Aufteilung, die Finanzierungsmöglichkeiten, die Planung des Umbaus und den Zeitraum, in dem das alles geschehen sollte. Sie brüteten über Grundstücksplänen und Grundrissen, kalkulierten große und kleine Renovierungen, sprachen über das Vermieten von Räumen oder ganzen Abschnitten, überlegten, wer von ihren Freunden und Bekannten dafür in Frage kam und wie das Ganze mit dem eigenen Büro verknüpft werden könnte.

Ilayda war so beschäftigt, dass sie kaum bemerkte, wie sich ihr Bauch immer stärker rundete. Auch die Einladung ihrer Mutter zu einem gemeinsamen Urlaub in der Türkei nahm sie eher beiläufig an. Sie realisierte es erst, als sie sich bei ihrer Frauenärztin auf Flugtauglichkeit untersuchen ließ.

Bis zum Geburtstermin waren es noch vier Monate, und die Ärztin sah bis auf ein paar kleine Vorsichtsmaßnahmen keinen Grund, ihr von der Reise abzuraten.

Kap Anamur, Türkei

April 1998

Es war ihr einunddreißigster Geburtstag, an dem sich Ilayda in strahlendem Sonnenschein über den Wolken wiederfand, in der Hand ein Glas alkoholfreien Sekt, den sie mit ihrer Mutter teilte.

»Danke, dass du diese Reise mit mir machst«, sagte Elisabeth und ließ ihr Glas an Ilaydas klingen. »Alles Liebe zum Geburtstag, meine große Tochter!«

Wenn es Ilayda auch zunächst wie ein Herausgerissenwerden vorgekommen war aus all den Aktivitäten und aufregenden Plänen, so erschien ihr der Urlaub nun doch eine willkommene Erholung zu sein. Vier Wochen lang wollte sie nichts tun, gar nichts.

Elisabeth sagte, sie würden am Flughafen von Antalya abgeholt werden und noch ein wenig Fahrt vor sich haben bis zu dem Ort, den sie ausgesucht habe. Ilayda war damit zufrieden. Sie fragte nicht, wo genau sie hinfuhren oder wie das Hotel aussah, sie würde sich einfach überraschen lassen und bis zur Landung die Augen schließen.

Das gelang nicht ganz, denn im Anflug musste Ilayda das Meer sehen, dieses schöne Blau, das sich unter ihnen ausbreitete wie ein Willkommensteppich.

Antalya empfing sie mit zarten Wolken, vierundzwanzig Grad im Schatten und einer leichten Schwüle, die Ilayda als Schweißtröpfchen auf ihrer Haut genoss. Genau wie sie die Sprache, die Worte und Sätze der Menschen um sie herum genoss, den bestimmenden Ton der Männer, das hohe Zwitschern der Frauen, das Plappern und Lachen der Kinder, die stille Unauffälligkeit der alten Frauen, die geduldig am Rand saßen und warteten, auf die Koffer, die Familie, darauf, dass es weiterging an der Passkontrolle.

Nachdem Ilayda und ihre Mutter das Flughafengebäude verlassen hatten, hielt Elisabeth Ausschau. Einige Touristen scharten sich um die Mitarbeiter ihres Hotels oder stiegen in die bereitstehenden Busse, doch Elisabeth ignorierte sie. Stattdessen steuerte sie auf einen einfach gekleideten Mann mittleren Alters zu, der ein Schild mit der Aufschrift »Haldun Bey« hielt.

Er hatte die braune, ledrige Haut hart arbeitender Menschen, die meist der Sonne ausgesetzt sind. Sein Gesichtsausdruck war freundlich, aber distanziert. In seinen dunklen Haaren zeigten sich erste graue Strähnen.

»Mustafa Bey?«, fragte Elisabeth, als sie bei ihm angelangt waren, und er nickte. Das Schild warf er ins offene Fenster des Wagens, der hinter ihm stand, und reichte ihnen beiden die Hand.

»Merhaba, Eliz Hanım, hoşgeldiniz![45]«

Er öffnete den Kofferraum und hob ihr Gepäck hinein. Ilayda warf ihrer Mutter einen verständnislosen Blick zu, doch diese lächelte nur.

»Komm, steig ein.«

»Wo fahren wir hin?«, fragte Ilayda auf Deutsch. »Ist der Mann vom Hotel?«

»Gewissermaßen«, sagte Elisabeth. »Aber nun komm, ich möchte vor Anbruch der Dunkelheit da sein.«

Das konnte sich Ilayda noch weniger erklären. Bis dahin waren es mindestens sechs Stunden. Würden sie so lange

45 Guten Tag, Frau Eliz, herzlich willkommen.

fahren? Das fröhliche Gesicht ihrer Mutter verriet jedenfalls nichts, Ilayda würde sich gedulden müssen.

Sie verließen das Flughafenareal, und an den Straßenschildern konnte Ilayda erkennen, dass sie Richtung Osten fuhren. Hinter Antalya befanden sich viele kleine und größere Orte mit unzähligen Hotels, die von Jahr zu Jahr mehr wurden und immer weiter gen Osten reichten. Früher hatte sie mit ihren Eltern und ihrem Bruder oft hier Urlaub gemacht, und sie wusste, dass Touristen die Küste im Sommer beinahe vollständig besetzten.

Leise dudelten türkische Schlager aus dem Radio, bei denen Mustafa Bey gelegentlich mitsummte. Sie hatten die Fenster geöffnet, und der Fahrtwind wirbelte Ilaydas lange dunkle Haare am Hinterkopf durcheinander. Die Straße führte am Meer entlang, so dass ihr der salzige Duft in die Nase stieg. Sie durchquerten Städte und größere Ortschaften, an Läden mit Bekleidung und Wasserspielzeug für Kinder, an Supermärkten, Apotheken und Hotels vorbei. Sie sahen Badegäste in unterschiedlichen Hauttönungen am Strand liegen, und Ilayda hoffte, dass ihre Unterkunft etwas abseits der Straße sein möge.

Hinter Alanya wurde es deutlich gebirgiger und die Bebauung spärlicher. In Serpentinen schlängelte sich die Straße durch das Taurusgebirge und öffnete rechts die Aussicht auf das funkelnde Mittelmeer. Hier gab es keine Hotels, die Orte wurden kleiner, und je weiter sie fuhren, umso unruhiger wurde Ilayda. Lkws mit bunten *Maşallah*[46]-Schriftzügen schnauften die steilen Hänge hinauf, und an jeder Kurve hupte jemand zur Warnung.

Sie überholten moderne Reisebusse, andere Autos und so manches Pferdefuhrwerk. Auf einem Plateau zwischen zwei

46 Donnerwetter, großartig, bravo

Bergen hielt Mustafa an. Ein steinerner Brunnen versorgte die Reisenden mit frischem Bergquellwasser, und ein Obstverkäufer bot im Schatten der Bäume staudenweise Bananen, Äpfel, Birnen, Orangen und Honig im Glas an. Auch ein Stück Wabe steckte darin.

Die Bananen waren kleiner und sehr viel aromatischer als die, die Ilayda und Elisabeth aus Deutschland kannten. Nachdem sie ein paar gegessen hatten, kaufte Elisabeth noch ein Kilo für die kommenden Tage, und die Fahrt konnte weitergehen. Nun seien sie bald da, sagte Mustafa, nur noch eine knappe Stunde.

Doch dieser Abschnitt hatte es in sich. Die Kurven schienen kein Ende zu nehmen, im Gegenteil fließend ineinander überzugehen. Ilayda heftete ihren Blick auf den Horizont, um ihren Magen ruhig zu halten. Fest konzentrierte sie sich auf die scharfe Linie zwischen Himmel und Meer, und dann wisperte ihre Mutter plötzlich: »Ich glaube, da unten ist es.«

Im selben Moment hielt Mustafa mitten auf dem Berg an und wies in die Bucht vor ihnen. Eingebettet in sattes Grün lag dort eine Ferienanlage mit kleinen Häusern nur einen Steinwurf vom Meer entfernt. Gegenüber schien sich schemenhaft eine Insel abzuzeichnen.

»Wo sind wir?«, fragte Ilayda.

»Am Kap Anamur«, antwortete Elisabeth. »Dort drüben liegt Zypern.«

Was für eine schöne Idee, ein Haus zu mieten, dachte Ilayda, während Mustafa weiterfuhr. Das war jetzt genau das Richtige. Sie folgten der Straße durch ein paar weitere Windungen, bis sie bergab führte und ein Dorf durchquerte, das aus sehr wenigen Häusern zu bestehen schien. Hinter einer Brücke über einem ausgetrockneten Flussbett stieg die

Straße wieder an, doch Mustafa bog rechts auf eine Schotterpiste Richtung Meer ab. Die Räder knirschten auf dem Kies, und Staub wirbelte hinter ihnen auf, als sie den Pfad hinabrollten. Vereinzelt stand hier und da ein halbfertiges Steinhaus mit flachem Dach, wo im Schatten großer Rankpflanzen Sitzkissen und Matten ausgebreitet waren. Unbefestigte Stufen an den Rändern der Häuser führten nach oben. Aus einer Tür schaute eine Bäuerin mit Kopftuch, einer weiten, langärmligen Bluse über der ebenso weiten und gemusterten Pumphose, die ihr bis über die Knöchel reichte. An den Füßen trug sie blaue Badeschuhe aus Plastik, und neben ihr erschien ein kleiner Junge, nur mit Unterhemd und kurzer Hose bekleidet, der den Wagen und vor allem Ilayda und ihre Mutter mit großen Augen musterte. Und hinter diesen Häusern begann die Plantage, das Grün, das vom Berg bereits so intensiv geleuchtet hatte. Ilayda und Elisabeth sahen zum ersten Mal Bananen an einem Baum hängen und stellten erstaunt fest, dass sich die Früchte an der Staude nicht nach unten, sondern nach oben krümmten. Die Bäume selbst waren nicht sehr groß, nur etwas größer als ein ausgewachsener Mann. Das konnte Ilayda gut schätzen, da zwischen den Bäumen Arbeiter herumliefen, die manche Pflanzen aushoben oder in vorbereitete Löcher pflanzten.

»Hier gibt es Vogelspinnen und giftige Schlangen«, sagte Mustafa. »Laufen Sie da nicht durch.«

Ilayda hatte ohnehin nicht vorgehabt, durch die Plantage zu wandern, aber nach der Warnung wäre es ihr nicht im Traum eingefallen. Mustafa fuhr durch eine offene Einfahrt auf das Areal mit den Ferienhäusern und parkte vor einer Garage am Ende des Weges.

»Herzlich willkommen in Ihrem neuen Zuhause«, sagte

er und stieg aus, um ihre Koffer zu holen. Ilayda sah ihre Mutter an, doch die stieg ebenfalls aus. Neugierig folgte Ilayda ihr.

Die Anlage war parkähnlich gestaltet, mit grüner Wiese, hohen Palmen, Ziersträuchern und üppig blühenden Rosenbüschen. Die weiß gekalkten Häuser standen in Viererblocks nebeneinander und ließen dazwischen viel Platz für Zitronenbäume, Granatäpfel und Feigen. Dunkelbraune Holzbalkone und Sonnendächer bildeten einen schönen Kontrast zu den hellen Hauswänden. Aus dem Wilden Wein, der an den Stützen emporwuchs, war das Summen unzähliger Bienen zu hören. Wind fuhr in die Wipfel der Palmen und ließ die breiten Wedel rascheln. Elisabeth drehte sich zu ihrer Tochter um, und ihr Lächeln verriet, dass es ihr genauso gefiel wie Ilayda.

Mustafa war mit ihren Koffern vorangegangen, und als Ilayda das geliebte Gesicht im Schatten einer Terrasse entdeckte, dachte sie erst, sich getäuscht zu haben. Doch je näher sie dem Haus kamen, umso mehr schlug ihr Herz. Babaanne war aufgestanden. Sie strahlte, und Tränen liefen über ihre Wangen. Elisabeth erreichte ihre Schwiegermutter zuerst, und dann hielten sie sich auch schon zu dritt umfangen. Mustafa stellte die Koffer neben ihnen ab, bevor er sich diskret entfernte.

»Güzel Kızım benim[47]«, sagte Ferah und streichelte ihrer Enkelin das Haar. »Was habe ich dich vermisst.« Auch Elisabeth strich sie über die Wange. »Es ist schön, dass ihr da seid, Eliz. Ich freue mich so sehr, euch zu sehen!«

Seit ihrem letzten Beisammensein waren ein paar Jahre vergangen, und Ilayda hätte nie gedacht, dass sie sich außerhalb Istanbuls wiedertreffen würden.

47 mein schönes Mädchen

Als sie vor ihren Teegläsern saßen, erklärte Elisabeth ihrer Tochter nun endlich, was das alles bedeutete.

Ihr Vater Haldun hatte vor ein paar Monaten einen Brief von seinem alten Studienfreund erhalten mit der Frage, ob er ein Ferienhaus im Süden kaufen wolle. Ein anderer Studienkollege habe das Grundstück am Meer geerbt, und gemeinsam hätten sie sechzig Häuser darauf gebaut, die zunächst Freunden und Bekannten angeboten würden, bevor auch andere eins erwerben könnten. Die Anfrage erreichte Haldun zur rechten Zeit. Er spielte schon lange mit dem Gedanken, in der Türkei etwas zu kaufen, wusste jedoch nicht so recht, wo. Er war sich klar, dass es in Istanbul mit Elisabeth keinen Sinn hatte, die Stadt war für seine Frau auf ewig verbrannte Erde. Und für ihn allein war es nicht nötig, da seine Mutter dort ihre Wohnung besaß.

Kurzerhand flog er nach Antalya, traf sich mit seinen Freunden und besiegelte den Vertrag, nachdem er die Anlage begutachtet und mit Elisabeth gesprochen hatte. Auch sie war mehr als einverstanden, ein Haus am Meer zu besitzen.

Mit anderen Käufern zusammen bestellte Haldun die Grundausstattung an Möbeln und Gerätschaften, die der Verwalter Mustafa mit seinen Mitarbeitern in die Häuser brachte, so dass die ersten Urlauber kommen konnten. Zu denen gehörten nun Ilayda, Elisabeth und Ferah.

Elisabeth hatte schließlich die Idee zu dieser Frauenreise gehabt und ihre Schwiegermutter angerufen, ob sie mitkommen wolle. Und Ferah war zwei Tage zuvor in Istanbul in den Reisebus gestiegen und nach zehn Stunden etwas müde, aber voller Freude eingetroffen. Mit Hilfe der Dorffrauen und Mustafa hatte sie den Kühlschrank gefüllt und für manche Dinge gesorgt, die sie brauchen würden.

Während sie nun durch das Haus liefen und die Zimmer

ansahen, fragte sich Ilayda, an welchem Punkt die Veränderung wohl eingesetzt haben mochte. Wann war der Moment gewesen, an dem sich ihre Erwartungen nicht mehr erfüllten, sondern ihr Leben neue Erfahrungen schuf? Einfach so. Es schuf gute Erfahrungen, bessere Erfahrungen, und scheinbar ohne dass sie etwas dafür tat. Vielleicht sorgte das kleine Wesen dafür?

In den zwei Etagen des Hauses gab es drei Schlafzimmer mit Balkon, ein großes Wohnzimmer, das mit der offenen Küche verbunden war, ein Bad und eine kleine Toilette. Von dem Balkon ihres Zimmers hatte Ilayda einen herrlichen Blick in die grüne Berglandschaft. Hinter dem Haus, ein paar Meter vom Haupteingang entfernt, befand sich eine niedrige Mauer, die das Grundstück von der Plantage trennte. So war die ganze Anlage von Bananen umgeben.

Über die Terrasse trat Ilayda mit ihrer Mutter und Babaanne ins Freie. Steinplatten im Rasen führten durch den Garten. In seiner Mitte, von anderen Häusern umgeben, leuchteten die blauen Fliesen eines Schwimmbeckens, das jedoch noch kein Wasser enthielt. Babaanne sagte, der Verwalter warte noch, bis mehr Gäste da seien, sonst lohne es sich nicht. Vereinzelt sahen sie Bewohner in den Häusern arbeiten, an einer Markise bauen oder Wäsche auf dem Balkon aufhängen. Freundlich grüßten Ferah, Elisabeth und Ilayda, und freundlich wurden sie willkommen geheißen. Sie wanderten über die Steinplatten, bis eine breite Öffnung in der Mauer das Ende der Anlage anzeigte. Dahinter lag ein schmaler Schotterweg, der in hellen Sand überging. Ilayda zog ihre Schuhe aus, krempelte ihre Hose hoch und grub ihre Zehen in die warmen feinen Körner. Etwa fünfzig Meter waren es bis zum Meer. Umschlossen von mächtigen Bergen, die sich im Hinterland unendlich fortzusetzen schienen, füllte es die große einsame Bucht. Niemand war hier außer ihnen. Langsam gingen die drei Frauen ans Wasser.

Weiß geschäumte Wellen schlugen mit mildem Grollen über den großen und kleinen Steinen zusammen, die an der Meereslinie aus dem Sand hervortraten. Eine mildes Lüftchen zauste ihre Haare.

»Gefällt es euch?«, fragte Elisabeth. Ilayda und Ferah nickten stumm. Und auch Elisabeth nickte.

In dieser Nacht schliefen alle drei einen tiefen und erholsamen Schlaf, verwoben die Laute des Meeres mit den Lauten der Palmblätter und sanken in watteweiche Zufriedenheit.

Der Muezzin, der in den frühen Morgenstunden zum Gebet rief, war Ilayda von jeher so vertraut, dass er sie nicht zu wecken vermochte. Erst das ungewohnte Krähen eines Hahnes erinnerte sie daran, dass sie nicht in Deutschland war. Sie streckte sich unter der dünnen Decke aus und hielt eine Hand an ihren Bauch, der sich an der Seite ausbeulte. Ilayda lächelte. Das musste ein kleiner Fuß sein, der ebenfalls versuchte, sich auszustrecken. Sie stand auf und zog die Vorhänge beiseite. Da ihr Zimmer nach Westen ausgerichtet war, konnte sie den Sonnenaufgang nicht sehen, doch die Berge schimmerten bereits rötlich im Morgenlicht.

Aus der Küche hörte sie das leise Klappern von Geschirr, und der Duft nach türkischem Mokka zog zu ihr ins obere Stockwerk. Babaanne bereitete das Frühstück vor. Ilayda warf sich ein Kleid über und lief auf blanken Sohlen die Holztreppe hinab.

»Günaydın Yavrum[48]«, flüsterte Ferah, ließ den kupfer-

48 Guten Morgen, mein Baby, mein Junges.

nen Stieltopf vor den drei Mokkatassen stehen und gab ihrer Enkelin einen Kuss auf die Stirn. »Hast du gut geschlafen?«

»O ja«, antwortete Ilayda lächelnd. »Sehr!«

»Ich auch«, erwiderte Ferah. »So gut wie lange nicht mehr. Es ist so ruhig hier.«

»Wollen wir ans Meer?«

»Ja, gern.«

Beide schlüpften in ihre Schuhe, öffneten die Terrassentür und traten hinaus. Wind fuhr in die hohen Palmen und wiegte ihre Blätter in seinem Takt. Sein stetiges Wehen schien zu diesem Landstrich zu gehören. Ferah hakte sich bei Ilayda ein, und gemeinsam gingen sie über die Steinplatten zum Strand. Am Ausgang der Anlage befand sich eine Dusche für Badegäste, die Ilayda am Vortag noch nicht bemerkt hatte. Hinter dem steinigen Weg, im oberen Abschnitt, wuchsen Disteln, so dass sie ihre Schuhe erst auszog, als sie sich dem Ufer näherten. Der Sand war noch kühl unter ihren Füßen. Ilayda entdeckte etwas entfernt eine breite sandgewaschene Baumwurzel, auf der sie nebeneinander Platz nehmen konnten.

Eingefasst in den Rahmen der Berge, entstand zwischen Himmel und Meer eine Kulisse aus Pastellfarben, die lieblicher nicht hätte sein können. Vom zarten Gelb der Sonne angezogen, strich ein Rosa in die blaue Weite über ihnen, tupfte violette Schatten in orangerote Wolkenstreifen und ließ veilchenblaues Wasser vor ihren Füßen ankommen.

»Meinst du, dass es Kismet ist?«, fragte Ilayda.

»Ja, mein Kind«, sagte Ferah. »Das ist es.«

»Und warum hier?«

»Weil wir für dieses Meer noch keine Sehnsucht geschaffen haben.«

Ein Beutel mit frischem Weißbrot hing an ihrer Tür, als Ferah und Ilayda zurückkamen. Mustafa fuhr auf seinem Motorroller morgens zum Bäcker ins Dorf und brachte für die Urlauber, die es wünschten, Brot und andere Lebensmittel mit. Elisabeth war ebenfalls aufgestanden und begrüßte die beiden mit einem gedeckten Tisch und erhitztem Kaffee, so dass sie frühstücken konnten. Ferah nahm ihre berühmte selbst eingekochte Rosenmarmelade aus dem Kühlschrank, die sie aus Istanbul mitgebracht hatte, und beim Eintunken des Brotes fühlten sich die drei um viele Jahre zurückversetzt.

Ilayda bat auch um den sauer eingelegten Kohl, den sie auf der Fensterbank entdeckt hatte, doch Ferah erklärte, sie habe ihn neu angesetzt, er sei erst in ein paar Tagen fertig. Als sie fragte, ob sie denn sehr großen Appetit darauf habe, und Ilayda nickte, sagte Ferah lachend, dann sei klar, dass sie ein Mädchen bekomme.

Obwohl Elisabeth auf den türkischen Aberglauben nicht viel gab, dass eine Schwangere einen Jungen erwartete, wenn sie viel Süßes aß, und ein Mädchen, wenn ihr mehr nach Herzhaftem und Saurem war, musste auch sie lachen. Ilayda schmunzelte, sie wusste es ohnehin.

Es klopfte an die Scheibe der Terrassentür, und davor stand eine junge Bäuerin, deren breites Lächeln ihr braunes Gesicht überstrahlte. Aus ihrem Kopftuch stahlen sich lange Strähnen ihres schwarzen Haares, und aus einem Stofftuch, das auf ihrem Rücken gebunden war, schauten die dunklen Augen eines kleinen Kindes hervor. Wie anscheinend hier üblich, trug sie mehrere Schichten Kleidung übereinander, Oberteile und weite Hosenröcke, die bis zu ihren Hand- und Fußgelenken reichten. Ihre Füße steckten in durchlöcherten Gummischuhen. Vor sich hatte sie zwei Eimer mit Kartoffeln, Zwiebeln, Tomaten und Bohnen und in einem Korb am Arm verschiedene Kräuter. Sie stellte sich als Latife vor und fragte, ob sie etwas brauchten. Eier, Joghurt und Milch könne sie ihnen auch noch bringen. Nachdem sie handelseinig geworden waren, lud Elisabeth Latife zu einem Tee und deutschen Keksen ein, was die Bäuerin gern annahm.

Geschickt löste sie das Tuch, in dem ihr einjähriger Sohn saß, und setzte ihn auf ihren Schoß. Still beobachtete er die drei unbekannten Frauen und blieb immer wieder an Elisabeth und ihren hellen Haaren hängen. Sie war es auch, die von dem Kleinen das erste zaghafte Lächeln bekam.

Sie sei im Nachbardorf geboren, erzählte Latife im Gespräch, und nach der Hochzeit zu ihrem Mann gezogen, der hier ein Bananenfeld bewirtschafte. Erdbeeren hätten sie auch, aber die seien noch nicht ganz reif. Wie alt sie sei, wollte Elisabeth wissen, und Latife antwortete, sie sei vor kurzem zwanzig Jahre alt geworden. Ilayda hatte sie um einiges älter geschätzt. Latife wies auf Ilaydas Bauch und sagte, sie solle sie unbedingt auf der Yayla[49], ihrem Sommersitz, besuchen. Die Aussicht sei dort wunderbar, das tue ihr und dem Baby bestimmt gut. Wenn sie wollten, könne ihr Mann die Damen am kommenden Nachmittag abholen. Erfreut willigten Ilayda, Elisabeth und Ferah ein. Sie solle auch ein Kilo Joghurt bereithalten, sagte Ferah, das brauchten sie noch. Latife neigte den Kopf bestätigend zur Seite und erwiderte, das sei selbstverständlich.

Nach ihrem Besuch wurde Ilayda wieder müde und beschloss, ein wenig zu schlafen. Elisabeth machte einen Spaziergang am Meer, und Ferah setzte sich mit ihrer Häkelarbeit auf die schattige Terrasse.

Wie schön sich die Dinge fügten, dachte sie und rückte

49 Hochebene

ihre Brille zurecht, während sie mit der feinen Nadel Luftmaschen aufnahm, um eine Blüte auf die Decke zu häkeln. Sie würde Ilayda bei Gelegenheit den Vorschlag machen, länger zu bleiben. Mit ihr zusammen. Vielleicht würde sie sogar ihr Kind hier zur Welt bringen, damit die Kleine gleich bei ihrer Geburt am Meer sein konnte. Eine Hebamme gab es sicher im Dorf, das dürfte sich regeln lassen.

Was wäre das für eine wundervolle Möglichkeit, das Leben zu beginnen? Mit allen Sinnen, so rein und ungetrübt, mit jeder empfindsamen Faser die Weite, die Fülle und die Tiefe des Meeres in sich aufzunehmen? Seine Farben, seine Gerüche und seine Geräusche? Sein Wiegenlied zu hören?

Es wäre ebenso wundervoll, wie ihr eigenes Leben begonnen hatte, nur mit ungleich besseren Bedingungen als damals. Die Zeiten hatten sich geändert, und Ferah war sicher, dass ihre Urenkelin zu einem glücklicheren Menschen heranwachsen würde, als sie, Lâl, Elisabeth und auch Ilayda es gewesen waren. Aber heute, dachte Ferah, ließ ihre Arbeit sinken und betrachtete zwei umherflatternde und tschilpende Spatzen, heute bin ich auch ein glücklicher Mensch.

Die Sonne stand recht hoch, als Elisabeth bis zum Ufer ging. Es machte ihr nichts aus, denn ein Strohhut schützte ihre helle Kopfhaut und beschattete ihre Augen. Am Horizont zeichneten sich die Umrisse von Zypern ab. Es gab Bootsfahrten dorthin, die in der nahe gelegenen Kleinstadt angeboten wurden und nicht lange dauerten. Haldun hatte ein gutes Plätzchen für sie ausgesucht, dachte Elisabeth. Mit ihm zusammen würde sie hier schöne Zeiten verbringen. Und mit Ilayda, Karan und deren zukünftigen Kindern.

Und mit Ferah. Vielleicht würden auch Lâl und ihre Familie kommen? Schon merkwürdig, wie sehr sich ihr Verhältnis über die Jahre verändert hatte, wie versöhnlich und liebevoll es geworden war und wie selbstverständlich sich Elisabeth nun sogar gemeinsame Urlaube vorstellen konnte.

Mit jeder Welle sanken ihre Füße tiefer in den nassen Sand, bis sie ganz davon bedeckt waren. Langsam lenkte sie ihre Schritte in Richtung der Felsen am Ende der Bucht und ließ das Wasser um ihre Knöchel spielen. Sie war ganz allein. Nie hätte Elisabeth es für möglich gehalten, dass sie ein Haus am Meer besitzen würde. Sie hatte nicht einmal heimlich davon geträumt, so unvorstellbar, so unrealistisch und absurd wäre ihr der Gedanke vorgekommen. Und nun lief sie am Meer entlang in dem Bewusstsein, dass in etwa einem Kilometer Entfernung ihr Haus stand. Halduns und ihr Haus. Ihr Haus, das nur darauf wartete, ausgestattet, geschmückt und von ihrer Hand gestaltet zu werden.

Der Strand bestand aus Sand und Kieselsteinen in jeder Größe. An manchen Stellen überwog der Sand, an anderen die Steine. Und wenn das Meer sie überspülte, schienen hier und da wahre Schätze zu liegen. Erst das Meer brachte ihre Farben zum Leuchten, zeigte ihre vielen Facetten. Oft bückte sich Elisabeth, um ein besonders schönes Exemplar aufzuheben und zu betrachten. Runde braune Kiesel, die in verschiedenen Farben geringelt waren, graue, deren dunkle Quarzlinien Kreuze und geometrische Muster bildeten, oder rote und gelbe mit weißen und schwarzen Sprenkeln. Im Wasser sahen sie aus wie Edelsteine. Kostbar.

Dabei kam Elisabeth eine Idee. In der Dusche im Badezimmer lagen Fliesen, die bei Nässe ziemlich glatt wurden. Einige Materialien im Haus waren eben nicht nach praktischen Gesichtspunkten, sondern eher nach dem Preis ausgewählt worden. Haldun hatte sie bereits davor gewarnt und angekündigt, er würde bei Gelegenheit rutschfeste Fliesen verlegen. Wenn Elisabeth im Urlaub genügend Kieselsteine sammelte, könnte er diese für die Dusche verwenden. Sie sahen nicht nur wunderschön aus, sondern gaben auch Halt. Elisabeth freute sich über ihren Einfall und darüber, dass sie für ihre Schuhe einen Beutel mitgenommen hatte, in dem sie die Steine sammeln konnte.

Sie hielt ihre Augen so lange suchend auf den Boden gerichtet, dass sie erst wieder aufblickte, als die schroffen Felsen hoch vor ihr aufragten. Der Sonnenschutz, den Mustafa für die Gäste aus Baumstämmen und Schilf gebaut hatte, war in der Ferne nur noch als Miniatur zu sehen. Sie war weit gegangen. Hier gab es keine Kiesel mehr, nur noch weichen Sand, und als Elisabeth in die Hocke ging, fand sie darin die winzigsten und zauberhaftesten Muscheln, die sie je gesehen hatte. Filigrane Turmschneckenhäuser von nicht einmal einem Zentimeter Länge. Eine Weile war sie damit beschäftigt, die kleinen Gebilde zu sammeln, bis sie es neben dem Geräusch der Wellen plätschern hörte.

Quellwasser lief vom Berg herab, sprang über die spitzen Felsen und floss als schmales Rinnsal ins Meer. Es musste Süßwasser sein, denn rund um den Wasserlauf war es sattgrün bewachsen, die Steine voller Moos und Flechten.

In Stolpmünde war es die Stolpe gewesen, der Fluss, der sich ins Meer ergoss. Die Orte spiegelten sich, zeigten Elisabeth vertraute Bilder und waren dabei doch völlig neu und unverbraucht. Sie würde gute Erinnerungen mitnehmen; sie alle würden gute Erinnerungen mitnehmen, da war sie sich sicher.

Mustafas Frau hatte ihnen erzählt, dass an diesem Strand Meeresschildkröten nachts ihre Eier vergruben und die

Kleinen nach dem Schlüpfen den Weg in ihr eigentliches Element antraten. Leider geschah das erst im Sommer, wenn sie wieder in Berlin waren, aber irgendwann würde sich schon die Gelegenheit ergeben, das zu erleben.

Hier, am Ende der Bucht, blies der Wind stärker, und die Wellen stiegen höher. Aufspritzend warfen sie sich gegen die Felsen, die weit ins Meer reichten und Elisabeth damit den Weg abschnitten, so dass sie nicht weitergehen konnte.

Sie hob ihren schweren Beutel und ahnte bereits, dass er noch schwerer werden würde. Schritt um Schritt ging sie zurück, mit den Augen am Boden, auswählend, abwägend, aussortierend und von einem inneren Drang erfüllt. Sie musste diese Steine sammeln, konnte nicht an ihnen vorbeigehen, musste sich bücken, sie aufheben und betrachten. Es war anstrengend. Nun merkte Elisabeth doch die starke Sonneneinstrahlung und die Wirkung des Windes. Auch das Gehen im Sand war mühsam.

Wie im Leben, dachte Elisabeth, wie mein Leben. Ein Gang am Meer. Erst leicht und sorglos, dann immer beschwerlicher, kräftezehrender, und trotzdem voll kleiner und großer Schätze, die unverhofft aufblitzten. Einige nahm sie an sich, andere ließ sie an der Stelle zurück, wo sie lagen. Manche blieben schön, auch wenn der Glanz verblasste, und manche zeigten sich später als gewöhnliche Kiesel. Wenige begleiteten sie auf dem ganzen Weg, der eine oder andere war eine Weile dabei und wurde dann doch zurückgelassen. Tief atmete Elisabeth ein und aus. Es war ein guter Ort zum Dasein.

Als sich Elisabeth ein wenig von ihrem Strandspaziergang ausgeruht hatte, stand auch Ilayda auf. Sie wollten ins Dorf gehen, um zu sehen, was es dort zu kaufen gab und was sie in der nächsten Kleinstadt besorgen mussten. Die Mittagshitze war zwar vorbei und auch aufgrund der frühen Jahreszeit nicht ganz so drückend wie im Sommer, aber es reichte, um ins Schwitzen zu geraten, zumal die drei Frauen Langarmblusen über ihren wadenlangen Kleidern trugen. Anders als in den Touristengebieten waren leicht bekleidete Frauen auf dem Land nicht gern gesehen, auch wenn sie aus Europa kamen. Am Strand war das kein Problem, aber ins Dorf ging man bedeckt.

Elisabeth, Ferah und Ilayda nahmen den Weg, den ihnen die Frau von Mustafa beschrieben hatte. Am Ende der Schotterstraße bogen sie auf einen kurzen Pfad zum Meer ab, der rechts und links von hohem Schilfrohr begrenzt wurde. In dicken Schichten lagen die abgefallenen Schilfblätter am Boden, so dass sie wie auf einem weichen, knisternden Teppich liefen. Als es neben ihnen raschelte, fuhren die drei zusammen, und eine braune Kuh schaute ihnen mit sanften Augen und mahlendem Kiefer entgegen. Ferah lachte über ihren eigenen Schreck, und Ilayda merkte, dass ihr das große Tier erheblichen Respekt einflößte, so nah war sie noch keiner Kuh gekommen. Mit ausgestreckter Hand hätte sie sie berühren können. Hinter der Kuh tauchte ein Junge von vielleicht zehn Jahren auf, der Kuhhirte. Er hielt einen dünnen Stock in der Hand und ließ seine aufmerksamen Augen von einer Frau zur anderen wandern. Als Ferah und Elisabeth grüßten, senkte er den Blick und gab den Gruß schüchtern zurück.

»Möge dir die Arbeit leichtfallen, mein Sohn«, sagte Ferah lächelnd. Der Junge murmelte einen Dank, bevor er der Kuh ein paar Hiebe aufs Hinterteil gab und sie sich in Bewegung setzte.

An dieser Stelle bestand der Strand nur aus Kieselsteinen,

Schneckenhäusern und Seetang, der vertrocknet und ausgeblichen um die Steine gewickelt war oder in nassen schwarzen Streifen angeschwemmt wurde. Kaputte Kunststoffflaschen, Tüten und anderer Müll lag zwischen Schilf und Steinen, ein Zeichen dafür, dass sich hier häufiger Menschen aufhielten als am anderen Ende der Bucht. Auch hier lief Wasser ins Meer, nur diesmal war es kein kleines Rinnsal, sondern ein richtiger Fluss, den sie überqueren mussten, um ins Dorf zu gelangen. Davon hatte Mustafas Frau nichts gesagt. Das Wasser war jedoch nicht tief, nur sehr kalt, weil es aus den Bergen kam. Barfuß und vorsichtig tastend wateten die drei Frauen durch das Flussbett. Elisabeth und Ilayda nahmen Ferah in ihre Mitte, damit sie auf den glitschigen Steinen nicht ausrutschte.

Dahinter führte eine halbwegs asphaltierte Straße ein Stück bergauf, und sie waren an den ersten Häusern des Dorfes angelangt. Der untere Teil der Gebäude bestand aus groben Steinen, die man aufeinandergeschichtet hatte. Der obere Teil war aus dunklem Holz. Viele Ziegel auf den Dächern waren gebrochen und die kleinen Fensterluken entweder mit Brettern vernagelt, oder es war dahinter so finster, dass man nichts erkennen konnte. Dabei hätte Ilayda zu gern einmal in eins hineingesehen. Die Häuser wirkten, als wären sie mindestens hundert Jahre alt. Auch die wenigen Menschen, denen sie begegneten, wirkten wie aus einer anderen Zeit – die Kinder in zerlumpten kurzen Hosen und ebensolchen Oberteilen, die Frauen in ihren langen, bunt gemusterten Hosenröcken, Blusen, Strickwesten und Kopftüchern, die Männer mit Schnurrbärten, karierten Hemden, Pullovern und schmutzigen Arbeitshosen. Einzig die Schuhe aus Gummi und die Mofas, auf denen die Männer fuhren, verrieten, dass sie in diese Zeit gehörten. Es war ein starker

Gegensatz zu Istanbul, wo es auch Menschen dieses Schlages gab, doch sie fielen in der Menge der moderneren Volksgruppen nicht so sehr auf. Dieser Weg führte sie zumindest ein kleines Stück ins alte Osmanische Reich, und man brauchte nicht viel Phantasie, um sich vorzustellen, wie es früher gewesen sein musste.

Während Elisabeth, Ferah und Ilayda der Straße folgten und Ferah wegen der ungewohnten Anstrengung ein wenig ins Schnaufen geriet, wandelte sich das Bild, denn nach den alten Gemäuern, wo Hühner und Ziegen gackernd und meckernd durch die Gärten liefen, kamen auch neue Häuser, ebenso unfertig belassen wie die, die sie bei ihrer Ankunft gesehen hatten. Katzen streunten dazwischen herum, und aus den Mülltonnen roch es nach vergorenem Obst. Maulbeer- und Orangenbäume streckten ihnen über manche Mauer hinweg ihre Äste entgegen.

Sie gingen an einer Moschee vorbei und hielten nach einem Platz Ausschau, wo Ferah sich setzen und einen Moment ausruhen konnte. Das Teehaus, das ihnen am nächsten war, kam nicht in Frage, dort saßen seit jeher nur Männer. Sie spielten Tavla[50], drehten an ihren Gebetsketten und diskutierten laut und gestenreich miteinander.

Natürlich drehten alle die Köpfe, als die Frauen vorbeigingen, doch diese taten so, als wäre es selbstverständlich, als Fremde durch den Ort zu spazieren. Es wagte auch keiner der Männer, über sie zu sprechen, jedenfalls nicht, solange sie sich in Rufweite befanden.

Ferah atmete langsam und machte nur kleine Schritte. Zumindest war die Straße durch das Blattwerk einiger großer Feigenbäume angenehm schattig. Und nachdem sie den winzigen Laden eines Schuhhändlers passiert hatten, trat

50 Backgammon

aus dem ebenso winzigen Lebensmittelgeschäft ein junger Mann heraus, der sogleich ein paar Hocker aufstellte und die drei Damen höflich zu einem Apfeltee einlud. Ferah bekam einen Stuhl mit Lehne, und als Tisch diente eine breite Baumscheibe. Der junge Mann fragte, woher sie kämen, ob sie ein Haus in der neuen Ferienanlage hätten und ob es ihnen auf dem Land gefalle. Er bewunderte das reine Türkisch von Elisabeth und Ilayda und sagte, dass er sich über die Anlage freue, denn sie sorge endlich für frischen Wind und bessere Umsätze. Schwierig sei es für ihn in den vergangenen Jahren gewesen, sehr schwierig. Aber nun seien die meisten im Ort zuversichtlich, dass es bergauf gehe, und er, der das Geschäft von seinem Vater übernommen habe, habe einige Pläne zur Vergrößerung des Ladens und seines Angebots. Ob die Damen aus Europa einmal schauen wollten?

Ferah blieb auf ihrem Stuhl und ließ sich noch einen Apfeltee geben, doch Elisabeth und Ilayda lächelten über seinen Eifer und folgten ihm. Der Laden hatte eine Grundfläche von fünf oder sechs Quadratmetern, die Regale reichten bis unter die Decke und waren vollgestopft mit Nudeln, Reis und getrockneten Hülsenfrüchten, Hirse, Mehl und Tomatenmark, Olivenöl in großen Kanistern und mittelgroßen Flaschen, Marmelade, Keksen, Schokolade und anderem Naschwerk, Spülmittel, Waschmittel, Seifen und Schwämmen, Nähzeug, Garnen und Körpercremes. Von der Decke hingen zu Ringen aufgefädelte rote Chilis. Hinter seiner kleinen Kasse standen türkische Zigaretten nach Marken und Namen sortiert. Draußen vor dem Geschäft lagen in Körben Kartoffeln, Zwiebeln und verschiedenes Obst, und in einer Glaskiste stapelte sich das Weißbrot vom Morgen, das noch auf Käufer wartete. Bedauerlicherweise habe er noch kein Fleisch, sagte der junge Mann, das müssten sie bei ihm bestellen, doch in der Regel könne er es am nächsten Tag in die Anlage liefern lassen, ebenso wie frischen Fisch. Warum denn das mit dem Fisch schwierig sei, schaltete sich Ferah ein, das Meer liege doch vor der Tür. Da habe sie recht, gab der junge Mann zu, aber das Meer sei seit Jahren schon überfischt. Es gebe kaum noch bezahlbare gute Fische. Ilayda bemerkte, das sei ihr ohnehin nicht wichtig. Und Elisabeth fragte, ob es in der Nähe so etwas wie ein Restaurant gebe. Der junge Mann schüttelte den Kopf. Dafür sei der Tourismus in der Region noch zu neu, das dauere sicher noch eine Weile.

Elisabeth kaufte ein paar Pakete Nudeln, Tomatenmark und Knoblauch, Ilayda eine Packung Kekse und eine Flasche Uludağ[51]-Zitronenbrause, die sie seit ihrer Kindheit gern trank. Und dann hupte vor dem Laden Mustafa in seinem Wagen, der anbot, sie zurück in die Anlage zu fahren, so dass sie nicht noch einmal die weite Strecke laufen brauchten. Das war ein willkommener Abschluss ihres Dorfbesuchs, und müde kehrten sie in ihr Haus zurück.

Der Rest des Tages plätscherte friedlich dahin, ohne Verpflichtungen, ohne weitere Anstrengungen, ja sogar ohne einen ernsten Gedanken. Ilayda merkte, wie einfach es war, nichts zu tun, die Stunden vergehen zu lassen und sich nur zu fragen, was es wohl später zu essen geben würde.

Latifes Mann Orhan war groß, kräftig gebaut und seine Haut ebenso dunkel wie die fast aller Menschen in der Region. Er winkte ihnen freundlich von seinem Traktor zu, mit dem er sie am nächsten Tag abholte. Ferah winkte zurück und flüsterte Ilayda und ihrer Schwiegertochter gleichzeitig

51 eine alte türkische Traditionsmarke

zu, sie komme nicht mit, es sei ihr zu mühsam, ihr Kreislauf mache das nicht mit. Elisabeth wollte zwar auch nicht unbedingt auf einem Traktor fahren, doch nun hatten sie zugesagt, und Latife erwartete sie. Orhan half ihr und Ilayda auf die Ladefläche, zeigte ihnen, wo sie sich festhalten konnten, und laut knatternd startete er den Motor. Es war ein seltsames Gefühl, auf einem Traktor durch die Bananenplantage zu rumpeln und von den Dorfbewohnern angestarrt zu werden. Die, die Orhan kannten, riefen ihm etwas zu, das Elisabeth und Ilayda nicht verstanden, doch es musste wohl etwas Scherzhaftes sein, denn Orhan lachte. Die Sprache unterschied sich zwar nur geringfügig vom Istanbuler Akzent, aber einige Begriffe und deren Aussprache waren schon anders.

Sie fuhren ein Stück auf der Hauptstraße Richtung Dorf und hielten an der Polizeidienststelle an, weil Latife mit dem kleinen Sohn dort auf sie wartete. Behende kletterte auch sie auf die Ladefläche und strahlte ihnen voller Freude entgegen. Offensichtlich hatte sie nicht damit gerechnet, dass sie tatsächlich kommen würden. Orhan bog in einen unbefestigten Weg ein, der bergauf führte und nach ein paar hundert Metern so abschüssig wurde, dass er anhielt. Nun müssten sie zu Fuß gehen, sagte Latife und stieg als Erste aus, bevor sie Elisabeth und Ilayda half. Orhan tippte sich zum Abschied an seine ausgeblichene Schirmmütze und wendete den Traktor, um wieder zum Feld zurückzufahren.

»Oje«, seufzte Elisabeth mit einem unsicheren Blick auf den kleinen, mit Nadelbäumen und stachligem Buschwerk bewachsenen Trampelpfad. »Ganz schön steil! Meinst du, du schaffst das mit deinem Bäuchlein?«

»Natürlich«, erwiderte Ilayda. »Das geht schon.«

»Es sieht schwieriger aus, als es ist«, beruhigte sie Latife.

»Ich gehe vor, und ihr tretet einfach nur an dieselben Stellen.«

Flink wie eine Bergziege stieg sie den Hang hinauf, dabei Steine, Absätze und Baumwurzeln nutzend, um ihre Füße zu plazieren. Elisabeth und Ilayda taten es ihr nach. Obwohl sie Latife nur langsam folgten, brach beiden nach ein paar Minuten der Schweiß aus, und Elisabeth brauchte eine kurze Pause. Sie war froh, dass Ferah im Haus geblieben war, der Aufstieg wäre viel zu anstrengend für ihr Herz gewesen. Während in den unteren Lagen noch eine große Vielfalt an Gewächsen zu finden war, so hielten sich hier oben fast nur noch widerstandsfähige und anspruchslose Kiefern, Zedern und Eichen, deren harziger Duft die Luft erfüllte. Bedächtig und doch stetig ging es Meter um Meter weiter hinauf. Um sie herum zirpten unzählige Zikaden, ohne sich von den wandernden Frauen stören zu lassen. Ilayda merkte das zusätzliche Gewicht und auch ihre abnehmenden Kräfte. Ihre Wangen röteten sich zusehends. Latife wartete geduldig lächelnd, bis die beiden zu ihr aufschlossen, und ging erst dann weiter. Ihr schien der Weg nichts auszumachen, sie schwitzte nicht einmal, obwohl sie wärmere Kleidung anhatte. Und von ihrem Sohn, den sie wieder auf ihrem Rücken trug, war kein Laut zu hören. Nach einem besonders steilen Abschnitt flachte der Weg deutlich ab, und das Haus kam in Sicht. Mutter und Tochter seufzten erleichtert. Trotzdem hatte sich der Aufstieg gelohnt, wie sich zeigen sollte.

Zunächst führte Latife Elisabeth und Ilayda hinter das Haus, wo, überdacht von einem ausladenden Olivenbaum mit kleinen silbrig grünen Blättern, klares Quellwasser über ein Becken in einen Bach floss. Latife nahm einen Holzbecher, den sie abspülte und füllte, bevor sie ihnen daraus zu trinken gab. Ilayda trank langsam und in kleinen Schlucken, um keine Kopfschmerzen zu bekommen, denn das Wasser war sehr kalt. Als sie fertig war, tauchte sie ihre Hände ins Becken und benetzte damit Gesicht und Nacken. Auch Elisabeth trank, wusch sich den Schweiß vom Gesicht und setzte sich neben Ilayda auf einen Mauerrest.

Während sie wieder zu Atem kamen, ging Latife zu einem alten Mann hinüber, der etwas abseits unter einem Haselnussbaum saß, an verschiedenen Hölzern schnitzte und ihnen freundlich zunickte. Elisabeth und Ilayda grüßten ebenfalls. Latife nahm ihren Sohn aus dem Tuch und setzte ihn auf die Matte neben den alten Mann, wo der Kleine sofort nach einem geschliffenen Stück Holz griff und es in den Mund steckte.

»Mein Schwiegervater«, sagte Latife, und bevor sich Elisabeth fragen konnte, wie er in seinem Alter den Berg hinaufkam, lieferte die junge Frau die Antwort gleich selbst. »Er bleibt den ganzen Sommer über hier oben«, erklärte sie. »Es wäre zu anstrengend, wenn er mehrmals auf- und absteigen müsste. Außerdem ist es unten ohnehin viel zu heiß.«

Viele Bauern hatten so einen Zweitwohnsitz, denn in den Sommermonaten stiegen die Temperaturen im Tal tatsächlich in derart schwindelerregende Höhen, dass es nur schwer erträglich war. Gerade die Älteren verbrachten diese Zeit lieber in den kühleren Bergen, wo es obendrein häufiger regnete. In dieser Gegend nannte man auch die in den Bergen errichteten Häuser Yaylas, obwohl der Begriff ursprünglich nur die Hochebene bezeichnete. Und die Bauern waren im Verhältnis zu anderen Regionen recht wohlhabend.

Das wollte ihnen auch Latife zeigen, indem sie die beiden Frauen stolz durch den Gemüsegarten führte und auf die Schar Hühner und ihre fünf Ziegen hinwies, die munter

Körner pickten beziehungsweise Grünzeug oder die Rinde der Bäume knabberten. In ihrem Haupthaus im Tal hätten sie auch noch eine Kuh, sagte Latife. Das mache zwar mehr Arbeit, weil sie sich um alles kümmern müsse, sei aber notwendig, um Käse, Butter und Joghurt herzustellen, und natürlich auch wegen der Milch für das Kind.

Dann traten sie auf das Haus zu, an dem großblättriger Wein mit dunklen Trauben emporrankte. Es war vollständig aus dem Holz gezimmert, das sie am Berg geschlagen hatten, und stand auf einem Holzsockel, um den Hang auszugleichen. Zwei Kätzchen lagen zusammengerollt im Schatten darunter und schliefen.

Sie stiegen ein paar Treppenstufen hoch, zogen vor der Tür ihre Schuhe aus und traten in den spärlich möblierten Wohnraum. Überall lagen handgewebte Kelim-Teppiche[52] in den herrlichsten Tönen und Mustern, bei deren Betrachtung Elisabeth wusste, was sie unbedingt auch für ihr Wohnzimmer haben wollte. Ebenso farbenprächtig gewebte Kissen waren um einen niedrigen Holztisch drapiert, der bereits mit selbst gemachten Naschereien gedeckt war. Das Beeindruckendste am ganzen Raum war jedoch die Aussicht.

Ilayda und Elisabeth gingen durch zwei geöffnete Flügeltüren auf die dahinterliegende Terrasse. Und vor ihnen öffnete sich die bergige Landschaft der elektrischen Eisenbahn, die Haldun Ilayda und Karan zu Weihnachten geschenkt hatte, als sie noch Kinder gewesen waren. Er hatte alles selbst gebaut, von den bewaldeten Hügeln über die bemalten Flüsse bis zu den Straßen mit winzigen Autos und noch winzigeren Menschenfiguren, von den idyllischen Häusern in grünen Gärten über die Felstunnel bis zu dem

52 traditionelle Webteppiche, meist aus Wolle

kleinen Marktplatz mit Markisen an den Verkaufswagen. In unzähligen Stunden akribischer Handarbeit hatte er das Bild geschaffen, das Ilayda nun vor sich sah. Es war fast alles da. Nur die fehlende Eisenbahn verriet, dass das Spielzeug echt war. Und das Meer natürlich, dessen Blau die ganze Bucht umspannte.

Mit dem Kauf des Hauses legte Haldun seiner Familie nun all das in Wirklichkeit zu Füßen. Er legte ihnen die Freiheit zu Füßen, nach der sich Ilayda so lange gesehnt hatte, denn Vertrauen war nur ein anderes Wort mit derselben Bedeutung.

»Ja«, sagte Latife lächelnd, als sie Ilaydas Gesicht sah. »Ich wusste, dass es dir guttun wird. Dieser Anblick heilt Herzen.«

Der alte Mann kam hinter ihnen auf die Terrasse, den kleinen Jungen im Arm und zwei hölzerne Löffel in der Hand, die er Elisabeth und Ilayda gab. Sie waren schlicht und doch kunstvoll geschnitzt, deutlich gemasert und so fein geschliffen, dass sich das Holz in der Hand weich anfühlte. Elisabeth wollte sie ihm bezahlen, doch Latifes Schwiegervater lehnte das strikt ab.

»Ihr braucht Besteck, wenn ihr mit uns esst«, sagte er. »Die Löffel sind mein Geschenk an euch.«

Und sie passten gut zu der Yayla-Çorba[53], die Latife gekocht hatte und nun in ebenso schönen Holzschalen auftrug.

Elisabeth und Ilayda kannten die Suppe mit Joghurt, Reis und Minze aus Istanbul, weil Babaanne sie früher oft zubereitet hatte. Während sie auf den Kissen Platz nahmen und mit den neuen Löffeln die köstliche Suppe aßen, die Latife auch ihrem Sohn gab, erzählte ihr Schwiegervater von der

53 traditionelle Almsuppe

langen Holzschnitzertradition in seiner Familie. Bereits sein Urgroßvater habe Löffel, Schalen und andere Dinge des Alltags hergestellt. Und er selbst sammle unterschiedliche Hölzer, seit er denken könne. Die wertvollsten würden sogar noch von seinem Großvater stammen. Als Elisabeth fragte, ob man denn aus jedem Holz einen Löffel schnitzen könne, schüttelte der alte Mann lächelnd den Kopf. Nein, sagte er, das gehe nicht. Nicht nur die Härte eines Holzes spiele eine Rolle, sondern auch die Baumart, denn sie habe einen großen Einfluss auf den Geschmack der Speisen. Apfelbaumholz beispielsweise sei sehr sauer, damit könne man nicht gut essen. Wacholder, Pinie und andere Kiefern würden sehr intensiv duften. Auch da müsse man an die spätere Funktion des Gegenstands denken. Er verwende gern Olivenholz, das nicht nur eine attraktive Maserung habe, sondern sich auch angenehm bearbeiten lasse und keinen aufdringlichen Eigengeschmack besitze. Und Olivenbäume gebe es ein Stück weiter auf der Hochebene genug, die habe zum Teil noch sein Großvater gepflanzt. Ursprünglich habe es in den Bergen nicht diese Vielfalt gegeben. Erst als die Menschen begonnen hätten ihre Sommersitze zu errichten, hätten sie neben Gemüse und Kräutern auch verschiedene Obst- und Nussbäume gepflanzt, um sich selbst versorgen zu können. Da sie auch Brot gebacken hätten, gebe es nur wenige Dinge, die die Bauern kaufen mussten. Schmerztabletten hätten dazugehört und deutsche Rheumasalbe, sagte der alte Mann augenzwinkernd und stand auf. Er bedankte sich für ihren Besuch und entschuldigte sich, da er noch zu tun habe.

Auch Latife erhob sich, um ihren Sohn in das angrenzende Schlafzimmer zu bringen, in dem er ein wenig ruhen konnte. Mehr Räume schien es im Haus nicht zu geben, und

Ilayda hätte gern gewusst, wo denn der Schwiegervater schlief, doch zu fragen wäre ihr peinlich gewesen.

»Nimm davon«, sagte Latife zu Ilayda, als sie zurückkam und ihr eine Schale dunkler Weintrauben hinhielt. »Das ist gut in deinem Zustand.«

Die Trauben waren zuckersüß, und Ilayda, durch die Suppe so gesättigt, konnte nur wenige essen.

Während Latife ihnen einen Kaffee aus den Eicheln der Stech-Eiche zubereitete, wanderten Elisabeths und Ilaydas Blicke immer wieder nach draußen. Selbst im Sitzen konnte man die Bucht sehen. In ihrer ganzen Weite. Von oben. Es war ein Blick von sehr weit oben, der viele kleine Details unwichtig erscheinen ließ. Und doch hatte jedes im Gesamtbild seinen Platz, seine Berechtigung und Notwendigkeit. Einige Dinge, über die man sich im Alltag Gedanken machte, fielen bei dieser Perspektive einfach nicht so stark ins Gewicht. Sie waren da, aber nicht als bestimmendes Element, sondern nur als Teil des großen Ganzen.

»Was für ein magischer Ort«, flüsterte Elisabeth ihrer Tochter zu. »Nicht wahr?«

Am Abend stand Ilayda lange auf ihrem Balkon und sah die Berge, die als pechschwarze Buckel in den dunkler werdenden Himmel wuchsen. Die ersten Sterne waren bereits aufgegangen. In der Hand hielt Ilayda eine rosafarbene Rose von Latife, an der sie schnupperte. Die junge Frau hatte ihr neben einem Topf Joghurt einen ganzen Katalog Ratschläge mitgegeben, worauf eine Schwangere zu achten habe, was förderlich sei und was nicht. Ilayda lächelte bei dem Gedanken an Latifes Aufzählung. So dürfe sie nicht in Brunnen schauen oder zu Beerdigungen gehen, keinen Fisch oder Hasenfleisch essen und kein Kaugummi kauen. Sie solle nur schöne und angenehme Dinge tun, den Himmel und den Mond betrachten zum Beispiel, süßes Obst essen und eben an Rosen riechen.

Ilayda bedauerte, den Mond von ihrem Balkon aus nicht sehen zu können, er würde sich erst später in der Nacht zeigen. Ein Moment verstrich mit dem bloßen Bedürfnis, bis Ilayda sich fragte, warum sie nicht einfach zum Strand hinunterging. Im Haus war alles ruhig. Ferah und Elisabeth hatten sich früh schlafen gelegt, so dass Ilayda allein wach war. Sie zog ihre Strickjacke über, trat leise aus dem Zimmer und schlich die Treppe hinab. Die Terrassentür knarrte, als sie sie hinter sich zuzog.

Auch wenn es noch nicht so warm war wie in den türkischen Sommernächten, so streifte Ilayda doch angenehm milde Luft. Es gab keine Laternen, deren Schein das Mond- und Sternenlicht gestört hätte, und es reichte aus, ihr den Weg zu erhellen. Das vielstimmige Sirren der Zikaden hatte sich schon dauerhaft in Ilaydas Ohren eingenistet. Es gehörte zum Tag und zur Nacht gleichermaßen. Es war ein sehr schönes Geräusch und daher sicher auch förderlich für eine Schwangere.

Als Ilayda den Strand erreichte, wurde es allmählich leiser, denn unter dieser Kuppel spielte nur die Sinfonie des Meeres. Sie setzte sich in den Sand und lauschte.

Erst war es nur ein Wispern, ein zartes Murmeln und Raunen, das sich in ihr Herz schlich und jeden Ton, jede Bewegung tausendfach wiederholte. Geduldig wiederholte und wiederholte, bis Ilayda seine Botschaft endlich verstand. Es war das Wasser im Kübel, das man ihr stets hinterhergegossen hatte. Das Wasser, das ihr das Meer nun in großzügigen Wellen zuströmen ließ, um ihr zu versprechen, dass jede ihrer Reisen leicht verlaufen werde, dass jede

Rückkehr ebenso leicht war und dass sie darauf vertrauen konnte. Immer.

Kap Anamur war ihr Ort der Besinnung, ihr Ort der Berührung und der Zuflucht. Ihrer, der von Ferah und auch der von Elisabeth. Wie in meinem Traum, dachte Ilayda, es ist wie in meinem Traum. Hier sind wir ewige Kinder, wir drei Meeresfrauen. Bald vier. Wir Frauen vom Meer.

Istanbul-Erenköy, Türkei

22. Mai 1999, 11 Uhr 00

Die Apothekerin Gülay eilte durch den Kânî-Bey-Park. Sie ärgerte sich, dass sie ihre Absatzschuhe trug statt der flachen Ballerinas, mit denen sie schneller unterwegs gewesen wäre.

Ihr Mann, der die Apotheke in ihrer Abwesenheit betreute, hatte einen Termin und musste pünktlich gehen. Und Gülay hatte keinen Schlüssel dabei, so dass er auf sie warten musste.

Als ihr Blick auf eine der Parkbänke fiel, stutzte sie. Das war doch Ferah Hanım, die dort allein und merkwürdig zusammengesunken am Rand der Bank saß. Ihre Tasche hielt sie auf dem Schoß. Gülay setzte sich neben sie und berührte die alte Dame an der Schulter.

»Ferah Hanım?«, sagte die Apothekerin leise. »Geht es Ihnen gut, Ferah Hanım?«

Sie bekam keine Antwort, und ihr Herz begann heftig zu schlagen. Aufs Geratewohl rief sie einem jungen Mann in der Nähe zu, er möge bitte schnell zur Apotheke in der Ethem-Efendi-Straße laufen und von dort den Notarzt rufen lassen. Als der Mann eine Sekunde zögerte, schrie sie ihn an, sie brauche auf der Stelle seine Hilfe, jetzt sofort. Da erwachte er aus seiner Erstarrung und rannte aus dem Park. Gülay blieb bei der alten Dame und sprach mit ihr, nicht wissend, ob auch nur eins ihrer Worte sie erreichte. Die Minuten verstrichen, und als sich Ferah Hanıms Hand an ihrer

Tasche lockerte, wusste Gülay, dass sie zu spät kommen würden. Sie zog ihren Kopf vorsichtig an ihre Schulter, streichelte ihre faltige Hand und redete ihr liebevoll zu. Ferah Hanıms Augen waren geschlossen, und um ihren noch immer schön geschwungenen Mund spielte die Ahnung eines Lächelns.

Köstence/Constanţa, Rumänien

22. Mai 1999, 11 Uhr 00

Ferah und Sercan blieben stehen. Leise strich das Wasser an ihre Füße, um sich flüsternd und gurgelnd wieder zu entfernen. Ruhig war das Meer, glatt und dunkel und fern, wie die Stimme voller Sehnsucht, die von der Moschee zu ihnen herüberwehte. Sein Ruf klang so einladend, so bittend und weich, dass Ferahs Seele zu schwingen begann.

»Es war schön hier«, sagte sie, »nicht wahr?«

»Ja«, antwortete Sercan, »sehr schön.«

Hinter ihnen lag ein herrenloser Hund an einen Baumstamm geschmiegt und schlief. Als er den Kopf hob und schnupperte, wurde auch Sercan aufmerksam. Er wandte sich um, ging ein paar Schritte und kam zu seiner Tochter zurück.

»Ferah, riechst du das?« Sercans Augen schimmerten wie eisblaue Seide. »Ihr Duft. Das ist Seza, das ist ihr Duft. Sie erwartet uns.«

»Ja.« Ferah fühlte ihr Herz, langsam und sehr sachte. »Was passiert jetzt, Baba?«

Sercan legte den Arm um seine Tochter und lächelte.

»Nichts«, sagte er. »Wir sind zu Hause.«

Ja, dachte Ferah, wir sind zu Hause.

So blieb sie im Arm des Vaters und folgte ihrem Atem, bis er sie allein weitergehen ließ.

Licht strömte durch eine Lücke in den Wolken und ergoss sich funkelnd ins Meer. Ein warmes Leuchten erfüllte die Luft. Für einen Moment war es der hellste Fleck auf der Landkarte. So lange, bis der aufkommende Wind die alten Geschichten davongetragen hatte. Weit, weit fort. Nach Osten. Aber diesmal vielleicht auch nach Süden.

Nachwort

Als Kind dachte ich, dass jeder eine Großmutter wie Ferah hat. Heute weiß ich, dass dem leider nicht so ist, und umso mehr wünsche ich jedem Menschen, dass er eine Ferah an seiner Seite haben möge. Oder ihre männliche Entsprechung und zumindest in den Jahren, die wirklich wichtig sind, nämlich in den ersten. Ich hatte das große Glück, meine Babaanne in diesen Jahren und auch danach noch sehr lange zu haben. Ihre unendliche Geduld, ihr immerwährendes Verständnis und ihre absolute und uneingeschränkte Liebe, die mir, je älter ich werde, umso kostbarer erscheint. Alles, was ich von dieser gütigen Frau weiß, habe ich in *Die Frauen vom Meer* gewoben. Ich sehe noch heute ihr Gesicht, schnuppere ihr Kölnischwasser, höre ihre Stimme und ihre Worte.

Ganz ähnlich verhält es sich mit meiner deutschen Urgroßmutter, die hier Käthe heißt und meiner Mutter ein vergleichbar großes Geschenk gemacht hat. Mein Vater setzt das Prinzip bei meinen Kindern fort, und ich habe es mir für meine Enkel ebenso vorgenommen, so dass jene magische Kraft immer weitergegeben wird.

In *Die Frauen vom Meer* habe ich mich bemüht, so nah wie möglich an den Tatsachen zu bleiben und gleichzeitig meine Familie, Verwandte und Freunde zu schützen. Manches musste ich anpassen, ohne die wirklichen Begebenheiten zu kennen, denn insbesondere von der Zeit meiner Ahnen in Rumänien weiß ich im Verhältnis recht wenig, und es gibt niemanden mehr, der mir Auskunft geben könnte.

Und doch ist *Die Frauen vom Meer* in ihrer Essenz eine wahre Geschichte. So wahr wie unsere ewige Sehnsucht nach dem Meer.

Ich danke:

Meinen Eltern Anne und Özgür, die so viele Wagnisse, Veränderungen und Entbehrungen auf sich genommen haben und allen Widrigkeiten zum Trotz zusammengeblieben sind. Besonders dankbar bin ich ihnen auch für ihr Vertrauen, das sie mir mit ihrem Einverständnis, unsere gemeinsame Geschichte erzählen zu dürfen, entgegengebracht haben.

Içlal Hala, die von der ersten Erwähnung dieses Buches an den ganzen Entstehungsprozess begeistert verfolgt, unterstützt und mit zahllosen Anekdoten aus ihrer und meiner Kindheit angereichert hat.

Ursula, die das Entstehen eher aus der Ferne, aber mit der gleichen intensiven Vorfreude begleitet hat.

Meiner Familie, die mir trotz permanenter geistiger Abwesenheit mit ihrem großen Verständnis und ihrer noch größeren Geduld den Rücken frei gehalten und mich so liebevoll unterstützt hat, auch wenn Staubmäuse in unseren Ecken Tango tanzten, das Bad ungeputzt blieb oder das Essen zum x-ten Mal versalzen war, weil ich keine Ahnung hatte, was ich da eigentlich tat.

Mahire Yenge, die sich für einen kurzen Moment an Urlaube auf der Paradies-Insel Ada Kaleh in Rumänien erinnern konnte.

Anke Weber, die diese Geschichte von der ersten Idee bis zu den letzten Zeilen begleitet und mich zu jeder Zeit angespornt und gelobt hat, grade wenn die Muse, dieses ebenso zauberhafte wie flatterhafte Ding, irgendjemand anderen küsste.

Karina Ziencyk für ihre kraftvollen Wünsche, unsere Freundschaft und ihren telepathischen Beistand.

Süßstückle Ypsi Schwab für ihre innigen Gedanken und ihr geduldiges Warten auf diese Geschichte.

Denise Yazar, deren Nachname ich immer so schön fand, dass ich ihn für diese Geschichte ausleihen musste.

Der besten Literaturagentur unter der Sonne und Berater Bastian Schlück, der nicht nur dieses Projekt möglich gemacht, sondern auch jeden Schritt voller Freude begleitet hat.

Helga Preugschat für ein besonderes Buch und ihr grenzenübergreifendes Engagement.

Sibylle Bachar für eine neue vegane Entdeckung und den richtigen Spruch zur richtigen Zeit.

Christine Steffen-Reimann für einen wichtigen Einschnitt, unseren ehrlichen Austausch und ihr hinreißendes Lob, das ich inhaliert habe wie den Duft von frischen Simits.

Dr. Astrid van Nahl für das Herstellen eines wichtigen Kontaktes und ihre köstlichen Vorschusslorbeeren, die ich mir noch ausgedruckt übers Bett hänge.

Dr. Ulrike Schimming für den ersten und sehr entscheidenden Recherchetipp.

Dr. Josef Sallanz von der Uni Mainz für seine unzähligen wertvollen Informationen, Anregungen und den goldrichtigen Kontakt nach Constanţa.

Dr. Björn Opfer-Klinger, Schulbuchredakteur aus Leipzig, für seine freundliche Unterstützung und die vielen wichtigen Fakten.

Frau Ghüner Akmolla, tatarische Schriftstellerin aus Constanţa, für ihre überaus herzliche Gastfreundschaft, die

Tränen, die wir miteinander vergießen durften, ihr delikates türkisches Essen und den Wissensschatz über ihr tatarisches Volk, an dem sie mich teilhaben ließ.

Frau Aspi Mubera, Deutschlehrerin aus Constanţa, ebenfalls für ihre fürsorgliche Gastfreundschaft, für den schönen Nachmittag beim tatarischen Volksfest und ihr persönliches Engagement.

Dr. Martin Bachmann vom Deutschen Archäologischen Institut in Istanbul für sein wertvolles Hintergrundwissen zur Architektur im alten und neuen Istanbul und für die Impressionen in seinem traumhaft schönen Holzhaus.

Meinen Schriftsteller-Kollegen Jan Koneffke und Karin Gündisch für ihre guten Tipps und ihre Aufmerksamkeit.

Und Frau Christiane Cosmatu vom Generalsekretariat der rumänischen Regierung für das Herstellen der Kontakte nach Rumänien.

Danke Euch und Ihnen allen!

Personenverzeichnis

Seza und Sercan, türkisch-tatarisches Ehepaar in Köstence/heutiges Constanţa, Rumänien
Ferah, Tochter von Seza und Sercan
Abide, angeheiratete Tante, Ehefrau von Sezas verstorbenem Onkel Nihat
Rahmanie, Tochter von Abide und Nihat, Nichte von Seza
Burak, türkischer Ehemann von Ferah
Haldun, Sohn von Ferah und Burak
Lâl, Tochter von Ferah und Burak
Büyükanne, Mutter von Burak, Schwiegermutter von Ferah

Julie und Bernhard, deutsches Ehepaar in Berlin
Elisabeth, Tochter von Julie und Bernhard
Greta, Tochter von Julie und Bernhard
Käthe, Mutter von Julie aus Stolpmünde
Bärbel, Schwester von Käthe, Tante von Julie
Irma, Anita, Minna, Emmi, Töchter von Käthe, Schwestern von Julie

Elisabeth und Haldun, türkisch-deutsches Ehepaar in Berlin und Istanbul
Ilayda, Tochter von Elisabeth und Haldun
Karan, Sohn von Elisabeth und Haldun
Trudi, deutsche Freundin von Elisabeth in Istanbul

Samih, Ehemann von Lâl
Defne, türkische Freundin von Ilayda
Alexander, deutscher Freund von Ilayda
Gülay, Apothekerin in Istanbul